四大名著导读

陈洪 著

创于1897
商务印书馆
The Commercial Press

图书在版编目（CIP）数据

四大名著导读 / 陈洪著. — 北京：商务印书馆，2021（2023.2重印）

ISBN 978-7-100-20378-4

Ⅰ.①四… Ⅱ.①陈… Ⅲ.①章回小说—小说研究—中国—明清时代 Ⅳ.①I207.41

中国版本图书馆CIP数据核字（2021）第188542号

四大名著导读

陈洪 著

商务印书馆出版

（北京王府井大街36号 邮政编码100710）

商务印书馆发行

北京艺辉伊航图文有限公司印刷

ISBN 978-7-100-20378-4

2021年11月第1版 开本880×1230 1/32

2023年2月北京第2次印刷 印张11⅝

定价：68.00元

目　录

绪 言

王国维讲到元曲的价值时曾说："凡一代有一代之文学：楚之骚、汉之赋、六代之骈语、唐之诗、宋之词、元之曲，皆所谓一代之文学，而后世莫能继焉者也。"如果把这句话接下来，拓而广之，便可以讲"明清之小说"也可称为"一代之文学"。而明清小说的代表——水平最高、影响最大者便是四大名著。

所谓"四大名著"，指的是《三国演义》《水浒传》《西游记》《红楼梦》。《三国演义》《水浒传》成书于明代初年，《西游记》成书于明代中后期，《红楼梦》成书于清代中叶。早在明末，便已经有了"四大奇书"之说，其中便包括《三国演义》《水浒传》《西游记》。而《红楼梦》一经问世就洛阳纸贵，因而有"开谈不说《红楼梦》，读尽诗书也枉然"的说法。到了 20 世纪 50 年代，在中国文学史的教学中，便开始把这四部作品放到一起，称之为"四大名著"。这一概括可谓实至名归、水到渠成，所以当即被学术界、文化界普遍接受了。可以说，这一提法是作品经典化过程中的自然产物，而经岁月的淘洗、积淀，现在已经是约定俗成的说法了。

这四部作品既是中国古代叙事文学的巅峰之作，也是中国传统文化在文学领域的集中表现。

《三国演义》是中国人的英雄史诗。其中，既有大传统的史官文化的投影，也有小传统的政治想象的呈现，纵横捭阖，高潮迭起。诸葛孔明、关云长、曹孟德、赵子龙，可谓家喻户晓。关帝崇拜更是海内外华人圈特殊的文化纽带。

《水浒传》是中华民族特有的侠义文化的代表。路见不平，拔刀相助；四海之内，皆兄弟也。男儿血性，义气担当，在鲁达除霸、武松打虎等情节中表现得淋漓尽致，令读者不由得血脉偾张。

《西游记》写的是神魔故事，可谓想象世界的集大成之作。孙悟空那可瞬息万里的筋斗云、如来佛的五指山、观音菩萨净瓶中能令仙树起死回生的杨柳枝，交织成眼花缭乱的奇妙世界。中间穿插进顽皮、滑稽的猴子，颟顸、贪吃的胖猪，平添了无尽的趣味。

至于《红楼梦》，笔触转向了现实的家庭与社会，其中对于爱情与命运的深入思考、细腻描绘，可说是中国古代文学的翘楚。小说通过展现一个大家族无法摆脱“君子之泽，五世而斩”的宿命，反映出封建社会活力的枯竭。而在这个衰败的过程中，一群青年男女不可避免的悲剧命运，令一代又一代读者唏嘘不已。

这四部小说均为长篇巨著，内涵复杂而丰厚。长期以来，研究之作汗牛充栋，但仍不免时有“说不尽”的感慨。这里既有纯学术性的难题，如作品的版本问题、作者的身份疑点等，也有见仁见智的思想文化认识与评价。当然，文学性的鉴赏更是“横看成岭侧成峰”，读者或击节赞叹，或掩卷长思，享受妙在酸咸之外的审美愉悦。

这本书原是“长篇小说经典选读”的讲稿，后把课程内容向两端延伸，成为“中国小说简史”的网上公开课。这一本小书作为导读之作，定位在知识性与学术性之间[①]。因此，不做知识罗列，也不做过于专精的研讨。对于我自己的研究所得，虽有所介绍，但也秉持开放的态度，只是一家言而已，所期待的是与读者朋友的相互启发。陶渊明最喜“奇文共欣赏，疑义相与析”，余亦心向往之。

陈 洪

辛丑初春于南开园

① 书稿所引述作品文本，《三国演义》《水浒传》《西游记》《儒林外史》《红楼梦》均用人民文学出版社晚近刊行本。古典通俗小说在抄写、刊刻、传播过程中，文本舛误时有（包括衍、漏，错白字及异体字，也包括今人所加标点欠妥之处），故一般情况下，不作更改；个别过于明显之处，或加“今按”。

第一讲

《三国演义》：民众眼中的政治军事史

祭天地桃园结义（引自《三国志像》[绣像金批第一才子书]，毛声山评点，金圣叹序，大魁堂藏版，清初刊本）

我以“民众眼中的政治军事史”来概括《三国演义》，其中包含了三层意思。第一层意思，《三国演义》是一部关于政治斗争、军事斗争的历史书，而其他方面的历史内容，如社会生活、经济活动、文化和艺术等统统没有进入作者（或说写定者）的视野。第二层意思是强调其通俗性，甚至野史性质。这部书虽然拉开了架势，完全是以史官的口吻在讲一部帝国兴衰史，但它并不是严格意义上的史籍，也就是说它并非通常所说的“正史”，它只是《三国演义》，而不是《三国志》；它代表的是一般民众对政治、军事的看法。第三层意思是从阅读和接受的角度看，这部书既是从《三国志》生发出来的普及性历史“教科书”，又是迎合民众对上层政治、军事斗争的好奇心，满足他们了解政治、军事智慧的欲望之作，是以文学的形式实现他们对于政治道德的期待；同时，还有下层读书人乃至一般民众参与到其创作过程之中，可谓是集体愿望与智慧的集合。于是，这部书就成为“庙堂内容”与“江湖趣味”的结合体，这可说是分析《三国演义》的基本出发点。

讲到《三国演义》，不少人立刻会想到这首词：

> 滚滚长江东逝水，浪花淘尽英雄。是非成败转头空。青山依旧在，几度夕阳红。
>
> 白发渔樵江渚上，惯看秋月春风。一壶浊酒喜相逢。古今多少事，都付笑谈中。

这首词在通行的《三国演义》卷首，和第一回开篇的“话说天下大势，分久必合，合久必分”具有同样高的知名度，给全书增添了几分哲理，几分雅趣。不过，在早期的明代刊本中，并无此词。这首《临江仙》是明朝嘉靖年间大名士杨慎所作，本与《三国演义》无关。清人毛宗岗刊刻“第一奇书”本《三国演义》时，移来做了开篇词。此开篇词很大程度上反映出当时人的阅读感受，也折射出明清易代之际下层士人的心态。“滚滚长江东逝水，浪花淘尽英雄”，用到这里，既是对三国群雄事迹的缅怀，更是历经沧桑后的慨叹。而“白发渔樵江渚上，惯看秋月春风。一壶浊酒喜相逢。古今多少事，都付笑谈中”，用在这里更觉贴切。一方面，这是旁观者的达观与逍遥；另一方面，也展现出“三国”已成为下层民众喜闻乐见的故事，成了民众消遣的对象。这很符合“三国”在传播过程中的实际情况。

第一节 史官文化传统与《三国演义》的成书

《三国演义》是一部评价迥异的经典名著。大家知道，用现代的学术眼光来研究中国古代小说是从胡适、鲁迅那个时代开始的。胡适在《三国志演义·序》中说：“在几千年的通俗教育史上，没有一部书比得上他的魔力。五百年来，无数的失学国民从这部书里得着了无数的常识与智慧，从这部书里学会了看书、写信、作文的技能，从这部书里学得了做人与应世的本领。”[①] 这个评价很有意思，很像十几年前有人评价金庸的作品，说它们是海外二代华人学习规范汉语的最好教科书。胡适又说，《三国演义》“不能算是一部有文学价值的书”，因为“想象力太少，创造力太薄弱”，“最不会剪裁……故此书不成为文学

---

① 胡适《中国章回小说考证》，上海书店，1980 年，第 391 页。

的作品”。[①] 一方面，认为其魔力非常、影响巨大，一方面又说其根本没有文学价值，如此大的反差，出于同一人笔下，出于同一篇文章，原因何在呢？

这是因为胡适犯了削足适履的错误。

他拿着想象中的文学标准——当然，是从美国学来的——来衡量《三国演义》，却忽略了“概念是从现实中提炼、抽象而来”的这一道理。从文类上来说，《三国演义》具有非常独特的中国色调。这一文类只有在我国才特别发达，这就是“通俗历史演义”。夏志清在他的《中国古典小说导论》中批评了胡适忽视演义类小说“特有的力量和局限”。他指出：“《三国演义》是这一类型小说的第一个也是最伟大的范例。”他着眼于“特有”，这就抓住了问题的关键。

《三国演义》确确实实和一般的小说不同，它所讲述的故事与史实是基本吻合的，大的故事框架完全不是文学家通常标榜的虚构、创造。可是，它又确确实实是通过生动丰富的情节、活灵活现的人物形象来吸引、打动、征服读者的，这与其他叙事文学并无多大的区别。所以，准确地讲，《三国演义》是用某种文学的笔法来讲述历史。按照新历史主义的看法，一切历史书写都含有程度不同的文学因素，不过这是另外一个问题了。我国第一部长篇小说以这样的面目出现有其必然性，这与历代保存有丰富的史籍，以及文人和民众普遍具有历史兴趣相关。我们看《三国演义》的书名，本身就含有这方面的丰富信息。

《三国演义》的最早刻本出现在明代中期，全称叫作《三国志通俗演义》。这就宣示了本书是在陈寿《三国志》的基础上进行的演义。

---

① 胡适《中国章回小说考证》，上海书店，1980 年，第 389—391 页。

> 夫史，非独纪历代之事，盖欲昭往昔之盛衰，鉴君臣之善恶，载政事之得失，观人才之吉凶，知邦家之休戚，以至寒暑灾祥、褒贬予夺，无一而不笔之者，有义存焉……然史之文，理微义奥，不如此，乌可以昭后世?《语》云:“质胜文则野，文胜质则史。”此则史家秉笔之法，其于众人观之，亦尝病焉。故往往舍而不之顾者，由其不通乎众人。而历代之事，愈久愈失其传。前代尝以野史作为评话，令瞽者演说，其间言辞鄙谬，又失之于野，士君子多厌之。若东原罗贯中，以平阳陈寿传，考诸国史，自汉灵帝中平元年，终于晋太康元年之事，留心损益，目之曰《三国志通俗演义》。文不甚深，言不甚俗，事纪其实，亦庶几乎史。盖欲读诵者，人人得而知之，若《诗》所谓里巷歌谣之义也。书成，士君子之好事者，争相誊录，以便观览。则三国之盛衰治乱，人物之出处臧否，一开卷，千百载之事，豁然于心胸矣。其间亦未免一二过与不及，俯而就之，欲观者有所进益焉。
>
> ——蒋大器《三国志通俗演义序》

作者或出版商这样命名的原因是多方面的。第一，《三国志》是正史，而在我们的文化传统中，正史有着崇高的地位。第二，与我们民族的阅读心理有关。我们的文化传统非常注重实录，所以很多小说明明是虚构，是传说，作者或是出版商一定要声明其言之有据，而这一阅读心理直到今日尚若隐若现（人们那样热衷所谓“《红楼》真故事”，便是这样的心理作祟）。《三国演义》“攀”上《三国志》，正是迎合了这种阅读心理——“真事呀!”第三，“通俗”二字，是让读者放松，让他们不要有面对经典那样的心理压力。想让作品畅销，想吸引更多的读者，就要强调作品富有亲和力的一面。所谓正史，不免高高在上，无意中就会拒斥多数人接近。第四，“演义”还包含着铺衍的意思，就是把一个简短的事情讲得更丰富、更复杂。

这个短短的书名就包含了这些丰富的意思，准确概括出这部巨著的基本特性——融为一体的史诗性和通俗性。

这一特性在当代又以新的形式表现出来。网络上关于《三国演义》的内容，最多的既不是文本的讨论，也不是电视剧的传播，而是由《三国演义》改编的游戏。其他几部古典名著——包括《西游记》在内，都没有这种情况。这对于我们认识、评判《三国演义》的文本特质应该是有所启发的。

《三国演义》何以成为在中国普通民众中影响最大的著作？这要追溯我们的一个文化传统，即前几年思想界讲得非常多的“史官文化传统”。我印象里在学界最先提出“史官文化传统”的似乎是范文澜先生，他在《中国通史》里面提出了这一点，但是没有被多少人注意到。前几年，大家注意到顾准在文集里多次讲到史官传统，并且谈得非常深入，就蜂拥而上。实际上，这种热热闹闹的潮流往往会把一个复杂的东西简单化。具体来说，就是把“史官文化传统”泛化了。史官文化反映的最根本的东西是我们民族对于历史的重视，对于历史书写的重视。这种重视程度在世界各民族中是罕见的。我国历朝历代对于历史书写都给予了特别的重视。在甲骨文和金文中，我们可以看到很多跟历史记载相关的文字。比如，甲骨文里有“作册”，金文中有“作册内史”“作册尹”等，“作册”就是记载史实，引申就是史官。也就是说，早在商朝就有了专司其职的史官。后来，从《尚书》《春秋》到《资治通鉴》，再加上二十四史等，我国出现了各种体裁的史书。唐代的史学家刘知几在《史通》里讲道："太史掌国之六典，小史掌邦国之志，内史掌书王命，外史掌书使乎四方，左史记言，右史记事。"仅仅是史官，就有如此多的分工。尽管历朝历代的史官设置与分工不尽相同，但是各个朝代的统治者对于史官都给予了相当多的注意。究其原因，主要是由于我国长期以来是以农耕文明为主的社会，以血缘聚居为基础的宗族社会具有很大的势力和影响，因此，整个社会格外重视维护血统、保持血脉相承。

史官文化的发达导致野史文化也相应繁荣。从一个生态系统的角度而言，正史处于最上层，既是史官文化的主导，又与野史互动，二者同时给更下层的通俗小说提供着启发和滋养。因此就形成了上述小说发展史的特点：历史题材的作品非常多，其主要部分就是历史演义。这个情况其实一直影响至今，我的概括是"'历史癖'是中华民族的集体潜意识"。

不过，这里还会有两个疑问：中国历史悠久，为什么大众对三国的故事情有独钟呢？另外，后来的通俗演义很多，为什么再也没有一部能与《三国演义》比肩的作品呢？

对这个问题，通常的说法是这个时期"热闹"，三足鼎立"有戏"。应该说，这不无道理，却未说到根本——根本在于围绕三国的历史材料积累得特别多，最后形成这么一部大书有水到渠成之势。首先，作为《三国演义》成书的基础，陈寿的《三国志》本文与裴松之的注都非常重要。特别要指出的是，如果没有裴松之的注，我们如今就不会对三国的史实有这么多的了解，也不会有《三国演义》这本书。裴松之搜集到了大量的资料，附着于陈寿之作上，其中不少资料的所据原作在后世散佚了。他的注保存了这些材料，从而把许多细节补充到了《三国志》里，使得历史事件变得有血有肉。[①] 记载三国事迹的还有范晔的《后汉书》、刘义庆的《世说新语》与裴启的《语林》等。到了宋代，司马光的《资治通鉴》以编年体的形式重新组织了三国的故事，这对于《三国演义》的成书也很重要。假如没有这种编排，那么撰写一部关于三国的长篇小说就会比较困难。朱熹的《通鉴纲目》则把三国中重要的事情提要出来，与司马光的《资治通鉴》相比，它还做了一个根本性的改变。司马光的《资治通鉴》对三国史实的基本评价是帝魏寇蜀，其立场是在曹魏一边，因此，以曹魏的纪年为正统，蜀汉的年号作为正统的附庸。朱熹的《通鉴纲目》则正好相反，它是以蜀汉的纪年来叙述事件的经过。这跟当时南宋的地位有关，也跟朱熹作为理学家的态度有关。但是这么一转，又给《三国演义》提供了一个新的视角。可见，在《三国演义》之前已积累了很多的史料，同时还有不同的书写框架，这些都给小说的创作者准备了肥沃的土壤。

到了元代，三国的故事更多是在民间传播和改编。它的传播主要有两个途径，一个是元杂剧，根据《录鬼簿》的著录，在元杂剧里我们可以梳理出六十多种和三国历史有关的剧目，约占我们所知道的元杂剧的 20%。现存的《元曲选》就有二十一种三国故事，比如《虎

① 《曹瞒传》曰："时公军每渡渭，辄为超骑所冲突，营不得立，地又多沙，不可筑垒。娄子伯说公曰：'今天寒，可起沙为城，以水灌之，可一夜而成。'公从之，乃多作缣囊以运水，夜渡兵作城，比明，城立。由是公军尽得渡渭。"或疑于时九月，水未应冻。臣松之按《魏书》："公军八月至潼关，闰月北渡河。"则其年闰八月也。至此容可大寒耶？（《三国志》裴松之注）这一段比较典型，其中有引文，有注者的分析按断。《三国演义》把这些内容吸收到了作品中。

牢关三英战吕布》《关大王单刀赴会》《两军师隔江斗智》《锦云堂暗定连环计》。尤其是我们所熟知的关汉卿的《单刀赴会》，更是一时名作。① 同时，元英宗至治年间《三国志平话》的出现，说明三国的整个故事文本经过民间艺人的串联已经初步成形，其中大的脉络和现在所见的《三国演义》已经相差无几。

从两晋到元代，三国历史的传播、演变是典型的高层文化逐渐向底层降落的过程。而在降落的过程中，新的元素也随之渗透、融合进去，形成了各种不同的书写。

不过，虽然有了丰厚的材料基础，有了三足鼎立的故事发展腾挪的空间，《三国演义》能够成为一本伟大的传世之作，还与一个天才的作者有着密切的关系。这个人就是罗贯中。一般而言，罗贯中创作了《三国演义》这一点还是没有争议的，这点和《水浒》《西游》都不同。但是，这个罗贯中身上也有不少疑问，有些还是学术界争论的热点。

第一，他是何方人士？其实这个问题原本不是很重要，因为作者的籍贯对读者理解文本没什么影响。但是现在除了学术原因之外，经济利益也掺杂到籍贯研究之中了，旅游呀、知名度呀，使得历史人物成了各地的香饽饽。

---

① （鲁云）小官不曾与此人相会；老相公，你细说关公威猛如何？（末云）想关云长但上阵处，凭着他坐下马、手中刀、鞍上将，有万夫不当之勇。（唱）

［金盏儿］他上阵处赤力力三绺美髯飘，雄赳赳一丈虎躯摇，恰便似六丁神簇捧定一个活神道。那敌军若是见了，唬的他七魄散、五魂消。（云）你若和他厮杀呵。（唱）你则索多披上几副甲，剩穿上几层袍。便有百万军，挡不住他不剌剌千里追风骑；你便有千员将，闪不过明明偃月三停刀。（关汉卿《关大王独赴单刀会》）

现存最早的《三国志通俗演义》是嘉靖元年（1522）刊刻的。卷首有弘治七年（1494）蒋大器的序，其中说："东原罗贯中，以平阳陈寿传，考诸国史……留心损益，目之曰《三国志通俗演义》。"东原是哪里呢？后人经查，得知山东东平又称东原。可是，更早些的明初贾仲明所著的《录鬼簿续编》中写道："罗贯中，太原人，号湖海散人。与人寡合。乐府、隐语，极为清新。与余为忘年交，遭时多故，各天一方。至正甲辰复会，别来又六十余年，竟不知其所终。"按说这段话为亲历者所讲，应该更可信些，那么罗贯中的籍贯就成了山西太原。而明朝中后期，王圻在《续文献通考》里面又写道："罗贯……字本中，杭州人，编撰小说数十种。"这个说法的旁证在《水浒传》里。明朝人大都认为《水浒传》的作者是罗贯中，而《水浒传》里有大量的关于杭州的地理、民俗的描写。

三种说法各执一词，在没有更进一步的证据之前，只能是存疑了。不过我较为倾向于"太原说"，因为同样力度的文献证据，应以与被考查者时代接近的为首选。

第二，就是他的写作动机。无论他是东原人、太原人，还是杭州人，他为何要写这部作品呢？这个问题对于深入理解作品倒是有必要探讨的。对此，唯一的一段记载在王圻的《稗史汇编》里："（通俗文艺作品）非绝世轶材，自不妄作。如宗秀罗贯中、国初葛可久，皆有志图王者，乃遇真主，而葛寄神医工，罗传神稗史。"他的意思是，元末天下大乱，乱世英雄起四方，有枪便是草头王，罗贯中也曾有"草头王"的梦想，但"乃遇真主"。这一点可以联系《虬髯客传》来理解。虬髯客本来要逐鹿中原，但是碰到了李世民，一看，此人是

“真主”，不可与之争锋，便主动离开中土到海外发展。[①] 据本文的口气，似乎指罗贯中遇上了朱元璋，自知不敌，于是转而去著书。这个说法肯定是传说而已，但分析起来，很符合创作心理，也符合《三国演义》流露出的思想、情感和态度。《三国演义》灌注了作者大量的心血和谋略，特别是诸葛亮这一形象，寄托了千百年来自负才略的下层读书人“帝王师”的梦想。这则资料非常具有参考价值，可惜只是孤证。

这件事在 20 世纪 80 年代曾被热炒，出现了一批文章，主要根据的是清人的只言片语，推论罗贯中或曾为张士诚幕僚，或追随过陈友谅，或做过元军的参谋，等等。虽然说得十分热闹，立论的依据却非常脆弱，表现出那个时代活跃而浮躁的学风。

关于罗贯中的思想，80 年代初还有一个热闹的话题，就是元末一位大儒赵宝峰晚年做寿时有一个门人贺寿的名单，里面有“罗本”的名字。一些学者认定这个罗本就是罗贯中，所以罗贯中是一个理学家，他们进而据此讨论《三国演义》的思想倾向之类的问题。这是在孤立的、薄弱的材料基础上构建宏大的论题，违背了“有一分材料说一分话”的学术基本规则。当然，这些存疑之处为日后的研究指示着一种可能性，一如武侠小说中那些不十分靠得住的藏宝图一样。

---

① “文静飞书迎文皇看棋。道士对弈，虬髯与靖旁立为侍者。俄而文皇来，长揖而坐，神清气朗，满坐风生，顾盼暐如也。道士一见惨然，下棋子曰：‘此局输矣！输矣！于此失却局，奇哉！救无路矣，知复奚言！’罢弈请去。既出，谓虬髯曰：‘此世界非公世界也！他方可图，勉之，勿以为念。’……虬髯谓曰：‘……某本欲于此世界求事，或当龙战三二年，建少功业。今既有主，住亦何为？太原李氏，真英主也，三五年内，即当太平。’”（《虬髯客传》，据《太平广记》）

说到《三国演义》的巨大社会影响，还有一家人的功劳也应重视，就是毛纶、毛宗岗父子。他们是生活在清初（主要是康熙年间）的下层文人。

我国的小说史在明末清初出现了一个很重要的现象，就是“四大奇书”的雅化遭际。我为何要用“遭际”二字呢？我觉得只有这两个字才能表现出当时“四大奇书”所经历的情况。一方面，它们被书商与读者普遍重视，所以被进一步加工；另一方面，大家都漠视原作者的著作权，它们不断地被改写，而在这个改写的过程中有一个趋向，就是雅化。四部广泛流传的长篇小说在这段时间内都被人大幅度地改写过，细想一想，这真是有些奇特的文学现象。

《水浒传》是在明末崇祯十四年（1641）被金圣叹重新刊刻，金圣叹在这个“金本”的前言中特意强调，原来人们看到的《水浒传》都是被陋儒改坏了的，“我”现在得到了一个真正的“古本”《水浒传》。

> 吾既喜读《水浒》，十二岁便得贯华堂所藏古本……
>
> 真正吉祥文字，古本《水浒》如此。俗本妄肆改窜，真所谓愚而好自用也。
>
> ——金圣叹《第五才子书水浒传》

实际上，正是金圣叹本人将《水浒传》大幅度改写了，“古本说”是典型的明人“托古欺世”的手法。

清初，黄周星与汪象旭则对《西游记》进行了整理、改写和评点。以车迟国一节为例，孙悟空骗猪八戒，说拐角处有个“五谷轮回之所”，让他把三清塑像搬到那里去。猪八戒听不懂什么是“五谷轮回之所”，把塑像搬过去一丢，“扑通”一声，原来是一个大粪坑，溅了猪八戒一身粪水。这是个搞笑的插曲，黄的改本却特意把粪坑改成了水池。事情不大，却可以看出雅俗追求的细微差别。

一个更大的改编是《金瓶梅》。明末清初之际，经过某人（或李渔，或冯梦龙，或无名氏）的改写，它就成了今日我们所见的“崇祯本”《金瓶梅》。与原来的“词话本”相比，文字的雅俗之别很大。

同样地，《三国演义》是在康熙年间经由毛氏父子从头梳理了一遍，包括我们如今看到的开头的那句“话说天下大势，分久必合，合久必分”以及那首“滚滚长江东逝水”在内，都是毛氏父子加上去的。同时，他们还强化了“帝蜀寇魏”的政治倾向。怎么看待这一点，学术界仍有争论。

> 罗贯中先生作《通俗三国志》，共一百二十卷。其纪事之妙，不让史迁，却被村学究改坏，予甚惜之。前岁得读其原本，因为校正，复不揣愚陋，为之条分节解，而每卷之前，又各缀以总评数段。且许儿辈亦得参附末论，共赞其成。
>
> ——毛纶《第七才子书总论》

毛纶跟金圣叹基本上是同时代的人，而且他们两人是不很密切的朋友。但是毛纶中年以后双目失明，他的许多评论是由他本人口授，由儿子毛宗岗笔录的。究竟哪些是经他口授，哪些是他儿子的独创，如今已无法分辨了。所以，现在学界一致认为这个评点是毛氏父子共同所作。《三国演义》经过这一番加工就显得更加整饬。此本一出，他本尽废。我们如今讨论的《三国演义》就是这个本子。

第二节 智谋：《三国演义》的独特魅力所在

不能拿通行的文学标准来衡量《三国演义》，这一点，胡适倒是讲得很准确——这部作品的“魔力”很大程度上源于其中关于智谋的描写。胡先生的问题在于他把这种独特魅力与文学的定义刚性地对立起来了，而文学的边界其实并不是刚性的、绝对的。

我们之所以认定围绕智谋的笔墨不仅不应被排除到文学之外，而且应看作代表这部小说文学个性的突出标志，是因为这种智谋的内容不是由说书人赤裸裸地讲述出来，而是融于作品的情节与人物形象之中。甚至可以说，《三国演义》的情节因这些内容的融入而曲折复杂，《三国演义》的不少人物形象因这方面的描写而熠熠生辉。更不要说，它的广泛而巨大的社会影响与此有显而易见的关联。

说到智谋与人物形象的关系，大家都会立刻想到诸葛亮。毛纶父子称诸葛亮为“智绝”，正是看到了这个形象最突出的特点。

《三国演义》大体可以分为三部分。第一部分共三十五回，开篇至诸葛亮出山之前，写的是群雄逐鹿。这一时期的主角是曹操，而袁绍、袁术、孙坚、孙策、刘表、马腾等也都在军事舞台各占一角。第二部分共七十回，刘备三顾茅庐，诸葛亮出山之后，整个舞台的灯光就聚焦到以诸葛亮为中心的刘备集团。而到了五丈原大星陨落，诸葛归天之后，小说进入第三阶段，共十五回。这一阶段听起来事件不少，如姜伯约九伐中原，但完全不能和诸葛亮时代相比，作者写得也没有精神。全书分三个大的段落，其中写得最好的是中间这个段落，而这个段落的中心就是诸葛亮。

说起诸葛亮这一形象的塑造，不能不提到衬托他的两个人。其中一个是阿斗。有句熟语常挂在我们嘴边："别把自己当诸葛亮，把别人当阿斗。"阿斗是蜀汉的后主，怎么说也是个皇帝，而皇帝在这里却变成了傀儡，是一个彻头彻尾的被支配者。为什么呢？因为他是个大傻瓜。与他相对的另一面——诸葛亮，则是一个智谋绝顶的人物。这一点虽不完全合乎史实，却也相去不远。至于另一个衬托他的人物，情况就复杂多了。

这个人物就是刘备。刘备本是与曹操抗衡的枭雄，小说在诸葛亮出场前基本也是这样来描写的。有名的"煮酒论英雄"一节，正是要表现这一点。不过，自从诸葛亮出场后，刘备的角色、刘备的形象陡然发生了变化。我们举两个例子来看。

刘备招亲是非常戏剧化的一个情节。研究故事的虚构性，这是一个特别好的范例。京剧《甘露寺》讲述的就是这段故事。赤壁大战之后，曹、刘、孙渐渐形成了鼎立之势。为了抗衡一方独大的曹操，孙、刘两方必须继续走联合的道路，于是就有了刘备招亲这么一段故事。历朝历代，政治家尤其是统治者的婚姻往往是政治的延续。孙、刘联姻的政治意图太明显了，对于双方都是一着重要的棋。此事是史有明文的。《三国志·蜀书·先主传》云：

> （刘）琦病死，群下推先主为荆州牧，治公安。权稍畏之，进妹固好。先主至京见权，绸缪恩纪。

裴注引《山阳公载记》多了一个细节：

备还，谓左右曰："孙车骑长上短下，其难为下，吾不可以再见之。"乃昼夜兼行。

这就是刘备招亲的全部史实，看起来招亲之时的主角只有两个，第一个是刘备，第二个是孙权。至于诸葛亮，他是在若干年后，当这段姻缘破裂时才有所发挥的。据《汉晋春秋》：

先主入益州，吴遣迎孙夫人。夫人欲将太子归吴，诸葛亮使赵云勒兵断江留太子，乃得止。

我们再看看《三国演义》中是怎么安排的？却说孙权派吕范来向刘备提亲，说是要把自己的妹妹嫁给刘备。至晚，刘备与孔明商议：

孔明曰："来意亮已知道了。适间卜易，得一大吉大利之兆。主公便可应允。先教孙乾和吕范回见吴侯，面许已定，择日便去就亲。"玄德曰："周瑜定计欲害刘备，岂可以身轻入危险之地？"孔明大笑曰："周瑜虽能用计，岂能出诸葛亮之料乎！略用小谋，使周瑜半筹不展；吴侯之妹，又属主公；荆州万无一失。"玄德怀疑未决，孔明竟教孙乾往江南说合亲事。

…………

玄德怀疑不敢往。孔明曰："吾已定下三条计策，非子龙不可行也。"遂唤赵云近前，附耳言曰："汝保主公入吴，当领此三

> 个锦囊。囊中有三条妙计，依次而行。”即将三个锦囊，与云贴肉收藏，孔明先使人往东吴纳了聘，一切完备。

于是，刘备根据诸葛亮的安排去了东吴。其实孙权压根儿没想把妹妹嫁给他，只是准备用周瑜的计策把刘备软禁起来。

> 玄德心中怏怏不安。到南徐州，船已傍岸，云曰：“军师分付三条妙计，依次而行。今已到此，当先开第一个锦囊来看。”于是开囊看了计策。便唤五百随行军士，一一分付如此如此，众军领命而去。又教玄德先往见乔国老。那乔国老乃二乔之父，居于南徐。玄德牵羊担酒，先往拜见，说吕范为媒、娶夫人之事。随行五百军士，俱披红挂彩，入南徐买办物件，传说玄德入赘东吴，城中人尽知其事。

诸葛亮的妙计击破了孙权和周瑜的把戏，刘备因此转危为安。接下来也都是同样的套路：周瑜再出诡计，刘备惊慌失措，赵云打开锦囊，一切早被孔明安排妥当。如此这般，第二个、第三个锦囊一一打开，刘备就像民间故事里常见的傻姑爷，一切都听别人的摆布，遇到事情，只会“犹豫”“怀疑”“不安”，甚至“吓得面如土色”；而诸葛亮呢，全然不加理会，“大笑”“竟教”之外，便是暗箱操作式的锦囊妙计。

揆诸情理，一代枭雄刘备在自己的婚姻大事上、在深入虎穴这一存亡大计上，是绝对不可能让自己蒙在鼓里任人摆布的；而三个锦囊妙计云云，也实在是夸张过度，完全是民间故事“三个难题”式的思

刘玄德娶孙夫人

路。作者不顾史实、不顾情理地“愚化”刘备，恰是为了“神化”孔明之智。

再举一个例子。孙权、周瑜“赔了夫人又折兵”之后，又想出一个借道的诡计：

瑜曰:“子敬不必去见吴侯,再去荆州对刘备说:孙、刘两家,既结为亲,便是一家;若刘氏不忍去取西川,我东吴起兵去取,取得西川时,以作嫁资,却把荆州交还东吴。”肃曰:“西川迢递,取之非易。都督此计,莫非不可?”瑜笑曰:“子敬真长者也。你道我真个去取西川与他?我只以此为名,实欲去取荆州,且教他不做准备。东吴军马收川,路过荆州,就问他索要钱粮,刘备必然出城劳军。那时乘势杀之,夺取荆州,雪吾之恨,解足下之祸。”

听得鲁肃到来,刘备便与孔明商议。

孔明曰:“鲁肃必不曾见吴侯,只到柴桑和周瑜商量了甚计策,来诱我耳。但说的话,主公只看我点头,便满口应承。”计会已定。鲁肃入见。礼毕,曰:“吴侯甚是称赞皇叔盛德,遂与诸将商议,起兵替皇叔收川。取了西川,却换荆州,以西川权当嫁资。但军马经过,却望应些钱粮。”孔明听了,忙点头曰:“难得吴侯好心!”玄德拱手称谢曰:“此皆子敬善言之力。”孔明曰:“如雄师到日,即当远接犒劳。”鲁肃暗喜,宴罢辞回。玄德问孔明曰:“此是何意?”孔明大笑曰:“周瑜死日近矣!这等计策,小儿也瞒不过!”玄德又问如何,孔明曰:“此乃假途灭虢之计也。虚名收川,实取荆州。等主公出城劳军,乘势拿下,杀入城来,攻其无备,出其不意也。”玄德曰:“如之奈何?”孔明曰:“主公宽心,只顾准备窝弓以擒猛虎,安排香饵以钓鳌鱼。等周瑜到来,他便不死,也九分无气。”便唤赵云听计:“如此如此,其余我自有摆布。”玄德大喜。

大家看这一段如何写刘备。当鲁肃到来时，刘备唯一的本领就是发问：“此是何意？”“如之奈何？”相反地，诸葛亮毫不客气地扮演起教师爷来。最过分的描写是他教导刘备：“主公只看我点头，便满口应承。”此举毫不掩饰地把刘备当傀儡。他对着刘备夸口：“（周瑜的）这等计策，小儿也瞒不过！”而接下来就写刘备“又问如何”。这种过分的描写，连毛氏父子也看不过眼去，批道：“小儿瞒不过，大人倒不晓得！”

我们看看《三国志·蜀书·先主传》的有关记载：

> 权遣使云欲共取蜀……荆州主簿殷观进曰：“……吴必不敢越我而独取蜀……”先主从之，权果辍计。迁观为别驾从事。

而《献帝春秋》的记载是：

> 备欲自图蜀，拒答不听……权不听，遣孙瑜率水军住夏口。备不听军过……权知备意，因召瑜还。

很清楚，这是刘备与孙权之间的直接较量，至多有个殷观曾经进言，而自始至终都没有诸葛亮什么事。

作者为什么要如此安排呢？浅层看，不过是一种常见的文学手法——反衬而已。要表现诸葛亮的高超智谋，自然需要周围人的智商低下一些。不过，深入一些看，就涉及中国文人自古的一个梦想——做帝王之师。

作为一名自负的文人，满腔文韬武略，需要一个自由施展的机遇，于是就酿出了集体的白日梦。最早的帝王之师的形象是见之于儒家多种经典的“师尚父”——姜子牙。他的这个尊称中就包含着周武王对他的双重尊敬：老师与父执。后来更有儒者为所有的贤德之君都“找出”了老师，如宋人林之奇。[①]不过，明确的帝王师的论说最早应属《孟子》。可以说，《孟子》通篇都贯穿了这种观念。最明显的是《孟子·滕文公上》：“有王者起，必来取法，是为王者师也。”在其他篇章，孟子也不同程度地对此做了表述。他强调帝王对指导他们的儒者要恭敬，而儒者则不妨“说大人则藐之”。这就和孔子的思想有了一定出入。《论语》中，孔子在最高统治者面前是采取谦卑姿态的。所以到了宋代，程颐特别批评孟子“有英气”“有圭角”，不及孔子蕴藉。孟子做“王者师”的理想在司马迁的《史记》里又得到了充分的发挥，特别是在《留侯世家》里，写张良时就把帝王师的理想具体化、形象化了。司马迁写张良遇到黄石公，黄石公向其传授秘籍时说：“读此则为王者师矣。”《史记》中还有魏文侯以子夏等为师的记载。唐人则把李泌塑造为成功的帝王师形象。到了辛稼轩，便在《木兰花慢》中高歌“一编书是帝王师”，抒发胸中郁结不平之气，表达对这一梦想的心驰神往。

《三国演义》中的诸葛亮就是这一积淀了千年的梦想的文学实现。

---

① “尧师于君畴，舜师于务成昭，禹师于西王国，汤师于伊尹，高宗师于甘盘傅说，文王师于太公望，成王师于周召，未有不师于圣贤而能学者，未有不学而能成其德者。”（林之奇《尚书全解》）

玄德风雪请孔明

帝王师之梦在《三国演义》中描写最重的一笔是三顾茅庐。这则故事在《三国志》里写得很简略，但是在《三国演义》中铺陈得十分详细和具体。三顾茅庐，一则体现了读书人作为帝王师必要的尊严；二则，诸葛亮在全书中为了蜀汉政权鞠躬尽瘁，一定要有一个道德支点，这就是报答刘备的知遇之恩。除此之外，三顾茅庐还有更重要的价值，即它引出了“三分天下”大格局的隆重呈现。三顾茅庐之前，刘备得到徐庶时，几乎是一个常败将军。这点很奇怪，倘真如此，他为什么会有那么大的名气？而自从得到徐庶，刘备就开始翻身，逐渐打了一些胜仗，虽然都是些小胜。徐庶说自己的智谋、韬略与诸葛亮相比差太远了。这就是个衬托，也是个悬念。接下来，水镜先生再次强化了悬念，并隐隐提出了帝王师的概念。而两顾茅庐不得见，使得刘关张三人对诸葛亮的兴趣进一步被高高吊了起来，同时也把读者的兴趣吊了起来。这到底是个什么样的人物呢？

等到第三次拜访，孔明现身了，而且一出场就以天下的“大局观”教导刘备：

> 自董卓造逆以来，天下豪杰并起。曹操势不及袁绍，而竟能克绍者，非惟天时，抑亦人谋也。今操已拥百万之众，挟天子以令诸侯，此诚不可与争锋。孙权据有江东，已历三世，国险而民附，此可用为援而不可图也。荆州北据汉、沔，利尽南海，东连吴会，西通巴、蜀，此用武之地，非其主不能守；是殆天所以资将军，将军岂有意乎？益州险塞，沃野千里，天府之国，高祖因之以成帝业；今刘璋暗弱，民殷国富，而不知存恤，智能之士，思得明君。将军既帝室之胄，信义著于四海，总揽英雄，思贤如渴，若跨有荆、益，保其岩阻，西和诸戎，南抚彝、越，外结孙权，内修政理；待天下有变，则命一上将将荆州之兵以向宛、洛，将军身率益州之众以出秦川，百姓有不箪食壶浆以迎将军者乎？诚如是，则大业可成，汉室可兴矣。此亮所以为将军谋者

也，惟将军图之。

诸葛亮的这一席话瞬时打消了刘备的顾虑。“（诸葛亮）言罢，命童子取出画一轴，挂于中堂，指谓玄德曰：‘此西川五十四州之图也。将军欲成霸业，北让曹操占天时，南让孙权占地利，将军可占人和。先取荆州为家，后即取西川建基业，以成鼎足之势，然后可图中原也。’”至此，刘备自己表态了，说：“先生之言，顿开茅塞，使备如拨云雾而睹青天。”结果，诸葛亮刚刚出山，就来了一记妙招——火烧新野。通过这一系列的渲染，诸葛亮俨然成了智谋的化身。而这也就向读者强调了若想在关键时候得到一个重要的谋臣，领导人必须以“帝王师”的礼遇相待，如此一来，这个谋臣也就可以决定成败。至此，诸葛亮走到舞台中央，从而给全书带来许多富有智慧、魅力的情节，同时也形成了《三国演义》的一个重要的艺术特点。

小说中“帝王师”的观念特别表现在对“运筹帷幄之中”的重视，即谋臣的作用。诸葛之外，小说还写了郭嘉之于曹操：

（曹操）乃问嘉曰：“袁绍如此无状，吾欲讨之，恨力不及，如何？”嘉曰：“刘、项之不敌，公所知也。高祖惟智胜，项羽虽强，终为所擒。今绍有十败，公有十胜，绍兵虽盛，不足惧也：绍繁礼多仪，公体任自然，此道胜也；绍以逆动，公以顺率，此义胜也；桓、灵以来，政失于宽，绍以宽济，公以猛纠，此治胜也；绍外宽内忌，所任多亲戚，公外简内明，用人惟才，此度胜也；绍多谋少决，公得策辄行，此谋胜也；绍专收名誉，公以至诚待人，此德胜也；绍恤近忽远，公虑无不周，此仁胜也；绍听谗惑乱，公浸润不行，此明胜也；绍是非混淆，公法度严明，此文胜也；绍好为虚势，不知兵要，公以少克众，用兵如神，此武胜也。公有此十胜，于以败绍无难矣。”

不仅正面写其助曹灭袁的关键性决策，而且从反面写失去他导致赤壁之战曹军大败。至于诸葛亮，小说也写了他在实际操作中的失误，如六出祁山时，只肯走斜谷，不肯出兵子午谷。第九十五回“马谡拒谏失街亭　武侯弹琴退仲达”中，司马懿就提到“诸葛亮平生谨慎，未敢造次行事。若是吾用兵，先从子午谷径取长安，早得多时矣。他非无谋，但怕有失，不肯弄险”。因为司马懿在一定程度上是与诸葛亮相抗衡的另一个智慧化身，所以这段话可以理解为作者对诸葛亮的一个含蓄的批评。而这样写，既是对历史的尊重——毕竟诸葛亮没有成功，也使得人物形象丰富、真实。

诸葛亮被称“智绝”，究其原因，他的战略眼光只是一方面，而战术上的“算无遗策”才是小说描写得更多也更有特点的内容。

《孙子兵法》是非常有名的兵书，但是它大多是讲抽象的原理或战法，而《三国演义》却是把这些抽象的战法实际运用了起来，类似军事演习中的沙盘推演，例如全书中花样百出的火攻、埋伏、水攻、佯兵。在这个方面，我国其他类似的小说完全不能和《三国演义》一较高下。书中重要的火攻，最开始有火烧新野，后面最顶峰的是火烧赤壁，再后面蜀汉被火攻的则属火烧连营七百里，还有什么火烧藤甲兵、火烧司马懿等。水攻没有火攻多，但是也有若干。埋伏也有很多，利用地形做埋伏、以诱兵之计做埋伏、利用假象做埋伏等。所以，有个传说，李自成和张献忠起义时，手下的将领都不懂军事，为何后面那么厉害？就靠熟读《三国演义》。[①] 还有一说，多尔衮为了训练手下将帅，曾把《三国演义》翻译成了满文，“少校”以上每人一册。清太宗皇太极用反间计杀了袁崇焕，据说直接模仿的就是蒋干盗书。

更有趣的是，《三国演义》里面还有迄今为止最早体现出博弈论思想的文学描写。如今，现代商战的核心就是博弈论的运用。博弈论作为一种理论，与军事学密切相关。“二战”中有一个战例：日军有一个大型舰队将进行一次重要的战略调动，有两条路线可供选择。这两条路线的海域条件，特别是气候条件大不相同。美军要乘机歼灭这支舰队，准备集中空中打击力量。美军如果分兵两路，则力量不够，不仅无法消灭对手，反而可能变成“送货上门”。如果集中全部力量，就必须准确判断日军的路线。两条路线对双方都是各有利弊，美军的判断不能一厢情愿，必须分析日军的选择；可是日军的判断又必然会考虑到美军的这一系列思考，包括对自己思路的思考。也就是说，美军必须设想日军是如何想象美军的选择与行动，必须比日军棋高一着。以最简单的二人对弈为例，稍想一下便知此中大有玄妙：假设双方都精确地记得自己和对手的每一步棋且都是最理性的棋手，甲运子的时候，为了赢棋，得仔细考虑乙的想法，而乙运子时也得考虑甲的想法，所以甲还得想到乙在如何猜测他的想法，乙当然也知道甲想到了他在想甲的想法……如此这般无限循环往复下去，最佳选择何在呢？这促使数学家研究出了现代的博弈论学说，应用到了经济、政治等各

① “张献忠之狡也，日使人说《三国》《水浒》诸书，凡埋伏攻袭咸效之。其老本营管队杨兴吾尝语孔尚大如此。”（刘銮《五石瓠》）

个方面。《孙子兵法》包含了博弈论的最基本原理——“知己知彼，百战不殆”，但较为简略，而《三国演义》则以生动的故事情节展现、诠释了这一基本原理。最典型的是火烧赤壁之后诸葛亮要用最后一招来截杀曹操，前面派了赵云，又派了张飞，最后派了关云长在华容道设了埋伏。这个地方向北有两条路，大路稍平，但要远五十余里；小路崎岖，却近得多。小说中有一段戏剧性描写：

> 云长曰：“若曹操不从那条路上来，如何？”孔明曰：“我亦与你军令状。”云长大喜。孔明曰：“云长可于华容小路高山之处，堆积柴草，放起一把火烟，引曹操来。”云长曰：“曹操望见烟，知有埋伏，如何肯来？”孔明笑曰：“岂不闻兵法虚虚实实之论？操虽能用兵，只此可以瞒过他也。他见烟起，将谓虚张声势，必然投这条路来。将军休得容情。”

后来曹操果然令前军走华容道小路。

> 诸将曰：“烽烟起处，必有军马，何故反走这条路？”操曰：“岂不闻兵书有云：虚则实之，实则虚之。诸葛亮多谋，故使人于山僻烧烟，使我军不敢从这条山路走，他却伏兵于大路等着。吾料已定，偏不教中他计！”

诸葛亮到底棋高一着。和别的斗智描写不一样，诸葛亮的高明是在智谋往复中体现的：诸葛亮推算曹操如何推算自己，然后在此基础上反其道而行之。后来的空城计也是如此。诸葛亮摆了个空城反而吓

孔明智退司马懿

跑了司马懿，这是为什么呢？因为对手是司马懿。他料定司马懿会如此这般地推算自己。小说中描写司马懿的前军到了城下，见了洞开的城门和诸葛亮泰然自若的模样，十分疑惑，急报司马懿：

> 懿笑而不信，遂止住三军，自飞马远远望之。果见孔明坐于城楼之上，笑容可掬，焚香操琴。左有一童子，手捧宝剑；右有一童子，手执麈尾。城门内外，有二十余百姓，低头洒扫，傍若无人，懿看毕大疑，便到中军，教后军作前军，前军作后军，望北山路而退。次子司马昭曰："莫非诸葛亮无军，故作此态？父亲何故便退兵？"懿曰："亮平生谨慎，不曾弄险。今大开城门，必有埋伏。我兵若进，中其计也。汝辈岂知？宜速退。"于是两路兵尽皆退去。

孔明见魏军远去，抚掌而笑。后来诸葛亮就此做出了那段著名的解释：

> 此人料吾生平谨慎，必不弄险；见如此模样，疑有伏兵，所以退去。吾非行险，盖因不得已而用之。

"此人料吾"四个字是问题的关键：诸葛亮推想司马懿必如此来推想我方。《孙子兵法》所说的"知己知彼，百战不殆"，也是讲作战者对自己和敌人都要有充分的了解和判断。不过，相比之下《三国演义》在两个方面又有所发展：一方面是由"知己知彼"发展到"知彼之'如何知己'"，这就有了反推；另一方面是具体化为战例，更加生动、明白。实际上，华容道以及空城计的这两个反推在历史文献中都是不存在的，是罗贯中锦心绣口的创造。这似乎也可以旁证罗贯中有意"图王"（或曰"辅王"），故着眼于韬略，并着意于把它表现出来的创作心理。

《三国演义》中还有精密的“伐交”（《孙子兵法》语）心战，类似于今天的间谍战、心理战。描写最精彩的就是蒋干盗书这一经典回目。其最成功的地方就是周瑜利用曹操对降将的怀疑，然后设计出这一套计策。从文学效果的角度讲，这一情节增加了周瑜的戏份，使其足以和诸葛亮“一时瑜亮”；又深入刻画了曹操，使得三方的对手戏在“智斗”的意义上精彩纷呈。不过，若从谋略的含金量这一角度看，使用反间计更为精巧的战例是“曹操抹书间韩遂”。如果说蒋干盗书还有喜剧的成分，是蒋干自身的智力、心理的弱点成就了周瑜的计谋，那么，“抹书间韩遂”则以更为严密的逻辑与心理陷阱表现出作者的计谋水平。故事讲的是曹操要挑拨韩遂和马超反目，就使用了两招来离间：

> 操使人过阵谓韩遂曰：“丞相谨请韩将军会话。”韩遂即出阵；见操并无甲仗，亦弃衣甲，轻服匹马而出。二人马头相交，各按辔对语。操曰：“吾与将军之父，同举孝廉，吾尝以叔事之。吾亦与公同登仕路，不觉有年矣。将军今年妙龄几何？”韩遂答曰：“四十岁矣。”操曰：“往日在京师，皆青春年少，何期又中旬矣！安得天下清平共乐耶！”只把旧事细说，并不提起军情。说罢大笑，相谈有一个时辰，方回马而别，各自归寨。早有人将此事报知马超。超忙来问韩遂曰：“今日曹操阵前所言何事？”遂曰：“只诉京师旧事耳。”超曰：“安得不言军务乎？”遂曰：“曹操不言，吾何独言之？”

曹操故意违背常理，而且也看不出有什么明确的目的，其实就是要促使马超自生疑惑。果然，马超进入了他布置好的心理陷阱，想到两军交战，你们两位主将在阵前谈了一个多时辰，什么军务都没有涉及，这绝对有问题！于是就对韩遂有了猜忌、提防。后来，曹操乘势而进，火上浇油：

> 亲笔作一书，单与韩遂，中间朦胧字样，于要害处，自行涂抹改易，然后封送与韩遂，故意使马超知之。超必索书来看。若看见上面要紧去处，尽皆改抹，只猜是韩遂恐超知甚机密事，自行改抹，正合着单骑会语之疑，疑则必生乱。

此计一行，马超果然掉进了圈套，把曹操的密信要过来看后，就信件中涂抹一事提出了自己的疑问。韩遂解释说可能是曹操最近精神不正常，把草稿错送过来了。马超怎么会相信呢，于是二人就发生了火并，联盟破裂，曹操渔翁得利，除了心腹大患。曹操这个反间计就是利用人的心理误区，故意诱使其走入反常的境地，引发猜疑。这些在《孙子兵法》中也有相应的描写：

> 故上兵伐谋，其次伐交，其次伐兵，其下攻城。……故善用兵者，屈人之兵而非战也，拔人之城而非攻也，毁人之国而非久也，必以全争于天下，故兵不顿而利可全，此谋攻之法也。
>
> ——《孙子兵法·谋攻》

> 故三军之事，莫亲于间，赏莫厚于间，事莫密于间。非圣智不能用间，非仁义不能使间，非微妙不能得间之实。……微哉，

微哉！无所不用间也。

——《孙子兵法·用间》

孙子这个“微哉，微哉”是发自内心的感叹，强调反间计其实是很微妙的事情。从这个意义上，《三国演义》为它提供了精彩的范例。

还要指出的是，《三国演义》不是单纯的展示、说明智慧和谋略，而是把智谋充分地艺术化、戏剧化了。上述这些智谋深邃的地方，往往就是故事性特别强的地方。作者的高明之处在于把书中人物的智谋通过活生生的表演、通过故事的起伏跌宕表现出来，从而产生出独特的艺术魅力，这也是《三国演义》不同于其他小说的鲜明特色。

第三节 风云遇合英雄谱

《三国演义》具有典型的英雄传奇性质，这集中表现在两个方面：一是戏剧性很强的情节安排，二是“超人”的形象塑造方式。这种“超人”形象，既是人，又是“大一号”的人，也就是所谓英雄。由于有所夸张，又由于对性格的扁平性简化，所以它很容易给读者留下浮雕式的深刻印象。

《三国演义》电视剧里有一段插曲唱道：“浮现出一个个鲜活的面容。”细想来，《三国演义》中称得上“鲜活面容”的其实不会超过十个。从接受的角度看，在《三国演义》传播的四五百年中，群英中谁的影响最大呢？诸葛亮？曹操？刘备？张飞？周瑜？还是关羽？我看，如果综合评估，肯定是关羽。一个无可辩驳的证据就是曾经遍布全国的关帝庙。现在那些庙都没有了，可关老爷的地盘反而更大了。现在到商场、饭店经常可以看到被供奉的关羽像。这点很奇怪，关羽和零售业、饮食业有什么关系呢？他莫名其妙地就介入了这些场所。据说，他的身份是“武财神”，可关羽“挂印封金”，并没有敛财的本领。单从“深入民间”这个意义上说，关羽的影响力应该是最大的。

《三国演义》写战阵，如同我国其他古代小说、戏剧一样，有过于简化的通病。总是两阵对圆，各出一员将官，大战若干回合。其他人等，三千军也罢，五万军也罢，都规规矩矩地站在自己的位置上呆呆地“看戏”。这样写，一则是因为老百姓心目中的战争场面不可能很专业；二则，对于通俗叙事文学的发端——说书艺术来说，这样表现战阵可能是最便捷的方式，也可能是唯一可行的方式。这种简化，对于表现战争的真实性、残酷性来说，肯定是小儿科的，但对于英雄传奇的叙事效果、对于塑造“超人”形象，却又有特别的长处。

关羽就从中获益匪浅。例如“斩颜良、诛文丑”一节。在《三国志》中，涉及这一事件的记载共有五段：

> 公乃引军兼行趣白马，未至十余里，良大惊，来逆战。使张辽、关羽前登，击破，斩良。(《魏书 · 武帝纪》)

> 有顷，骑至稍多，或分趣辎重。公曰：“可矣。”乃皆上马。时骑不满六百，遂纵兵击，大破之，斩丑。良、丑皆绍名将也，再战，悉禽，绍军大震。公还军官渡。绍进保阳武。关羽亡归刘备。(《魏书 · 武帝纪》)

从破刘备，又从破颜良，拔白马，进至延津，破文丑，拜偏将军。(《魏书·张乐于张徐传》)

绍渡河，壁延津南，使刘备、文丑挑战。太祖击破之，斩丑，再战，禽绍大将。绍军大震。(《魏书·董二袁刘传》)

颜良攻东郡太守刘延于白马，曹公使张辽及羽为先锋击之。羽望见良麾盖，策马刺良于万众之中，斩其首还，绍诸将莫能当者，遂解白马围。(《蜀书·关张马黄赵传》)

这里可以分三层来看：一则，斩颜良是关羽和张辽的功绩，行动的主角确是关羽；二则，诛文丑似乎是曹操和徐晃的功劳，没有关老爷什么事；三则，关老爷斩颜良确实神勇，但陈寿的记载相当简单，只能看出是在混战中出其不意。

我们再来看看《三国演义》是怎么写的。关羽斩颜良发生在曹操和袁绍的主力部队接触时。颜良是袁绍营中第一猛将，连着斩了曹操好几员大将。曹操和部下在一个山坡上眼看着自己连折几员大将，心里很是郁闷，于是就决定把关羽请出来。这时忽报颜良挑战，曹操引关公上土山观看。书中写道：

操与关公坐，诸将环立。曹操指山下颜良排的阵势，旗帜鲜明，枪刀森布，严整有威，乃谓关公曰："河北人马，如此雄壮！"关公曰："以吾观之，如土鸡瓦犬耳！"操又指曰："麾盖之下，绣袍金甲，持刀立马者，乃颜良也。"关公举目一望，谓操

> 曰："吾观颜良，如插标卖首耳！"操曰："未可轻视。"关公起身曰："某虽不才，愿去万军中取其首级，来献丞相。"张辽曰："军中无戏言，云长不可忽也。"

曹操和张辽这样一唱一和就把关羽的斗志给激发出来了，于是关羽"奋然上马，倒提青龙刀，跑下山来，凤目圆睁，蚕眉直竖，直冲彼阵。河北军如波开浪裂"。颜良正在那里耀武扬威，关羽突然冲到面前，手起一刀，刺于马下。这种写法很特别。一方面，十万大军形同虚设；另一方面，按照前面对颜良的战绩描写，他的武艺应该和关羽伯仲之间，就是两人单挑，要分胜负至少也得大战八十回合之后。如果是写其他战将，包括武艺绝伦的吕布，作者都是以这种多少回合的路数来表现的。回合多少是衡量武艺高低的尺度，这是书场艺术的一个简单化的小把戏。唯独写关羽之时，他刺杀颜良，只是一下。这倒不是颜良无能，而是关羽神勇。上面引述的一段对话是其神魂所在。关羽高傲的性格和易于被人所激的特点也表露无遗。小说在关羽初次亮相——"温酒斩华雄"[①]时也是用同样的笔法：先铺垫华雄的凶猛，然后关羽挺身出战。二人如何交战一概不写，只写气氛：

> 听得关外鼓声大振，喊声大举，如天摧地塌，岳撼山崩。众

---

① 这种手法被古龙学得。他的中后期作品中，高手交战从不写一招一式，或如西门吹雪决战叶孤城，或如李寻欢决战上官金虹，都有不一般的效果。尤其是李寻欢决战上官金虹一节，决战双方封闭到一间铁屋中，所有人的视线全被割断，最后李寻欢一个人走出铁屋。"小儿辈破贼矣"，给所有读者留下无穷的想象空间。真得"温酒"之神髓也。

> 皆失惊，正欲探听，鸾铃响处，马到中军，云长提华雄之头掷于地上——其酒尚温。

斩华雄这一段，在《三国志》中本是“江东猛虎”孙坚的功绩，罗贯中掠来送给了关羽，还渲染出如此神威凛凛的一笔。不仅如此，上文的“斩颜良”之后，还有“诛文丑”，也是关老爷轻而易举就干掉了袁绍另一个勇冠三军的大将。而据《三国志》，这个战功本是人家徐晃的。

把他人的成绩集中到某一形象身上——主要是关羽和诸葛亮，再加以适度夸张，于是就树立起一个鹤立鸡群的超人形象，而超人形象正是传奇类叙事文学的核心。

这里可以拿明末双峰堂刊本《三国演义》来做个比较。“双本”在斩颜良之后，曹操夸赞关羽英勇，关羽遂称其弟张翼德“于百万军中取上将之头如探囊取物”。曹操大惊，告诫手下以后遇见张飞不可轻敌，并令人把“张翼德”三字写到衣襟上。然后有一段补叙文字：

> 元（原）来颜良辞袁绍时，刘玄德曾暗嘱曰：“吾有一弟，乃关云长也。身长九尺三寸，须长一尺八寸，面如重枣，单（丹）凤眼，卧蚕眉，爱穿绿锦战袍，能使青龙大刀。必在曹操处。如见，可交（叫）急来。”因此颜良见关公来，只道是来投奔，故不准备迎敌，被斩于马下。史官故下“刺”者，包含多少就里。有刺颜良诗为证。

后面还有四首诗歌，第四首云：

十万雄兵莫敢当，单刀匹马刺颜良。只因玄德临行语，致使英雄束手亡。

这段说明文字和这首诗都是为了让故事看起来较为合理，却把前文苦心营造起来的传奇氛围与关羽的超人形象解构掉了。尤其是这首顺口溜一般的“诗”，连叙事立场也漂移不定，尽显书坊老板的低下水准。在所谓李卓吾批点本中虽去掉了补叙，但仍保留着这首诗，直到毛氏父子才做了彻底清理。就此一端，也可看出毛批本的高明。

再举一例，“关云长单刀赴会”这一情节在历史上与小说所写恰好是反过来的——不是关云长单刀会鲁肃，而是鲁肃单刀来见关云长。《三国志》记载：

肃住益阳，与羽相拒。肃邀羽相见，各驻兵马百步上，但诸将军单刀俱会。肃因责数羽……

肃厉声呵之，辞色甚切。

（肃）乃趋就羽……羽无以答。

很显然，这次“武装谈判”是鲁肃提议，而且是鲁肃单刀来会关羽。谈判中，似乎主动权也在鲁肃一方，至少鲁肃表现得很有英雄气。可是到了元杂剧中，英雄的角色就分配给了关羽。而罗贯中也乐得接受这一重新分配的结果，因为这和他的创作意图完全一致。

小说中描写鲁肃邀关羽过江，关羽欣然答应，众人都以为不可：

关平曰："鲁肃相邀，必无好意；父亲何故许之？"云长笑曰："吾岂不知耶？此是诸葛瑾回报孙权，说吾不肯还三郡，故令鲁肃屯兵陆口，邀我赴会，便索荆州。吾若不往，道吾怯矣。吾来日独驾小舟，只用亲随十余人，单刀赴会，看鲁肃如何近我！"平谏曰："父亲奈何以万金之躯，亲蹈虎狼之穴？恐非所以重伯父之寄托也。"云长曰："吾于千枪万刃之中，矢石交攻之际，匹马纵横，如入无人之境；岂忧江东群鼠乎！"马良亦谏曰："鲁肃虽有长者之风，但今事急，不容不生异心。将军不可轻往。"云长曰："昔战国时赵人蔺相如，无缚鸡之力，于渑池会上，觑秦国君臣如无物；况吾曾学万人敌者乎！既已许诺，不可失信。"良曰："纵将军去，亦当有准备。"云长曰："只教吾儿选快船十只，藏善水军五百，于江上等候。看吾认旗起处，便过江来。"

《三国志》中类似的讨论发生在鲁肃与其部属之间，而鲁肃主要是理性地分析形势，说明谈判的必要云云。而罗贯中将此情节移到关羽名下时重心就改了，变成关羽逞英雄。若揆情度理，关羽不听众人劝告，单刀过江，实在是莽夫所为，但作者要表现他不同常人的胆识，就顾不得情理了。

可怜鲁肃变成了配角，而且鼻子上还被抹上了一块小丑的白色。书中写他欲害关羽不成，反出了一通丑：

鲁肃魂不附体，被云长扯至江边。吕蒙、甘宁各引本部军欲出，见云长手提大刀，亲握鲁肃，恐肃被伤，遂不敢动。云长到

> 船边，却才放手，早立于船首，与鲁肃作别。肃如痴似呆，看关公船已乘风而去。

想想看，手提大刀，独立船头，视敌军如蝼蚁，这简直是天神一样的形象[①]——只是不要过分追究情理。

文学家对历史的这种修改让人感叹不已。陆游有一首诗便表达了这种无奈之情："身后是非谁管得？满村听唱蔡中郎。"鲁肃地下有知，定当长吟此句而苦笑。

不过，《三国演义》塑造关羽形象时并不只是夸大其神勇，而是存在多个维度。特别是对他的"义气"的描写，更使其获得了"义绝"（"义气到达极致"的意思）的美誉。"义"而要"绝"，这里也免不了几分夸张，只是夸张的方式不同。例如在华容道这一故事中，通过几个传神的动作描写就把关羽重义而高傲的性格给彰显出来了。曹操在华容道中了埋伏，被关羽截住：

> 一声炮响，两边五百校刀手摆开，为首大将关云长，提青龙刀，跨赤兔马，截住去路。操军见了，亡魂丧胆，面面相觑。操曰："既到此处，只得决一死战！"众将曰："人纵然不怯，马力已乏，安能复战？"程昱曰："某素知云长傲上而不忍下，欺强而不凌弱；恩怨分明，信义素著。丞相旧日有恩于彼，今只

① 《水浒传》中，武松在快活林中醉打蒋门神一段和此事有些类似，也是写超人便不顾一般情理：强敌当前，却故意喝得醺醺然，以情理论，实为莽汉所为；以艺术论，却是写出"这一个""超人"的妙笔。以气质论，武松与《三国演义》中的关羽相当接近。而两本书中，社会影响也以此二人为最大。这是值得研究的一个话题。

亲自告之，可脱此难。”……又见曹军惶惶，皆欲垂泪，一发心中不忍。于是把马头勒回……操见云长回马，便和众将一齐冲将过去。云长回身时，曹操已与众将过去了。云长大喝一声，众军皆下马，哭拜于地。云长愈加不忍。正犹豫间，张辽纵马而至。云长见了，又动故旧之情，长叹一声，并皆放去。

关羽的矛盾心理有两个原因：一是因为这里确有一个政治原则问题——“汉贼不两立”；二是因为他立下了军令状，性命攸关。但是在短暂的犹豫后，他还是“长叹一声，并皆放去”。其实这也是常人所不能的。这个情节中，写关羽的情态不过二三十个字，但是心理的变化、内心的矛盾都写出来了。可以说，《三国演义》全书写人物心理、人物性格，最细腻生动的就数这一段。

另一个维度是对他高傲的描写。马超被张鲁雇来和刘备作战。刘备派张飞在葭萌关和马超昼夜鏖战，一时成为极具传奇色彩的佳话。后来马超归顺了刘备。刘备做汉中王后，册封臣下，有五虎上将之说：即关、张、赵、马、黄。关羽一看有关文件，当场就翻了脸。关羽心目中自己应该是什么“一龙上将”之类，或者是“五星大元帅”，而其余的都是四星上将，现在给弄了个五虎上将之一，“与绛、灌为伍”，心里很是不高兴。于是修书一封，扬言要专程入川与马超较个高低。刘备一看大惊，二虎相争，必有一伤。再说，关羽镇守荆州，此任务十分重要，岂能如此！还是诸葛亮聪明，知道关羽闹这一出的根由，便修书一封：

亮闻将军欲与孟起分别高下。以亮度之：孟起虽雄烈过人，

> 亦乃黥布、彭越之徒耳；当与翼德并驱争先，犹未及美髯公之绝伦超群也。今公受任守荆州，不为不重；倘一入川，若荆州有失，罪莫大焉。惟冀明照。

云长看毕，自绰其髯笑曰：“孔明知我心也。”将书遍示宾客，遂无入川之意。这个小细节就把关羽高傲而又有几分虚荣、偏狭的性格写得活灵活现。还有一个情节也是传诵千古——刮骨疗毒。关羽中了毒箭，整条胳膊可能会废掉，幸亏碰到了华佗。华佗说要给关羽做全身麻醉之后再手术。关羽拒绝麻醉，一面与马良弈棋，一面伸臂令华佗直接手术。

> 佗取尖刀在手，令一小校捧一大盆于臂下接血。佗曰：“某便下手，君侯勿惊。”公曰：“任汝医治，吾岂比世间俗子惧痛者耶！”佗乃下刀，割开皮肉，直至于骨，骨上已青；佗用刀刮骨，悉悉有声。帐上帐下见者，皆掩面失色。公饮酒食肉，谈笑弈棋，全无痛苦之色。

这件事，《三国志》也有记载，不过较为简略。这里的“悉悉有声”“谈笑弈棋”，很有现场感，使得关羽的形象越发“超人化”①。

---

① “先主与二人寝则同床，恩若兄弟。而稠人广坐，侍立终日，随先主周旋，不避艰险。”“羽尽封其所赐，拜书告辞，而奔先主于袁军。左右欲追之，曹公曰：‘彼各为其主，勿追也。’”“羽闻马超来降，旧非故人，羽书与诸葛亮，问‘超人才可谁比类？’亮知羽护前，乃答之曰：‘孟起兼资文武，雄烈过人，一世之杰，黥、彭之徒，当与益德并驱争先，犹未及髯之绝伦逸群也。’”以上为《三国志·蜀书·关张马黄赵传》的文字，比较《三国演义》的有关段落，可见小说为塑造“超人”而进行的夸张与改造。

作者对关羽形象的成功塑造，还有一个高明的艺术手法，就是给他集中设计了一些精彩的对手戏。关羽的对手中有两个最重要的人物，一个是曹操，一个是诸葛亮。

本来，简单地从政治道德的角度来说，关羽和曹操是“汉贼不两立”的。但作者在二者之间设计了微妙的关系。在小说开端就让曹操与关羽有了情感上的联系。关羽温酒斩华雄的壮举，正是在曹操的“友情助演”下得以完成的。在汜水关前，各路诸侯豪杰大战华雄未果，挫动锐气，统帅袁绍束手无策。关羽主动请缨，但因为身份低微而受到袁术的耻笑，说：“一个小小的马弓手也敢口出狂言。”在关羽身处窘境之时，副统帅曹操伸出援手，说：“此人长相非凡，敌人焉知其为马弓手！”于是递给关羽温酒一杯，说：“将军且饮了此杯，以壮胆气。”关羽却道：“待我斩了华雄后再饮未迟！”于是提刀上马，顷刻斩了华雄。曹操奉酒祝贺，而“其酒尚温”。这一笔，就把关羽和曹操终生扭到了一块。从艺术表现的角度看，这一笔有特别的意义（金庸将这一点，移用到《射雕英雄传》中，刻画铁木真的领袖气质十分成功①）。在《三国演义》的道德天平上，

---

① 完颜洪烈道：“也叫他进来喝一杯吧。”铁木真传令出去。哲别进帐，谢了赐酒，正要举杯，桑昆叫道：“你这小小的十夫长，怎敢用我的金杯喝酒？”哲别又惊又怒，停杯不饮，望着铁木真的眼色。蒙古人习俗，阻止别人饮酒是极大的侮辱。何况在这众目睽睽之下，教人如何忍得？铁木真寻思：“瞧在义父脸上，我便再让桑昆一次。”当下对哲别道：“拿来，我口渴，我喝了！”从哲别手里接过金杯，仰脖子一饮而干。哲别向桑昆怒视一眼，大踏步出帐。桑昆喝道：“你回来！”哲别理也不理，昂头走了出去。……铁木真道：“今天我见有一个人特别勇敢，冲进敌人后军，杀进杀出一连三次。射死了数十名敌人，那是谁呀？”众兵叫道：“是十夫长哲别！”铁木真道：“甚么十夫长？是百夫长！”众人一愣，（转下页）

邪恶的重要代表就是曹操，道德的重要代表就是关羽，让这两个人产生一种感情的纽带，小说就有了强烈的张力场。而曹操、关羽两个人物也多次处于抉择的境地，得到了丰富性格的良机。如关羽在曹操营中受到最高礼遇，但一旦得知刘备的消息，便“封金挂印”——把曹操赏赐给他的所有东西锁在“保险柜”，把钥匙交给曹操，然后把曹操给他的官印悬于堂上，公然弃职出走。曹操的手下纷纷要带兵追赶捉拿，曹操却认为他“不忘故主，来去明白，真丈夫也”。又对张辽说：

> 云长封金挂印，财贿不以动其心，爵禄不以移其志，此等人吾深敬之。想他去此不远，我一发结识他做个人情。汝可先去请住他，待我与他送行，更以路费征袍赠之，使为后日记念。

张辽领命，单骑先往。曹操引数十骑随后而来。关羽行到城门，看后面烟尘滚滚，立刻命令车仗从人先走，自己提刀立马，立于桥前。曹

(接上页)随即会意，欢呼叫道：“哲别是勇士，可以当百夫长。”铁木真对者勒米道：“拿我的头盔来！”者勒米双手呈上。铁木真伸手拿过，举在空中叫道：“这是我戴了杀敌的铁盔，现今给勇士当酒杯！”揭开酒壶盖，把一壶酒都倒在铁盔里面，自己喝了一大口，递给哲别。哲别满心感激，一膝半跪，接过来几口喝干了，低声道：“镶满天下最贵重宝石的金杯，也不及大汗的铁盔。”铁木真微微一笑，接回铁盔，戴在头上。蒙古众兵将都知道刚才哲别为喝酒受了桑昆侮辱，都在为他不平，便是王罕的部下也均觉桑昆不对，这时见铁木真如此相待，都高声欢呼起来。完颜洪烈心想：“铁木真这人真乃人杰。这时候他就叫哲别死一万次，那人也是心甘情愿。朝中大臣一向总是说，北方蛮人尽是些没脑子的番儿，可将人瞧得小了！”

操赶到，表示自己只是想把锦袍亲自送给关羽留作纪念。

> 云长恐有他变，不敢下马，用青龙刀尖挑锦袍披于身上，勒马回头称谢曰：“蒙丞相赐袍，异日更得相会。”遂下桥望北而去。

这个场面十分生动，很有立体感。曹操的大度（其实还有谋略）以及对人才的爱惜，关羽的坚定、智慧与人情味，都很有特色。这种气度只能发生在这两个形象之间。虽说《三国志》已有此事的轮廓，但经罗贯中的着意渲染，才把人物的内在精神充分表现出来。像这样的细节描写，还有前面提到的华容道，都是很高明的文学笔法，胡适责备《三国演义》缺乏文学性，显然是他的标准出了问题。

如果说曹操和关羽的对手戏使双方性格的优长得以表现，那么，很有意思的是，诸葛亮和关羽的对手戏，却大半是在暴露关羽的缺点。三顾茅庐，关羽和张飞便反对刘备礼遇诸葛亮；火烧新野，二人又质疑诸葛亮的能力；华容道，关羽和诸葛亮抬杠写下军令状；还有前面提到的五虎将之争；等等。对于关羽来说，他一面是“天神”，一面是凡人，合起来便是“超人”。曹操与诸葛亮都是作者摆在关羽面前的镜子。曹操照出的是其“天神”的一面（直到关羽死后，曹操面对他的头颅时，也是出现了神异），诸葛亮照出的是其凡人的一面。在和不同人的对手戏里写出关羽性格不同的方面，有褒有贬，这真是一种十分高明的手法。

当然，这一点是有争议的，有的研究者说这是《三国演义》的成功之处。写英雄，不是一味地拔高，也不是一味地“纯净化”（如写赵云），而是写他的个性，包括令人扼腕的毛病，有毛病方是一个真人。也有研究者说，那时候作家的水平没有大家想象得那么高，罗贯中其实文字水平并不高，这是他无法统一材料留下的破绽。这两种观点各有其合理性。罗贯中并不一定是自觉设计了上述的人物关系、自觉写出较为"圆形"的性格，有的内容是史书中已有的，如关羽、张飞性格的某些弱点，但是，我们也必须看到，罗贯中在加工、写定的时候处理细节时确实下了功夫，其表现力也确实达到了很高的水准。至于是否出于自觉，这倒是个无意义的伪命题，因为我们只需面对作品本身就足够了。

《三国演义》里的关羽半人半神，而现实生活中他却做了足足四五百年的神。① 关羽由人而圣、由圣而神这个过程很值得注意。这个过程的社会心理机制如何？如何造神？统治者起了什么作用？民众起了什么作用？而小说《三国演义》又起了什么作用？在这个大传统、小传统共谋造神的机制中，文学的作用是如何发挥的？这些问题超出了纯文学关注的范围，但对于《三国演义》这部小说来讲，确是不容忽视的需深入研究的一个角度。其实，在21世纪的中国，关圣作为一个文化符号，他的处境、地位如何变化，也是当代文化研究的好题目。

《三国演义》中所谓"一个个鲜活的面容"，在关羽、诸葛亮、曹

---

① "惟神忠义贯金石，勇烈贯古今。方其镇荆州，下襄阳也，虎视中原……故宜其千秋万祀，不问海内外足迹至与不至，无不仰公之为烈。盖至于今日，虽男妇老少，有识无识，无不拜公之象，畏公之灵，而知公之正直，俨然如在宇宙之间也。"（李贽《焚书·关王告文》）

"古称三杰，吾不曰萧何、韩信、张良，而曰刘备、张飞、关公；古称三友，吾不曰直、谅与多闻，而曰桃园三结义。"（李贽《焚书·题关公小像》）

操之外，还包括哪些人物呢？从英雄谱的角度看，恐怕接下来就是张飞了。鞭打督邮、喝断当阳桥，这些都是张飞非常露脸的事情。另外，义释严颜、计赚张郃，也是给人印象深刻的所谓“粗中有细”的情节。最后，他由于性格暴躁丢了脑袋，也是令人唏嘘不已的。“猛张飞”作为莽汉的典型，在中国古典文学人物画廊里是一个非常突出的角色。其后的李逵、牛皋、程咬金等形成了一个莽汉系列，在英雄传奇类小说中产生了特有的趣味，而张飞则是开创这一系列的人物形象。

当然，英雄谱少不了赵云。他的忠勇、识大体特别招人喜欢。长坂坡一节使他的形象深入万千读者之心，但从文学的角度看，这个形象比起关羽、张飞就显得单薄一些了。

蜀营中，“五虎将”之外，落墨最多的要数魏延了。这个形象较为特异。因为魏延是“正派”里面唯一一个带有反面特点的角色。一开始描写的时候就说他脑后有反骨，定了基调。《三国志》中，魏延的事迹颇多疑点，因而关于《三国演义》中的魏延形象历来褒贬不一。近些年来，又出现了一个有意思的话题，说魏延是关羽的“镜像”。对此，大家可以再做思考。

出于“政治立场”，魏营和吴营里面很多了不起的人才，作者都没有用力来写，如张辽、吕蒙等。不过，寥寥数笔而传神者也不乏其例，如“虎痴”许褚的裸战马超、典韦的死守营门、甘宁的百骑劫曹营等，都是颇有英雄气的笔墨。

正面人物如此，负面人物又如何呢？曹操这个形象在书中也是非常突出的。由于《三国演义》的普及，曹操的名气大大地提高了。在历史上，类似曹操这样的人物很多，但是知名度能与曹操比肩的一个也没有。这就看出了文学，特别是通俗文学的巨大影响力。写曹操的奸诈多智，官渡之战许攸来归的那段文字最为传神：

> 却说许攸暗步出营，径投曹寨。伏路军人拿住，攸曰："我是曹丞相故友，快与我通报，说南阳许攸来见。"军士忙报入寨中。时操方解衣歇息，闻说许攸私奔到寨，大喜，不及穿履，跣足出迎。遥见许攸，抚掌欢笑，携手共入。操先拜于地，攸慌扶起曰："公乃汉相，吾乃布衣，何谦恭如此？"操曰："公乃操故友，岂敢以名爵相上下乎！"攸曰："某不能择主，屈身袁绍，言不听，计不从，今特弃之来见故人。愿赐收录。"……攸曰："公今军粮尚有几何？"操曰："可支一年。"攸笑曰："恐未必。"操曰："有半年耳。"攸拂袖而起，趋步出帐曰："吾以诚相投，而公见欺如是，岂吾所望哉！"操挽留曰："子远勿嗔，尚容实诉：军中粮实可支三月耳。"攸笑曰："世人皆言孟德奸雄，今果然也。"操亦笑曰："岂不闻'兵不厌诈'！"遂附耳低言曰："军中止有此月之粮。"攸大声曰："休瞒我！粮已尽矣！"操愕然曰："何以知之？"攸乃出操与荀彧之书示之曰……操大喜，重待许攸，留于寨中。

若只看曹操迎接许攸的情况，真是"周公吐哺，天下归心"的气象。可是接下来两个人关于粮草的对话却把读者的钦慕之心一扫而光。作者描写许攸故意不亮底牌，逗弄曹操表演；而曹操由于不知对方底牌，出于猜疑之心，步步设防。由于读者已预知粮草之事的底细，因而读起来便煞有看戏的感觉。对曹操而言，保守机密、有所警觉本属自然，但步步设防、谎言迭出就显出其奸诈的性格了。特别是在和上文

“跳足出迎”“抚掌欢笑”“先拜于地”的情景对照之下，一种讽刺的意味自然而然就产生了。许攸故作聪明的表演，有自高身价的意图，既显出其有谋略的一面，也暴露了人格不端的一面。和后面许褚杀许攸的情节联系起来，这一节粮草对话的意义才能完全呈露出来。在许攸的协助下，曹操终于攻陷了袁绍的大本营。许攸恃功而骄，以为是曹操故友，便言语无状：

> 曹操统领众将入冀州城，将入城门，许攸纵马近前，以鞭指城门而呼操曰：“阿瞒，汝不得我，安得入此门！”操大笑。

不久，许褚杀了许攸，“提头来见曹操”，曹操只是“深责许褚”而已。这一段里，“操大笑”三字真是入木三分。当读者看到下文许攸被杀的情节，再回想“操大笑”这三个字，恐不免有不寒而栗的感觉。若再联系前面粮草的对话，就更可看出许攸的取死之道。而曹操可怕的奸雄[①]面目也就随着故事的发展逐渐显现、逐渐清晰。

毛氏父子评定曹操的形象是“古今来奸雄中第一奇人”，“一绝也”。“奸”而至于“绝”，可见其不一般。这个“绝”字至少包含了三层意思。一是大奸。作者所写的曹操，玩弄汉帝于股掌之中，视百姓性命如草芥，公然标榜“宁负天下人”的信条，无论是国家政事还是与朋友交往，无不诈谋百出。二是对其大奸形象的表现。如上文，曹操对待许攸，一

---

① 孙盛《异同杂语》云：“（曹操）博览群书，特好兵法，抄集诸家兵法，名曰《接要》；又注《孙武十三篇》，皆传于世。尝问许子将：‘我何如人？’子将不答。固问之，子将曰：‘子治世之能臣，乱世之奸雄。’太祖大笑”。（《三国志》裴松之注）

面做出老朋友的姿态，获得其全力相助，一面又暗自怀恨在心，借刀杀人。这些地方，作者并无一笔明写，纯然是客观白描的笔法，而明眼的读者却看到了一个活灵活现的“大奸”形象。与杀许攸类似的情节还有多处，如前面与陈宫的恩怨，后面对杨修的处理，都可以对照来读。由于具体情节并不相同，这些笔墨毫无重复之感，也少有简单的“贴标签”之举。三是曹操的“奸”是“奸雄”之“奸”，是与“一世之雄”紧密关联的“奸”。罗贯中对曹操形象中豪杰的一面也同样写得生动而富有个性，如前面讲过的识别人才厚待关羽，既有笼络利用的成分，也有领袖群伦的胸襟。再如赤壁大战时横槊赋诗的描写：

> 时操已醉，乃取槊立于船头上，以酒奠于江中，满饮三爵，横槊谓诸将曰：“我持此槊，破黄巾、擒吕布、灭袁术、收袁绍，深入塞北，直抵辽东，纵横天下：颇不负大丈夫之志也。今对此景，甚有慷慨。吾当作歌，汝等和之。”歌曰：“对酒当歌，人生几何；譬如朝露，去日苦多。慨当以慷，忧思难忘；何以解忧，惟有杜康。青青子衿，悠悠我心；但为君故，沉吟至今。呦呦鹿鸣，食野之苹；我有嘉宾，鼓瑟吹笙。皎皎如月，何时可辍？忧从中来，不可断绝！越陌度阡，枉用相存；契阔谈宴，心念旧恩。月明星稀，乌鹊南飞；绕树三匝，无枝可依。山不厌高，水不厌深；周公吐哺，天下归心。”歌罢，众和之，共皆欢笑。忽座间一人进曰：“大军相当之际，将士用命之时，丞相何故出此不吉之言？”……操大怒曰：“汝安敢败吾兴！”手起一槊，刺死刘馥。众皆惊骇。遂罢宴。次日，操酒醒，懊恨不已。馥子刘熙，告请父尸归葬。操泣曰：“吾昨因醉误伤汝父，悔之无及。

可以三公厚礼葬之。”

罗贯中用生动的笔墨写出两军对垒战阵之前，曹操作为文学家闲情逸致的一面；同时，他的骄横、机诈也随之而出。所以，曹操尽管基调是反派人物，但形象饱满，不失一代奸雄的超众身份。

正反面的人物皆为“一世之雄”，旗鼓相当，故事才生动；而他们相互激荡，使得彼此形象皆得以丰满充实。

当然，《三国演义》的人物塑造也有失败的一面。刘备作为“枭雄”的性格、形象特点在作品中基本没有表现出来。在很多地方，他只是一个一般意义上的道德楷模，在道德上占据制高点，而在行动上往往低能。这在明代白话长篇小说中并不鲜见。比如《西游记》中的唐僧，由历史上一往无前、大愿大勇的玄奘蜕变成百无一用的窝囊角色；《水浒传》里面的宋江，则由史书中的“勇悍狂侠”变成了“孝义黑三郎”，最大的本领是“纳头便拜”。这种情况当与宋明理学的影响有关，也是一个饶有兴味的创作论话题。

第四节　民众的道义期待

由第一节对成书过程的追溯可以看出，《三国演义》是一部典型的“世代累积型”小说。它成书的过程是各种文化成分不断交融、整合的过程，多种文化在作品里都有程度不同的呈露。在中国文化传统中，历史意识和官修正史所代表的史学意识在读书人层面有深广的影响，同时也波及、渗透到了民众之中，其具体表现为两个方面。一则，看重历史，“盛世修史”成为统治者的追求，参与修史是读书人的梦想，而民众则普遍对历史感兴趣——这点从瓦舍中娱乐市场对表演题材的选择便可看出。二则，看重历史发展中的经验教训，注意对史实做出“是非成败”的因果性解释及道德评判。“以史为鉴”是成为明君贤臣的重要条件，《资治通鉴》的命名就是这一观念的体现，而对历史的解释主要在三个层面进行：一是掌握着书写历史的话语权、信息权的统治者的层面，所谓的“史官文化”或“官修正史”传统是其主要代表；二是一般的读书人，尤其是社会中下层的读书人，他们有自己的知识体系，有对材料的部分把握，往往参与野史的书写与传播；三是大众层面，主要通过文艺形式来表现，他们接受了上两个层面降落下来的知识，同时又有自己的言说——这种传统很早就存在，而中唐以后，大众文艺获得了较大的空间，由隐到显，开始膨胀。作为一部历史小说，《三国演义》处在中间层面，向上、向下都有所吸收。作者以自己的天分将两个层面的文化融为一体，并按自己的主体认识、价值观念和艺术好恶加以扭合、融治。这部书既有总结历史经验教训的明显动机，同时又是从民众的角度来看历史，故而带有较浓的大众文化色彩。政治运作的戏剧化和战争描写的谋略化、模式化成为小说的主要特点。总的来说，这是一部民众眼中的政治军事史。

就这样，一方面是从晋到元上千年所积累和深化的史学家对三国历史的叙述和评价，另一方面是历朝历代民间三国传说的不断演化丰富，它们固然为《三国演义》的作者提供了丰富的素材，但也为后者带来了巨大的压力。因为它们进入《三国演义》的文本，必然伴随着不同思想及不同审美趣味的渗入，而民间情感与良史精神并不总是一致的，甚至可能互相冲突，这就对作者的创作带来了严峻的考验。只有充分认识到这点，才能对作者杰出的创作才能给予充分评估，才能看到作者如何在民间情感与良史精神的双重压力下巧妙地协调，并独出机杼，创造出一个具有巨大包容力的艺术世界。

比如，对曹操及曹魏政权，民间是乐见其败亡的，然而其竟不亡，反而兴盛，这就与民间情感相抵触了。民间的解决办法是讲因果报应，《三国志平话》在开篇借司马仲相断狱的故事，将汉献帝说成是刘邦转世，将曹操说成是韩信托生，既然前世刘邦负韩信，那么后世也就合该曹操兴盛、曹魏代汉。《三国演义》抛弃了这种简单粗糙的框架，更多借助史料来揭示曹操这一应时势而生的历史人物成就霸业的深刻的历史根由。不过，仅仅靠史料的引入来体现良史精神仍是不够的，仍要面对良史精神如何被民众接受这一难题。这时，作者天才的创造就发挥了重要的协调作用。比如，孟德献刀刺董卓这一情节，在此前金元三国题材杂剧和《三国志平话》中是见不到的，应该是出于《三国演义》作者的虚构。那么这一虚构情节在小说里发挥了何种功能呢？它一方面借情节的惊险刺激来满足民间趣味，另一方面却又借写奸雄的过人之处为其成功做逻辑上的准备。再如"温酒斩华雄"，写曹操对人才的爱惜，也是同样的道理。这些就见出作者的高明之处。

《三国演义》的艺术魅力，很大程度上在于它一方面借用民间文学的各种母题（如兄弟结拜、莽汉、锦囊妙计、难题考验、傻女婿等），迎合大众趣味，另一方面又在这些母题形式中做出高级形态的改造，使其容纳更深刻的历史内容，对文化精英阶层亦产生吸引力。可以说，通俗历史演义的显著特点就是以民间的想象重塑、再造历史，通过重塑、再造历史来表达民间的理想与愿望，所以历史演义中的内容不仅有着浓厚的虚构成分，而且极富感情色彩。《三国演义》

不合史实的部分所表现的其实正是民间的愿望，而从表达民间愿望、民间心理的角度，它则毫无疑问是一部极其出色的小说。它之所以能广泛流传、被奉为历史演义的经典之作，最根本的是因为它的创作具有典型的民间角度，内容具有深厚的民间性质。它既是史官文化的衍生物，又是民间文化、民间精神的结晶。

因此，《三国演义》绝非像有些人说的那样——“对原材料明显地不加区别，反而在再现风云变幻的时代时达到了惊人的客观”，而是作者在极为丰富的史料和民间传说的巨大积淀的基础上，进行艰辛的梳理和天才的创造，方成就的中国古代历史演义杰出的艺术典范。《三国志平话》所追求的首先是情节的趣味性，《三国演义》虽然保留了许多虚构的故事，虽然也在一定程度上注重故事的生动有趣，但同时又尽可能地靠拢历史，详尽地展开蜀与魏、吴之间的政治、军事、外交等各方面的斗争，而在处理两方面不可避免的矛盾冲突时，它基本遵守的是史实优先的原则。同样地，在民间价值观念与士人价值观念之间，作者尽可能地予以调和，在双方重合的地方，如歌颂仁政爱民、赞扬建功立业等方面，浓墨重彩地加以描绘；彼此有异的地方，则不为已甚，来避免冲突、分裂。杂剧《刘关张桃园三结义》中，亡命江湖的关羽和卖肉的张飞因为看到刘备酒醉以后，有蛇穿七窍，断定“此人将来必贵”，所以才待他醒了以后不问年纪大小，拜他为兄，以便将来有个好的前途。《三国演义》以其鄙俗而不取。宋以前的文学作品用到三国事典时多在诸葛亮，如杜甫《蜀相》的“三顾频烦天下计，两朝开济老臣心”，李商隐《筹笔驿》的“管乐有才真不忝，关张无命欲何如”等，都是用以寄托文人士大夫的理想与感慨的。这是文人士大夫眼中的三国。可是到了宋代，在江湖艺人的口中，“说三分”的重点转移了。艺人们反复歌颂的是刘备、关羽、张飞结拜兄弟、生死与共的义气。写刘备、关羽、张飞这三位异姓兄弟如何亲如手足、共同奋斗，由地位低下的平民、游民发迹变泰成为帝王将相。而到了《三国演义》中，这两个方面交融到了一起：三位社会下层的英雄，赤手空拳地草创大业而割据称帝，三人胸怀大志奋斗成功的事迹与诸葛亮鞠躬尽瘁的精神及其运筹帷幄的才能共同产生了《三国演义》的精神魅力，从而吸引了历朝历代的广大读者。

正是凭借所刻画的刘备、诸葛亮、关羽的人格魅力，罗贯中将儒家的“仁民”观、士大夫的“用世”观与民众的“忠义”观完美地融合起来，十分到位地发挥了他所领悟到的蕴含于《三国志》中的大义，从而赋予《演义》以《平话》所不具备的支柱和灵魂，因而备受各阶层读者的欢迎。托名金圣叹的《三国志演义序》说“此书之奇，足以使学士读之而快，委巷不学之人读之而亦快；英雄豪杰读之而快，凡夫俗子读之而亦快也”[①]，道理就在于此。

对《三国演义》的主题历来有不同的看法[②]，这一方面说明研究

---

① 《三国演义会评本》，北京大学出版社，1986 年，第 2 页。

② 关于《三国演义》的主题，主要有三种意见：1. 无主题论。这种观点认为很难从《三国演义》这部古典小说中找到什么主题，关于主题的研究是没有什么意义的；2. 主题模糊论。这种观点认为《三国演义》的主题肯定是存在的，但作品的内容十分复杂，作者的生平资料又非常匮乏，而从读者角度来讲又是“仁者见仁，智者见智”，所以其主题是模糊的，很难把握；3. 主题明确论。此观点认为《三国演义》有明确的主题，但究竟是什么，又众说纷纭。目前至少有二十余种不同解释。（参见闻晴的《第二届〈三国演义〉学术讨论会观点综述》[《〈三国演义〉论文集》，中州古籍出版社，1985 年]，邓绍基、吕薇芬主编的《明代文学研究》[北京出版社，2001 年]。）

在不断深入，另一方面也说明该书有深厚而复杂的文化内涵，因此给读者提供了从多方面解读的可能性。要确定其思想倾向，首先得了解它究竟写了什么内容以及是怎样表现这些内容的。该书以三国纷争的历史为主线，以王业兴废为焦点，把近百年的历史故事有机地组织在一起，从全书的结构来看，近一百年的进程大体上可分为三个阶段：

一、第三十三回以前，主要描述汉末天下大乱、群雄并起、各路诸侯争权夺利的斗争。这一部分头绪纷繁，多种线索交错发展，其中，刘备集团在逐渐形成，孙氏势力也在发展壮大，但作者的叙事中心是曹操，其结果是各路诸侯灰飞烟灭，曹操统一北方。这一部分写实的成分较浓，群雄争霸的核心人物是曹操和袁绍，作者对二人做了多方面的对比，郭嘉的“十胜十败”之说很有代表性，即使像“温酒斩华雄”这样的情节，表面上写关羽之勇，实际上也写了袁、曹之优劣。小说的侧重点是对兴亡教训的总结，顺民心、得人才、有谋略者得天下，这是作者表达的主要思想。

二、第三十三至一百零四回，这是全书的主体部分，主要反映的是魏、蜀、吴三国之间的纷争，叙事的中心是诸葛亮。在这条线上，作者敏锐地抓住了诸葛亮隆中决策这个关键性情节，并以此为契机，向前后延伸，虚构了许多生动的故事情节。在反映三国矛盾斗争方面，小说始终把蜀、魏两大集团作为对立的两极，蜀、魏之争构成全书叙事的主线，吴则被放在这条主线之外，在具有独立性的同时，又与两方都发生一些关系，成为蜀、魏之争的牵制性因素。从第四十三回到第一百零八回，就是以这样的格局展开艺术描绘的：赤壁之战，孙、刘联合，大败曹操，形成三国鼎立的局面；

赤壁之战后，以争夺荆州为焦点，孙、刘互相攻伐，最后酿成夷陵之战，孙、刘联盟破裂；刘备死后，诸葛亮跟孙权修好，恢复了联合抗魏的路线；六出祁山，北伐讨魏，蜀、魏矛盾再次成为主要矛盾。这部分的侧重点是“行王道”的刘备/蜀汉一方与“行霸道”的曹操/曹魏一方的斗争。其前一半是仁君得贤臣之助，艰难创业；后一半是“王业不偏安”，写千古名臣诸葛亮为政治理想鞠躬尽瘁、死而后已。

三、第一百零五回以后，主要写三分归一。其中蜀、魏矛盾仍是小说的一个中心。在诸葛亮死后，小说着重描写了姜维的九伐中原，直至蜀亡。这一部分较多地展现了三国各自的内部矛盾，尤其是对司马篡曹、后主信谗、孙皓暴政等做了深刻的描写，情节非常简略，着眼点仍在于如何兴、如何亡。

由此可见，《三国演义》主要写的是三国时期的政治和军事斗争，作品的叙事角度主要是在刘备一方，或者说作者是站在刘蜀的立场上来审视这段历史的，因此，“拥刘反曹”是小说最明显的感情取向。小说着重描写的是蜀、魏两大集团的矛盾斗争，而刘备一方始终被放在正统地位，对刘备集团的主要人物都给予正面的、充分的展示，特别是对仁君贤相的代表人物刘备、诸葛亮，忠义的化身关羽，骁勇的战将张飞、赵云、马超等，作者都不惜笔墨，精心刻画，使他们成为家喻户晓的艺术形象。相对而言，魏、吴集团的谋士、将军们则因没有太多的露面机会而黯然失色。从叙事时间的安排来看，小说的倾向性也十分明显，全书一百二十回，时间跨度为九十七年，其中关于刘蜀集团的叙述占了九十多回，而且，从桃园结义到诸葛亮病逝五丈原共五十年的历史用了一百零四回的篇幅，其中诸葛亮从出山到病逝，前后二十七年竟洋洋洒洒写了六十七回，而诸葛亮死后的四十六年历史，只写了十六回就草草结束了。小说的重点放在前五十年，尤其是诸葛亮活跃在政治、军事舞台上的二十七年。全书的倾向性不言自明。

是以刘蜀集团为正统，还是以曹魏集团为正统，这是历来三国历史书写中争议最大的问题，不同时代、不同地位的人，对此问题都有不同的回答。如，陈寿的《三国志》以曹魏为正统，习凿齿的《汉晋春秋》则改“帝魏寇蜀”为“尊汉抑魏”；司马光的《资治通鉴》以曹魏为正统，朱熹的《资治通鉴纲目》则又重弹习凿齿的老调。面对史家或尊曹或尊刘的争执，面对民间比较一致的拥刘反曹倾向，罗贯中按自己的标准做出了判断和抉择。用政治的天平来衡量时，他肯定了魏、蜀、吴三国在争取人心、重视人才方面各有其正确的战略和策略，小说不仅对刘备、孙权，也对曹操的雄才大略予以肯定；但是，当作者用道德的标准来衡量时，天平就明显地倾向于刘备一方。小说反复强调：“天下者，非一人之天下，乃天下人之天下，惟有德者居之。”这就是罗贯中政治伦理思想的核心。天下非某一姓所专有，只有行仁政有德行者才能得人心，才能得天下。这一思想明显传承自《孟子》。[①] 而小说中的刘备就是“德行”“仁政”的代表。从历史记载和民间传说看，刘备与曹操虽然都是雄踞

① “君有大过则谏，反复之而不听，则易位。”（《孟子·万章下》）
“贼仁者谓之贼，贼义者谓之残，残贼之人谓之一夫。闻诛一夫纣矣，未闻弑君也。”（《孟子·梁惠王下》）
“得道者多助，失道者寡助。”（《孟子·公孙丑下》）
“民为贵，社稷次之，君为轻。是故得乎丘民，而为天子。”（《孟子·尽心下》）

一方的军阀，但刘备比较仁厚，曹操比较奸诈，刘备就有意识地高举“仁义”的旗帜与曹操抗衡。他曾对庞统说：“今指与吾为水火者，曹操也。操以急，吾以宽；操以暴，吾以仁；操以谲，吾以忠。每与操反，事乃可成耳。”从《三国志》和裴松之注看，刘备的劣迹不多，而且留下了携民渡江、三顾茅庐等佳话。相反，曹操却有不少恶行，如“宁叫我负人，毋人负我”的自白，“割发代首”“梦中杀人”“借人头压军心”的诡计，为报父仇而杀人数万、“泗水为之不流”的暴行，等等。由此可见，“拥刘反曹”主要体现的是作者“善善恶恶”的伦理道德观念，带有明显的民间色彩与儒家明君仁政的社会理想。刘备是“中山靖王之后，孝景皇帝阁下玄孙”，因此，人们常以为“拥刘反曹”是正统观念的表现，这一点无须否认，但也应该看到，正统思想不是主要的，作品中比刘备更具正统性的汉献帝、刘表、刘璋等就没有一点光彩，就连刘备的亲生儿子刘禅也是以一副不讨人喜欢的面孔出现的，可见，歌颂刘备主要还是因为他合乎作者自己关于仁君的标准。

要理解《三国演义》的政治哲学就不能不透彻地了解刘备，要了解刘备（包括历史上的刘备与小说里的刘备），有一个历史上著名的政治哲学辩论可作为参考。这就是南宋时陈亮[①]与朱熹的“王霸义利”之

① 陈亮和辛弃疾是好朋友。看看辛弃疾的生平，就可以想象陈亮主张的政治伦理的价值取向了。从辛弃疾赠陈亮的这首《贺新郎》可见二人的友谊，以及对彼此的期许：“把酒长亭说。看渊明、风流酷似，卧龙诸葛。何处飞来林间鹊，蹙踏松梢微雪。要破帽、多添华发。剩水残山无态度，被疏梅、料理成风月。两三雁，也萧瑟。　　佳人重约还轻别。怅清江、天寒不渡，水深冰合。路断车轮生四角，此地行人销骨。问谁使、君来愁绝？铸就而今相思错！料当初、费尽人间铁。长夜笛，莫吹裂。”

辨。淳熙九年（1182），朱熹为官衢州，布衣陈亮登门求教，结果在“王霸义利”及“天理人欲”诸问题上产生分歧，辩论十天未有结果。此后，陈亮因事被诬入狱。出狱后，朱熹去信劝诫，要他放弃“义利双行、王霸并用之说”，而从事于“惩忿窒欲，迁善改过之事”，认为这才是“醇儒之道”（见《寄陈同甫书》）。朱熹明确地把“醇儒之道”与“王霸并用”的事功置于彼此对立的地位。对此，陈亮作书反驳。你来我往的笔墨官司打了多年，终以各自坚持己见而不了了之。

在这场辩论中，双方的一个焦点是对历史的认识和对历史人物的评价。朱熹先后致书十五封，认为只有上古时的政治才合乎天理，后世均为人欲所把持，即使事功最盛的汉唐也是“以智力把持天下”，“专以人欲行”。因此，他把历代英雄一笔抹倒。对此，陈亮自不会心服①，他摆出汉高祖、唐太宗的功业，认为“其国与天地并立，而人物赖以生息”，“本领非不洪大开廓”。而这样的功业是利于万民的。然后反问，若如此尽不合乎天理，那么“万物何以阜蕃，而道何以常存乎？”（《又甲辰答书》）

对于朱熹持论之偏，后人多有讥弹，但是平心而论，他却并非信口雌黄。他的臧否标准是明确的，就是“内圣外王”“致君尧舜”“修齐治平”的儒家理想政治观。而以此衡量历史人物，两千年间没有一个可以及格。

陈亮与朱熹的辩论，至少可以给我们两点启示：一、站在儒家

① 陈亮以诸葛亮式的王佐之才自诩，居处行为皆有意效仿。他与朱熹信中言及：“亮旧与秘书对坐处，横接一间，名曰‘燕作’，前行十步，对柏屋三间，名曰‘抱膝’……叶正则为作《抱膝吟》二首……未能尽畅‘抱膝’之意也。同床各做梦，周公且不能学得。何必一一说到孔明哉！”（《与朱元晦秘书》）

（特别是理学）的立场上，做事业的“英雄”与修心性的“醇儒”是格格不入的（大程也有不可存丝毫计较利害之心的说法）。二、孔子之后、朱熹之前，一千余年间的政局无论兴衰，儒家的政治理想从未真正实现过，历史的发展证明了儒家的政治理想只能是空中楼阁。

历史上的刘备，既然被称为枭雄，可见充其量是刘秀、李世民一流的人物。按照陈亮的观点，这样的人物，有能力，有手段，能建功立业、安邦定国，正是应予推崇、效仿的英雄。但如按照朱熹的标准，既然争霸于群雄，自然会有各种谋略、手段，就不能合于“醇儒”之道，自然不能给予太高的评价。章太炎曾经指出，“修身齐家”与“治国平天下”并不存在逻辑上的联系，像李世民、武则天都在治国平天下方面功业赫赫，而个人道德则大有可议。这是合乎历史实情的透辟之论，也可以作为理解刘备形象演变的参考。

平心而论，陈亮之说，可信而不可爱；朱熹之论，可爱而不可信。由于官方的意识形态大多数情况下是大唱道德高调的，而百姓出于善良的愿望，也对“可爱”的道德楷模持“宁信其有”的态度。刘备的形象由历史领域进入文学领域的关键时期，正当朱熹的影响日渐扩大、统治者做出空前的崇儒尊孔姿态的元中叶，刘备再书写、再塑造的路径就很自然地被理学家们的政治哲学左右了。

与拥刘反曹倾向密切相关的是小说中的“忠义”观念。在中国传统文化中，“忠”制约的是上下关系，其中最主要的是君臣关系；“义”指的是人与人之间的信任与真诚，它是制约朋友关系、兄弟关系的一种道德规范。在《三国演义》中，作者崇尚的是“忠”和“义”的完美结合，开宗明义的第一回就大写特写了“桃园结义”这一情节，刘、关、张结义的誓词是“同心协力，救困扶危，上报国家，下安黎庶”。在这里，“上报国家”指“忠”，“同心协力”为“义”，可以说，桃园结义的道德内容就是“忠义”。然而，从小说的具体描写来看，作者更强调的是“义”。小说对“不忠”的行为也并不是一概加以贬斥。如刘璋手下的两员大将，张任不降，孔明斩之以全其忠义之名；严颜感张飞之义，不仅自己投降，还将部下皆唤出投降。两人所走的路截然不同，但在小说中都表现得正气凛然。可见，对不忠的行为是有条件原宥的；而对于不义的行为，却是毫无通融余地的，小说中对袁术、吕布之流的厌弃均是出于这个原因。

《三国演义》中“义”的内涵比较复杂。一般说来，“义”可以从两方面来理解：一是统治者标榜的“义”，它和“忠”连在一起，常被称为“春秋大义”；二是民间推崇的知恩必报、哥们儿义气，也被称为“小义”。在《三国演义》中，关羽是“义”的代表，他的“义”是融二者为一体的。首先，关羽的“义”突出表现在他与刘备的关系上。在“桃园结义”时，刘、关、张就立下誓言：“背义忘恩，天人共戮！”而最先受到严重考验的就是关羽。“屯土山关公约三事”之后，关羽受到了曹操非常优厚的礼遇，“封侯赐爵，三日一小宴，五日一大宴；上马一提金，下马一提银”，而这一切都无法改变关羽对刘备的忠心和义气。在得知刘备下落后，关羽毅然“挂印封金”，留下曹操的一切赏赐，千里走单骑，过五关斩六将，以超人的气魄实现了“义不负心，忠不顾死”的诺言。一个富贵不能淫、威武不能屈的义士形象也从此耸立在世人面前。可以说，此时关羽的“义”是和“忠”是结合在一起的，这种“义”在刘备集团创业的过程中起到了积极的作用，关羽也正是因此举赢得了后人的敬仰。但是，关羽的“义”又常与“忠”有矛盾之处，这突出地表现在华容道“义释曹操”

这件事上。当时曹操势穷力竭，仓皇逃窜：

> 言未毕，一声炮响，两边五百校刀手摆开，为首大将关云长，提青龙刀，跨赤兔马，截住去路。操军见了，亡魂丧胆，面面相觑。操曰："既到此处，只得决一死战！"众将曰："人纵然不怯，马力已乏，安能复战？"程昱曰："某素知云长傲上而不忍下，欺强而不凌弱；恩怨分明，信义素著。丞相旧日有恩于彼，今只亲自告之，可脱此难。"操从其说，即纵马向前，欠身谓云长曰："将军别来无恙！"云长亦欠身答曰："关某奉军师将令，等候丞相多时。"操曰："曹操兵败势危，到此无路，望将军以昔日之情为重。"云长曰："昔日关某虽蒙丞相厚恩，然已斩颜良，诛文丑，解白马之围，以奉报矣。今日之事，岂敢以私废公？"操曰："五关斩将之时，还能记否？大丈夫以信义为重。将军深明《春秋》，岂不知庾公之斯追子濯孺子之事乎？"云长是个义重如山之人，想起当日曹操许多恩义，与后来五关斩将之事，如何不动心？又见曹军惶惶，皆欲垂泪，一发心中不忍。于是把马头勒回，谓众军曰："四散摆开。"这个分明是放曹操的意思。操见云长回马，便和众将一齐冲将过去。云长回身时，曹操已与众将过去了。云长大喝一声，众军皆下马，哭拜于地。云长愈加不忍。正犹豫间，张辽纵马而至。云长见了，又动故旧之情；长叹一声，并皆放去。

"义释曹操"之笔倾注了作者的心血，不仅深化了关羽重"义"的品格，而且深化了"义"的主题。在关羽身上，"义"是高于一切的，

关云长义释曹操

曹操对关羽有恩，也可以说是关羽的一大知己，尤其是成全了他的忠义之志，因此，关羽明知军令在身，却甘冒杀头之险，弃盖世之功，置刘备的一统大业于不顾，放走了曹操。这突出地表现了他为“义”而甘于牺牲自我的精神。毫无疑问，从政治斗争的角度看，释放曹操之举是原则性错误，却是作者为塑造关羽这个性格复杂的“义绝”典型写下的最浓重的一笔。这一从根本上违背集团利益的行为，不仅得到了刘备的原谅，作者也为之大作文章，不仅在回目中称之为“关云长义释曹操”，还在作品中借“史官”诗称赞道：“彻胆长存义，终身思报恩。威风齐日月，名誉震乾坤。”毛氏父子在评改本的回末也赞曰：“拼将一死酬知己，致令千秋仰义名。”小说之所以这样处理，其原因是极为复杂的。

首先，历代统治者的推崇起了导向作用。陈寿的《三国志》的“关羽传”总共不足千字，写了关羽有“国士之风”，道德操守非同流俗：

> 初，曹公壮羽为人，而察其心神无久留之意，谓张辽曰：“卿试以情问之。”既而辽以问羽，羽叹曰：“吾极知曹公待我厚，然吾受刘将军厚恩，誓以共死，不可背之。吾终不留，吾要当立效以报曹公乃去。”辽以羽言报曹公，曹公义之。

讲信用，重然诺，不违初衷，不背旧交，这是一种崇高的道德情操，也是中华民族所共同信奉和推崇的一种传统美德。历代统治者也看出了关羽的“义”所具有的号召力，因此不断地给他加官晋爵，借神道以教化。如宋代曾封“义勇武安王”“壮缪义勇王”，元代封为“显灵义勇英济王”。明清两代，关羽更是由王而帝，从帝到神。[①]这

① 可参考刘海燕《从民间到经典——关羽形象与关羽崇拜的生成演变史论》，上海三联书店，2004 年。以及拙文《“关帝崇拜”文化三题》，《文学与文化》，2015 年第 1 期。

种殊遇在古今名将中实难找出第二人。在历代追赠的一长串封号中，很多都突出“义”字，而关帝庙中最常见的匾额就是“义气千秋”。在历代统治者的鼓吹和引导下，关羽的“义”在民众中也有了广泛的影响。

其次，对关羽的“义”，民众有自己的民间性的理解。刘、关、张桃园结义，虽有所本，但结拜兄弟，立誓“不求同年同月同日生，但愿同年同月同日死”却是宋代的民间风俗，人们按照自己的理解，重构了刘备与关羽、张飞的关系。他们是君臣，但更是兄弟，因此，关羽不肯背弃刘备，刘备也肯为“义”而牺牲一切。刘、关、张成了异姓结义的典范。当然，这种笔墨不是写实的，而是民众想象中的政治图景。

罗贯中笔下的关羽就是在这种文化背景下产生的，既打上了主流文化的烙印，同时又受到民众心理的影响。他从自己的审美理想出发，欲将两种不同文化背景下的关羽融为一体，重塑一个“义绝”的关云长。因此，在关羽身上，大义和小义、自我形象和对集团的责任心之间发生了激烈的冲突，人物性格也在一定程度上出现了分裂，但从艺术角度来看，这有利于展示人物复杂的性格，同时也更能体现作者的创作观念。

《三国演义》中另一个值得关注的问题是对诸葛亮形象的重塑。如果说在关羽形象的重塑中，民间文化的成分占有较大份额的话，重塑诸葛亮的主导意识则是士人的。郑振铎甚至认为，不妨把《三国演义》看作是“诸葛孔明传记”。可以说，在《三国演义》中作者耗费心血最多的就是诸葛亮这一形象。为了塑造这个人物，作者对来自史传和民间的各种材料进行了精心的筛选和提炼，如剔除了有损诸葛亮形象的材料和民间色彩过浓的材料，同时又虚构、渲染了许多情节，使之更加传奇化、理想化。这个人物身上，既有民间对于贤相良臣的期待，也有读书人的人格理想和价值取向。

在冶雅俗于一炉的过程中，作者的火候也并不是都能把握得恰到好处的。所谓“诸葛之多智而近妖”“刘备之长厚而似伪”，都是民间意识过分渗入的结果。对帝蜀寇魏立场的强调，也使得作者胸襟不够开阔，影响了历史画卷的深度。

第五节 历史演义的艺术典范

《三国演义》在我国小说史上的地位可以从几个方面来认识：首先，它是第一部白话长篇小说，自此叙事文学便逐渐占据了文学舞台的中心；其次，它成为历史演义类作品的典范，特别是在写实与虚构、民间立场与良史态度的关系方面提供了最佳范型；再次，它还与《水浒传》一起为白话小说的传奇手法提供了丰富的经验，成为后世此类小说仿效的样板。

王国维在《文学小言》中曾批评“《三国演义》无纯文学之资格”，但是他又说“然其叙关壮缪之释曹操，则非大文学家不办”。“纯文学”云云有胶柱鼓瑟之嫌，而从他自相矛盾的评价中，我们却可看出《三国演义》作为历史演义类范型的首要一点：包容历史性与文学性，并冶之于一炉。

文学作品与史册对战争的着眼点不同，从历史看战争，就看这场战争对历史局面的分合、推移所发生的作用；从文学看战争，就看能否从战争中写出人的性格、命运和神采，能否组织出起伏跌宕的情节。严格来说，罗贯中并未把这个问题处理得十全十美。小说的三个大段落里（见上文），首尾两段，历史多于文学，中间一段，文学多于历史。最明显的是“官渡之战”与“赤壁之战”的对比：前者基本据史而述，简洁明快，叙事节奏变化不大；后者则充分调动文学手段，把一个历史事件最充分地予以戏剧化，从舌战群儒开始到卧龙吊孝，加上中间的蒋干盗书、草船借箭、借东风等生动丰富的插曲，把一场大战渲染得情趣百出。这种情况是和罗贯中钟情于诸葛亮、钟情于谋略的创作态度直接相关的。这种前后风格的不完全一致也不见得是缺失，因为它客观上突出了全书的重点。

在叙事艺术方面，《三国演义》也为后人提供了成功的范例。要把百年战争史转换为文学叙事，如何调控叙述的时间和事件的密度是对作者笔力的考验。陈寿的《三国志》共六十五卷，魏占三十卷，吴占二十卷，蜀占十五卷。在《三国演义》中情形有了巨大变化，一百二十回的回目共二百四十个对句，其中就有一百四十个对句直接关系着蜀主、蜀将和蜀事，占 60% 左右。这便形成了三足鼎立而以蜀汉为叙事中心的新格局。在大部分篇幅中，《三国演义》的叙事焦点始终追随着蜀汉开基及其君臣的命运，并由此确定叙事的虚写和实写、详写和略写，左右着其叙事的构成和节奏。全书叙事速度最慢、情节密度最大的部分均集中在诸葛亮和关羽身上，这便建立了历史演义以人物为中心的叙事原则。如刘备第三次访诸葛亮以及隆中对策，只不过半天的事情，竟占了半回；诸葛亮舌战群儒以及说服孙权、周瑜联合抗曹，只不过三四天的事情，竟占去两回。在全书叙事节奏的变化对比中，这些描写无疑是超常细密的。又如同一年的历史事件到了作者笔下，关羽降曹和寻主占了四回，而关系到曹操称霸中原的官渡之战只占三回。可见在这个特殊的审美世界中，诸葛亮、关羽的遭际、性格，其价值远大于某一政治力量的成败。袁于令在《隋史遗文序》中就“史”与“文”做了明确分说：“正史以纪事；纪事者何？传信也。遗史以搜逸；搜逸者何？传奇也。”然后他强调，对于“奇情、侠气、逸韵、英风，史不胜书者”，“宜增者大为增之”。这里既有他本人的创作经验，也包含了《三国演义》留下的叙事原则。

《三国演义》的人物塑造也堪称传奇手法的典范，这就是以“超人”的形象表现“英雄”。所谓“超人”，首先是“人”，也就是基本不把“怪力乱神”的内容加到他们身上。但是，他们又不同于凡人，要有明显的超凡之处。上文所讲的诸葛亮的智慧、关羽的神勇都是很好的范例。即以其他人物而言，如长坂坡中的赵云，数十万大军中单枪匹马杀进杀出，虽然作者也试图给一些情理上的依据（如曹操下令禁止放箭），但毕竟不是凡人甚至现实中的武将所能为。而唯其如此，赵子龙的形象才给读者留下难以磨灭的印象。又如写长坂坡之战的张飞：

> 却说文聘引军追赵云至长坂桥，只见张飞倒竖虎须，圆睁环眼，手绰蛇矛，立马桥上，又见桥东树林之后，尘头大起，疑有伏兵，便勒住马，不敢近前。俄而，曹仁、李典、夏侯惇、夏侯渊、乐进、张辽、张郃、许褚等都至。见飞怒目横矛，立马于桥上，又恐是诸葛孔明之计，都不敢近前。扎住阵脚，一字儿摆在桥西，使人飞报曹操。操闻知，急上马，从阵后来。张飞睁圆环眼，隐隐见后军青罗伞盖、旄钺旌旗来到，料得是曹操心疑，亲自来看。飞乃厉声大喝曰：“我乃燕人张翼德也！谁敢与我决一

死战？”声如巨雷。曹军闻之，尽皆股栗。曹操急令去其伞盖，回顾左右曰：“我向曾闻云长言：翼德于百万军中，取上将之首，如探囊取物。今日相逢，不可轻敌。”言未已，张飞睁目又喝曰：“燕人张翼德在此！谁敢来决死战？”曹操见张飞如此气概，颇有退心。飞望见曹操后军阵脚移动，乃挺矛又喝曰：“战又不战，退又不退，却是何故！”喊声未绝，曹操身边夏侯杰惊得肝胆碎裂，倒撞于马下。操便回马而走。于是诸军众将一齐望西奔走。正是：黄口孺子，怎闻霹雳之声；病体樵夫，难听虎豹之吼。一时弃枪落盔者，不计其数，人如潮涌，马似山崩，自相践踏。后人有诗赞曰：“长坂桥头杀气生，横枪立马眼圆睁。一声好似轰雷震，独退曹家百万兵。”

这显然不是写实的，但刻画英雄、超人却如在目前。另外，“复杂类型化”也是《三国演义》刻画人物的一个特色。如前所述，总体来看，《三国演义》的人物是类型化的，这也是传奇之作（广义的）的共同艺术品性。但是类型化不等于粗糙，《三国演义》中的形象往往对既定类型有所突破，使得人物更加鲜活生动。以张飞而论，这个形象在长期的民间说唱中已经被定型为典型的莽汉。罗贯中对此是完全认同的，所以他在创作过程中对于与此完全扞格的素材，如《三国志》称张飞“爱敬君子”，便弃而不用。作者从两个向度来刻画这个人物：一方面他把张飞与沉稳多智的诸葛亮关联、对照来写，如三顾茅庐、新野之战等，愈显其莽撞；另一方面又写他偶然间显出的计谋与沉稳，如取巴郡时“猛然思得一计”便骗过了宿将严颜，又如“智取瓦口隘”，不但用计，而且还做戏——这就在莽汉的类型中凸现出了“这一个”张飞。作者所写既不是完全扁平的类型化人物，又不是复杂的圆形人物，而是在扁平的类型基础上适度复杂化，这使重要的人物形象在一定程度上呈现个性特征。

在情节与结构方面，《三国演义》也有堪称典范的经验。作为历史演义，史书的叙事方法自然成为小说家借鉴的首选。我国史书固有的编年体、纪传体与纪事本末体各有其短长。而《三国演义》则兼收并蓄之，形成自己的组织事件的模式。在整体结构上，小说借鉴了史书编年体的结构方式，以时间为线索，勾勒出历史发展的基本进程与整体面貌；在描绘事件时，小说借鉴了史书的纪事本末体以事为纲、每事脉络清晰、首尾分明的特点，巧妙谋篇布局，把故事叙述得摇曳多姿，精彩纷呈；在描写人物时，小说借鉴了史书纪传体的笔法，充分显示出人物鲜明的性格特征。历史的大事件在组织情节时起到的是骨架与纲领的作用，而人物的奇情、逸事则是血肉与精神。

更可贵的是，《三国演义》乃是长篇小说，但其作者在设计情节结构的时候充分注意到了内在的有机性。他是通过两种相关联的手法达到这一目的的。

一方面，他以自己的历史观给一个个相对孤立的历史事件以因果关系，从而使它们成为相互联系的情节单位，组织到逻辑自洽的故事流程中。例如袁、曹争霸中原，中间大战两次，局部战斗多多，揆诸事理应是互有胜负。作者对于这些兴趣不大，他的兴趣是两个政治家胜负的原因，而在诸多原因中，他又突出了对待人才的不同态度。从袁绍与曹操第一次较量——共率十八路诸侯伐董卓开始，就把这个因素明显地置于二人之间，可以说当时二人对待关羽截然相反的态度，就预示着二十八回之后的结局。而在二十八回书中，只要是写袁、曹，作者总是或明或暗地把他们的人才观念、人才策略提掇、对比一番，于是便在这些事件中贯穿了作者赋予的强劲的逻辑黏合剂。而对待曹、刘之争，作者则贯穿以“天必佑德”“仁者多助”的政治逻辑，把儒家政治理想作为叙事的内在驱动力。

另一方面，罗贯中又以特定的价值观赋予事件鲜明的意义。对于所信奉的价值观，他不仅反复渲染，而且使其贯穿始终，从而使作品形成内在的、统一的灵魂。如“桃园结义”，这在百年政治史上其实不过是小而又小的插曲而已，但到了作者笔下却成了惊天地泣鬼神的事情，而刘、关、张的情谊也就成了贯穿全书将近三分之二的情节的红线，以至于现代人拍摄《三国演义》电视连续剧，主题曲都要突出“这一拜”，可见其深远的影响力。又如“三顾茅庐”，作者以仁君良相的价值观看待这一局部的小事件，通过浓墨重彩的渲染把它夸张为决定历史进程的关键。在其后的八十余回中，这一君臣遇合的辉光始终照耀着蜀汉的政治生活，并使其大大小小的事件因此而得到联系。

以上的艺术建树，上承《史记》“英雄史诗”风格之余韵，下对后世历史演义 / 英雄传奇的写作产生了巨大影响，成为后来者效仿的榜样。即以隋唐系列作品来看，人物塑造方面——徐茂公之于诸葛亮、秦叔宝之于关云长、程咬金之于张翼德，情节方面——浓墨重彩地写秦琼与单雄信的生死交情等，与《三国演义》都或形似或神似。

最后，我们要特别强调一下，《三国演义》是一部在文学史和文化史上都有独特价值的巨著。文学史上，它有两个不可替代的价值。第一，《三国演义》是历史演义的开山之作。长篇白话小说作为案头读物，《三国演义》是首创，而且首创即成绝唱，后面出现了许多类似的演义，但是都远远不能望其项背。第二，从英雄人物的角度来看历史、表现历史，成为英雄传奇的经典之作。书中所塑造的若干人物形象，成为文学史上不朽的典范。

至于《三国演义》的文化包容性，则是比较独特的。通过它的传播可以看出，一方面，它包容了正史的封建正统观念、忠义观念，所以，明清统治者，特别是清代统治者对它青睐有加；另一方面，它又包容了中下层文人对历史的看法以及他们的抱负、智慧，所以，由它改编的戏曲、说唱是所有通俗小说中最多的。此外，它还包含了老百姓对于历史、政治与社会的看法和理解，只要看江湖帮会几乎无不标榜“桃园结义”便可证明。这使得《三国演义》中的文化内涵十分多元。当然，这些文化内涵绝不是赤裸裸、干巴巴地摆在小说里，而是融到曲折复杂的情节中，融到鲜活生动的人物形象中。

一部中国小说史，特别是通俗小说史，到处清楚地打着历史的烙印。可以说，历史既是中国小说慈祥的乳母，又是它严厉的教父。批评者总是和正史结盟来贬抑“演义”，创作者与追捧者则同样打着“按鉴”的旗号试图讨好历史，以此抬高自己的身价。“历史”所扮演的这种双重角色，从抚育《三国演义》算起，已延续了六百年。直到21世纪，“80后”从卡通、武侠与哈利·波特中变出了玄幻一体，这张教父的面孔才渐渐淡出。同样地，也是到了晚近，域外的“新历史主义”等理论传入，传统小说的拥趸陡然发现，原来所谓正史也不过同样是一种“叙事书写”而已。从此以后，既不必依傍豪门来为“演义”争血统，也不必害怕批评者据“史”来挑剔、批评了。当然，这些演变其实不过又在铺演着一段历史而已。

如上所述，从文学、艺术的角度看，《三国演义》颇有不可替代的成就、地位；从思想文化的角度看，它是一个复杂的混合体，但总的趋向是反映了下层民众与下层文人的向往与期盼。今天的评论者要注意的有两点。一则，价值判断不能脱离历史语境。如果把当今的标准（其实，这也有很大的疑问：以谁的看法为标准？）用作“普罗克汝斯特斯之床”的话，那么人类文学史必将一片黄茅白苇。二则，如同其他文学作品一样，《三国演义》既是一个认识的对象，又是一个审美的对象。片面拿贴上标签的内容以偏概全，这一做法早已被历史的激流冲刷得溃不成形，重弹老调，似乎除了危言耸听之外没有多大意义。

第二讲

《水浒传》：

正义与野蛮的交响乐

宋公明全伙受招安（引自《李卓吾先生批评忠义水浒传》，明万历三十八年容与堂刊本，中国国家图书馆藏）

我以“正义与野蛮的交响乐”来概括《水浒传》，是基于对这部作品的思想文化内涵与艺术审美感受两个方面的认识。

十几年前，我和孙勇进合作为人民文学出版社写了一本小册子：《漫说水浒》。承读者不弃，再版了多次。那本小书用了较多的篇幅揭示《水浒传》“野蛮”的一面，例如对李逵形象的深度剖析、对武松复仇的血腥笔墨的展示等。此举针对的是长期以来出于特定的意识形态原因对《水浒传》的片面解读（主要是把主题定位在“农民起义的颂歌”，并进而与现代中国的革命进程做某种不尽贴切的比附），以及电视传播产生的误解、误导现象。那本书也提到了全书的另一个旋律——对压迫的反抗，但由于体例的原因，并没有展开全面的论述。

如今，读者对于《水浒传》“野蛮”的一面大多已有相当程度的认识，但事情的发展有时显出几分吊诡。在一些评论家那里，《水浒传》又完全变成了野蛮、残暴之作。某高倡“人性”“理性”的文学理论家甚至把《水浒传》与《三国演义》当作中国人文化劣根性的主要根源，主张对其进行彻底的文化批判。这种以偏概全、从一个极端跳到另一个极端的态度，其实同样误人不浅。所以我们又要标举出这部书正面的文化价值——反抗压迫、维护正义的精神，以及在此前提下的勇于担当的人生态度。这种精神、态度与崇尚野蛮、暴力之倾向的交织，正是那个历史时代的文化产物，是那个时代发自社会下层的天籁。文化批评不是用今天的道德之筛对其进行过滤，而是给予它恰如其分的说明与评价。

另一方面，我使用“交响乐”这个词，是从审美感受的角度表达《水浒传》的复杂性。有的批评家从所谓“文化”角度全盘否定《水浒传》，却又从所谓“文学”角度大唱赞歌。其实，这两方面的关系不是可以分割开来的。《水浒传》是多声部的，各声部表现的水平并不完全一致，各声部之间有时协调，配合甚妙，有时却又不尽悦耳。将其称为“交响乐”（当然只是字面的借用义），一则表达其宏大，一则表达其复杂。总之，对这部作品，尤其不宜“扬之之际，可上九霄；抑之之时，直入九地”。

第一节 《水浒传》的多重解读

“大河向东流哇，天上的星星参北斗哇……生死之交一碗酒哇，说走咱就走哇，你有我有全都有哇……水里火里不回头哇，路见不平一声吼哇，该出手时就出手哇，风风火火闯九州哇……”这首《好汉歌》是电视连续剧《水浒传》的主题曲，已是一支脍炙人口的歌曲了，而且它和《水浒传》原著的吻合度也相当高。笔者认为歌词把梁山好汉的生平概括得相当到位。首先，这个感觉正是“江湖好汉”的感觉。其次，从内容上看，“该出手时就出手”是梁山好汉被人们所喜欢的第一个品质，也就是所谓“路见不平，拔刀相助”。再次，是好汉之间两肋插刀的义气——“你有我有全都有”“大碗喝酒，大块吃肉，论秤分金银”。“大河向东流，天上的星星参北斗”，他们不是个体，他们聚集到了一起“风风火火闯九州”——这正是聚义梁山的事业和气象。

从历史溯源来看，这本书在面世之初就伴随着褒贬不一的评价。解读《水浒传》存在多种可能与内在矛盾。

第一种看法认为《水浒传》是一部“忠义之书”。持这一观点的最有影响的人是明代后期有名的思想家李贽（号卓吾）。这个“义”字很好理解，《水浒传》写得清清楚楚，梁山上建有“聚义厅”[①]，后来改作“忠义堂”，虽然是路线改变的标志，但这个“义”字却是延续的。水浒好汉们信奉的“义”，粗略一些说就是江湖义气（当然，如果深入地研究，聚义之“义”与忠义之“义”的内涵已发生了潜在的变化。不过这是一个很大也很复杂的话题，这里就止于粗略的理解吧）。那这个“忠”字作何解释呢？李卓吾所看到的《水浒传》是一百回本，“忠”字是着眼于宋江主持的谋求招安以及被招安后征辽、平方腊，为国效力，甚至在奸佞的迫害之下毫无怨言地死去。他认为这正体现了“忠”的道德标准。李卓吾对《水浒传》做了哪些评论，这是学术界争论了几十年的问题，不过，这里引述的观点是出自绝无争议的《忠义水浒传序》（此文收于《焚书》卷三，故无争议）。当然，这是不是李卓吾的全部真实的想法还值得商榷。因为李卓吾是“异端之尤”，他要推荐《水浒传》，不得不找出冠冕堂皇的理由。我觉得他推崇《水浒传》的最根本原因是其愤世嫉俗的心态与之有共鸣。[②]

第二种看法则是“诲盗”。明代后期有两部文学作品大行其道，一部是《水浒传》，另一部是《西厢记》，但是对这两部作品大加赞

---

① 书中最早出现“聚义厅”字样是在“林冲雪夜上梁山”一节：“朱贵引着林冲来到聚义厅上，中间交椅上坐着一个好汉，正是白衣秀士王伦。”这段文字若是深度解读，不难分析出典型的反讽意味，因为聚义厅上的“好汉”王伦，片刻之后就要做出忘恩负义的举措。当然，这属于深度解读。晁盖归天，宋江“权居主位”之后，“宋江乃言道：‘小可今日权居此位……聚义厅今改为忠义堂。’”而他正位寨主之后，又特地计议：“堂上要立一块匾额，大书‘忠义堂’三字。”

② 参见拙著《中国小说理论批评史》，天津教育出版社，2005 年，第 66 页—75 页。

扬的主要是底层的或是有异端倾向的文人。[①] 而持正统态度的道学家则痛心疾首，把这两部书称为“诲淫诲盗”，诲淫指的就是《西厢记》，诲盗便是指《水浒传》。[②] 从明代后期一直到清代，每次禁书都要禁《水浒传》[③]，理由就是“诲盗”。

第三种看法是“怨毒骂世，呈露才华”。这是金圣叹对此书的评语，而他对于《水浒传》的传播和接受影响最大。他认为，《水浒传》的作者对于社会有着满腔的愤恨，所以要借这本书发泄出来。可是，他在另外的场合又说《水浒传》的作者其实是饱暖无事，闲来一肚子才华没有地方表露，只好借助梁山好汉的故事。这两种看法似乎是完全对立的，最后怎么调和到了一起呢？哪一个才是他真实的想法呢？这是研究金圣叹以及明清小说理论批评的一个大难题。我们稍微做一点剖析。第一，金圣叹自己虽也是“异端之尤”，但他和李卓吾不一样。李卓吾是一个公开反对道学，甚至质疑孔子及六经之权威的思想家。金圣叹则是一个更下层的文人，对这些思想领域的问题没有多大兴趣，只是狂诞不羁、玩世不恭、露才扬己而已。他以自己的为人行

---

① 可以李卓吾与金圣叹为代表，两个人都是激赏《水浒传》与《西厢记》的。

② “初批《水浒传》行世，昆山归玄恭见之曰：‘此倡乱之书也。’继又批《西厢记》行世，玄恭见之又曰：‘此诲淫之书也。’”（王应奎《柳南随笔》）
“《水浒》一编，倡市井萑苻之首；《会真》诸记，导闺房桑濮之尤。安得罄付祖龙，永塞愚民祸本。”（郑瑄《昨非庵日纂》）

③ 崇祯十五年（1642），左懋第奏称：“李青山诸贼啸聚梁山……始于《水浒传》一书。”“如何聚众竖旗，如何破城劫狱，如何杀人放火，如何讲招安，明明开载，且预为逆贼策算矣。臣故曰：此贼书也。”而两个月后降旨：“梁山寇虽成擒……大张榜示，凡坊间家藏《浒传》并原版，尽令速行烧毁，不许隐匿；仍勒石山巅，垂为厉禁。”

事揣度《水浒传》的作者[①]，所以说是“饱暖无事，心闲逞才”[②]。金圣叹编了“六才子书”，其中，以《水浒传》为“第五才子书”，以《西厢记》为“第六才子书”，其心理机制与此是相通的。第二，金圣叹身处下层，对晚明的政局以及腐朽的上层统治者有很多不满，这点在阅读《水浒传》时得到了共鸣，所以他又说《水浒传》“怨毒骂世”，是一本和官方唱反调的书。第三，金圣叹批点《水浒传》的第二年，官方就明令禁毁此书，可见他的批点与刊刻是冒着遭缙绅和官府反对的风险的。对该书的思想内涵尽量轻描淡写，也是他的一种策略吧。第四，金圣叹为人狂放，不拘小节，行文、立论并非发于三思之后，更不把逻辑是否严谨放到心上。

到了20世纪中期，大家听到最多的关于《水浒传》的文学评论就是它是“农民起义的颂歌”。这种观点有一定的合理性，因为在中国两千多年的封建统治时期，大规模的反抗政府的武装暴动多数都带有农民起义的色彩，至少都有“官逼民反”的因素。但是，如果我们进一步做理论性的探讨，这些武装起义又有种种差异。从起义诉求、领导人物、行为方式等方面分析，我们把哪些界定为农民战争、农民起义乃至农民革命比较合理、比较有意义呢？大家可以想想，梁山上的主要领导人是谁，他们为什么会被逼上梁山？他们到梁山后的斗争目标是什么？实际上，他们都做了什么？做成了什么？这些和我们理解的传统意义上的农民革命是不是相吻合？

---

① 金圣叹在《读第五才子书法》中说：“施耐庵本无一肚皮宿怨要发挥出来，只是饱暖无事，又值心闲，不免伸纸弄笔，寻个题目，写出自家许多锦心绣口……”

② 参看拙著《金圣叹传》（人民文学出版社，2012年），其中有对金圣叹著名的三十三则“不亦快哉”的介绍与分析。

这个问题，在 20 世纪 70 年代末就有学者陆续提出，到 80 年代一度成为《水浒传》研究的热点争议话题。将这个话题延伸下去就自然会得出一个反向的结论。《水浒传》不仅有群雄聚义，还有后面的受朝廷招安。如果所写是真正意义上的农民革命，那么后面的结局——接受招安，招安之后去打方腊——就是攻打自己的同盟军和阶级兄弟，就是妥协和叛变了。根据这个逻辑，《水浒传》就是叛徒的赞歌。

《水浒传》前一半描写反抗、歌颂反抗，后一半以招安为转折，回到体制内，歌颂服从，歌颂对皇权的忠心与贡献。当年，金圣叹敏锐地看到了这种吊诡的格局，而他内心深处不喜欢后面群雄招安的情节，所以就把七十回以后的内容统统删掉了。可是他又怕只写到群雄聚义，歌颂造反的色调太张扬，出版发行恐怕会有问题，于是在书的最后加了一节，叫"卢俊义惊噩梦"。写聚义之后卢俊义做了一个梦，梦到一个叫嵇康的人打上了梁山把好汉们全部杀光了，而醒来发现只是一个梦。这种模棱两可的情节被有的研究者称为"保护色"。这个本子从文学角度看有两大优点：一是把小说最精彩的部分基本留存了，删去的大半拖沓累赘；二是解决了反抗与招安的矛盾，也更符合读者的阅读心理期待。所以，此本一出，他本尽废，清代坊间流行的全是金本的翻刻或改造。20 世纪 50 年代，作家出版社取了金圣叹这个七十回本，再把后面的梦删掉，以群雄聚义于水泊梁山，革命形势一片大好结束。这便配合了当时流行的"农民革命说"。五六十年代印行的《水浒传》基本都是这个七十回本。到了 1975 年，形势大变，印行了一大批百回本、百二十回本，全国人民评《水浒》。直至今日，各出版社重印水浒不计其数，却没有一家采用七十回本了。

其间还有一种较为特异的解读，就是“太行‘群盗’（义军）自写其心”。大意是北宋末年金兵占领了淮水以北的大片领土，而抗金名将宗泽曾经收服过太行群盗，让他们都加入到抗击金国的队伍当中。他们在太行山坚持了相当长的时间，为了鼓舞士气或垂名青史，就把自己人的传说搜集到一起，形成了《水浒传》。其理由如下：梁山遭遇的最强劲敌手是曾头市，而作品明确写了曾头市的统治者是“大金国人”；书中的人物关胜、李成等都与现实中的宋金战争有关；《水浒传》在中国古典小说中应该是最敌视女性的作品，这与山寨中的“女性恐惧症”有关，等等。这种观点虽然认同者甚少，但揭示出的问题却不尽是子虚乌有。

晚近以来又有一种说法（是 20 世纪 70 年代后期提出的），可以概括为“为市井细民写心”。这种说法的前提当然是质疑、否定“农民起义说”。其质疑的理由如下。一、《水浒传》的领袖中没有一位是真正的农民。宋江是小吏，家里还是大地主，卢俊义则是超级大地主，吴用是小知识分子，公孙胜是妖道、江湖浪人。他们都不是真正意义上的农民，那此书如何代表农民起义呢？二、农民起义的根本特征是对土地的要求，但是水泊梁山的豪杰们从来没有提出过这种要求。三、书中描写最生动的故事没有一个是和农民反抗剥削有关的。相反地，书中的故事大多发生于城镇市井或庄园中，梁山的人物也以混迹市井者居多，反映出的价值观以及诉求也多属于市井中人，所以这部小说是为“市井细民写心”，反映的是小市民的趣味、小市民的好尚。这种观点有一个大软肋，“三言”“二拍”当无可争议的属于“为市井细民写心”之作，但在题材、风格、价值观等方面显然和《水浒传》大相径庭。换言之，《水浒传》可以被市井小民接受，但不能简单置换为它表现的就是小市民。

也有人认为《水浒传》是白话武侠小说的滥觞。其实，早在晚清时期，就有人提出《水浒传》“有侠气”。从小说史的角度看，中国武侠小说主要分为两脉，一脉是文言小说，自唐传奇《虬髯客传》发端（这是严格意义上的讲法，若放宽则说法各异）；另一脉就是白话小说，以《水浒传》为发端。持这种见解的人认为，《水浒传》虽是世代累积而成的，其中有些故事在《大宋宣和遗事》或是元杂剧中就有了，但诸如鲁提辖三拳打死镇关西、武松义夺快活林之类却是前所未有的，而这些恰是后世武侠小说最常见的情节类型——路见不平拔刀相助、见义勇为、勇武超人。所以，白话武侠小说的源头应定在《水浒传》。这不能说没有道理，却无法解释小说后面英雄们啸聚山林、对抗朝廷的情节，这些在一般的武侠小说中是不会涉及的。所以，又有人说它是绿林和侠盗的双重结合，好比是西方的罗宾汉故事。

十几年前，还有学者提出“《水浒传》就是一部流民史”云云，并认为流民是社会中最不稳定的力量，故而表现出对现存秩序的极大破坏性，这本书迎合的正是各阶层不满现实者的心理。如果从“流民”即“江湖”的角度看，这种提法既新颖又有相当的合理性。但历史上的流民情况很复杂，可谓“五行八作”，而《水浒传》着眼的主要也不是一般意义上的流民生存状况，所以同样不能成为共识性命题。

上述的十几种看法只是他人之见。解读一部文学作品，理性的条分缕析固然很重要，个人直接的阅读经验同样不可或缺。大家可以回想一下，自己读《水浒传》这本书时，特别是初次接触时，最吸引自己、最感到震撼的是哪些内容？阅读之后留下来的最深印象是什么？

民间有一句话：“少不读水浒。”年轻人血气方刚，又天然具有叛逆倾向，而《水浒传》就给年轻人做了一个样子。《水浒传》最早被搬上荧屏是在20世纪80年代中期，山东电视台拍了列传体《水浒》，例如《武松》等。电视连续剧播出之后，遭到了不少人的批评。记得某地出了一桩凶杀案，而凶手蘸着血写了“杀人者某某”。于是，批评者抓住这一点，说凶手完全是被《水浒传》教坏了，足见这是一部教唆犯罪的作品。你也不能说他讲的全无道理，但有一点可以肯定，就是不免有以偏概全的毛病。

《水浒传》这部小说包含了相当丰富的内容，前四分之三的故事大要来讲有四个类型。第一是官逼民反，以林冲的故事最为典型，其他如解珍解宝的故事、柴进的故事等也都属于此类。第二是行侠仗义、锄强扶弱，以鲁智深的故事最为典型，武松的故事也基本可算作此类。第三是打家劫舍、劫富济贫，以三打祝家庄最为典型。虽然近年来颇有人质疑其“济贫”的诚意与力度，但大体还是说得过去的。至于大破曾头市，就只有打家劫舍，全无劫富济贫了。第四，是武力抗拒官府，既包括攻城池、劫法场、劫牢狱，也包括摆开阵势的武装对决。可以说，这四个方面是《水浒传》最主要的内容，其他的都较为次要了。

而这四个方面的交集之处，就是全书的核心内容——以武力实现体制外的“正义”。

第一，他们是力图实现正义的，如果没有这一条，《水浒传》就没有灵魂了，也不会被大家广泛地喜爱。追求什么正义呢？体制外的正义。那帮梁山好汉认为现行的政府不能保证正义得到充分实现，因此试图通过体制外的手段来实现。但是，这个目的的实现主要是依靠武力。在体制外，通过各种手段（主要是武力）来实现自己心目中的正义，这是《水浒传》的核心，这种正义也可以称为“民间正义”。

“民间正义”在中国是有传统的，它既有存在的理由，也有内在无法消逝的悖论。“民间正义”在思想上的源头是战国时的墨家。墨家思想里面有很强烈的民间正义色彩，比如“摩顶放踵，以利天下”，意思是即使从头顶到脚跟都擦伤了，只要对大众有利，也心甘情愿地去做；“赴汤蹈刃，死不旋踵”，意思是说碰到了危险，仍然勇往直前，绝对不肯倒退。所以吕思勉先生在《先秦学术概论》里说墨之徒党，多为侠以武犯禁。以武犯禁是韩非子的话——“侠以武犯禁”，吕先生明确地把它与墨家联系起来了。冯友兰在《原儒墨》中也讨论了侠与墨的关系、墨和儒的对立。儒是站在体制内的立场来维护体制内的正义，而墨是站在民间的立场上维护体制外的正义。因为墨家是站在体制之外的，不可避免地会与体制发生冲突，所以汉代以后，官方就不再允许在统治的间隙里有另外一种强劲的势力存在。随着“罢黜百家，独尊儒术”，墨家就慢慢地转入地下活动了，但是它张扬民间正义的精神仍然在传承着，接替这种思想的一个重要载体就是《史记》。

《史记》对民间正义的张扬起到了助推的作用，最主要的表现就是《游侠列传》和《刺客列传》。司马迁还解释了为什么“侠”会出现。他说：“且缓急，人之所时有也”（谁都避免不了一些突如其来的灾祸和困难），“此皆学士所谓有道仁人也，犹然遭此灾”（这都是些道德修养很好的人，尚且避免不了飞来横祸），“况以中材而涉乱世之末流乎？其遇害何可胜道哉”（何况是一个才能一般又恰逢乱世的人呢，他可能遇到的灾祸哪里数得清呀）。因此，他对民间的正义机制充满了渴望。司马迁对这种挺身而出、救助他人的行为有一个简练的概括："其言必信，其行必果，已诺必诚，不爱其躯，赴士之阨困，既已存亡死生矣，而不矜其能，羞伐其德。"首先是一诺千金，其次是救助他人不考虑自己的生死，再次是施恩不图报。这一概括，几乎成为后世所有描写侠义行为时共同的尺度和角度。但是司马迁这种充满热情的书写也暴露出来一些问题，如《史记·游侠列传》中他着墨最多的郭解，价值取向上的悖论就十分明显。

分析《水浒传》不能不谈到郭解，因为无论是内在精神还是外在事迹，他都与宋江有着可比之处。我们不妨先看看有关他们的外貌描写。《史记》中的郭解，"短小精悍"，形象不够威猛；《水浒传》中的宋江，也是"面黑身矮"，形象明显不给力。有趣的是，在《水浒传》出现之前，元人陈泰对宋江的描写是"勇悍狂侠"，到了施耐庵笔下，特意把他的身材降低下来。从二者的为人行事来看，郭解是"邑中少年及旁近县贤豪，夜半过门常十余车，请得解客舍养之"。也就是说，郭解在江湖上名声很大，特别喜欢结交各路豪杰，半夜常有人敲门，一来就来一大群，郭解全都接待。《水浒传》中描写宋江："平生只好结识江湖上好汉，但有人来投奔他的，若高若低，无有不纳。""若高若低"四个字大有名堂，一个意思是身份的高低，另外一个意思是山高水低。这里强调的是，无论投奔者犯了什么事宋江都不在乎，一律留在家中款待，因此"天下好汉都称他为及时雨"。《史记》中又写道："解入关，关中贤豪知与不知，闻其声，争交欢解。"由于郭解的名声，也由于他平日施恩与人，所以走到哪里，贤豪们都争着与他结交。《水浒传》写宋江也特别强调他在江湖上的声望：无论是江湖好汉，还是朝廷命官，只要是英雄豪杰，一听"宋江"二字，无不"纳头便拜"。如三十五回"石将军村店寄书"：

> 那汉便跳起来，绰了短棒在手里，便应道："我自骂他，要你多管！老爷天下只让得两个人，其余的都把来做脚底下的泥。"燕顺焦躁，便提起板凳，却待要打将去。宋江因见那人出语不俗，横身在里面劝解："且都不要闹。我且请问你，你天下只让的那两个人？"
>
> 那汉道："我说与你，惊得你呆了！"宋江道："愿闻那两个好汉大名。"那汉道："一个是沧州横海郡柴世宗的孙子，唤做小旋风柴进柴大官人。"宋江暗暗的点头，又问道："那一个是谁？"那汉道："这一个又奢遮！是郓城县押司山东及时雨呼保义宋公明。"

在这两个形象的塑造中，司马迁与施耐庵都着力写了他们精神上的力量，也就是何以能服众。郭解有个外甥，跟别人喝酒之后发生了冲突，对方一失手把这个外甥给杀死了。郭解的姐姐非常恼火，说："郭解，你可是黑道大哥啊，你外甥居然都被杀了，太丢人了。"这个女人很厉害，坚持不给儿子下葬，把尸体拖到十字路口，以在大庭广众曝尸来丢郭解的脸，刺激郭解去报复。郭解完全不理会。后来他暗中打探到了逃亡的凶手。凶手无奈主动找到郭解，解释了当时的经过详情，郭解认为主要的过错在自己的外甥一边，便宽恕了凶手。① 作者不吝笔墨写这个事件，就是要彰显郭解是非分明的品性，来说明他

---

① "解姊子负解之势，与人饮，使之嚼，非其任，强必灌之。人怒，拔刀刺杀解姊子，亡去。解姊怒曰：'以翁伯之义，人杀吾子，贼不得！'弃其尸于道，弗葬，欲以辱解。解使人微知贼处。贼窘，自归，具以实告解。解曰：'公杀之固当。吾儿不直。'遂去其贼，罪其姊子，乃收而葬之。诸公闻之，皆多解之义，益附焉。"（《史记·游侠列传》）

能够服众的原因。可是另一方面，一位杨姓地方官和郭解发生了冲突，郭解手下就把他杀了，然后又杀掉了此人的父亲以及上告的家眷。这一连串的血案惊动了朝廷，导致郭解被灭族。所以，一方面，郭解很有江湖大哥的器量，会秉公办事；另一方面，他自己或者他周围的人也会滥用武力，做一些凶残的事情。宋江也是一样。他被称为“及时雨”的主要原因就是仗义疏财，在他人困难时主动施以援手。他遇到武松漂泊、病困，立刻大力救济。身边的穷人，如王公、唐牛儿、阎婆等也多得他的救济。如王婆所讲：“常常见他散施棺材药饵，极肯济人贫苦。”可他要是凶恶起来，也是非常之恶。最厉害的是黄文炳事件。宋江在墙上题的诗词是不是反诗？绝对是啊！

> 自幼曾攻经史，长成亦有权谋。恰如猛虎卧荒丘，潜伏爪牙忍受。不幸刺文双颊，那堪配在江州！他年若得报冤仇，血染浔阳江口。(《西江月》)

> 心在山东身在吴，飘蓬江海漫嗟吁。他时若遂凌云志，敢笑黄巢不丈夫。

不但要造反，还要大屠杀。黄文炳发现了墙上所题的文字，向有关部门报告，恐怕也是情理之中的事。当然，这就要看作者的叙事角度与叙事立场了。而宋江对黄文炳的报复，虽然事出有因，但放纵李逵把黄文炳做“烧烤”，大啖其肉，却也印证了“血染浔阳江口”并非虚言恫吓。

我们说，四部分内容交集于“武力实现体制外的正义”，里面还包含着两重隐义。一是正义之外，也有边缘部分。如劫富济贫往往连带着打家劫舍，甚至是谋财害命，其间的联系是必然的，而界限却是模糊的；又如逼上梁山自然连带着快意恩仇，但这与过度报复，乃至嗜血残杀又往往难以清晰切割。二是何谓正义？这是个更为复杂的理论问题，我们不可能在这里专题讨论。我只想指出，如同“异端”在很大程度上是一种标定一样，正义也带有时代、阶层的相对性，因此，《水浒传》的正义只能说是作者为书中正面人物设定的，而由于这些人物的代表处于被侮辱、被损害的境地，激发了读者的同情（开端连续描写王进、金翠莲、林冲等，已为全书定下了感情基调），便也自然而然地认同了作者对正义的设定。我有一本小书，取名《亦侠亦盗说水浒》。“亦侠亦盗”，可以说是对《水浒传》的内容和主旨的最基本的概括。

第二节　通俗中的厚重：“好汉”的文化内蕴

这一节我们主要讲《水浒传》的人物塑造。不过，我们分析的角度和通行的文学史不太一样。我们要通过几个案例分析一下看似简单的江湖人物，其形象的深处有着怎样丰厚的文化内蕴，或者说是怎样从文化传统中生长出来的。

《水浒传》一个很重要的价值在于它塑造了栩栩如生的人物形象。金圣叹在《第五才子书读法》里特别强调了这一点。他说《水浒传》描写的好汉们，其神态、语气、形象在书中都有个性化的表现。其他的书写性格鲁莽的人，可谓千人一面，而《水浒传》的李逵、鲁智深、武松、石秀等却是各不相同。这一点，他确实别具慧眼，讲得很中肯，也很到位。不过，要说《水浒传》的好汉形象全部实现个性化，还是略有夸张的。小说中真正性格鲜明、面目各异的人物也不过十来个而已。

> 《水浒》所叙，叙一百八人，人有其性情，人有其气质，人有其形状，人有其声口。夫以一手而画数面，则将有兄弟之形；一口吹数声，斯不免再映也。施耐庵以一心所运，而一百八人各自入妙者，无他，十年格物而一朝物格，斯以一笔而写百千万人，固不以为难也。
>
> ——金圣叹《水浒传序三》

> 三十六个人，便有三十六样出身，三十六样面孔，三十六样性格。
>
> 别一部书，看过一遍即休。独有《水浒传》，只是看不厌，无非为他把一百八个人性格，都写出来。
>
> 《水浒传》写一百八个人性格，真是一百八样。若别一部书，任他写一千个人，也只是一样；便只写得两个人，也只是一样。
>
> ——金圣叹《第五才子书读法》

其实，《水浒传》的作者也是被天罡、地煞的一百零八之数所苦。鲁（智深）、林（冲）、宋（江）、武（松）、李（逵）的“列传”之外，他为了凑足这个数目，不免匆匆忙忙地拉来一个又一个人物。不仅王定六、陶宗旺之类除却外号别无可言，即使地位崇高的卢俊义、关胜之类也是几无性格可言的。

《水浒传》写人与《三国演义》有较大分别。《三国》对人物的描写，是零零散散地镶嵌在一个长的历史时段里。比如，关羽的重头戏——温酒斩华雄、诛颜良文丑、过五关斩六将、华容道义释曹操等，都是散落在各个历史事件中的。而《水浒》中的几个主要人物（特别是上述五人）采用的却是集中描写的方式，其中最典型的是武松。连着十回写的都是武松，所以俗称“武十回”。宋江的故事主要分为两段，后一段也是连着写了十回，故俗称“宋十回”。这样写的好处是能将主要人物刻画得更加生动、形象，缺点是全书的有机性稍差，其他人物有时不免充数之嫌。

关于《水浒传》何以能写出如此生动的人物，既有纯属揣测的神奇传说，也有颇有理论深度的思考和阐释。一个曾经颇有影响的传说见于晚清邱炜爰所记：“相传施耐庵撰《水浒传》时，凭空画三十六人于壁，老少男女，不一其状，每日对之吮毫，务求刻画尽致，故能一人有一人之精神，脉络贯通，形神俱化。”（《菽园赘谈》）这分明是本末倒置的外行人看法，不过也可以看出读者对于《水浒传》中形象鲜明的人物的喜爱与赞佩。

明清两代对小说有理论深度的研究首推李卓吾与金圣叹。李卓吾提出了“同而不同”的主张，相当准确地把握到英雄传奇塑造人物的文类特征。金圣叹的看法则更加深入和全面。他借用“因缘生法”“忠恕”“动心”等佛学、儒学用语，对作家塑造人物的创作心理进行了多角度的分析。同时，他还把一些具体的技法做了归纳、提炼，形成了相当系统的小说人物创作论体系。

《水浒传》众好汉里最为复杂的一个形象是宋江，对他的认识、评价历来莫衷一是。在作品的表层，作者为宋江贴的标签是“孝义黑三郎”;《水浒传》的重要评点者、传播者李卓吾则以“忠义”的头衔相赠；相比之下，金圣叹的见解就要高明一些，他敏锐地看出了宋江言行的矛盾之处，然后把“奸雄”的恶谥给了宋江；1949 年后，学者们一度受政治气候的左右，时而将其称为“农民革命领袖”，时而将其称为“农民革命的叛徒”，甚至深文周纳，揭出他所谓的“架空晁盖，蓄谋篡权”的“险恶用心”。不过，这些说法在文本中都可以或多或少地找到佐证，但也同样可以找到反证，所以没有一个可以自圆其说。宋江的形象实在是内涵丰富、复杂，甚至包含着尖锐的矛盾，若执其一端自然会陷入困境。例如，他一方面结交江湖人物，甚至为巨盗通风报信，预先与父亲脱离关系，随时准备犯事逃亡；一方面，他又做出恪守朝廷法度的种种姿态。他一方面口口声声表白说不敢背叛朝廷，一方面又狂言“血染浔阳江口”。如此等等，不一而足。

在《水浒传》成书前的有关史料、话本、杂剧中，宋江的故事其实十分简单，其形象也十分简单，除去“剧贼”的恶谥、山大王的身份，就只有“宋之为人，勇悍狂侠”① 一语而已。这种对性格的描述可能比较接近历史上宋江的真实面目（三十六个人横行几个州，身手、胆气肯定不会弱了），但是和《水浒传》中塑造出的“孝义黑三郎”形象实在是相去甚远。

那么,《水浒传》中宋江的形象是怎样诞生的呢？这完全是施耐庵的心营意造，还是另有“配件”，他只是“组装加工”呢？我们不带任何褒贬的意图，只是做一做类似考古的工作，或者说是“基因图

① 见陈泰《江南曲序》。

谱”的分析工作，看看在施耐庵以前的浩如烟海的各类文献中，有哪些人物隐现宋江的影像、潜藏着宋江的基因呢？

如前一节所讲，宋江身上有司马迁塑造的郭解的基因。司马迁在《游侠列传》中饱含深情地描写了一个另类人物郭解的悲剧一生。我们来看其中的一段：

> 解入关，关中贤豪知与不知，闻其声，争交欢解。解为人短小，不饮酒，出未尝有骑。已又杀杨季主……乃下吏捕解。解亡，置其母家室夏阳，身至临晋。临晋籍少公素不知解，解冒，因求出关。籍少公已出解，解转入太原。所过辄告主人家。吏逐之，迹至籍少公。少公自杀，口绝。久之，乃得解。穷治所犯，为解所杀，皆在赦前。轵有儒生侍使者坐，客誉郭解，生曰：“郭解专以奸犯公法，何谓贤！”解客闻，杀此生，断其舌……

太史公对郭解的评论是：“吾视郭解，状貌不及中人，言语不足采者，然天下无贤与不肖，知与不知，皆慕其声，言侠者皆引以为名。”

把这个郭解和宋江平生事迹相比，类似的地方实在不少，大的地方至少有四处，小的地方还有若干。先说大的地方。第一，侠义之名满天下。司马迁对郭解的介绍是“无贤与不肖，知与不知，皆慕其声”，翻译成现代白话，就是“社会各界都有很多他的忠实粉丝”。这样的评价，在整部《史记》中，好像还没有第二处。甚至在“二十五史”中，这样介绍和评价一个人，也是极为罕见的。可是如果把太史公对郭解的这一评语移到《水浒传》的宋江身上，却好像是量身定做一样。初读《水浒传》时，印象很深的一个地方就是小说不厌其烦地重复着一个类似的情节：各个地方、各种身份的好汉们只要一听到宋江的大名，立刻“纳头便拜”。显然，这是作者刻画宋江时特别着力之处。

第二，因为亡命出逃而连累好友。郭解本来在地方上声誉很高，在官场、民间的人缘也都很好，可是卷进了一桩人命案，只能辗转出逃。

> 轵人杨季主子为县掾，举徙解。解兄子断杨掾头。由此杨氏与郭氏为仇……已又杀杨季主。杨季主家上书，人又杀之阙下。上闻，乃下吏捕解。
>
> ——《史记·游侠列传》

关于他逃亡的路线，司马迁记下的地名就有夏阳、临晋与太原。一路上，郭解留下了一些踪迹，官差便紧追不舍。为了掩护郭解，他的一位“粉丝”籍少公不惜自杀来中断线索。而《水浒传》集中写宋江的“宋十回”里，重头戏正是宋江亡命出逃的过程。宋江犯下了阎婆惜的命案，出逃中先后到沧州柴进的庄上、青州白虎山孔家庄上与清风山清风镇花荣的寨里，得到柴进、孔明、孔亮和花荣的掩护，最后几乎连累花荣送命。显然，这段吃了人命官司后的亡命经历，宋江与郭解也是大体相同的。

第三，受某个儒生进谗言之害，其友人代为残酷报复。郭解案发被捕后，本来有客为他讲好话，还有一线生机，可是有一个多嘴的儒生对审理案件的官员讲：“这个郭解的所作所为都是触犯刑律的。”这直接影响了官员的看法。而这个儒生最终被郭解的“粉丝”杀死，而且手法很残酷——割下了儒生的舌头。看官们一定记得，类似的情节在宋江的故事中也是一场重头戏。宋江被捕刺配江州后，得到了戴宗等人的庇护，却不幸碰上了个“多管闲事”“维护法纪”的黄文炳，他到太守那里告发宋江的不轨言论，害得宋江上了法场。而这个黄文炳自己也落得个被李逵碎割的下场。这个倒霉的黄文炳与《列传》中这个“侍使者坐”而多嘴多舌且被杀的儒生，从身份、行为到下场，真是何其相似！

第四，形象有反差。《水浒传》写梁山好汉都是熊躯彪体，独独为其领袖设计了一副“面黑身矮”的形象，“文不能安邦，武不能附众”（宋江自评）。这初看十分奇怪，细想来却实在是生花妙笔。形象上的巨大反差会在众人中显得很特殊，而且更显示出他做领袖“以德不以力”的特质。可是，以前的野史或杂剧中的诸多宋江都不具有这种形象上的特色或劣势。“勇悍狂侠”，绝不是这种看起来总是有几分窝囊的形象。到了电视连续剧中，李雪健把这一窝囊特色演绎到了十二分。

这种形象反差——和周边的反差，和自己行迹的反差，在正史与稗官中同样属于稀有现象。可是，无独有偶，太史公笔下的郭解也正是如此。值得注意的是，《游侠列传》中太史公不是偶然提到一句半句郭解的形象，而是着力来描写、予以特别强调的，如“解为人短小”“状貌不及中人，言语不足采”等。这一点，恰恰也是《水浒传》一再强调的。甚至到了决定梁山领袖归属的关键时刻，还让宋江出来自我批评一番：“小弟德薄才疏……第一件，宋江身材黑矮，貌拙才疏。”这和《游侠列传》最后还要由太史公自己出面来议论一番郭解的形象、状貌，真有异曲同工的意味。这么多近似相合的地方，而且都是宋江一生的“大关目”，这就等于我们给宋江与郭解做了一次DNA检测，而所测的等位基因高度相合。

此外，《游侠列传》有些小地方和《水浒传》的宋江故事也有近似之处。例如，郭解虽然在江湖上名声很大，日常在乡里却是谦恭有礼——“解执恭敬，不敢乘车入其县廷”；宋江也是一样，平日里对周边的各色人等都是谦逊和善，甚至对小商小贩也是如此。又如，郭解好客疏财——“邑中少年及旁近县贤豪，夜半过门常十余车，请得解客舍养之”；宋江则是“平生只好结识江湖上好汉，但有人来投奔他的，若高若低，无有不纳，便留在庄上馆谷”（“庄上馆谷”几与“客舍养之”同义）。再如，郭解偶遇一人，对他傲不为礼，后来却折服向他谢罪：

> 解出入，人皆避之。有一人独箕倨视之。解遣人问其名姓，客欲杀之，解曰：“居邑屋至不见敬，是吾德不修也。彼何罪。”……箕踞者乃肉袒谢罪。
>
> ——《史记·游侠列传》

这和宋江初遇武松一节，也有几分相似：

> ……那汉气将起来，把宋江劈胸揪住，大喝道：“你是甚么鸟人，敢来消遣我！”……柴进大笑道：“大汉，你认得宋押司不？”那汉道：“我虽不曾认的，江湖上久闻他是个及时雨宋公明，且又仗义疏财，扶危济困，是个天下闻名的好汉！”……柴进便道：“大汉，远便十万八千，近便在面前。”柴进指着宋江，

> 便道:“此位便是及时雨宋公明。”那汉道:“真个也不是?”宋江道:“小可便是宋江。”那汉定睛看了看，纳头便拜，说道:“我不是梦里么?与兄长相见!”宋江道:“何故如此错爱?”那汉道:“却才甚是无礼，万乞恕罪。有眼不识泰山!”跪在地下，那里肯起来。宋江慌忙扶住道:“足下高姓大名?”……柴进指着道:“这人是清河县人氏，姓武名松，排行第二，今在此间一年也。”……宋江大喜，携住武松的手，一同到后堂席上。

如此等等，虽然看起来只是一些细节，但也属于两个形象之间相合度很高的对位基因。因此，我们完全有理由断定《水浒传》的作者是一位相当熟悉《史记》的人物（经过“唐宋八大家”们的鼓吹，宋元明的文人对《史记》的兴趣是相当普遍的），因此当他要描写一个领导江湖群雄的义侠形象时，郭解的形象、事迹便自觉不自觉地浮现出来，成为他创作加工的“毛坯”。

《史记》虽然位列正史，但由于其中颇有一些异端因素，故时而被统治者惊觉、排斥。如《汉书》就批评司马迁，说他“是非颇缪于圣人”，而列举的主要错误就是《游侠列传》对郭解等侠士的同情——“序游侠则退处士而进奸雄”。所以，我们在分析宋江的 DNA 时，不妨把来自郭解的基因称为江湖基因，也就是不占有意识形态地位的草根基因。

那么，宋江除了江湖基因之外，是否还有其他性质的基因呢?我们还是从具体的材料出发，来分析宋氏基因图谱的另外一些节点。

说宋江身上有郭解的影子，人们可能虽感意外，但较为容易接受。如果现在我说宋江的形象与《论语》有关，与《孔子世家》有关，恐怕大家都会感觉是风马牛不相及了。但是，事实摆在那里。金圣叹曾指出，施耐庵在刻画宋江的形象时有一个特别值得注意的手法，那就是“把李逵与宋江合写”。不管他的具体分析是否完全准确合理（特别是痛贬宋江的话语），小说中存在大量二人合写的段落却是千真万确的。而把一个谦谦君子与一个黑凛凛的莽汉组合到同一场景，相互映衬，也为突出彼此的性格特点起到了事半功倍的作用。

谦谦有礼的孔子身边是否也有类似的莽汉呢？且来看《史记》。太史公在《史记》的《孔子世家》[①] 中写到孔子与弟子言谈往来的地方共有十九处，其中与子路合写的就有十处，在七十二贤人中不仅最多，而且超过半数。（在《论语》中，子路的言行所占篇幅在众弟子中约占八分之一，也是最多的几人之一，但不像《孔子世家》这样突出。）更有趣的是，有六处是从反面落墨来衬托孔子的品行和道德，这与其他弟子的写法大不相同。

大家知道，在孔门七十二贤人中，子路颇有点与众不同的色彩。本来孔子经常被社会闲杂人等欺侮，可自从有了子路做门徒，“恶声

---

① 公山不狃以费畔，季氏使人召孔子。孔子循道弥久，温温无所试，莫能己用。曰：“盖周文武起丰镐而王，今费虽小，傥庶几乎？”欲往。子路不说，止孔子。孔子曰：“夫召我者岂徒哉？如用我，其为东周乎。”然亦卒不行。

…………

佛肸畔，使人召孔子。孔子欲往，子路曰：“由闻诸夫子，‘其身亲为不善者，君子不入也’。今佛肸亲以中牟畔，子欲往，如之何？”孔子曰：“有是言也。不曰坚乎，磨而不磷；不曰白乎，涅而不淄。我岂匏瓜也哉？焉能系而不食！”

…………

……围孔子于野，不得行，绝粮，从者病，莫能兴。孔子讲诵，弦歌不衰。子路愠见曰：“君子亦有穷乎？”孔子曰：“君子固穷，小人穷斯滥矣。”（《史记·孔子世家》）

不入于耳”，子路拳头的威力可想而知。孔老夫子提议学生们谈理想，别人都谦虚两句——“不敢不敢，请有水平的同学先讲”，可是，子路这兄弟毫不谦让（“率尔而对”），而且大讲军事战略思想，博得老师摇头苦笑。在我国叙事文学中，以“莽汉”衬托“君子”的笔法，孔子与子路这一对可算是滥觞。

下面，我们进一步看几个更具体的例子。《水浒传》中宋江、李逵合写的情节中，最富有戏剧性的是李逵闹东京前后的一连串冲突，而其中故事的核心是宋江访名妓李师师的情节。作者饶有兴味地描写宋江见名妓李师师的情景。宋江为了谋求政治出路，不得已设计了一条曲线求仕的路径，放下领袖的架子，带上柴进、燕青等拜访了李师师，并一起饮酒谈笑。于是有了李、宋冲突的一段：

> 李逵看见宋江、柴进与李师师对坐饮酒，自肚里有五分没好气，圆睁怪眼，直瞅他三个……头上毛发倒竖起来，一肚子怒气正没发付处……

> 李逵道：“哥哥，你说甚么鸟闲话！……我当初敬你是个不贪色欲的好汉，你原来是酒色之徒：杀了阎婆惜，便是小样；去东京养李师师，便是大样。……”

这一段非常富有戏剧性。在书中不仅是梁山聚义后最为热闹的一段，就在全书范围内也是别开生面的一场好戏。那么，它的戏剧性是怎样产生的呢？说通俗点，为什么这么热闹、这么好看呢？

现代京剧《沙家浜》久唱不衰，主要魅力来自于胡传魁、刁德

一、阿庆嫂的三角对手戏。李逵闹东京这场大戏里边也有两个很特别的三角关系。一个三角是皇帝、皇帝情妇李师师和山大王宋江。其中，皇帝情妇居于中间的顶角位置。山大王要在她身上下功夫，实现曲线从政；她却要在皇帝面前掩饰一切。这种场面、关系的设计，也有些类似于《十日谈》甚或莎翁喜剧的情节。另一个三角是皇帝情妇李师师、山大王宋江和莽汉李逵。其中，宋江居于中间的顶角位置。他一方面要讨好李师师（可谓“有欲则柔”），一方面要面对李逵的误解。这两个三角叠加，就把宋江置于最尴尬的境地。而其中三个形象的对比则是产生戏剧效果的重要因素。列位看官，我们不妨设想一下当时的景象：妖娆的情妇李师师，道德模范宋公明（不解风月的“孝义黑三郎”），宋公明的超级粉丝莽汉李逵（“好德”胜于“好色”），这样三个人之间的悬疑与误会，实在是最好的戏剧材料。

如此精彩的情节，在有关宋江的正史、野史中都不见端倪，那么它是从哪儿来的呢？

《史记》的《孔子世家》所记孔子与子路的第一个冲突，性质与“李逵闹东京”时宋江与李逵的冲突颇为相近：

> 灵公夫人有南子者，使人谓孔子曰：“四方之君子不辱欲与寡君为兄弟者，必见寡小君。寡小君愿见。”孔子辞谢，不得已而见之。夫人在绨帷中。孔子入门，北面稽首。夫人自帷中再拜，环佩玉声璆然。孔子曰：“吾乡为弗见，见之礼答焉。”子路不说。孔子矢之曰：“予所不者，天厌之！天厌之！”

这段文字历来为人们所特别关注，因为其中关于孔子处境的描写，颇有几分尴尬，甚至还有一点暧昧，而这种意味因“子路不说”四字而分外彰显。[①] 至于孔子指天誓日的辩解，其情态也是其他任何关于孔老先生的描写中所没有的。

孔子见南子与宋江见李师师，在基本情节上有三点是相似甚或相同的。一则，孔子与宋江都是因为有求于君主，而不得已谋求走“枕边路线”的。不同的是，孔子较为被动，宋江则为主动。而他们“枕边路线”的对象，一个是君主的宠姬，一个是君主的宠妓（深究起来，这位宠姬的名声比那个宠妓不过略胜一筹而已）。二则，孔子与宋江身边都有一个性格卤莽的侍从，都对此产生误解，并且都公开表示了自己的不满。三则，孔子与宋江都因此事处于尴尬境地，也都不得已而在误解自己的莽汉面前剖白、解释。

除了“子见南子”与“宋见李妓”两段情节的高度近似之外，《孔子世家》中孔子与子路的关系还有两个基因也被改造、移植到了宋江、李逵的 DNA 之中。一个是因出仕而产生分歧。李逵对宋江本是言听计从、五体投地的，后来之所以屡生冲突，根源乃在招安。宋江急于投靠、报效朝廷，而李逵不肯屈从，于是产生了一连串的矛盾冲突。而《史记》中，子路对孔子有所不满的事件也大半与孔子急于用世有关：

---

① 《论语》中关于此事的记载较为简单，但在孔子与子路冲突这一点上与《史记》完全一致：“子见南子，子路不说，夫子矢之曰：‘予所否者，天厌之！天厌之！’”（《论语·雍也》）“王孙贾问曰：‘与其媚于奥，宁媚于灶，何谓也？’子曰：‘不然。获罪于天，无所祷也。’”（《论语·八佾》）

公山不狃以费畔，季氏使人召孔子。孔子……欲往。子路不说，止孔子。

……齐人闻而惧，曰："孔子为政必霸……"……（鲁君）怠于政事，子路曰："夫子可以行矣。"孔子曰："……吾犹可以止。"

可以说，太史公塑造孔圣人的生花妙笔就在于设置了子路这一善意的矛盾对立面，从而表现出孔子性格、心理的微妙处、复杂处。为此，他舍弃了《论语》中孔子赞誉子路的内容，突出了二者之间的差异（这一点甚至招致后人的怀疑，认为圣人不当如此，太史公所记有误）。李逵在《水浒传》中有一个附带的功能，那就是用他的反招安反衬出宋江性格的特点与心理的微妙、复杂。

另一个是子路之死与李逵之死。《孔子世家》在写到孔子临终时，以不同寻常的笔法，把子路与孔子的命运联系到了一起：

子路死于卫。孔子病，子贡请见……因叹，歌曰："太山坏乎！梁柱摧乎！哲人萎乎！"因以涕下。谓子贡曰："天下无道久矣，莫能宗予。夏人殡于东阶，周人于西阶，殷人两柱间。昨暮予梦坐奠两柱之间，予始殷人也。"后七日卒。

无论有意还是无意，这一悲凉之笔使得合写孔子、子路二人时彼此映衬的味道更加显豁了。

有趣的是，《水浒》为宋江临终时安排的情节与此颇相似，宋江知大限将至，特意连夜使人往润州唤取李逵，以药酒毒死他后：

> （宋江）心中伤感，思念吴用、花荣，不得会面。是夜药发临危，嘱咐从人亲随之辈："可依我言，将我灵柩，安葬此间南门外蓼儿洼高原深处，必报你众人之德。乞依我嘱。"言讫而逝。

刻意安排李逵先于宋江一步而死，突出彼此之间不同他人的特殊关系；然后写宋江临终对丧事，特别是安葬地点的安排做出具体细致的嘱托，这些地方和《孔子世家》上述悲凉之笔也是明显类似的。

作者为李逵设计的情节中，还有些似乎也与子路有蛛丝马迹的关联，虽不及前面几例重要，但也可作旁证。如七十四回《燕青智扑擎天柱　李逵寿张乔坐衙》描写李逵断案：

> 李逵道："那个是吃打的？"原告道："小人是吃打的。"又问道："那个是打了他的？"被告道："他先骂了，小人是打他来。"李逵道："这个打了人的是好汉，先放了他去。这个不长进的，怎地吃人打了！与我枷号在衙门前示众！"李逵起身……方才大踏步去了。

有趣的是，《论语·颜渊》中恰好也有子路断狱的话题："子曰：'片言可以折狱者，其由也与！'""由"就是子路。细微说来，对这段话的理解历来有歧义。不过，大致的意思没有问题，就是由于性格原因，子路如果断狱的话，会十分简单、利落。"片言"，多理解为"片面之词"。若以孔夫子这段话来描述、评价《水浒传》的李逵断狱，岂不是有如量体定做吗？

综上所述，我们可以得出三点结论。一、《史记》在刻画孔子形象时使用了“合写+反衬”的手法，从而使子路与孔子的形象密切联系在一起，相形而益彰。二、《水浒传》在刻画宋江及李逵的形象时，也使用了上述手法，且在若干具体情节中出现与《史记》十分相似的安排。三、虽然我们不能据此简单得出施耐庵有意以孔子为宋江原型的结论，但考虑到那个时代的文人（特别是《水浒传》作者这样的文人）对于《史记》的了解，对于孔子事迹（主要来源于《史记》）的了解，指出《水浒传》的宋江在行迹、性格等方面与《史记·孔子世家》中的孔子有或隐或显的相近基因——“庙堂基因”，应该说还是有较为充分的理由的。

经过上面的检测分析，《水浒传》中宋江的DNA，是由两条基因链缠绕、互补构成的，从而塑造了中国文学史上独一无二的“忠义山大王”形象。

这两条基因链都含有领袖的因素，但是，一是江湖的领袖，一是庙堂认可的道德领袖。郭解基因的加入，使得宋江不再等同于以勇武立身的寨主、强人头领，而是以侠义服众的江湖领袖。施耐庵有意无意间为宋江准备了两个反衬，一个是王伦，一个是晁盖。这两个形象着墨都不多，但性格基调还是相当清晰的。王伦的狭隘、刻薄、小气，晁盖的粗豪、简单、率直，使得他们可做小团体的首领，而不可能成为号令江湖的领袖。

宋江义侠的一面，小说里有实写有虚写。前文已经交代，他与武松、与李逵的初次见面，只用几个很小的细节就显出了他江湖真大哥的气质。这很像《三国演义》“温酒斩华雄”一节，曹操为关羽斟酒的细节。那一杯酒就凸显了曹操不同于袁绍的领袖气质。宋江抚慰武松、包容李逵，事情都不大，但同样凸显了不同于王伦、晁盖的领袖气质。

宋江和兄弟宋清两个送武松……行了五七里路，武松作别道："尊兄，远了，请回。柴大官人必然专望。"宋江道："何妨再送几步。"路上说些闲话，不觉又过了三二里。武松挽住宋江说道："尊兄不必远送。常言道：送君千里，终须一别。"宋江指着道："容我再行几步。兀那官道上有个小酒店，我们吃三钟了作别。"……三个人饮了几杯，看看红日平西，武松便道："天色将晚，哥哥不弃武二时，就此受武二四拜，拜为义兄。"宋江大喜，武松纳头拜了四拜。

——《水浒传》二十三回

一般读者（即不是金圣叹那种"别具只眼"的专业批评家）看到这里，不仅会喜欢上这个武功不高、其貌不扬的小个子，而且不知不觉间会在心中形成一种朦胧的预期，感觉他必将接替晁盖，领袖群伦。

宋江忠孝的一面是施耐庵特别重视的。他写这些，初衷绝不是要刻画一个伪君子，绝不是要曲笔描写两面派。他的本意就是要写一个道德上无可挑剔的人，要写一个因道德高尚而具有领袖资格的人。这一点，正是孔孟毕生为之呼号的儒家政治哲学的核心。《论语》的《为政》篇有十分明确的表述："为政以德，譬如北辰，居其所而众星共之。"孟子也反复拿这种观点去游说梁惠王等君主。可惜，那些君主都缺乏理想主义色彩，所以，孔孟的政治理想两千多年来只能停留在纸面与口头。宋代以后，程朱理学的书呆子们更把这种观念推到了极致，于是引发了陈亮与朱熹之间那场著名的关于政治哲学的辩论。这一话题，我们在《三国演义》那一讲时曾经提及。

施耐庵深受儒家政治哲学的影响，为了让笔下的宋江登上道德制高点，成为“为政以德”的典型，浓墨重彩地反复渲染他如何不肯上山落草、如何时刻惦念朝廷、如何挂牵老父、如何为孝亲不顾生死。而在这个渲染过程中，孔子的某些行迹也就自然而然地影响到了有关情节的构思，上面提到的那些基因也就不自觉地移到了宋江这里。

可是，令施耐庵始料不及的一个严重问题出现了。江湖领袖的基因和道德领袖（庙堂所提倡、认可的道德）的基因组合到了同一个DNA中，但二者并不能水乳交融，而是如油入水，彼此排斥。金圣叹在分析宋江形象时敏锐地指出了其中的矛盾之处：若江湖领袖是他的真实面目，那其作为道德领袖的一面就不可避免地有虚伪的嫌疑。这种分析颇有道理，比起跟着施耐庵称许忠义要透辟得多，不过仍不免有简单化、片面化的毛病。问题的最大症结在于，施耐庵在组合两类基因时，到底是没有料到彼此会排斥呢，还是故意找来排斥的基因作为塑造“奸雄”的非常手段呢？

显然，是前者而非后者。

看看同一时代的小说，类似的人物形象不一而足。这首推《三国演义》中的刘备。上一讲已经提到，作为“为政以德”的领袖，作者极力渲染刘备的仁德——如携民渡江，如摔孩子，可是，效果却同宋江差不多，“仁德”的高调与“枭雄”的身份（例如夺西川）很难协调，怪不得鲁迅先生要说“欲显刘备之长厚而似伪”了。此外还有《西游记》里的唐僧。作为西行五众的领袖，他的能力是最差的。和宋江、刘备一样，他的领袖资格靠的是道德制高点。

历史上的“勇悍狂侠”变成了“孝义黑三郎”，历史上的一代枭雄变成了仁厚长者，历史上刚毅卓绝的玄奘变成了教条至上的唐僧，这种变化的共同点就是历史上带有英雄气的人物都被小说作者移入了

宋江大破连环马

道德领袖的基因。

我们不妨再次回顾一下陈亮、朱熹的分歧。在二人的辩论中，唐太宗李世民是双方争辩的标靶。陈亮称赞唐太宗的功业："其国与天地并立，而人物赖以生息。"他反问，如果这样给民众带来生存发展福祉的人物不合乎天理，那么天理还有什么存在的理由呢？朱熹先后回复了十五封书信，反驳陈亮，认为只有上古时的政治才合乎天理，尧舜都是因其道德高尚而成为伟大的领袖，到了后世，大多政治领袖道德败坏、人欲横行，即使是实现“贞观之治”的李世民也不过是“以智力把持天下”而私德甚亏、“专以人欲行”的庸劣之主。由此，他把历代英雄人物一笔抹倒。

对于朱熹持论之偏，后人多有讥弹。杨慎尖锐地指出：“(朱文公)评论古今人品……亹亹千余言，力诋之，必使之不为全人而后已。盖自周、孔以下，无一人逃其议。”确实，以常理常情衡量，朱熹的这些观点都是违公是而远人性的。但是，平心而论，他又并非信口雌黄。他的臧否标准是明确的，就是“内圣外王”“修齐治平”的儒家理想政治观，而以此衡量现实中的历史人物，没有一个可以及格。

陈亮与朱熹的辩论，从口舌角度看，谁也不退让，可以说是打成了平局。但是朱熹的观点是宋明理学的主流观点，也是其后很长一段时间里的官方意识形态。尽管宋元明清的皇帝们依旧大多私德不修，但口头上“为政以德”一直是官场认可的套话。除了极少数的思考者(如李卓吾)稍有质疑外，一般读书人都是将之奉为金科玉律的。虽然“修齐治平”的理想从未真正实现过，但在理论上却是不容置疑的，也是读书人乐于高谈阔论的。仍有儒者以此作为人生之梦、社会之梦，他们在现实中历经失意、失望，于是就把这种理想投射到自己塑造的文学形象上，因而有了通俗小说中“高调出演”的一系列道德领袖。

我们再来看另一个类型的形象：花和尚鲁智深。一个现代人来看

《水浒传》，可能最喜欢的人物就是鲁智深了。也许有人会说是武松，但是武松有一个问题——“快意恩仇过甚”，拿现代术语来说是防卫过当。张都监想害武松，武松把他全家十几口都给杀了。他有时候还不辨是非。比如在施恩这件事上，武松替施恩打了蒋门神，但施恩和蒋门神之间其实是两个黑道大哥的冲突。施恩的父亲是典狱长，他作为恶少，霸占了快活林，对来往客商和各个商户都要收取保护费。蒋门神作为张都监的座上客，把施恩的生意给抢了，二人之间的矛盾纯属黑道内部纠纷，武松的卷入很大程度上是被施恩利用了。鲁智深基本没有这一类问题。

《水浒传》中鲁智深的形象很可爱，金批本第二回他一出场时，“只见一个大汉……生得面圆耳大，鼻直口方，腮边一部貉腮胡须，身长八尺，腰阔十围”。这真是活脱脱一副英雄形象。他先是救助金翠莲，三拳打死恶霸镇关西，在桃花庄里他又暴打了强抢民女的小霸王周通。当我们读到这个胖大和尚躲在新娘的销金帐里的情节时，都会忍俊不禁。后来，强盗头子李忠和周通被他折服，招待一番，又说要送些路费给他。可这两个人很财迷，恰好山寨下有几个客商经过，便要下去打劫，夺了他人钱财来送给鲁智深。接下来对鲁智深的描写也是十分有趣。他寻思道：

> “这两个人好生悭吝！见放着有许多金银，却不送与俺；直等他去打劫得别人的，送与洒家！这个不是把官路当人情，只苦别人？洒家且教这厮吃俺一惊！”便唤这几个小喽罗近前来筛酒吃。方才吃得两盏，跳起身来，两拳打翻两个小喽罗，便解搭膊做一块儿捆了，口里都塞了些麻核桃；便取出包裹打开，

没要紧的都撇了，只拿了桌上金银酒器，都踏匾了，拴在包里；胸前度牒袋内，藏了真长老的书信；跨了戒刀，提了禅杖，顶了衣包，便出寨来。到山后打一望时，都是险峻之处，又没深草存躲。"洒家从前山去时，一定吃那厮们撞见，不如就此间滚将下去。"先把戒刀和包裹拴了，望下丢落去；又把禅杖也撺落去；却把身望下只一滚，骨碌碌直滚到山脚边，并无伤损，跳将起来，寻了包裹，跨了戒刀，拿了禅杖，拽开脚手，投东京便走。

这是个很小的细节，却趣味横生。试想一个胖大和尚，抱着脑袋，一骨碌滚下山坡——不是为了逃命，也不是为了正义或有什么崇高的目的，只是带有几分恶作剧的率性所为——是何等奇特而有趣的情景。有几分童心，几分莽撞，几分急智，还有那么一点点幽默滑稽，在梁山众好汉里只有鲁智深如此。于是，就有了这一个独特的"花和尚"。

鲁智深形象的基调是莽汉，但作者却不愿把这个形象简单地止于此，而是赋予他相当丰富的潜在意蕴。我们只要看看作者给他安排的结局，就可以体会到特别的意味。第一百一十九回，鲁智深在杭州六合寺坐化前，作偈道：

平生不修善果，只爱杀人放火。忽地顿开金绳，这里扯断玉锁。咦！钱塘江上潮信来，今日方知我是我。

不仅后面四句写的是佛学义旨，就是前两句（如"杀人"）也是禅门常见话头。整首偈语中，顿悟、脱去束缚、识得本来面目的禅悟意味十分显豁。

在《水浒传》的成书过程中，鲁智深虽然出场很早，但前期形象相当单薄，更看不到丝毫“禅”的影子。如龚开的《宋江三十六人赞》，称“有飞飞儿，出家尤好。与尔同袍，佛也被恼”，指出三十六人中有个僧人，不守清规戒律，其他则语焉不详，给人印象似乎与“精精儿”“空空儿”有些类比关系。《大宋宣和遗事》则仅有“僧人鲁智深反叛，亦来投奔宋江”数语而已。另外，《醉翁谈录》虽有《花和尚》的说话名目，详情却无从查考。

到了元明杂剧中，鲁智深的性格出现了较为复杂的色调，可是增加的色调和后来《水浒传》中鲁智深的形象南辕北辙。杂剧的鲁智深不仅具有“喜赏黄花峪”的雅兴，甚至还有“难舍风鸾俦”的柔情。当然，此类色调并没有被吸纳到《水浒传》中。

看来，小说中有禅味的鲁智深是施耐庵的戛戛独造了。这点是，也不完全是。说“是”，理由已经讲了——此前的鲁智深形象并没有此内涵；说“不完全是”，是因为施耐庵也有参考的蓝本。这个蓝本就是《五灯会元》中禅门大德丹霞天然和尚的事迹。

中土的佛教在唐代前期有一个重大的事件，就是形成了奉惠能为祖师的禅宗。禅宗标榜“不立文字”“顿悟成佛”，在读书人以及普通民众中产生了巨大的影响。而后禅宗内部又分化出不同的派别与倾向，其中最为极端者“呵佛骂祖”“唯我独尊”，被世人称为“狂禅”。丹霞天然和尚就是“狂禅”的重要代表人物。

《五灯会元》是禅门要籍，北宋以后广泛流传。其所记天然和尚的事迹大略如下：天然未出家时，去参加科举考试，路遇一位僧人问

鲁提辖拳打镇关西

他：“仁者何往？”他回答：“选官去。”僧人说：“选官哪里比得上选佛呢？现在江西有一位马大师出世，那是非常红火的选佛之场。”于是，他放弃考试直奔江西。大和尚马祖道一看了他好半天，却不肯收留，把他打发到衡山的石头禅师那里。他赶到衡山，拜见石头禅师，石头二话不讲，就命他到厨房去做火头军。三年后的一天，石头禅师忽然宣布：“明天义务劳动，除掉佛殿前的杂草。”第二天，大家拿着镰刀、锄头到了大殿前，却看见天然端着一盆水来到石头禅师面前。石头一见，大笑起来，给他落了发，又为他讲说戒律。哪知他捂着耳朵就跑掉了。他跑回江西后，又去见马祖，还没见面，却先跑到僧堂内骑到菩萨像的脖子上。和尚们吓傻了，赶忙去报告马祖。马祖赶来，不仅不生气，反而微笑着说：“我子天然。”天然马上翻身从菩萨像的脖子上跳下，给马祖磕头道：“谢谢老师赐我法号。”从此就得名“天然”。

后来，天然和尚到慧林寺挂单，碰上了非常寒冷的天气，他就推倒了木佛像，劈开做柴来烤火。方丈大惊，责骂他：“怎么能烧我的佛像！”天然和尚拨着炭灰说：“我正在烧取舍利。”方丈说：“木佛哪会有舍利？”天然说：“既然没有舍利，那就再取两尊来烧。”

一次，他躺到洛阳的天津桥上，挡住了留守使郑公的车队。警卫们呵斥他，他理也不理。郑留守觉得他不是常人，对他礼遇有加，还送他衣物为敬。

到了长庆四年（824）的六月，天然和尚告诉门人说：“给我准备热水，我要洗澡了，涅槃的时刻到了。”沐浴后，他穿戴整齐，安然地西去了。

这些事迹都记载在《五灯会元》等禅宗的典籍中，而这些典籍在宋元明清时期流行甚广。

熟悉《水浒传》的朋友看了天然的事迹，很可能立刻会心一笑。因为在鲁智深的故事中，我们不难发现和天然和尚生平十分相似的情节，其中有的描写甚至具体文字都有受过某种影响的痕迹在。

先说大的方面：一、鲁智深的出家经历也是在两个大寺庙中完成的。二、鲁智深也有毁坏佛像的举动。三、鲁智深的“反乱”行为同样得到了方丈的原谅与庇护（第四回，“监寺慌忙报知长老，长老听得，急引了三五个侍者，直来廊下”，“（长老）只是护短”，“长老说道他后来正果非凡”）。四、鲁智深也曾在桥头等待，准备拦下太守的轿子；而太守同样看出他不是常人，把他请回府衙。（第五十八回，“鲁智深却好来到浮桥上，只见人都道：‘和尚且躲一躲，太守相公过来。’鲁智深道：‘俺正要寻他……’”“虞候……对鲁智深说道：‘太守相公请你赴斋。’”）五、鲁智深也是自觉大限将至，从容地吩咐烧水洗澡，然后穿戴整齐，撒手西归（第九十九回：“鲁智深笑道：‘……洒家今已必当圆寂。烦与俺烧桶汤来，洒家沐浴。’……只得唤道人烧汤来，与鲁智深洗浴。换了一身御赐的僧衣，……自叠起两只脚，左脚搭在右脚，……急引众头领来看时，鲁智深已自坐在禅椅上不动了。”）。

再来看看细节。一、反复写鲁智深在“选佛场”中念念不忘作“官”（他伸手要官：“俺只要做都寺、监寺！”）。二、智真长老为鲁智深剃度时，口中念念有词：“寸草不留，六根清净。”三、鲁智深到了第二处寺庙中，讨官不得，被派去管菜园。如果以上情况仅出现一两则，那倒不妨看作是偶然、巧合。但事实是上面所列举的天然和尚的几个事迹的主要环节几乎全在鲁智深的故事中出现了，或是相似，或是相同。如果再说二者毫不相干就不能服人了。其实古人已经发现了这一点，金圣叹就有批语：“真正善知识！胸中便有丹霞烧佛眼界。”

当然，我们并不主张作者是完全自觉地以天然为原型来塑造鲁智深这一形象的，因为如果要说原型的话，鲁智深的原型也不止一个，至少《西厢记》的法聪／惠明和尚可算其一。但是，我们可以肯定的是，作者十分熟悉丹霞天然的事迹，而且欣羡得很。所以在总揽旧有的“花和尚”材料进行再加工、再创作时，天然和尚这些极富个性的言行便自然地流入笔下了。

鲁智深的身上带有丹霞天然的影子，其意义绝不止于使故事更加丰富、生动，而是使人物形象乃至作品的相关部分都发生了质的变化。

早期“花和尚”的形象不过是一个勇武、反叛的僧人，没有更多的文化内涵，而融入天然的投影后，也同时摄入了半部禅宗史所有的思想内涵。天然和尚是禅宗由祖师禅向越祖分灯禅发展过程中的代表人物之一。他出自石头希迁门下，却与马祖道一有极深渊源，因此在一定程度上可以说具有禅宗这两大系统的特点。他的“无道可修，无法可证”“佛之一字，永不喜闻”之说，“骑圣僧颈”、焚佛像之举，夸张地表达了主体至上、任性率真、蔑弃戒律、破除迷信的新的禅学观念。这种即心即佛、当下解脱的修养观、人生观，大受为宗法礼教所困的才士、狂生欢迎，“吾子天然”“烧佛取舍利”的事迹也就在他们之中广为传颂，并成为“呵佛骂祖”的狂禅作风的催化剂。当小说中的鲁智深做出类似天然和尚的“壮举”时，这些读书人同样体会到任性之痛快、解脱之愉悦，有的甚至会产生禅学的联想，于是，人物形象的深层文化内涵便由此形成了。

这个花和尚形象，统摄了反叛僧侣、侠肝义胆与狂禅意趣这些看似风马牛不相及的文化元素，却毫无抵牾、分裂之感，原因何在呢？

首先，这与鲁智深的形象基础有关。他的最初始材料是“僧人－

强盗”，僧人自然可以包容禅意，强盗也不妨演化为侠盗。当然，如果从创作过程分析，毋宁说小说的作者正是由“僧人－强盗”的奇特身份才产生联想，从而把自己熟知而又感兴趣的材料组织到形象中，使其丰富、生动起来。不过，另一个原因恐怕更重要一些，就是狂禅与武侠有内在精神上的相通。南宗禅在“自性本觉”的基础上进一步发挥，不重打坐，反对偶像与教条的崇拜，主张“即心即佛”“本来是佛”“一切现成”“当下即是”，把主体的地位提升到至高无上。当这种倾向趋于极端时，就表现为唯我独尊，反对任何清规戒律，认为“率性不拘小节，是成佛作祖根基”。这种率情任性，务求惊世骇俗的佛徒被世人称为“狂禅”。而这一“狂”字，就标志着完全摆脱外在束缚，心灵实现了空前的解放，主体生命达到了自由的极致（当然，这只是理想化的说法，事实上，“狂禅”中装疯卖傻者大有人在）。至于“侠”，则是“以武犯禁”，置个人于社会之上，以个人的力量充当正义的代表，以个人的意志充当道德的裁判，其实质也是追求个人自由意志的张扬，从而蔑弃权力的偶像，轶越既有的规范。所以说，在放大个人、张扬主体、超越常规、自由行动诸方面，狂禅与武侠的精神是相通的。

唯其如此，“禅”与“侠”才有可能在同一个艺术形象身上并存而不悖。但是，可能性并不等于实然性。鲁智深身上的“禅”与“侠”的妙合，还得力于作者恰如其分的处理。“禅”与“侠”相比，前者虚而后者实，前者静而后者闹，前者远不如后者“有戏”。“禅”如写不好，极易成为“释氏辅教之书”。察鲁智深身上的“禅意”之所以能够圆融，是因为作者虽借用了天然和尚的行迹却未刻意写禅，禅的味道全在若有若无之间。不过作者又唯恐读者一无所感，浪费了这一重意味，于是时而点醒一二，为读者提供联想到狂禅的思路。如第五十七回中鲁智深的诗赞：

> 自从落发闹禅林，万里曾将壮士寻。臂负千斤扛鼎力，天生一片杀人心。
>
> 欺佛祖，喝观音，戒刀禅杖冷森森。不看经卷花和尚，酒肉沙门鲁智深。

“欺佛祖，喝观音”“不看经卷”固然是狂禅作派，“一片杀人心”其实也是“狂禅”常说的话头。[①] 又如第一百一十九回，鲁智深在杭州六合寺坐化前，作偈道“今日方知我是我”，其中禅悟的意味就更为显豁了。

另外，《水浒传》中一些看似无稽的笔墨，却因其乖悖而产生意味。如第九十回，宋江和鲁智深来见智真长老，长老一见鲁智深便道：“徒弟一去数年，杀人放火不易。”鲁智深的反应是“默然无言”。长老的话与鲁智深的默然都似有弦外之音。最有意思的是第五十八回，宋江与鲁智深第一次相见时道：“江湖上义士甚称吾师清德，今日得识慈颜，平生甚幸。”“清德”“慈颜”云云，用在杀人放火的鲁智深身上未免可笑，这固然可以理解为宋江顺口掉文，但结合上引几段来看，说作者此处是有意嘲谑调侃也未尝不可，再进一步，从中读

---

① “如哑子得梦，只许自知。蓦然打发，惊天动地，如夺得关将军大刀入手，逢佛杀佛，逢祖杀祖，于生死岸头得大自在，向六道四生中游戏三昧。”（《无门关》）
“向里向外逢着便杀。逢佛杀佛，逢祖杀祖，逢罗汉杀罗汉，逢父母杀父母，逢亲眷杀亲眷。始得解脱。不与物拘，透脱自在。”（《镇州临济慧照禅师语录》）

出狂禅意趣也未尝不可。

由此而反观鲁智深的故事，也就不难明白为什么李卓吾、曹雪芹等会从鲁智深身上读到禅味、禅趣。① 其实，今天的读者同样可以从花和尚醉闹五台山、赤条条来去无牵挂的痛快与决绝中，读出禅的顿悟，而同时也可以感受到侠的豪情。从这个意义上讲，如果水浒世界里少了鲁智深，那么其文化内涵会明显减少，整体品格也将降低。

当然，就文学意味来说，林冲的形象也是值得特别提出的。林冲的故事向来是舞台改编的热点，从李开先的《宝剑记》到昆曲《夜奔》，再到平剧《逼上梁山》，演出了五百余年，可谓雅俗共赏。这与林冲形象的多重内涵有关。横祸临头，控诉无门，忍无可忍，无须再忍，怀才不遇，报国无门，等等，足以唤起社会底层被侮辱被损害的人们和社会中层乃至上层不得志者的共鸣，这是梁山其他人物所不具备的。

《水浒传》的人物塑造如此成功，其原因在于以下三个方面。第一，前面讲过，作者很好地吸收了文化传统里的有益积淀，融汇到人物形象中，从而增加了形象的厚度。第二，作者很好地把握了英雄传奇

---

① 《红楼梦》第二十二回《听曲文宝玉悟禅机　制灯谜贾政悲谶语》中，贾母命宝钗点戏，宝钗点了一出《鲁智深醉闹五台山》，并激赏其中《寄生草》一曲。其曲词为："漫揾英雄泪，相离处士家。谢慈悲剃度在莲台下。没缘法转眼分离乍。赤条条来去无牵挂。那里讨烟蓑雨笠卷单行？一任俺芒鞋破钵随缘化！"结果，这段曲词不仅当时把宝玉"喜的拍膝画圈，称赏不已"，而且引出了曲终人散后宝玉灰心作禅偈、钗黛谈禅的情节。淑女薛宝钗为何欣赏鲁智深自抒胸臆的这支曲子？显然不是为了这个莽汉的醉酒打人，而是为了文字间的"禅意"。推敲起来，所谓"禅意"，应该主要表现在"赤条条来去无牵挂"与"一任俺芒鞋破钵随缘化"两句。可见，鲁智深这个形象与禅（特别是狂禅）的关联，前人早有认识。

这一文类刻画人物的特殊要求，就是写“超人”。“超人”的特点是是“人”但要“超”人。什么意思呢？首先他要是人。如《蜀山剑侠传》写了那么多剑侠英雄，但没有一个可以望《水浒传》中鲁智深、武松、林冲、宋江之项背，因为它那种奇幻怪诞的想象离人们的现实生活太远了（如果定位就是神魔，那另当别论），所以要写人。但光是人也不合读者对英雄传奇的阅读期待，还必须是“超人”。我在五十年前看过一部民初的武侠，很粗糙的坊刻本，没有封面，所以至今也不知它的名目，也未见于任何其他著录。书的主人公是煤场里面摇煤球的，他的兵器是铲煤灰的大铁锹。其实文字和情节印象里都还说得过去，但湮没无闻的一个原因恐怕就是这种过于平凡的形象很难吸引向往英雄的读者的目光。《水浒传》的英雄们在体力、能力诸方面都超出常人一号。如武松，他完全是常人的生存状态，会喝醉酒被人痛打，也会生病打摆子，但写到他的本领，那就不是一般人能够相比的，如赤手空拳打虎，如单手提起四五百斤的石墩抛起一丈多高，等等。如鲁智深的禅杖，“庄客们哪里提得动。智深接过来手里，一似拈灯草一般”。他拔起垂杨柳后，众泼皮的赞颂尤能说明“超人”的魅力：“众泼皮见了，一齐拜倒在地，只叫：‘师父非是凡人，正是真罗汉身体，无千万斤气力，如何拔得起！’”第三，作者很好地把握了人物“扁”与“圆”的关系。英国小说理论家福斯特提出了扁与圆的人物理论。简单来说，扁形人物就是类型化形象，圆形人物就是具有复杂的性格、心理的人物形象。古典小说中，《红楼梦》的主要人物形象可算得圆形；外国作品中，如陀思妥耶夫斯基、托尔斯泰塑造的人物也以圆形居多。一般而言，圆形人物很难用一两句话来概括。对于英雄传奇小说，人物一定不能写成一个“圆形”，那既是不可能的，也是费力不讨好的。英雄传奇类的人物形象必须特征鲜明，而鲜明的人物必然就是扁的。但是，完全扁的形象又会失之简单，作品都是“纯扁”的人物，其效果也肯定不会太好。恰当的选择是以扁为基调，又有少量带有独特个性的侧面。《水浒传》中的莽汉有若干，但彼此间的差别十分明显。如写武松打虎与李逵打虎，武松的心高气傲和李逵的心粗大胆各不相同。武松的心高气傲同样表现在“醉”打蒋门神，他为施恩一句不甚信任的话而故意吃酒到半醉，这在生死搏斗之前其实是不明智的。但这样做的就是武松，而不是鲁智深、李逵。鲁智深则是粗中有细，在打镇关西、小霸王以及救林冲等处都有很到位的描写。

第三节 扣人心弦的叙事

《水浒传》好看的另一个重要原因是善于讲故事。

前些年，我曾邀请金庸先生过来小住，并且聘他做了南开大学的荣誉教授。他的演讲题目就是《小说中的讲故事》，包括小说创作是否应该重视讲故事，能够讲出好故事是不是一个应当被充分肯定的才能。为什么金庸先生会对此问题产生浓厚兴趣呢？这源于别人对他的一种评价——金庸不过会编几个故事而已，算不得真正的文学家。金庸先生自己对此并不十分自信，他也有些被所谓“纯文学”“先锋体”之类的理论唬住了，于是当他接受别人称他为“文学大师”时就有一点心虚。的确，有些所谓“纯文学”的作品并不怎么讲故事，有些压根儿就没有故事，有的虽有故事却尽量讲得让读者搞不清来龙去脉，似乎这样就高人一等了。但是对于追求受众的作品来说，故事是不得不追求的，除非你一开始就下定决心要孤芳自赏，或是只给二三同道“把玩”。叙事类文学的“核”就是一个“事”——值得“叙”的事，然后才是你怎样来“叙”。善于讲述故事应该是叙事文学的一个基本功，而对于英雄传奇类作品而言更是成败的关键。

《水浒传》的一大长处就是非常善于讲故事。《水浒传》讲故事有两个突出的特点：一个是与性格塑造紧密结合，一个是有非常强烈的戏剧性。性格塑造前面我们已经讲过，武松也罢，林冲也罢，他们的生动形象无不与精彩的故事情节血肉相关，也正是由各自不同的故事塑造出各自不同的形象。例如，同是发配，野猪林的被折磨塑造出了林冲，飞云浦的反抗塑造出的便是武松。这一点前面讲过一些，这里就不多讲了。我们说一说它注重戏剧性的叙事技巧吧。所谓戏剧性，首先表现在强烈而集中的冲突。以浓墨重彩的“武十回”为例，八万字的篇幅，容纳了景阳冈打虎、峻拒潘金莲、斗杀西门庆、十字坡打店、醉打蒋门神、大闹飞云浦、血溅鸳鸯楼、白虎庄打孔亮等惊心动魄的矛盾冲突。每一次冲突都是波澜起伏，绝无一笔冗赘平淡。景阳冈打虎是千古名篇，自不待言。其他如醉打蒋门神，先是写武松刺配恩州，本该吃杀威棒，却突然被豁免，后经同牢房的难友告知，似乎马上大难临头。写到这里，疑云密布，悬念顿生。接下来，反常的待遇进一步强化悬念，直到施恩露面。然后是施恩第一次提出顾虑，担心武松的身体状况，逼出了武松天王堂耍石扬威一节；紧接着又有施恩第二次提出顾虑，逼出了武松沿途豪饮一节。这两节写得非常高明。通过施恩的两次担心，反衬出蒋门神的非同小可，把读者

武松醉打蒋门神

对“龙争虎斗”的期待充分激发起来。同时，武松的神威、豪气与争强好胜的个性都得到了凸显。更重要的是，武松沿途的豪饮，再加上快活林中的一番搅闹，把武松与蒋门神的一场拳脚比拼渲染得摇曳多姿。至于两个人交手的情况反而不是那么重要了。作者用了大量笔墨把战前的醉态写得十足，等到真的开打，反而写得十分简洁。我国古代小说中，只有关羽单骑斩颜良一节与武松醉打蒋门神笔法相似，效果相类，堪称双璧。

> 蒋门神见了武松，心里先欺他醉，只顾赶将入来。说时迟，那时快，武松先把两个拳头去蒋门神脸上虚影一影，忽地转身便走。蒋门神大怒，抢将来，被武松一飞脚踢起，踢中蒋门神小腹上，双手按了，便蹲下去。武松一踅，踅将过来，那只右脚早踢起，直飞在蒋门神额角上，踢着正中，望后便倒。武松追入一步，踏住胸脯，提起这醋钵儿大小拳头，望蒋门神脸上便打。
>
> ——《水浒传》第二十九回

> 操与关公坐……乃谓关公曰："河北人马，如此雄壮！"关公曰："以吾观之，如土鸡瓦犬耳！"操又指曰："麾盖之下，绣袍金甲，持刀立马者，乃颜良也。"关公举目一望，谓操曰："吾观颜良，如插标卖首耳！"……关公奋然上马，倒提青龙刀，跑下山来，凤目圆睁，蚕眉直竖，直冲彼阵。河北军如波开浪裂。关公径奔颜良。颜良正在麾盖下，见关公冲来，方欲问时……被云长手起一刀，刺于马下。
>
> ——《三国演义》第二十五回

其次是命运的突转。以野猪林为例，八十万禁军教头林冲被高俅陷害后刺配沧州，高俅及其帮凶又买通两个解差，一路上把林冲折磨得奄奄一息。到了野猪林这个杳无人烟的凶险去处，两个恶徒把林冲紧紧捆在树上，然后拿起水火棍，对林冲说道：

> 不是俺要结果你，自是前日来时，有那陆虞候传着高太尉钧旨，教我两个到这里结果你，立等金印回去回话。便多走的几日，也是死数。只今日就这里，倒作成我两个回去快些。休得要怨我弟兄两个，只是上司差遣，不由自己。你须精细着，明年今日是你周年。我等已限定日期，亦要早回话。

林冲把眼一闭，只能等死。此前他遭受百般折磨，并无丝毫获救的端倪，所以连读者也蒙在鼓里，为林冲捏一把冷汗。小说在这里安排了典型的突转：

> 说时迟，那时快，薛霸的棍恰举起来，只见松树背后雷鸣也似一声，那条铁禅杖飞将来，把这水火棍一隔，丢去九霄云外，跳出一个胖大和尚来，喝道："洒家在林子里听你多时！"两个公人看那和尚时，穿一领皂布直裰，跨一口戒刀，提起禅杖，轮起来打两个公人。林冲方才闪开眼看时，认得是鲁智深。

于是，鲁智深三两下便制服了两个公人，后面的路上，恶徒变成了被驱使呵斥的对象。林冲的命运由此开始转折，而故事也在此产生戏剧化的效果。

宋江的命运也是如此。在他亡命的过程中，屡次陷入绝境，然后突然出现救星。例如揭阳岭与揭阳镇，可谓是日遭三险。先是落脚黑店被催命判官麻翻，命悬一线之时，李俊偶然经过，救了他一命。继而到揭阳镇，无意中得罪了穆氏兄弟，被追杀至大江边，后有追兵，前无去路，忽然峰回路转出来了船火儿张横，摆脱了追兵。哪知却又上了贼船，茫茫大江之上，只有“吃馄饨”与“吃板刀面”的选择了：

> 宋江和那两个公人抱做一块，恰待要跳水，只见江面上咿咿哑哑橹声响……宋江钻出船上来看时，星光明亮，那立在船头上的大汉……正是混江龙李俊。

这种突转的戏剧性往往取决于主人公的遭遇和处境。《水浒传》时常把人物一步步送到绝境之中，然后突然出现生机。如还道村一节，宋江被赵能兄弟赶得上天无路，入地无门，只得躲进玄女庙的神厨里。而赵得拿着火把来搜神厨。眼见得宋江只有束手就擒的份儿了，可是一个看似偶然的转机出现了：

> 赵得一只手将朴刀杆挑起神帐，上下把火只一照。火烟冲将起来，冲下一片屋尘来，正落在赵得眼里，眯了眼，便将火把丢在地下，一脚踏灭了，走出殿门外来……

平心而论，靠眯眼来解围，实现突转，不能算是很高明的做法。当然，火和烟尘倒也合乎一般的生活经验，不能说不靠谱，但作者极力把人物置于绝险之地的意图，却是表现得非常明显。

戏剧性又和悬念密切相关。悬念在阅读心理中产生张力，从而为戏剧性的变化打下基础。《水浒传》的作者是设置悬念的高手，不过这也在一定程度上反映了作品与“说话”艺术之间的脐带关系：设置

林教头风雪山神庙

悬念是说书艺人存活的看家本领（在现代，这个本领又部分地传给了报纸副刊的长篇连载）。《水浒传》的悬念设置可以说是在在皆有，如“林教头风雪山神庙”一节，特意设置了李小二这个人物，让他与林冲偶然相遇，再偶然间听到陆虞候的阴谋并告知林冲，这也就告知了读者，然后：

> 林冲大怒，离了李小二家，先去街上买把解腕尖刀，带在身上，前街后巷一地里去寻。李小二夫妻两个捏着两把汗。……街上寻了三五日，不见消耗，林冲也自心下慢了。

读者可以肯定，阴谋正向林冲逼近，而林冲又大意起来，于是读者就不免为林冲“捏两把汗”了，于是悬念就产生了。试想如果没有李小二这个小角色，“火烧草料场”便会突然发生，悬念就无从产生了。可见，作者对于悬念的设置是自觉的、是有意而为的。

类似的讲故事的技巧还表现在对偶然性的处理上。英雄传奇类故事，必然有较多的偶然性。如何使偶然的情节看起来很自然、不生硬，《水浒传》也有独到的方法。如燕青上梁山求救，石秀由梁山下来探寻，双方在路上巧遇。如果简单地写“走个对面”之类，那便生硬笨拙，过于巧合。作者这里就设计了一个小插曲，写燕青饥渴难耐，射雀充饥，为追寻中箭之雀，“大踏步赶下岗子去”，“只见两个人从前面走来”，结果不打不相识，双方便似乎很自然地碰了面。

> （燕青）寻思道：“若不去梁山泊报与宋公明得知，叫他来救，却不是我误了主人性命！”当时取路。行了半夜，肚里又饥，身边又没一文；走到一个土岗子上，丛丛杂杂，有些树木，就林子里睡到天明，心中忧闷，只听得树枝上喜雀咶咶噪噪，寻思道：“若是射得下来，村房人家找些水煮瀑得熟，也得充饥。”

> 走出林子外，抬头看时，那喜雀朝着燕青噪。燕青轻轻取出弩弓，暗暗问天买卦，望空祈祷，说道："燕青只有这一枝箭了！若是救的主人性命，箭到处灵雀坠空；若是主人命运合休，箭到，灵雀飞去。"搭上箭，叫声"如意不要误我！"弩子响处，正中喜雀后尾，带了那枝箭，直飞下岗子去。

作者对于射雀这样的小细节也津津有味地加以铺陈描写，初看似觉浪费笔墨，没有必要，但合上下文来看，这样一写，一则燕青的形象生动具体了，二则引导读者关注于此，下文双方巧遇的偶然性就被遮蔽过去了。

关于《水浒传》的叙事，还有两个话题应该讲一讲。一个是所谓列传体，一个是叙事的立场、态度与效果之关系。

先说列传体。这是《水浒传》结构上的一个特色，也是叙事的一个大格局问题，同时又产生了一些相应的叙事技法。和《三国演义》一样，《水浒传》也是一部在真实历史事件的基础上加以扩充和改编的小说（当然，所依据的史实之详略彼此相差较大）。若从叙事体例看，《三国演义》主要是从《资治通鉴》以及《通鉴纲目》中汲取营养，而《水浒传》主要学习的是《史记》。前者是所谓编年体，后者则是列传体。具体来讲，《水浒传》最先写的是史进的故事，占了一回半；然后写鲁达剃度出家后为鲁智深，占了四回半；接着转入林冲的故事，占了五回，等等。而最突出的是武松和宋江的故事，各占十回篇幅。也就是说，它的结构方式是一个短篇接一个短篇，每个短篇可以看作一个人物的一篇"列传"。这样写的好处是集中写一个人物，可以很充分地刻画其个性。《水浒传》最精彩的部分就在这几个

“列传”。“列传”部分之后，“众虎同心归水泊”，群雄聚在一起，却是只见热闹不见精彩了。但这种结构方式的问题也很突出。作为一部长篇小说，全书的有机性不够，从而导致长篇应有的恢宏魅力有相当大的欠缺。假如我们把史进的故事拿掉，甚或是把鲁智深的故事、武松的故事拿掉，作品的精彩虽大打折扣，但几乎不影响其他部分的存在与演进。与此相关的是，小说实际上也没有贯穿始终的中心线索。

这点也可以从三部电视连续剧的主线差异看出一些端倪。山东版《水浒》其实近于无主线，它是先拍了《武松》等“列传”剧，分别播出后，又稍作加工连缀起来。连缀的线索，一是主题思想——官逼民反、见义勇为，二是少量交叉出现的人物。1998 年央视版则从一开始就渲染“招安”“报效朝廷”，以致小说豪放不羁的气魄大打折扣。2011 年的新版则试图给草莽英雄更多反抗的理由，用这种强加进去的正义来做线索。而一部几十集的连续剧应有的连贯而曲折变化的情节脉络，三部在这方面的表现都不能说是及格，但“此非战之罪也”。“水浒”提供的框架就是短篇连缀。适应这种“列传”连缀体，《水浒传》的作者也有自己独到的叙事技巧，尽量使各个“列传”较为圆融地连接在一起。

金圣叹评《水浒传》的时候，归纳出一个“鸾胶续弦法”，即解决“列传”连缀的技巧。据《十洲记》讲，鸾鸟的骨头熬成胶之后特别有黏性，弓弦断了用它粘上，照射不误。《水浒传》的作者就好比拥有了这种胶水，把不同的“列传”连在一起，形成了一个整体的结构。这种“胶水”实际上就是在一个“列传”转到另外一个“列传”时巧妙设计偶然性事件的一种办法。例如要由史进的“列传”转到鲁达（鲁智深）的“列传”，中间里面就涂上了优质的强力快干胶——金翠莲酒楼卖唱的情节。史进寻访师傅，所以要打听军队方面的事情，而鲁达到酒楼去也很正常，于是鲁达和史进在酒楼里很自然地见面了。可是怎么能把故事的重心由史进转到鲁达身上呢？这就需要技巧了。小说写二人（还有李忠，但他是陪衬）正在喝酒畅谈，忽然听得隔壁有人啼哭。

> 鲁达道："洒家要甚么！你也须认的洒家！却恁地教甚么人在间壁吱吱的哭，搅俺弟兄们吃酒。洒家须不曾少了你酒钱。"酒保道："官人息怒。小人怎敢教人啼哭，打搅官人吃酒。这个哭的，是绰酒座儿唱的父子两人，不知官人们在此吃酒，一时间自苦了啼哭。"鲁提辖道："可是作怪，你与我唤的他来。"酒保去叫。不多时，只见两个到来。前面一个十八九岁的妇人，背后一个五六十岁的老儿，手里拿串拍板，都来到面前。看那妇人，虽无十分的容貌，也有些动人的颜色……拭着泪眼，向前来深深的道了三个万福。那老儿也都相见了。鲁达问道："你两个是那里人家？为甚啼哭？"

这就引出来了怒打镇关西的事件，而聚光灯在不知不觉间已转到了鲁达身上，史进也就悄然下场。作为读者，我们阅读起来十分自然、顺畅，对于聚光灯的转移几乎没有感觉，这就是巧妙所在。

其他"列传"之间的过渡也是如此。比如宋江"传"和武松"传"之间，作者让二人在偶然的小冲突中碰面：

> 宋江起身去净手。柴进唤一个庄客，点一碗灯，引领宋江东廊尽头处去净手。便道："我且躲杯酒。"大宽转穿出前面廊下

> 来，俄延走着，却转到东廊前面。宋江已有八分酒，脚步趄了，只顾踏去。那廊下有一个大汉，因害疟疾，当不住那寒冷，把一锨火在那里向。宋江仰着脸，只顾踏将去，正跐着火锨柄上；把那火锨里炭火都掀在那汉脸上。那汉吃了一惊——惊出一身汗来，自此疟疾好了。那汉气将起来，把宋江劈胸揪住，大喝道："你是甚么鸟人！敢来消遣我！"宋江也吃一惊。

那汉子就是武松。他本来害了一个多月的疟疾，结果这么一惊反而好了。之后写到武松看到宋江，想起了自己的亲哥哥武大郎，所以故事自然就引到了武松的身上。这种冲突完全出于偶然，但随着二人的投契，读者的关注也随宋江而转到了武松身上。

最后要讨论的是《水浒传》的叙事态度、叙事立场。西方叙事学讲视角较多，态度、立场方面似乎涉足者寥寥。其实这是个既重要又微妙的大问题。大多数读者喜欢看《水浒传》的故事，但是如果里面的故事真的发生在现实生活中，在你的周围，你的态度会如何呢？比如十字坡的人肉包子之类，我想谁都不能容忍，必定"皆曰可杀"。但是读者阅读文本的时候这种感觉不是很强烈，此时的是非感不知何故被遮蔽了。这便是作者的叙事态度产生的效果。[①] 感兴趣的人可以找出《荡寇志》和《水浒传》对比看看。此书接续金圣叹评本之七十回《水浒传》而作，是所有"水浒"系列作品中唯一立场相反的一本

---

① 这个话题不仅《水浒传》有，而且可以说是所有叙事文学都面临的问题。如《三国演义》的"帝蜀"立场，决定了它特殊的叙事效果。《天龙八部》"爱屋及乌"的立场，决定了其讲述四大恶人时出现的"正义盲区"（残杀幼儿的叶二娘主要引起的却是悲悯之情）。

著作（金圣叹评本之立场有正反两说，尚无定论）。因生当清季太平天国乱前，国内盗贼横生，作者有感于时局，因而深恶盗贼，有“既是忠义，必不做强盗；既是强盗，必不算忠义”“孰知罗贯中之害至于此极耶”（有一说法称《水浒》七十回之前为施耐庵所作，七十回之后为罗贯中所续，故金圣叹及俞万春皆尊施而贬罗）之说，并进而著书立论，要使“天下后世深明盗贼忠义之辨，丝毫不容假借！”故此书对宋江等人深恶痛绝，凡梁山泊上一干人等，几乎都无好下场。这本小说文笔不错，而且由于作者是晚清时代的文人，所以书中对新式武器的一些想象也十分有特色。我们会发现，同样的人物、类似的故事，立场变了，讲述出来的味道就完全不同了。至于《水浒传》如何通过自己的态度、立场“诱使”读者几乎无条件地同情“强盗”，这是个很复杂的话题，我们另作专题探讨好了。

第四节　从书场到金圣叹

我国古代小说研究有几个特点是与现代小说研究或古代诗文研究明显不同的。首先，作者往往难以确定，甚至需要猜测。为什么说猜测呢？因为很多所谓“研究”其实文献依据相当薄弱，往往靠大胆想象来完篇。其次，版本情况复杂，这也与诗文的版本研究不同。由于小说传播中被书商随意增删，文人又时而逞才染指，而这些环节还往往都掺杂有伪托古人的恶习，结果造成了普遍存在的版本混乱局面。再次，还有抄本及其流传问题，也往往只有依稀隐约的一点线索，“查无实据”。但是，从特定的角度讲，这些又是研究的基础，对于准确理解作品，特别是作品与时代的关系至关重要。《水浒传》在这三个方面都是比较麻烦的，所以我们有必要专门介绍一下基本情况。

我们先来讲一讲《水浒传》的起源、传播和变异。

《水浒传》是有真实历史背景的，其最重要的历史文献依据是《宋史》。《宋史》中涉及宋江的记载有三条。第一条是《宋史·徽宗本纪》里写有“淮南盗宋江”，说他主要活跃在淮南一带。最后宋江的结局是“张叔夜招讨之”。第二条是在《宋史·侯蒙传》中，记侯蒙主张招安宋江，让他去打方腊：“宋江寇京东，蒙上书言：‘江以三十六人横行齐、魏，官军数万无敢抗者，其才必过人。今清溪盗起，不若赦江，使讨方腊以自赎。’”意思是宋江以三十六人这么小的团伙，却能“横行齐、魏”，可见其战斗力不俗，应设法使其为我所用。另一条是《宋史·张叔夜传》，其中写道：“宋江起河朔，转略十郡”，最后是张叔夜设下埋伏，把宋江逃跑用的船烧掉，“擒其副贼，江乃降”。

除了《宋史》之外，比较重要的资料还有王称《东都事略》、徐梦莘《三朝北盟汇编》、杨仲良《续资治通鉴长编纪事本末》等，但都是只言片语，也没有特别新颖的材料。这些史料以及其他有关描述彼此也有出入。《水浒传》中众好汉的活动地点主要是在梁山一带，特别是聚义后更是以此为根据地。但是《宋史》却记载宋江是“淮南盗”，又道是“起河朔”，究竟哪种说法才符合历史真相？又如，《宋史》里写的是“三十六人横行齐、魏”，说明他们是非常小的团伙，可到了元杂剧里就变成了三十六伙，后来又成了“三十六大伙，七十二小伙”，最后就变成了三十六天罡星、七十二地煞星，统领着数万大军。规模的变化令人吃惊。

更有趣的是梁山的真实面目。现在的梁山只是几个小山包，最高的山峰叫作虎头峰，周围有七个小山峰环抱。虎头峰海拔最高，也只有 197.9 米。若从地平面算起，就更可怜了。而且山峰周围并没有什么水泊。元人高文秀在杂剧《黑旋风双献功》里描写水泊完全是巨泽大湖的气象，和今日所见梁山有霄壤之别（古人早就发现梁山的“盛名之下其实难副”了）。这是否是沧桑变化的结果，没有足够的历史地理记载，所以也是一个问题。

还有就是历史上的宋江的形貌和性格究竟是什么样的？元朝的陈泰说宋江为人“勇悍狂侠”，《宋史·侯蒙传》里说“江以三十六人横行齐、魏，官军数万无敢抗者”，合而观之，宋江应是一个勇武过人、冲锋陷阵、一往无前的绿林领袖，但是这两点仍接近于孤证。而杂剧、小说中宋江的形象与此完全不同，这也算是一个疑问。

何以有历史背景却又大幅偏离呢？原因是由历史到小说，中间经过了一个相当长的民间传说阶段。由于宋江一干人等的传奇性，他们被民众从干巴巴的史书搬到了街巷的说书场上。现存最早的有关材料是宋末元初罗烨的《醉翁谈录》，书中甲集卷一“舌耕叙引”尤为小说史研究者所注意。其中“小说开辟”里，将话本小说分为灵怪、烟粉、传奇、公案、朴刀、杆棒、妖术、神仙八种。每种列举若干种小说名目，如《红蜘蛛》《三现身》《十条龙》《拦路虎》《石头孙立》《青面兽》《花和尚》《武行者》等，共计 107 种。至于每种具体说的是什么，现在已无从查考了。但是从题目我们可以看出，当时已经有人在讲说梁山好汉的故事。稍后些，周密的《癸辛杂识》录有龚开的《宋江三十六人赞》，其中人物的身份、经历以至绰号，已经颇多与《水浒传》相同或相近了。

宋江事见于街谈巷语，不足采著，虽有高如李嵩辈传写，士大夫亦不见黜。余年少时壮其人，欲存之画赞，以未见信书载事实，不敢轻为。及异时见《东都事略》中载侍郎《侯蒙传》有书一篇，陈制贼之计云：“宋江以三十六人横行河朔，京东官军数万，无敢抗者，其材必有过人，不若赦过招降，使讨方腊，以此自赎，或可平东南之乱。”余然后知江辈真有闻于时者。于是即三十六人，人为一赞，而箴体在焉。盖其本拨矣，将使一归于正，义勇不相戾，此诗人忠厚之心也。余尝以江之所为，虽不得自齿，然其识性超卓，有过人者。立号既不僭侈，名称俨然犹循轨辙，虽托之记载可也。古称柳盗跖为“盗贼之圣”，以其守一至于极处，能出类而拔萃。若江者，其殆庶几乎！虽然，彼跖与江，与之盗名而不辞，躬履盗迹而无讳者也，岂若世之乱臣贼子，畏影而自走，所为近在一身而其祸未尝不流四海！呜呼，与其逢圣公之徒，孰若跖与江也？

——《宋江三十六人赞》序

可见宋末元初时，宋江等人的故事已经有了相当广泛的流传。到了元代，宋江等人的故事进一步从零散走向集中。一方面，说书方面出现了中长篇的话本《大宋宣和遗事》，“水浒”故事包括在其中，《水浒传》的故事构架已现雏形；另一方面，元明杂剧里面也出现了许多“水浒”戏。杂剧里出场最多、最有戏的人物有两个，一个是李逵，另一个是燕青。但是当时的“水浒”故事和如今的《水浒传》还是相差较远。如《争报恩三虎下山》主要讲述了关胜、花荣以及徐宁三人报恩的故事，但是这三个人在剧里的形象和《水浒传》中叱咤风云的好汉形象大相径庭。其他角色如鲁智深等都和现在我们熟悉的好汉印象差别很大。但是可以肯定的是，元代时“水浒”诸位好汉的故事已经广为流传。

我们前面讲到有“太行山群盗说”，这是从早期文献材料中得到的启发。南宋的龚开在《宋江三十六人赞》里先后五次提到太行山，一次也没有提到梁山。“太行春色”“太行好汉”等，显示这些人的生平都和太行山有关。

> 玉麒麟卢俊义：白玉麒麟，见之可爱。风尘大行，皮毛终坏。
>
> 浪子燕青：平康巷陌，岂知汝名？太行春色，有一丈青。
>
> 船火儿张横：太行好汉，三十有六，无此火儿，其数不足。
>
> 没遮拦穆横：出没大行，茫无畔岸。虽没遮拦，难离伙伴。
>
> 神行太保戴宗：不疾而速，故神无方。汝行何之？敢离太行。

更有意思的是，现在的《水浒传》里面也留下了太行山的三四处痕迹。《水浒传》还直接提到了金国。梁山好汉最厉害的对头是曾头市。曾头市的领袖是曾长者，他是“大金国人氏”。很奇怪，当时大金国应该还远在白山黑水呢。可见，当时“水浒”故事在流传过程中和抗金斗争也有了一定的联系。

在宋元之际，围绕宋江等好汉有着种种传说，通过书场与舞台逐渐凝聚到了一起。到了元末，朱元璋兵起江淮。他的一个大敌是张士诚，张占据今江苏和浙江的一部分，在朱元璋的肘腋之间。朱元璋讨伐张士诚的战役大部分发生在浙江境内。《水浒传》中宋江征方腊的战役与此颇多地域重合。于是有学者认为，宋江征方腊的描写和朱元璋征张士诚之间有一定的关联。

以上种种，未见得已成定论，但可见《水浒传》的成书过程是个多么复杂的问题。很多具体环节需要进一步研究、推敲，但该书是长期演化而成的，很多人加入到了创作的过程中，从自己的角度提供素材，这应属不争的事实。那么，《水浒传》最后的写定者究竟是谁呢？

《水浒传》的作者问题至今仍是学界的一个热点。大家既不能肯定此书的作者究竟是谁，也不能肯定它是什么时候写定的，又是为何而写的。

明朝中期到清初出版的《水浒传》，作者署名五花八门。有题"罗贯中"的，有题"钱塘施耐庵的本，罗贯中编次"的，有题"施耐庵编辑"的，有题"施耐庵集撰，罗贯中纂修"的，等等[①]。由此生发，还出了个传说：罗贯中和施耐庵是师徒关系，两人合作写了《水浒传》，罗贯中先写了一个初稿，施耐庵再加以改定。而明末的金圣叹则反过来，说施耐庵独撰了《水浒传》，罗贯中狗尾续貂，续写了"招安"及以后的部分。

这个施耐庵是何许人？ 20 世纪四五十年代曾有过一段热议，江苏某地声称发现了有关施耐庵的若干文物，肯定与否定的意见相持不

---

① 参见孙楷第《中国通俗小说书目》，人民文学出版社，1982 年。

下。到 80 年代初，旧话重提，又是一番相当热烈的争论，但迄今仍是悬案。否定者甚至认为有没有施耐庵这个人都是个问题，这很可能是个化名、托名，由此产生了一种"新"说法：郭勋门客所作。郭勋是勋贵郭英的后裔，承袭武定侯，在嘉靖前期的十几年，郭勋一直深得嘉靖帝的宠信。郭勋有一个特点，就是喜欢通俗文艺。因此，我们现在所知最早刊行的《水浒传》就出自他手，史称"武定版"。而在此版本前，没有任何版本流传下来。因此就有学者说，正是到了明朝中叶，郭勋的某门客非常有才气，在郭勋的支持下写定了《水浒传》。这个说法的关键之处是把《水浒传》成书的年代后延了将近二百年。因此，近几年来，"出于郭勋"说与"作于嘉靖"说再度成为学界争论的一个热点问题。其他，还有施耐庵即元末戏曲家施惠的观点。施惠这一名字见于《录鬼簿》，时间上倒是与罗贯中有了交集。不过，仍属于"言出有因，查无实据"。总而言之，《水浒传》的作者是谁，仍然是学界的一个难点话题。

《水浒传》的版本问题也同样令人纠结。大类来看，《水浒传》有繁本、简本两个系统。而从更广义的形态来分，则可视为四类。第一类是残本，即只剩下一两页，这包括《京本忠义传》《忠义水浒传》，前者被一些学者认为是目前所知的最早的版本。第二类是繁本，其中最重要的是容与堂刊本和书种堂刊本。前者版心下有"容与堂藏板"五个小字，故世称"容与堂本"。这个本子刻于何年何月，没有记载，亦不著编撰者姓名。末题"庚戌仲夏虎林孙朴书于三生石畔"。庚戌应是万历三十八年（1610）。而这个本子是复刻本，故有人推测初刻大约在万历三十年（1602）前后。容与堂本有李卓吾的评点，在我国小说理论批评史上非常重要。书种堂刊本一般认为是万历四十二年

（1614）刊刻的，是书商袁无涯主持的，所以又称“袁刊本”。这个本子有一百二十回，比容与堂本多了征王庆、征田虎的二十回。其中有托名李卓吾的评点，对金圣叹有较大影响。第三类是简本，又称“文简事繁本”，因其文字简略而故事繁多得名。前面提到的征王庆、征田虎的故事就是在这里出现又被袁无涯借去插到百回本中间的。这类本子全是书商为了经营炮制的。已发现的简本有百十五回本、百十回本、百二十四回本。第四类是删节本，就是《金圣叹批评第五才子书施耐庵水浒传》。“水浒”故事被金圣叹删成了七十回，于明崇祯十四年由贯华堂刊刻，所以也称为“贯华堂本”。此本一出，他本尽废，有清近三百年间，市面上流行的《水浒传》大多是这个金氏删节本。

在《水浒传》传播史、批评史上最重要的两个人物是李卓吾与金圣叹。

李卓吾很可能是中国历史上唯一一位自杀在监狱里的思想家。他做过中层官员——云南姚安知府，但是他对做官没有兴趣，自己把官印封好，到深山躲了起来。后来到龙湖芝佛院著书讲学，大肆批判伪道学，蔑视权威。有人说“天不生仲尼，万古将如长夜”，他反驳道：“在尧舜禹时代，人们难道打着灯笼走路吗？”他说“世上为什么无是非，皆因以六经为是非”。他被举报下狱，后割腕自杀了。李卓吾对《水浒传》情有独钟。现在两个最重要的本子都署名是李卓吾评点，一种是容与堂本，一种是书种堂本。因此，在《水浒传》的传播中他起到了非常重要的作用。他是中国真正意义上的小说理论的开山之祖。他在评点《水浒传》时，对小说的情节问题、虚构问题以及社会功能问题、人物描写问题都有相当深入的论述。

在他身后大约半个世纪，另一位异端人物——金圣叹出现了。

金圣叹在中国文学史上有一个非常特殊的表现。他在清初顺治十八年（1661）参与了一次当时的请愿活动，士人们列队到孔庙请愿，抗议暴政。这次活动遭到严厉镇压，十八人被杀，头一个就是金圣叹。金圣叹一生没有为官，而且对科举考试没有兴趣。有许多游戏科场的言论（或是传说）。总而言之，他是一个“怪人”。

> 人瑞为文，怪诞不中程法。补博士弟子员。会岁试，以“如此则动心否乎”命题，其篇末有云：“空山穷谷之中，黄金万两；露白葭苍而外，有美一人。试问夫子动心否乎？曰：‘动动动……’”连书三十九字。学使怪而诘之，人瑞曰：“只注重‘四十不’三字耳。”越岁再试，题为“孟子将朝王”。人瑞不着一字，第于卷之四隅，书四“吁”字。曰：“七篇中言‘孟子’者，偻指难数。前乎此题者，已有四十‘孟子’，是‘孟子’二字不必作也。至于云‘朝王’，则如见梁惠王、梁襄王、齐宣王，皆朝王耳，是‘朝王’二字亦不必作也。题五字中，只有‘将’字可作。宗师不见演剧者乎？王将视朝，先有内侍四，左右立而发‘吁’声，此实注重‘将’字之微意也。”
>
> ——蔡丏因《清代七百名人传》

他把主要精力都放到了文学批评上。除了刘勰之外，古时把主要精力放在文学批评上的当无第二人。他在刑场写了三首绝命诗，其中有“只惜胸前几本书”。

金圣叹对于《水浒传》的传播曾有巨大影响。这不仅表现在其评点以及理论贡献上，还在于他实际上“改写”了《水浒传》，形成了一个新的版本，而这个版本流传了三百年，夸张一点讲就是“此本一出，他本尽废”。

崇祯十四年（1641），金圣叹三十三岁，所评点的《水浒传》以“贯华堂第五才子书”的名目刊行。这是他生命中的第一大关节，可说千秋功罪均系于此。

对评点《水浒传》的经过，金圣叹曾自述是十二岁所为，用了五个月的时间完成。这点历来为研究者所疑。疑点有二：一则，这样一项浩大工程，竟是十二岁少年五个月内的成绩，其中还包括抄录全书的工作，这未免大言炎炎，过于离谱了；二则，所谓“得贯华堂所藏古本”，这不仅没有版本学方面的丝毫旁证，文中亦颇多改窜的马脚。

关于金圣叹的评点工作，还是其友人徐增的描写较为客观：“圣叹性疏宕，……兴至评书，奋笔如风，一日可得一二卷，多逾三日，则兴渐阑，酒人又拉之去矣。”[①] 金昌在《叙〈第四才子书〉》中谈及金圣叹评杜诗的情况，也与此相合：“每于亲友家素所往还、酒食游戏者辄置一部，以便批阅。风晨月夕，醉中醒里，朱墨纵横。不数年，所批殆已过半。”[②] 由此，我们知道，金圣叹的评点是即兴进行的，时断时续，拖延了较长的时间。这在《水浒》评点中也可得到印证，至少其中明显的自相矛盾处可因此得到一部分解释。

关于金圣叹所说的“古本”系其伪称，还有一个小小的旁证。在

---

① 徐增《〈天下才子必读书〉序》，见《金圣叹全集》附录 144 页，凤凰出版社，2008 年。

② 金昌《叙〈第四才子书〉》，见《金圣叹全集》附录 94 页，凤凰出版社，2008 年。

这《第五才子书施耐庵水浒传》的卷四有一篇署名“施耐庵”的序[①]，描写了一个下层读书人的生活、写作情形：“舍下薄田不多，多种秫米，身不能饮，吾友来需饮也。舍下门临大河，嘉树有荫……吾友毕来，当得十有六人。然而毕来之日为少，非甚风雨，而尽不来之日亦少。大率日以六七人来为常矣。吾友来，亦不便饮酒，欲饮则饮，欲止先止，各随其心。不以酒为乐，以谈为乐也。……是《水浒传》七十一卷，则吾友散后，灯下戏墨为多；风雨甚，无人来之时半之。然而经营于心，久而成习。”施耐庵其人，向来缺少生平材料，蛛丝马迹也难得一见。可是这篇序却相当细致地描写了他的生活情景，所以一度被关注施耐庵的人们视为至宝，20世纪五六十年代还曾出现在一些颇有影响的文选中。这篇序言的确详细描写了施耐庵的生活与心态，而参看金圣叹本人的其他文字，却与金氏自己的生活状态、心态甚为相合。

---

① 《第五才子书施耐庵水浒传》前有署名施耐庵的序言，实为金圣叹伪托。文中描写施氏的生活情境正是金氏夫子自道：“……快意之事莫若友，快友之快莫若谈，其谁曰不然？然亦何曾多得。有时风寒，有时泥雨，有时卧病，有时不值，如是等时，真住牢狱矣。舍下薄田不多，多种秫米，身不能饮，吾友来需饮也。舍下门临大河，嘉树有荫，为吾友行立蹲坐处也……吾友既皆绣淡通阔之士，其所发明，四方可遇，然而每日言毕即休，无人记录。有时亦思集成一书，用赠后人，而至今阙如者：名心既尽，其心多懒，一；微言求乐，著书心苦，二；身死之后，无能读人，三；今年所作，明年必悔，四也。是《水浒传》七十一卷，则吾友散后，灯下戏墨为多；风雨甚，无人来之时半之。然而经营于心，久而成习，不必伸纸执笔，然后发挥。盖薄莫篱落之下，五更卧被之中，垂首拈带，睇目观物之际，皆有所遇矣。或若问：言既已未尝集为一书，云何独有此传？则岂非此传成之无名，不成无损，一；心闲试弄，舒卷自恣，二；无贤无愚，无不能读，三；文章得失，小不足悔，四也。呜呼哀哉！吾生有涯，吾呜乎知后人之读吾书者谓何？但取今日以示吾友，吾友读之而乐，斯亦足耳。且未知吾之后身读之谓何，亦未知吾之后身得读此书者乎？吾又安所用其眷念哉！　　东都施耐庵序。”

大端而言，这几方面几乎就是金圣叹的自我写照。一、朋友间以快意清谈为乐。二、金圣叹自己理想的生活环境与生活状况是“有屋不多，可十余间，而门临大河，嘉树葱然”。这与此文描写的所谓“施耐庵”的居所“门临大河，嘉树有荫”几无二致。三、游戏式的写作，这与友人、族人对金圣叹写作状态的描写完全一致。四、此序后文有对于人生无常的伤感，与《第六才子书西厢记》的序言中的伤感文字不仅观点相同，连文字风格、遣词造句也十分相近，如“以往之吾，悉已变灭”“后身”等。

有鉴于此，这篇伪托的施耐庵序言，实可视为金圣叹的“夫子自道”，也就是他对批点《水浒传》的思想动机与工作状态的自述。金批《水浒传》，在现代研究者中引起最多争议的问题有两个，一个是所谓“腰斩水浒”，一个是“独恶宋江”，而他批点《水浒传》的复杂心态在这两个问题上也表现得最为典型。

我们这里说一说所谓“腰斩”的问题，因为这与《水浒传》的版本演变牵缠颇深。金圣叹不承认他对文本做了手脚，自称他得到了“古本”。按他自己的说法是：“施耐庵《水浒》正传七十卷，又楔子一卷，原序一篇亦作一卷，共七十二卷。”以正文计，这个本子也便称为“七十回本”。将近三百年间，世人所言《水浒传》，大多指金氏七十回本，正如郑振铎先生所言：“金氏的威力真可谓伟大无匹了。”

金本主要出于百二十回本，除批点与文字润饰外，一项重大改动是将书终止于梁山泊英雄聚义，而将招安及以后情节一概删除。由于所删近半，故有金圣叹“腰斩”《水浒》之说。具体说来，“腰斩”包括对原书的三个改动加工。一是改动了聚义的誓词。两相比较，金氏所作高眄四海、肝胆相照，“准星辰”“指天地”“面面峥嵘”“心心皎洁”，表现出原词所未有的豪侠气派。此本行世后，这段誓词被江湖大帮会“天地会”用为誓词，而天地会的名称则由誓词中“指天地作父母”一句而来。

原誓词为：“宋江鄙猥小吏，无学无能，荷天地之盖载，感日月之照临，聚兄弟于梁山，结英雄于水泊。共一百八人，上符天数，下合人心。自今已后，若是各人存心不仁，削绝大义，万望天地行诛，神人共戮，万世不得人身，亿载永沉末劫。但愿共存忠义于心，同著功勋于国，替天行道，保境安民。神天察鉴，报应昭彰。”

金改为：“维宣和二年四月二十三日，梁山泊义士宋江、卢俊义……同秉至诚，共立大誓：窃念江等昔分异国，今聚一堂，准星辰为兄弟，指天地作父母，一百八人，人无同面，面面峥嵘；一百八人，人合一心，心心皎洁；乐必同乐，忧必同忧，生不同生，死必同死。既列名于天上，无贻笑于人间；一日之声气既孚，终身之肝胆无二。倘有存心不仁，削绝大义，外是内非，有始无终者，天照其上，鬼阚其旁，刀剑斩其身，雷霆灭其迹，永远沉于地狱，万世不得人身！报应分明，神天共察！”

金圣叹的第二个改动是撰写了一个“惊噩梦”的尾巴。他写卢俊义与众人聚义后，大醉归帐，夜得一梦，梦见一个自称嵇康的人，手挽宝弓，前来剿捕。卢在梦中挣扎不得，被打伤捉去。宋江等用苦肉计救他，一齐自缚投案，请求招安，被嵇康斥骂一通，全部处斩。卢魂不附体，见堂上悬一匾，上书“天下太平”。金圣叹自述如此结尾的动机道："聚一百八人于水泊，而其书以终，不可以训矣。忽然幻出卢俊义一梦，意盖引张叔夜收讨之一案，以为卒篇也。"

对于"腰斩"的评价大致可分三类：褒、贬、半褒半贬。褒之者认为，"腰斩"之后，《水浒传》的人民性、革命性得到加强，也由此获得了保护色，从而广泛流行，推动了人民群众的革命斗争。贬之者指责金圣叹站在反动立场，用反招安的"腰斩"诅咒农民起义，为明朝统治者镇压张献忠、李自成献策。第三种观点则调合二说，认为政治上固然反动，艺术上不无可取。

有趣的是，金圣叹对另一部"才子书"——《西厢记》，也施行了"腰斩"，"腰斩"后的作品同样终止于"惊梦"。这不能以偶合来解释，其原因乃在于金圣叹的某种艺术观念。他针对《西厢记》的"惊梦"结尾，有两段批语：

> 《周易》六十四卦之不终于《既济》，而终于《未济》。

> 夫所谓"妙处不传"云者，正是独传妙处之言也。停目良久睇之，睇此妙处；振笔迅疾取之，取此妙处；累百千万言曲曲写之，曲曲写而至于妙处；只用一二言斗然直逼之，便逼此妙处。然而又必云"不传"者，盖言费却无数笔墨，止为妙处；乃既至妙处，即笔墨都停。夫笔墨都停处，此正是我得意处。然而后人欲寻我得意处，则必须于我笔墨都停处也。[1]

---

① 《金圣叹批本西厢记》，上海古籍出版社，1986 年，第 267、275 页。

后面一条可视为对前一条的阐释。金圣叹这种艺术观点类似于德国美学家莱辛在《拉奥孔》中表述的见解，即“最有魅力的艺术作品并不表现情感的顶点、事情的结局，而是指向这个顶点，终止于通向结局的过程中”。在《西厢记读法》中，金圣叹也反复申说这种思想，可见他对《西厢记》的“腰斩”是在明确的艺术观念指导下进行的，是为了在情节结构方面改进艺术效果。在他“腰斩”《水浒传》时，这种艺术观念虽明而未融，但也有所表述。如：

> 一部书七十回，可谓大铺排；此一回，可谓大结束。读之正如千里群龙，一齐入海，更无丝毫未了之憾。笑杀罗贯中横添狗尾，徒见其丑也！
>
> ……石碣天文……作者亦只图叙事既毕，重将一百八人姓名一一排列出来，为一部七十回书点睛结穴耳。盖始之以石碣，终之以石碣者，是此书大开阖；为事则有七十回，为人则有一百单八者，是此书大眼节。（七十回批语）

这至少表明，金圣叹在考虑全书终止于聚义时，情节结构是他关心的一个重要方面。而从实际效果看，金本在流传中淘汰了其他版本，主要原因正在于情节结构的优长——删除冗弱，仅存精华。应该说，“腰斩”的效果首在于此。

至于“惊噩梦”的意义，则当由两个方面来看：一方面是“噩梦”的内容，一方面是以“梦”结束全篇所产生的意味。金圣叹所说：“晁盖七人以梦始，宋江、卢俊义一百八人以梦终，皆极大章法”，便是从艺术手法的角度谈“以梦终”的意味。关于“以梦始”，金圣叹认为，人生既已如梦，写人生的文学作品自当如梦；作品乃虚构成文，尤应突出梦幻的意味。

> 一部书一百八人，声施烂然，而为头是晁盖，先说做下一梦。嗟乎！可以悟矣。夫罗列此一部书一百八人之事迹，岂不有哭，有笑，有赞，有骂，有让，有夺，有成，有败，有俯首受辱，有提刀报仇，然而为头先说是梦，则知无一而非梦也。大地梦国，古今梦影，荣辱梦事，众生梦魂，岂惟一部书一百八人而已，尽大千世界无不同在一局。求其先觉者，自大雄氏以外无闻矣。真蕉假鹿，纷然成讼，长夜漫漫，胡可胜叹！（十三回批语）

这一思路在金氏的文学批评中屡见不鲜，可说是思维定势。如《西厢·惊梦》的批语，以近两千字的篇幅来论梦，大意是说文学世界乃“无端而来，无端而去”的虚构，而现实世界亦如梦幻，故同属“因缘所生法”，不必执着求实。明乎此，就可以理解金圣叹使两部“才子书”终了于梦的用意：既化实为虚，又为作品涂上些许迷离恍惚的哲理色彩。

当然，噩梦的内容也是不容回避的。不过其效果也非尽属消极，因为这一笔确有“保护色”的作用。金氏对此是有清醒认识的。他对噩梦之描写批道：

> 呜呼！古之君子，未有不小心恭慎而后其书得传者也。吾观《水浒》洋洋数十万言，而必以“天下太平”四字终之，其意可以见矣。

肆意横口、狂放无忌的金圣叹，忽然大讲“小心恭慎”之道，这不能不使我们考虑到背后的真实想法。其实，他的意思很清楚，若不以“‘天下太平’四字终之”，其书将不得传也。

于是，有了七十回本。在20世纪五六十年代，作家出版社对七十回本稍加改动，把楔子做第一回，删去“惊噩梦”，是为七十一回本，流行了几十年。直到六七十年代，百二十回的“全传”借势卷土重来，七十回本从此无人问津。不过，这两种本子呈露出来的主题大相径庭，其间之是非得失颇难遽断。

金圣叹的文本改动不完全是思想观念所驱使，他通过改写表达自己的小说观念、艺术见解，有些看法十分高明且超前。例如对叙事艺术的探索。

叙事艺术是现代小说理论的重要课题，而叙事观点又是叙事艺术中的核心。对于中国古代小说而言，谈论这个问题不免有点奢侈，因为大多数作品的叙事观点是简单而无变化的。但是，这并不意味着小说作者们全都满足于这种现状。实际上，明末已有少数作家试图对此有所突破了。《痴婆子传》《西游补》《警世阴阳梦》等皆有新的尝试。金圣叹则从理论、批评的角度对这一尝试做出了自己的贡献。金圣叹不仅激赏局限叙事，而且越俎代庖，直接按自己的理论改写起作品来。

当时通行的几种《水浒》版本（繁本）第二十七回中，写武松在十字坡佯饮蒙汗药酒后的情状，都是“也把眼来虚闭紧了，扑地仰倒在凳边。那妇人笑道：‘着了！由你奸似鬼，吃了老娘的洗脚水。’便叫：‘小二、小三，快出来。’只见里边跳出两个蠢汉来，先把两个公人扛了进去。这妇人便来桌上，提了武松的包裹，并公人的缠袋，捏一捏看，约莫里边是些金银。那妇人欢喜道：‘今日得这三头行货，倒有好两日馒头卖，又得这若干东西。’把包裹缠袋提了入去，却出来看这两个汉子扛抬武松。……那妇人一头说，一面先脱去了绿纱衫儿，解下了红绢裙子，赤膊着，便来把武松轻轻提将起来”。而金圣叹却在自己的《第五才子书施耐庵水浒传》中改写作：

> （武松）也双眼紧闭，扑地仰倒在凳边。只听得笑道：“着了！由你奸似鬼，吃了老娘的洗脚水。”便叫：“小二、小三快出来！”只听得飞奔出两个蠢汉来，听他把两个公人先扛了进去。这妇人便来桌上提那包裹并公人的缠袋，想是捏一捏，约莫里面已是金银。只听得他大笑道：“今日得这三头行货，倒有好两日馒头卖，又有这若干东西。”听得把包裹缠袋提入去了。随听他出来，看这两个汉子扛抬武松。……听他一头说，一头想是脱那绿纱衫儿，解了红绢裙子，赤膊着，便来把武松轻轻提将起来。

两相对比，有十余处改动，而关键在于开头的一处。原文“把眼来虚闭紧了”，金氏改为“双眼紧闭”。依前者，似乎是武松眯缝着眼，故店中一切变故皆收眼底，未免近于儿戏。而“虚闭”且“紧”，也有些费解。细玩上下文，作者又并不强调武松是否看到店中情景，下面的“只见里边”云云，是说书体的习用语，全知的叙述人以之引导读者的视线而已。金圣叹改作“双眼紧闭”，一则避免上述费解之处及儿戏之弊，二则为自己提供了探索新的叙事观点的机会。

金圣叹改动的原则是强调店中所有变故都是武松听到与猜想的。由于武松“双眼紧闭”，而听觉与想象力仍然活跃，所以金氏把事态变化全部通过武松的“只听得”与“想是”叙述出来。这样一来，叙事人便由全知全能、无所不在的说书人身上转移到武松身上，其视线与武松的视线同时被切断了。叙事人的转换使叙事观点由散漫多变状态而集中固定到了武松身上，并随武松的感知局限而调整叙事的内容及方式，从而成为较典型的第三人称局限叙事。

金圣叹对上述修改的意义是很自觉的。他说："此句不是写出畅快，正显上文数行，都自武松眼中看出，非作者自置一笔也。"显然，他对两种不同的叙事观点（"自武松眼中看出"与"作者自置一笔"）的差别颇有认识。从整部《水浒传》看，由于"列传体"所限，以全知叙事最为自然，但具体到某一"传"，在中心人物确定的情况下，却也宜于第三人称的局限叙事。在施耐庵的时代，小说初脱胎于说话，未遑细品叙事角度之同异。至金圣叹始从文学的角度看小说，务求"文法"之腾挪变化，于是觑出在叙事观点（虽然尚无此概念）方面逞才试笔的机会。他对自己的上述改动很得意，不厌其烦地批上"'听得'，妙绝！""'想是'，妙绝！""俗本无八个听字，故知古本之妙"，足见对自己这方面尝试的重视。

由于金圣叹评点《水浒传》是即兴而断续进行的，所以没有把这样的尝试统一实践于全书，但在他感兴趣的章节还是多有精彩之笔的。《水浒传》二十一回宋江杀婆惜，原文中有一段典型的全知叙事：

> 却说宋江坐在杌子上，只指望那婆娘似比先时，先来偎倚陪话，胡乱又将就几时。谁想婆惜心里寻思道："我只思量张三，吃他搅了，却似眼中钉一般。那厮倒直指望我一似先前时前来下气，老娘如今却不要耍。只见说撑船就岸，几曾有撑岸就船！你不来采我，老娘倒落得。"

看官听说，原来这色最是怕人。若是他有心恋你时，身上便有刀剑水火，也拦他不住，他也不怕；若是他无心恋你时，你便身坐在金银堆里，他也不采你。常言道："佳人有意村夫俏，红粉无心浪子村。"宋公明是个勇烈大丈夫，为女色的手段却不会。这阎婆惜被那张三小意儿百依百随，轻怜重惜，卖俏迎奸，引乱这婆娘的心，如何肯恋宋江？

当夜两个在灯下坐着，对面都不做声，各自肚里踌躇，却似等泥干掇入庙。

这一段文字中有说书人的叙述（"却说宋江""当夜两个"云云）、评论（"原来这色"）、分析（"宋公明是个"），而且还有他出入于宋、阎内心对二人心理活动的揭示。这是典型的全知叙事。在金批本中，这一大段全部被删。

而同一回书的后面，有这样一段：

（阎婆惜）正在楼上自言自语，只听得楼下呀地门响。婆子问道："是谁？"宋江道："是我。"婆子道："我说早哩，押司却不信要去，原来早了又回来。且再和姐姐睡一睡，到天明去。"宋江也不回话，一径奔上楼来。那婆娘听得是宋江回来……

金圣叹则在《第五才子书施耐庵水浒传》中改为：

（阎婆惜）正在楼上自言自语，只听得楼下呀地门响，床上问道："是谁？"门前道："是我。"床上道："我说早哩，押司却不信要去，原来早了又回来。且再和姐姐睡一睡，到天明去。”这边也不回话，一径已上楼来。那婆娘听得是宋江了……

他在改动之后，特意加批指出：“不更从宋江边走来，却竟从婆娘边听去。神妙之笔！”“一片都是听出来的，有影灯漏月之妙。”按原文，叙事人全知全能，叙事焦点时而落在楼上，时而移向楼下。而金圣叹则把焦点固定在阎婆惜处。这样，楼下的情景只可听到，无法看到，于是，阎婆惜先朦胧听到门声响动、床上语声、门前语声，尔后渐辨出是宋江。由于强调听觉，故叙事只写声音发出的大致方位，而不写是谁在讲话。叙事人的知觉明显受到了限制，等同于阎婆惜的知觉方式与范围了。因为伸向楼下的目光（叙事人及读者）被隔断，故谓之“影（遮住）灯”，而听觉描写突出了，此即所谓“漏月（月光）”。这一改动的手法及效果皆与十字坡武松打店一段相似，联系上文的大段删减，金圣叹对小说叙事观点问题的自觉认识及其对第三人称局限叙事的偏爱，都是显而易见的。

金氏的探索并没有停留在对“局限叙事”的揭示与阐发上，而是还有更进一步的成绩。五十二回“李逵独劈罗真人”中有一段描写李逵窥探的文字，百回本、百二十回本的五十三回均作：

（李逵）开了大门，一步步摸入里面来。直至松鹤轩前，只听隔窗有人看诵《玉枢宝经》之声。李逵爬上来，舔破窗纸张时，见罗真人独自一个坐在云床上；面前桌儿上烧着一炉名香，点着两枝画烛，朗朗诵经。

而金批本则作：

> （李逵）开了大门，一步步摸入里面来。直至松鹤轩前，只听隔窗有人念诵什么经号之声。李逵爬上来，搠破纸窗张时，见罗真人独自一个坐在日间这件东西上；面前桌儿上烟煨煨地，两枝蜡烛点得通亮。

两相比较，主要改动有四处：一、把“只听隔窗有人看诵《玉枢宝经》之声”改作“只听隔窗有人念诵什么经号之声”；二、把“见罗真人独自一个坐在云床上”改作“见罗真人独自一个坐在日间这件东西上”；三、把“桌儿上烧着一炉名香，点着两枝画烛”改作“桌儿上烟煨煨地，两枝蜡烛点得通亮”；四、把“李逵爬上来，舔破窗纸”改作“李逵爬上来，搠破窗纸”。金圣叹对于自己的改动，同样是暗自得意，并一一做出说明。他对前三处改动的说明是：

> 不省得这般鸟作声。妙绝！俗本做“《玉枢宝经》”，谁知之？谁记之乎？甚矣古本之不可不读也。
>
> 云床也。乃自戴宗眼中写之，则曰“云床”；自李逵眼中写之，则曰“东西”。妙绝！俗本讹。
>
> 香也。却从李逵眼中写成四字。用笔之妙，几于出入神化矣。俗本又讹，真乃可恨！[1]

---

① 《水浒传会评本》，北京大学出版社，1981年，第978页。

他对第四处改动的说明是“李逵又有捌破窗纸张别人之日，妙人奇事”。第四处改动是个一般的遣词造句问题，金圣叹的改动显然更合乎李逵粗莽的性格——李逵如果去“舔”窗纸，其景象则太滑稽了。他的改动虽妙，但和叙事角度的探索无关。而另外三处却是非常典型的叙事角度问题。

首先，金圣叹非常明确地指出，不同的文字是由于视角的不同。他两次强调是“李逵眼中”，并以同一事物在“戴宗眼中”的不同来说明叙事艺术的特殊表现技巧。其次，金圣叹指出不同人物的视角不仅是看得到、看不到的区别，而且间接表现出彼此性格、认知能力的差异，例如描写李逵视野中的事物，便有了“日间这件东西”一类的表述。再次，特殊的视角甚至与特定人物的感受方式、感觉状态相关联，如不写“一炉好香”，而写“烟煨煨地”；不写“画烛”，而写“点得通亮”。这样，在金氏的叙事理论中，叙事技巧就不仅仅是把讲述变得复杂、生动的手段，而且具有塑造人物形象、表现人物个性的功能。

如果和现代繁复细致的叙事理论相比，金圣叹上述见解与实践也许仍显简单。特别是在理论形态上，他并没有形成完整的体系。但是，他也自有优势。一是理论思考与批评实践的紧密结合，甚至与创作实践紧密结合（虽然这种结合不具有普世的可能性），使得其内涵十分明晰。二是把叙事技巧的功能扩展到人物塑造的领域。这即使是在现代，也有其独特的启迪意义。更何况，在 17 世纪，不仅是在中国，即使在全世界范围内，小说叙事也多采用清一色的全知叙事，只在个别作品中微露局限性叙事的萌芽，小说叙事学更是空白。当此时也，金圣叹既有实践上的尝试，又有理论方面的归纳，所表现出的对理论探索的勇气与敏感，都应得到高度肯定。

第三讲

《西游记》：把宗教游戏化的奇书

五圣成真（引自《李卓吾先生批评西游记》，内阁文库藏，明代刻本）

《西游记》在一般文学史上的定义是“神魔小说”的代表作。诚然，这样的概括是不错的，但是我在这里将其概括为“把宗教游戏化的奇书”，因为这样更能体现这部小说的特点。首先，西游记写的是一个宗教故事，是在一件真实的宗教史实上衍生出的传奇。而这个故事又是在充满宗教氛围的虚构世界中展开的，充斥着各种具有宗教身份的角色，如玉皇大帝、太上老君、如来佛祖、观音菩萨、太乙天尊、终南山道士，等等，但是，它又不是一部“宣教”“辅教”之书。这部书最突出的风格特征就是滑稽、幽默，充分游戏化，把一个非常严肃的、带有崇高意味的宗教话题写得妙趣横生，老少同乐，这是它最奇特的地方。

《西游记》的故事，大家已经耳熟能详了。但是，《西游记》的价值究竟如何?《西游记》在文学史上的地位如何？这些问题却不是每个读者都感兴趣的，更不要说对此比较清楚了。

我想，首先应该强调指出的是《西游记》在我国文学史上占有了若干个“第一”、若干个“最”:“第一”意味着在某一方面是引领风气的，“最”则意味着在某一方面具有无可比拟的优长。首先，从中国小说发展史或者文学发展史的角度来看，它是第一部以神魔为题材的长篇小说（有学者认为“神魔”不准确，不如改换为“神怪”。其实，彼此并无实质性差别，按约定俗成就是了）。其次，从表现手法来看，它还是第一部以游记形式（广义的）为叙事结构的长篇小说。[1] 一部长篇小说，如何将繁复的故事情节紧密地串连起来，这是

---

① 从“游记小说”这个角度看，《西游记》与弗兰克·鲍姆的《绿野仙踪》很有比较研究的空间：

（转下页）

煞费脑筋的事情。比较来看，《三国演义》基本上是按照《资治通鉴》的路数，按照历史编年的线索将故事组织到一起的。《水浒传》则是所谓的“列传体”，以“武十回”“宋十回”这样的人物“列传”为基本模块，然后把模块粘合起来。《西游记》显然有别于前两部书。所谓“游记”就是在一个较大的空间中游历，而游历的时间与踪迹所及的空间，就成为结构全书的框架。《西游记》正是一行五众在从中土到西天的空间里的种种故事。从这个意义讲，它开了我国游记小说之先河。比它稍微晚点的有写郑和下西洋传奇故事的《西洋记》，而古代小说的终篇之作《老残游记》也是游记，中间还有许多类似的游记小说，或是部分情节以游记形式来结构的作品。从这个意义上来看，《西游记》也有它的特殊性。再次，它是第一部反映中国人宗教观念的长篇小说。与其他古老民族的文化传统相比，中国人的宗教观念非常特殊。广义地讲，中国人的宗教世界是什么样子的？中国人如何看待自己的宗教？就这些问题而言，《西游记》可以说是很重要的一面镜子，虽然它只是一部小说，却深刻反映了中国人的世俗化、包容化甚至游戏化的宗教观念。

从故事的角度来说，《西游记》是中国古代最具童心的文学经典。

（接上页）

1. 都是一行五众趋向一个神圣的目的地，沿途克服各种艰难险阻。

2. 五众都有自己的困境，希望到达神圣的目的地得到救赎与解脱。

3. 在旅程中，他们通过自己的努力，事实上实现了脱胎换骨。

4. 都有神异的力量在帮助或是阻碍行程。

5. 由于文化背景的差别、创作方式的差别，二者又有观念、价值追求等方面的巨大差异。

所以，这是个很有意思的文学、文化比较研究的题目。

有些学者认为《西游记》就是一本童话，这肯定讲过头了，却也不无道理。你看，猪八戒好吃懒做，孙悟空调皮捣蛋，半人半动物，具有童话的种种特征。同时，它又是中国古代最令人费解的文学经典。小说主体部分讲述了一个去西方取经的故事，讲述了取经人一路上遇到的诸多离奇遭遇。故事很好懂，可讲述故事的话语却充满阅读障碍。比如，孙悟空为何叫作“心猿”，为何真假美猴王一节的回目名称是“二心搅乱大乾坤”。更费解的是，除这些佛教故事之外，还有几万和道教有关的文字、大量道教内丹学上的话语被组织到了文本中。这些又怎么解释？它们在文本中的作用是什么？如果读者真想理解此书的全部内涵，而不是只满足于了解故事，恐怕文本的这些内容是最令人头疼的。

《西游记》是中国最滑稽的文学经典。如果它不滑稽、不幽默，它就不是《西游记》了。孙悟空无论是见到如来佛还是观世音都表现得十分滑稽。同时，它又是最严肃的文学经典。它最后的内容就是要表达经历千难万险之后来达成一个崇高目标。在这些描写中，它是绝不吝惜笔墨的。所以，这个文本十分奇特，带有很多矛盾的性质，因而具有一种特别的张力。

站在今人的角度，它还是最具国际性的小说文本。第一，《西游记》这个故事的起因就是国际文化交流，唐僧为了取得真经穿越了许多国家到达印度。第二，孙悟空究竟是“国货”还是“舶来品”，在20世纪二三十年代就有分歧，胡适、郑振铎都认为它是受印度神猴哈奴曼影响而来的[①]，鲁迅则持不同的见解。80年代又将争论重提，

① 胡适在《西游记考证》中讲到彼此不同的观点：“这个猴子是国货呢？（转下页）

直到今天仍无结论。第三，在《西游记》的诸多研究者中有颇多国外的学者，如英国牛津大学学者、担任过欧洲汉学会会长的杜德桥对版本的研究，澳大利亚学者柳存仁对宗教内涵的研究，日本学者入谷仙介对文学形象的研究等，都另辟蹊径，取得了很好的成绩。

最后，它又是最被后现代关注的古代小说。虽然《水浒传》《三国演义》也有什么“水煮”“麻辣”之类的后现代解构版本，但是此类改写中最为有名的仍然是《大话西游》。

第一节 《西游记》的作者与版本

一、《西游记》故事的演化

《西游记》是以历史上的一个真实事件为蓝本加工创造出来的。这个真实事件是一个什么样的蓝本呢？加工创造又经历了怎样的过程呢？

第一个环节是玄奘口述、辩机记录整理的《大唐西域记》。

《大唐西域记》与《西游记》关联处甚少，但它是地地道道的“西游”之“记”。这部著作的真正价值主要在历史地理方面。不过，

（接上页）还是进口货呢？……周先生指出，作《西游记》的人或亦受这个巫支祁故事的影响。……但我总疑心这个神通广大的猴子不是国货，乃是一件从印度进口的……在印度最古的纪事诗《拉麻传》里寻得一个哈奴曼，大概可以算得齐天大圣的背影了。”（胡适《中国章回小说考证》，上海书店，1980 年，第 335—338 页。）

它引起了人们对玄奘西游的关注，所记异域之世态民风也开启了人们的想象之门。

慧立和彦悰写了《大唐大慈恩寺三藏法师传》。《三藏法师传》基本写实，但是也有些许神异化的倾向。与《大唐西域记》相比，它的叙事以玄奘个人的经历为中心，故事性更强一些。今本《西游记》（这里主要指明世德堂刊本，以下准此）中“灭法国”“女儿国”的故事，孙猴子由石头化生、压入五行山下等情节都可从《三藏法师传》中依稀看到一些影子。

到了晚唐志怪小说《独异志》中，玄奘的事迹进一步神异化，而且也有“宣教”的意味。

> 道险，虎豹，不可过。奘不知为计……僧口授《多心经》一卷，令奘诵之，遂得山川平易，道路开辟，虎豹藏形，魔鬼潜迹……其《多心经》至今诵之。①

其中玄奘得菩萨授《多心经》一节，在今本《西游记》中被渲染放大后成为贯穿全书的一条重要线索。稍晚些，出现了白话文本《大唐三藏取经诗话》。《诗话》已具《西游记》的雏形，书中玄奘经历了各种磨难，包括山精水怪（如白虎精之类），虽然描写得比较简单，但已经初具“取经 / 魔障”的基本模式了。其中出现了“猴行者”，可视为“西游”故事的一个质变。

稍后一些，在舞台上也开始演绎这个故事，如传奇剧《陈光

---

① 见《太平广记》卷九十二“异僧六 · 玄奘”条。

蕊江流和尚》，杂剧《唐三藏西天取经》《二郎神锁齐天大圣》《西游记杂剧》等。于是，经过了六七百年的历史叙事和文学叙事的杂糅，加上通俗文艺的催化，到明初就有了《西游记平话》的出现。《西游记平话》的原书已经看不到了，但是在《永乐大典》里有佚文（《永乐大典》第13139卷，有“魏征梦斩泾河龙”，所引书籍题为《西游记》）。朝鲜李朝时期有一本《朴通事谚解》，是朝鲜人学习汉语的“教科书”，里面多次提及《西游记平话》，并且还大段地抄录了里面的文字，最详细的是车迟国斗法的故事：车迟国有“伯眼大仙”，蛊惑国王兴道灭佛，与孙行者进行猜物、下油锅等诸般赌赛，最后被孙行者除灭，而国王也回心向佛。这与今本《西游记》的车迟国一段十分近似，只是“伯眼”变成了“羊力”“鹿力”“虎力”三个妖仙。由此可见，《西游记》如同《三国演义》和《水浒传》一样，不是哪个人一次性独立创作的，而是在一个相当漫长的时间段落里世代累积，经过很多人的增添删改，最后由一个人整合写定的。

不过，比起《三国演义》和《水浒传》，《西游记》的累积过程更复杂一些。从现有的文献资料来看，《西游记》的累积分了两条路径：一条是上述“诗话→杂剧”“传奇↔平话”；还有一条则与道教密切相关。在今本《西游记》中有大量与道教相关的文字，甚至有为数不少的直接移录全真道人的文字，既有诗词，也有其他宣教作品，显然，有道教人物染指过《西游记》的书写。可是，今本《西游记》的总体宗教倾向却是扬佛贬道，且与道教有关的文字都相当支离破碎，说明最后的写定者是一位对道教不甚友好的人士。这看似矛盾的情况似乎只能有一种解释，就是在今本《西游记》之前，“西游”故事在演化过程中曾有一个“道教化”的环节。这个环节与“平话”环节大体是平行的关系。这一点，我们在下一节会详细讲述。

这两条累积之路不是截然分开、泾渭分明的，彼此很可能相互影响，但这些都没有直接证据，只能是一种推论了。到了万历年间，有某文学天才关注到了积累起来的“西游”故事，收集、整理，重新加工、创造，于是有了今天我们读到的《西游记》。

那么，这个文学天才是谁呢？换言之，谁是今本《西游记》的写定者呢？对这个问题的认识，大端来讲可分成两个阶段。

第一个阶段，由丘处机到吴承恩。要讨论《西游记》到底由谁写定，首先须明确一个前提：把哪个版本称为定本？今人看到最多的版本是人民文学出版社的整理本。这个整理本的底本是明代万历二十年刊刻的“世德堂本”。《西游记》的主要文字在这个本子基本定格。不过，这个刊本没有标明作者，只是署了“华阳洞天主人校”的字样。这与《金瓶梅》署名“兰陵笑笑生”相似，作者故意烟云模糊，布下疑阵给后人。到了清代刊行的《西游证道书》，里面有一篇序，署名元代文人虞集。[①]

衡岳紫琼道人持老友危敬夫手札来谒，余与流连浃月。将

① 这篇虞集序的真伪历来有争议，主伪托说者的基本观点是丘处机不曾做小说《西游记》，故序言为清人汪某伪托。其实，事情还可以有另一种解释：虞集序言是真的，紫琼道人拿《西游记》求序也是真的，不过他拿的既不是今本《西游记》，也不是平话本，恰恰是经全真教之手并主要在全真教内部传播的全真化《西游记》，署丘处机之名不过是道士们借教祖之名增加其影响力罢了。虞集序恰恰证明了曾有一个“全真化”的《西游记》文本存在。

> 归，乃出一帙示余曰："此国初丘长春真君所纂《西游记》也，敢乞公一序以传。"……而余窃窥真君之旨，所言者在玄奘，而意实不在玄奘；所纪者在取经，而志实不在取经：特假此以喻大道耳。猿马金木，乃吾身自具之阴阳；魑魅妖邪，亦人世应有之魔障。虽其书离奇浩汗，亡虑数十万言，而大要可以一言蔽之曰：收放心而已……天历己巳翰林学士临川邵庵虞集撰。

这位虞集在序里提及"国初丘长春真君所纂"，指明了作者就是全真教的丘处机。丘处机是"全真七子"之一，全真教里丘处机这一系称为"龙门派"，影响十分大。《西游记》里又有很多与道教有关的文字，所以此说一出，很多人都相信。清代很多人认同《西游记》的作者是丘处机。

不过，清代乾隆年间一位叫吴玉搢的人在《山阳志遗》里提出了《西游记》是吴承恩所著：

> 嘉靖中，吴贡生承恩字汝忠，号射阳山人……《淮贤文目》载《西游记》为先生著。考《西游记》旧称为证道书，谓其合于金丹大旨；元虞道园有序，称此书系其国初丘长春真人所撰。而《郡志》谓出先生手。天启时去先生不远，其言必有所本。意长春初有此记，至先生乃为之通俗演义。

《阅微草堂笔记》的作者纪晓岚也认为《西游记》不可能是丘处机所作，因为《西游记》里大量的名物，例如官职、风土人情，都显示出明代的特点，不可能是身处金元之际的丘处机编撰出来的。这点非常有说服力。持这种观点的还有阮夔生等人。到了民国初年，新文化运动的主将鲁迅、胡适依据地方志明确认定《西游记》的著作权归于吴承恩。由于他们的学术地位与社会影响力，这似乎便成了定案。

第二个阶段，由吴承恩到无名氏。看起来，《西游记》的作者之争到鲁迅、胡适之后似乎已经尘埃落定了，不料到20世纪80年代再起波澜。认定《西游记》的作者为吴承恩，根据的是天启年间的地方志《淮安府志》。在该书的《艺文志》中，吴承恩的名下列有《西游记》。但是有学者提出质疑，这个《西游记》并非如今人们所看到的小说《西游记》，因为清朝藏书家黄虞稷所著《千顷堂书目》中吴承恩所著《西游记》被列入舆地类（即地理类）。准此，那吴承恩所著《西游记》就不是神魔类的小说了，而是一部类似于《徐霞客游记》的著作了。

几年前，又有学者提出《西游记》是明朝的“青词宰相”李春芳所著。为何会凭空把这样一个人物与《西游记》扯到一起呢？理由之一是此人别号“华阳洞天主人”。同时，持此说的学者从《西游记》的一首诗中发现一个“秘密”，于是断言：“《西游》李作，已无可再疑，李春芳乃千真万真的《西游记》编撰者。”

原来《西游记》第九十五回有如下一首诗：

缤纷瑞霭满天香，一座荒山倏披祥。虹流千载清河海，电绕长春赛禹汤。草木沾思添秀色，野花得润有余芳。古来长者留遗迹，今喜明君降宝堂。

里面嵌有“春芳留迹”四个字云云。这一发现十分受大众传媒欢迎，但多数学者都觉得这种福尔摩斯式的工作过于戏剧化，在没有其他证据的情况下难以认同。对于专家们来讲，小说《西游记》的写定者（当然也不妨称作者）仍然是悬而未决的问题。

二、版本和传播

> 一百回本《西游记》，盖出于四十一回本《西游记传》之后，而今特盛行……《西游记》全书次第与杨志和作四十一回本殆相等……惟杨志和本虽大体已立，而文词荒率，仅能成书；吴则通才，敏慧淹雅，其所取材颇极广泛……加以铺张描写，几乎改观。
>
> ——鲁迅《中国小说史略》[①]

追究版本源流，一般读者可能会觉得又繁琐又没有多大意义，但是对于研究者来说，这是研究的基础。一切研究所依据的是哪个版本？这个版本与其他版本是什么关系？这些都是要先搞清楚的事情。所以，追索版本的源流，是研究古代文学所必需的良好的学术习惯。对于《西游记》来说，这方面的工作尤为重要，它既关乎《西游记》成书的过程，又对如何解读作品有导向意义。

《西游记》的版本大体可分为三类。第一类是现存版本。这比较容易理解，狭义地讲，就是现在能够看到的明清两代刊刻的各种《西游记》；广义地讲也可以包括所有《西游记》刻本，不过这意义不大。第二类是在录版本，即现在已经散佚但是在古人的书目里出现过的版

---

① 鲁迅，《中国小说史略》，上海古籍出版社，1998 年，第 110 页。

本。第三类是推论版本，即今天见不到，古人也没有明确记录，但是依据某些蛛丝马迹推论应当存在过的版本。例如前面我们提到的那篇虞集序，以及现存《西游记》中大量的、散落的全真教文字，都指向一个散佚了的“虞集序本”。

就第一类而言，留存的明清刻本《西游记》有十余种，其中最重要的一种是《新刻出像官板大字西游记》，世德堂刊刻，所以又称“世德堂本”或“世本”。这个本子共二十卷，一百回，是明万历年间所刻。其后不久出现的是《李卓吾先生批评西游记》，简称“李评本”，也是一百回。“李卓吾先生”云云是伪托的。这两种文字均繁富细密，统称“繁本”。在这个时间段还有所谓“简本”，文字简略疏陋。其一为书商杨致和刊刻，文字最简，称“杨本”。另外还有朱鼎臣刊刻的《唐三藏西游释厄传》，是“杨本”与“世本”的“混搭”，简称“朱本”。这三种本子的关系，是《西游记》研究的老大难问题。从胡适、鲁迅的时代就开始争论，到今天仍不能彻底解决（当然，我认为是有明确结论的，是解决了的，不过别人未见得同意）。清代还有多种带有不同评点的《西游记》，文字也有相当的出入，不过都属于“繁本”这一大系统。这些版本带来的问题主要有两个：一个是“繁本”与“简本”的先后关系，是“先繁后简，删繁成简”，还是“先简后繁，扩简为繁”呢？显然，这个问题与作品的创作过程、作者的判定情况都有密切的关联。另一个问题是，同属“繁本”，清代的本子比明代的本子多出了唐僧的“出身传”。这从何而来也是个牵三挂四的问题。

对于繁简关系，主张删繁成简的一派中胡适是最早的代表人物。他认为最开始是一个比较繁复的版本，书商为了促销，迁就下层读者，就大量删削文字，仅存故事梗概。扩简为繁派的早期代表是鲁迅和郑振铎，他们认为先有最简的“杨本”，后来踵事增华。我是删繁就简派，也写过一两篇小文章，自以为是不刊之论，各位可找来推敲。

第二节　《西游记》中的佛与道

讲《西游记》，讨论其中的佛教与道教问题，本来是理所当然之事，但过去的一个世纪里国内却很少有人讲。

如前所说，《西游记》讲的是唐代僧人取经的故事，历史上实有其事，是中国佛教史乃至世界范围内的文化交流史上的大事。而且小说本身和宗教文化关系十分密切，其整个故事都是在宗教的语境中展开的，不研究这个问题不能说透彻。所以，讨论《西游记》中的佛与道，本来是理所当然之事，但是，由于两个原因，使得它在很长时间内是个不得触碰的话题。一个原因是，《西游记》问世以后，明清两代的人谈《西游记》90% 是要涉及宗教的。当然，所谈不一定是正确的。到了“五四”前后，由于新文化运动，情况突变。新文化运动成绩很大，但也有些问题。因为当时的主将，都在用从西方拿来的文学理论（有些是从日本转手）来衡量中国的文学现实。总地来说，这是个进步，但也有偏颇之处、简单之处。像胡适、鲁迅，他们都是中国小说史研究的奠基人，但他们二位对《西游记》里的宗教描写，是一笔抹倒的。

《西游记》被这三四百年来的无数道士和尚秀才弄坏了……这部《西游记》至多不过是一部很有趣味的滑稽小说、神话小

> 说，他并没有什么微妙的意思，他至多不过有一点爱骂人的玩世主义。
>
> ——胡适《中国章回小说考证》[①]

> 此书则实出于游戏，亦非语道，故全书仅偶见五行生克之常谈，尤未学佛。
>
> ——鲁迅《中国小说史略》[②]

他们是权威，所以以后学界都不大讲《西游记》的宗教话题了。另一个原因是 1949 年后，宗教这个话题比较敏感，就强化了前一个趋势。从海外来说，从 60 年代末到 70 年代，对《西游记》的宗教内容，渐渐有了相当深入的研究。从 90 年代开始，思想解放了，学术研究讲求实事求是，因此国内对《西游记》的宗教内容也逐渐开展了比较深入的研究。我本人也算比较早介入这个领域的。现在关于《西游记》里的宗教内容，学术界在很多问题上形成了一定的共识，有了相当大的突破。举个例子，《西游记》里面有很多和全真教（就是道教全真派）有关的内容[③]，现在因为事实俱在，大家也就都承认了《西

---

① 胡适，《中国章回小说考证》，上海书店，1980 年，第 367 页。

② 鲁迅，《中国小说史略》，上海古籍出版社，1998 年，第 115 页。

③ 如全真道士冯尊师的《苏武慢》词就被移录至《西游记》第八回。词曰："试问禅关，参求无数，往往到头虚老。磨砖作镜，积雪为粮，迷了几多年少！毛吞大海，芥纳须弥，金色头陀微笑。悟时超十地三乘，疑滞四生六道。谁听得绝响岩前，无阴树下，杜宇一声春晓。曹溪路险，鹫岭云深，此处故人音杳。千丈冰崖，五叶莲开，古殿帘垂香袅。兔葛藤丛里，老婆游子，梦魂颠倒。"
两相比较，只有结尾三句不同。

游记》和全真教有关系。但是这个关系怎么解释？程度如何？有何意义？彼此看法就相差很多了。有的人坚持传统的说法，就是“虽然有点关系，但不说明什么重要的问题”，“《西游记》就是一个很好玩的神话故事，除了这个都无关紧要”。可是也有另一个极端说法，认为《西游记》这本书“根本上就是一个演讲宗教哲学、演讲性命之学的书”，“九九八十一难，每一个妖怪都能对应上修炼的一种状况”。通俗点说，“《西游记》的每个情节都比喻练气功的某一种方式或环节，可以一一对应”，“小说完全是一个幌子”。在这里，我要先亮明旗帜，这两种极端都不太对。《西游记》里面关于宗教的描写，佛、道两方面都有相当的意义，有关注、分析的价值，但是又不能拿它来概括整个作品的性质。

对于佛、道描写的意义，或者说研究价值，我们可以分几个层面来看。

我先提个问题，中国民众心目中的天上世界是怎样的？这里指的是一般老百姓在没有仔细思考的情况下做出的假想。应该是这样吧，有一个玉皇大帝，他有很多辅佐大臣，他们各司其职，这和人间的皇帝差不多。然后有一个和他关系比较密切的太上老君，好像是玉皇大帝御用的国师之类。他又领导着一些神仙，上八洞、下八洞的散处各地。还有一位和玉皇大帝关系密切但又不完全归他管的人住在天界的西边，那就是我佛如来。可是，这个天上世界的图景是从何而来？我们看《大正藏》（佛教典籍），哪一部写过这些话？没有。我们看《道藏》和《续道藏》（道教经典），哪一部写过这个？也没有。《四库全书》也没有写过。那么，这从何而来？其实，主要来自《西游记》。小说的力量就是这么大。当然，也不完全是《西游记》，因为可以继续追问《西游记》这些观点又是来自何处。这有点“鸡生蛋，蛋生鸡”的味道。《西游记》的这些描写深入人心，于是大家也不细想了，就觉得好像有这么个天上世界。中国人，特别是古代的中国人的宗教观念在世界上是很独特的，中国古代的宗教生态也很独特。小说里的宗教描写对此可以提供很多独特的材料。所以，《西游记》的佛与道的话题，既是个有趣的文化话题，也是个有学术价值的宗教文化话题。

从《西游记》自身研究的学术角度看，第一，谈作品的思想内涵，若不涉及佛、道则讲不完全，也讲不透彻；第二，前面讲过，《西游记》的作者、版本都是聚讼纷纭的学术难题，而从小说关于佛、道的描写中可以找到一个特殊的角度来研究这个难题。所以说，《西游记》里的佛与道话题对于学术研究很重要，也有独特的意义。

《西游记》中的佛与道，题目很大，我们该从何说起呢？我们就从小说里的一个魔怪说起吧，这就是大力牛魔王。关于牛魔王，夏志清当年在《中国古典小说导论》中曾经提到它在《西游记》中有些特殊：“经济因素也进入怪物们的生活中。牛魔王不但已对罗刹女感到厌倦，他与玉面公主同居还有一个刺激因素，就是她有大笔财产。”[①] 现在周星驰的《大话西游》为这种说法提供了某种支持。要把《西游记》来“大话”一番，要再生再改造，选择来选择去，反派第一人物选择了牛魔王。比牛魔王厉害的妖怪实在不少，那为什么要选择牛魔王呢？要回答这个问题，我套用了一个常用词，就是牛魔王它“不同凡妖”。

① 夏志清，《中国古典小说导论》，安徽文艺出版社，1988 年，第 154 页。

在《西游记》所有的妖怪中，牛魔王是作者用了独特笔墨来写的。第一，与牛魔王有关的文字断断续续延续了《西游记》三分之二的篇幅，还有哪一个妖怪这样吗？一个也没有。孙悟空在花果山义结七兄弟，大哥就是牛魔王；在取经的路上还没碰到牛魔王就先碰到了牛魔王的儿子红孩儿；小说中，牛魔王的亲属除了儿子，牵三挂四的还有他的弟弟——那个做落胎泉水生意的道人；降服牛魔王之后，小说中还有他的好朋友——那个碧波潭贪财的老龙。当然，太太铁扇公主、小妾玉面狐狸在故事的中心部分就出现了，她们也更为重要，仅这部分就写了三回书。一个妖魔被写三回书，这在《西游记》中是很少见的，何况拉拉杂杂、牵三挂四地绵延那么长，绝对是唯一一例。篇幅的优势还是次要的，主要的地方在于，其他的妖怪“妖性”明确，比如说豹子精的特点就是吃人，地涌夫人老鼠精的特点就是打洞，而牛魔王所过的日子和人类平常过的日子差不多：他有太太（有太太的妖怪已经不多了），而且他还有二房，妻妾之间还会争风吃醋；他还有些财产纠纷，他被玉面狐狸招赘，因为玉面狐狸得到了大量遗产资财，所以才招了一个倒插门的牛魔王；他不仅有儿子，儿子有了稀罕东西还懂得孝顺父母；他有弟弟，有朋友，朋友还会请他去喝酒。总之，这个牛魔王过的就是人类普通的生活。

牛魔王还有一点与“凡妖”不一样：那些妖怪被降服，或是靠孙悟空自己的力量，或是天上的某位主人来了，只有这个牛魔王，是因如来佛派出了十万佛兵才被降服。可佛讲求的是四大皆空，所持是和平主义，养兵干吗？但书上真的是这么写的——“十万佛兵”，恕我孤陋寡闻，这个词还从未在其他地方见过。且说十万佛兵把牛魔王团团围住，降服了之后，又牵着这头大白牛，径归佛地，去交佛旨。牛魔王和佛有什么关系？有何冤仇？惹得佛祖亲自过问，主动兴兵？

可见，牛魔王确实是一个很独特的妖魔形象，不同凡妖！作者为什么要这么写？是偶然兴会之笔吗？恐怕不是。这里有个小细节，就是最后降服牛魔王的时候，牛魔王一看逃不掉，“嘻嘻的笑了一笑，现出原身——一只大白牛。……自蹄至背，有八百丈高下”。为什么他现出的原形是大白牛而非大黄牛、大花牛、大黑牛、大犀牛，这是偶然的吗？不是。白牛、大白牛乃是佛教里面非常重要的一个象征、一个比喻性的意象。

大乘佛教有一部有重要影响的经典——《法华经》，中国人对此特别熟悉，因为里面的《观世音菩萨普门品》是宣扬观音信仰的主要经典。《法华经》里有一段寓言，讲一处破败大宅，里面有一群小孩子在玩耍，但是这个豪宅着火了，孩子们懵然无知。有一位仁厚长者发现了，就说：“你们快跑出来吧，太危险了！”但孩子们沉溺于玩耍的快乐就是不肯出来。长者一看没办法，就给他们找来大玩具放在门口，说：“你们快出来吧，我给你们找来一辆车。”车子有羊车、鹿车、牛车，而最好的是大白牛拉的车，其行如飞。孩子们很高兴，跑出来上了车，逃离了火宅。什么意思呢？火宅就是现实的人生，就是人生情欲之海，孩子们就是众生，长者就是佛。大白牛车比喻大乘佛教，可以救拔众生，解脱欲海毒焰之厄。这是非常有名的一个寓言，可见大白牛跟佛教有很密切的关系。

除了这个意义之外，牛、白牛在佛教的象喻体系中还表示人在修行过程中由执迷到觉悟的状态。这个在其他经典里也多次出现，比如《阿含经》，里面将人的修行比作牧牛，牧牛就是控制这个牛，不要让它去吃庄稼，人的修行就是要把你的心性束缚住，不要令其生各种邪念。这个想法在中国本土化的佛教中也有非常广泛的表达。

佛教中国化最主要的表现就是禅宗，禅宗最重要的经典之一就是《五灯会元》，里面多次提到了这一类的事情，比如马祖道一和石巩慧藏的开示过程。马祖道一是石巩慧藏的老师，石巩慧藏一开始在庙里服杂役。这一天，他正在厨房切菜，马祖道一来了，问他在干什么。禅宗的特点是在看似平常的一些话中都暗藏机锋。石巩便回答："我在放牛。"问："怎么放啊？"答："我抓着它的鼻子，它只要往旁边一跑，我一把就把它抓回来了。"老师听了很高兴，拍拍弟子的脑门说："子真牧牛者。"这中间就是一个机锋，就是说"我"即使在这切菜，也是在修炼心性，正所谓"担水挑柴，无非妙道"。

后来这种观念进一步通俗化和普及化。怎么通俗化呢？用现在的话说，就是进入"读图时代"。禅宗在普及的过程中发明了一种图片方式，其中围绕着牧牛就出了很多连环画，从南宋到元代就有十几种，有的现在还流传着，有些还流传到了韩国和日本。比如廓庵师远的《十牛图颂》，后来普明又有《牧牛图颂》，都画的是一个牧牛的过程，大体来说，先有一头野黑牛，旁边有牧童牵着牛鼻子，牛逐渐由黑变白，最后变透明，比喻人修行到家了。也就是说，在佛教的话语系统中，牛、白牛是有佛缘的。

也许有人会说："这可能是你一厢情愿，《西游记》的作者不见得知道佛教这方面的知识，你还是别强加于人吧！"对于这个问题，有一个非常有力的证据支持我。第二十回，三藏刚刚得到一本《心经》，作者在这里插进了一首诗，形容他们即将开始的心路历程："绒绳着鼻穿"，即在牛鼻子上拴了一根绳子；"挽定虚空结"，即绳子挽了一个扣，而这扣的实质是"空"——佛教是讲"空"的，佛也叫"空王”；“拴在无为树”，拴在树上是一个比喻，不是真有一棵树，菩提本无树嘛；“不使他颠劣”，不让牛颠劣，就是不让自己的心性失控；“人牛不见时”，指牛在修炼中由黑变白，由白变透明了；“碧天光皎洁，秋月一般圆，彼此难分别”，意指融化到整个天地里面去了，修行就达到了目的。由此可见，《西游记》的写定者不但知道这个比喻，而且很看重，他把这个比喻与五众取经的过程相连带，用来作为“心”的象喻体。

这是从“牛魔王”说起的第一点，就是他不同凡妖，而且深具佛缘。如果再深究一下，我们会发现一个更有趣的现象：这头老牛不但深具佛缘，还深具道缘。因为我们在道教的经典里同样能找到很多与白牛有关的论说，意思和佛教的体系是兼容的。[①] 比如王重阳这人大家应该很熟，就是《射雕英雄传》里那位“中神通”。王重阳的《双雁儿》：“款款牵回六只牛，认水草、便风流，浑身白彻得真修，上逍遥，达岸舟。”“六只牛”即佛教所说“六根六尘”，代表人的情欲，也就是那种黑牛、野牛。把这六只牛训练成白色的，修行就到家了，就到达了彼岸。另一首《苏幕遮》：“静中忙，闲里作，怎得逍遥自在真欢乐，直待白牛来跳跃，一朵莲花万道霞光烁。”[②] 再举一例，马钰（马丹阳）是丘处机的大师兄，他的《满庭芳》说道：“意马牢栓，神气休叫败坏，锁白牛常在金栏。”把白牛锁住意指把精、气、神都控制好了。王重阳除了诗词之外还有语录论及，道是假如有学生问“白牛去时，

---

① 关于“牧牛”“白牛”的宗教含义，根源肯定是在佛教，但直接的来源却是全真教这个“二传手”。具体可参看拙文《论〈西游记〉与全真教之缘》《再论〈西游记〉与全真之缘》。

② 《王重阳集》，齐鲁书社，2005 年，第 74 页。

《牧牛图》

受

廻首第四圖

馴伏第五圖

相

獨照第九圖

雙泯第十圖

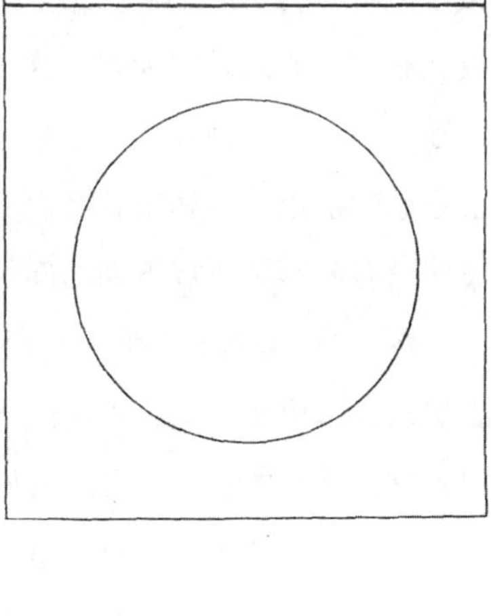

如何擒捉”，“诀曰：白牛去时，紧扣玄关，牢镇四门，白牛自然不走”。看了这个我们会联想起《西游记》中降服牛魔王那一段，牛魔王现出原形，分别向四方冲突，结果四面各有一大金刚率领佛兵挡住，正是“牢镇四门”。如果说小说情节一定是从这儿演变而出，可能有点牵强，但是这一类思路影响到小说，也是很有可能的。

此外，我们还有一个硬证。《西游记》第二十回篇首那段偈语其实出自明初全真教道士何道全之手。不仅如此，《西游记》第十九回全文移录的《心经》，也是来自何道全的注解本。是何道全（或是他的徒众）把出自佛教又被全真教诸元老援引到全真教中的“驯牛”“牧牛”“白牛”之理直接移录到了《西游记》的文本中。若细加分说，何道全的《心经注解》还在若干方面都显示出与《西游记》的瓜葛。因此可以断言，《心经注解》，特别是其中的“牧牛偈语”，是《西游记》具有全真教血缘的又一直接佐证。

至于为什么道教与佛教的象喻系统会兼容，这超出今天讨论的范围，但可以简单说一下。王重阳创立的道教全真派借鉴了很多佛教的教义教理，尤以禅宗为多。这一点，他们毫不讳言。

现在来看，《西游记》中“白牛”“牧牛”这类词语以及牛魔王这个意象确实跟佛教和道教都有关联，是一个真真切切的宗教符号，这应该没有问题了。接下来的问题是，作者这么写要表达什么意义呢？

作为一个妖怪，牛魔王与西天路上的其他妖怪有根本的不同，他并不想来侵害唐僧师徒。牛魔王之外的妖怪无非三种：第一种想吃唐僧肉，这是最多的；第二种是女妖怪，要把唐僧霸占为夫；第三种是抢他们（唐僧师徒）的宝贝，这种的比较少。想吃肉的和想霸占的是多数，只有牛魔王对唐三藏一点贪心也没有。他的太太铁扇公主也没想害人，无非是想保护自己的权益，而且有个前因——孙悟空把她儿子捉走了。既然如此，猴子和老牛的冲突是从哪来的呢？当然，表面的原因是借扇子。但借扇子怎么就酿成你死我活的冲突呢？这就触及问题的根本了。牛魔王本是妖仙，但他过的却是一种凡人的生活，这种生活导致他与孙悟空的冲突加剧和升级。

明代通俗小说一说到人的七情六欲就有一个套语，或称习惯思路，叫作“酒色财气”（比如《金瓶梅》的开卷词，就从这四个方面讲）。《西游记》刻画牛魔王的形象，大体就循这一思路。当然，对于牛魔王，应该倒过来说，“色财气酒”。冲突的恶化与他的家庭结构有一定的关系，他这种生活方式沾了“色”字。而他之所以愿意被招赘，是因为贪财。《西游记》在此处着意写了几笔：先是土地的介绍，说玉面狐狸“有百万家私……情愿倒赔家私，招赘为夫。那牛王弃了罗刹，久不回顾”；继而玉面狐狸自述，“牛王自到我家……不知送了他多少珠翠金银、绫罗缎匹”；然后孙悟空斥骂，“你这泼贱，将家私买住牛王，诚然是赔钱嫁汉”；最后还特意让牛魔王得意自陈，“玉面公主招后……却也又治得一个家当了”。这样反复地讲，唯恐读者没有注意到牛王贪财这一桥段。其实，要是追问一句：牛魔王这样的妖仙或魔怪，他要钱有什么用呢？谁也说不清楚。但这样一来，牛魔王贪财已是铁案如山。至于“气”，就更不必说了，冲突的起因就是他儿子“被”皈依这口愤气。书中也有刻意的形容，如“牛王闻言，心如火发，咬响钢牙”“语去言来失旧情，举家无义皆生忿”。还有一个“酒”呢？这虽然不突出，也有一笔，就是牛魔王丢了碧眼金睛兽，以致让孙悟空骗走了扇子。牛魔王吃亏乃是因为他到碧波潭老龙家里喝酒。当然，这也不必一一指实。总括而言，《西游记》是把牛魔王写成陷溺于人欲之中了。着意写陷溺于人欲，又着意写被牵归佛地——一头大白牛老老实实地被佛兵们牵回佛的跟前，这个意味是很显豁的，特别是在明代那个语境中。

这里要说明的是，《西游记》是在一个相当长的时间里，经多位作者之手才最后完成的，每个创作环节注入的内容各有不同。牛魔王形象中的宗教内涵是中间的某一个阶段或环节注入的，我说的牛魔王形象中的这一层宗教意蕴到最后才被推到了深层。所以，在直观的层面，他只是一个被写得生动饱满的魔怪形象，不过较为世俗化而已。但如果追踪创作的各个环节，联系当年的语境，这层内涵就会逐渐浮现、逐渐清晰。

做学术分析，我们会发现牛魔王之所以“不同凡妖”，是因为他深层有特别的内涵；但是从文学阅读的角度，我们看到的是一个有血有肉、比较饱满的魔怪形象。这两种操作是要加以区别的。《西游记》的长处是浅层与深层各得其所，而又融汇无间。做到这一点并不容易。我们可以找一个参照的作品一比就清楚了。和《西游记》几乎同时代的有个《三宝太监西洋记通俗演义》，这个我想可能很多人都没看过，因为不好看。《西洋记》写三宝太监下西洋的故事，也是西行，也有神魔，有和尚，有道士，有妖怪。非常有趣的是，其中有一大段也写了一个牛精，而且作者非常明显地点出了牛精身上的宗教含义。[①]故事写两个牛精，一个白牛精，一个黑牛精，白牛精支配着黑

① 国师道：“初然是个未牧，未经童儿牧养之时，浑身上是玄色：生狞头角怒咆哮，奔走溪山路转遥。一片黑云横谷口，谁知步步犯嘉苗。第二就是初调，初穿鼻之时，鼻上才有些白色：我有芒绳蓦鼻穿，一回奔竞痛加鞭。从来劣性难调治，犹得山童尽力牵。第三是受制，为童儿所制，头是白的：渐调渐伏息奔（转下页）

牛精，最后它们都被降服了。作者直接把佛理装到小说里，通过大段的议论来说明“牛”的意义，点出黑牛变白牛是一种觉悟。他这样处理，宗教意蕴浮在表面，倒是一眼可以看清楚，但作为一部小说就变得干枯无趣了。

（接上页）驰，渡水穿云步步随。手把芒绳无少缓，牧童终日自忘疲。第四是回首，晓得转头之时，连颈脖子都是白色：日久功深始转头，颠狂心力渐调柔。山童求肯全相许，犹把芒绳日系留。第五是驯伏，性渐顺习之时，和童儿相亲相伴，半身俱变白色：绿杨阴下古溪边，放去收来得自然。日暮碧云芳草地，牧童归去不须牵。第六是无碍，到了无拘无束的田地，浑身都白得来，只是后豚上一条黑色：露地安眠意自如，不劳鞭策永无拘。山童稳坐青松下，一曲升平乐有余。第七到任运，任意运动，无不适宜，浑身都变得是白，只有一个尾子还是本色：柳岸春波夕照中，淡烟芳草绿茸茸。饥飧渴饮随时过，石上山童睡正浓。第八到相忘，牛与童儿两下相忘，是不识不知的境界，浑身都是白色，脱化了旧时皮袋子：白牛常在白云中，人自无心牛亦同。月透白云云影白，白云明月任西东。第九是独照，不知牛之所在，止剩得一个童儿：牛儿无处牧童闲，一片孤云碧嶂间。拍手高歌明月下，归来犹有一重关。第十是双泯，牛不见人，人不见牛，彼此浑化，了无渣滓：人牛不见了无踪，明月光寒万里空。若问其中端的意，野花芳草自丛丛。”说了十牛，国师又问道：“你可晓得么？”青牛道：“晓得了。”“晓得”两个字还不曾说得了，只见青牛身子猛空间是白。国师道：“你是晓得已自到了相忘的田地。”道犹未了，一声响，一只白牛就变做一个白衣童子，朝着老爷礼拜皈依。国师道：“再进一步就是了。”一阵清风，就不见了那个童儿。只见天上一轮月，月白风清，悠悠荡荡。天师道：“佛力无边，广度众生。这个青牛何幸，得遇老爷超凡入圣。”——这一大段文字出自《三宝太监西洋记通俗演义》（上海古籍出版社，1985 年，第 1080—1082 页），所蕴含的佛理与《西游记》牛魔王一段基本相同，但表现方式与艺术效果却大不相同。首先，罗懋登不是把佛理融化到故事中，成为故事的作料，而是把故事套到佛理上，按佛理的框子、模式制造故事。青牛的脱化得道完全依《牧牛图颂》喻示的顺序：青牛变白牛，白牛脱牛身，最终归空寂。其次，佛理不是在具体情节中呈露出来，而是由书中人物滔滔不绝地进行正面阐述。

总而言之，举牛魔王这个例子，就是想说明《西游记》里面确有深层的宗教内涵，且是作品的有机构成，因此不能说是一点意义没有。但是，孤证不足以服众，所以就再举几个例子。

“白牛”与佛教、道教都有关联，从而为小说扩大了解读的空间。不仅如此，全真教的著作中，“白牛”之外还有一些动物意象，和《西游记》也联系得起来。例如猴子和马。据我统计，在王重阳的集子里，“心猿”一词出现三十多次，在马钰的集子里，这个词出现竟多达七十多次。王重阳和马钰生活的时代早于《西游记》产生的时代，他们对“心猿”这个词高频率地使用和《西游记》中“心猿”的大量出现有没有联系？这正是我们探索的关键。

《马钰集》里有这样的句子：“勿令猿马气声粗。昼夜绵绵息，端的好功夫。”这一首词在《西游记》里几乎是被全文照录，“勿令猿马气声粗。昼夜绵绵息，方显是功夫”，只改了三个字。也就是说，现在流行的百回本《西游记》里有抄录全真教领袖人物的作品的情况。这点是柳存仁先生发现的。他虽指出来却没有往下说，我们还可以进一步说。还有更有趣的巧合，这却是我发现的。就是《西游记》在使用“心猿”这个词的时候，某些描写和王重阳、马钰的某些描写有惊人的相似之处。《重阳全真集》第十二卷有一《风马令》，里面有这样的描写：

> 意马擒来莫容纵，长堤备、玎滴琉玎。被槽头、猢狲相调弄。攒蹄举耳，早临风、玎滴留玎。

马丹阳对这首词很感兴趣，所以在他的集子里便有唱和之作：

意马癫狂自由纵，来往走，珰滴硫玎，更加之心猿厮调弄。歌迷酒惑财色引，珰滴硫玎。[1]

这里面值得注意的是猴子和马之间的关系：在王重阳的笔下，猴子到马厩里来“调弄”马，而在猴子的“调弄”之下，马“攒蹄举耳”变得驯良。马丹阳所写虽稍有不同，但在猴子“调弄”马这一点上，却与王重阳并无二致。我们再来看《西游记》。小说写孙悟空到天宫中做了个弼马温[2]，开始时十分敬业，书中这样描写：

弼马日夜不睡，滋养马匹，日间舞弄犹可，夜间看管殷勤，但是马睡的，赶起来吃草；走的，捉将来靠槽。那些天马见了他，泯耳攒蹄，都养得肉肥膘满。

对比来看很有意思，一则，猴和马产生了联系；二则，均是猴“调弄”了马（《西游记》里是猴“舞弄”了马）；三则，马被猴驯服了。不仅意思与前引的王、马之作相近，连用语也类似。“调弄”与“舞弄”，“攒蹄举耳”和“泯耳攒蹄”，这都不是常见的词，而在两个文本里出现，同时语境又是如此相似，这是不是有点趣味？

还有更有意思的巧合。《马钰集》里《赠曹八先生》描写“心猿”有这么一段：

---

① 《马钰集》，齐鲁书社，2005 年，第 285 页。

② 《西游记》里“弼马温”一词由何而来？如何解释？从明代就有各种奇怪的说法，望音生义，荒诞不经。其实，就是在“全真化”的环节里，道士们把祖师们“心猿调弄意马”的观念（甚至相关表述）故事化而已。

官封弼马心何足

妙玄易解，心意难善，穷究如何长便。牢捉牢擒，争奈马猿跳健。十二时中返倒，斗唆人、生情起念。当发愿，便至死来来，与他征战。饶你十分颠傻，却怎禁、坚志专专锻炼。达悟知空自是，内观不见。才方生育天地，药炉中、日月运转。常清静，圣功生神明出现。[①]

马丹阳所写是心性修行，是锻炼内丹的过程，不过他没有直接来讲，而是通过一种形象性非常强的比喻来说明。这个形象就是与“心猿”的征战。特别有意思的是，在这段描写中还出现了“达悟知空”这个词。这段文字很容易使人联想到《西游记》中“大闹天宫”的情节。

“大闹天宫”与这段文字有哪些交集之处呢？第一，出来了“悟空”的名字，并与“心猿”相关联。第二，“跳健”，《西游记》里孙悟空把手下的猴子头目封了四个，号称“健将”，而描写猴子们操练武艺则是“跳斗咆哮”“咆哮跳跃”，似乎与“跳健”也有所关联。第三，“擒”“捉”“征战”，特别是还有把“猿猴”放到“药炉”中“煅炼”的文字。《西游记》中把孙悟空搁到八卦药炉中“煅炼”是个十分奇特的情节构思，岂不知这里竟有如此类似的构想。而且文字上也如此契合——《西游记》两次使用“煅炼”一词，并特意加以解释。在《马钰集》之前没有看到类似的描写，而在《西游记》文本中真真确确有移用马丹阳诗词文字的情况，那么这两个相似的情境——“猴驯马”与“药炉炼猿”，就不能简单地以巧合视之。

在事实的基础上，我们把思路拓宽一些，做一点深入的思考。

一、从金末到元初，全真教是北方势力最大的深入民间的一个宗教派别。而王重阳是传教之祖，马丹阳是全真七子之首，所以他们的言论影响很大。

二、全真教的马丹阳、谭处端、冯尊师，乃至何道全等人的作品

① 《马钰集》，齐鲁书社，2005年，第227页。

被抄录到《西游记》中，可以证明《西游记》确实与全真教有关联。不论对此作何解释，作何评价，关联的存在是毋庸置疑的事实。

三、王重阳的集子和马丹阳的集子是已知使用“心猿”一词最多且影响很大的两部著作，其后大量使用“心猿”一词的便是《西游记》。而我们统计了《四库全书》和《四部丛刊》，甚至包括《大正藏》，“心猿”的使用都极其有限。因此，考察《西游记》受到王重阳与马丹阳著作的影响，当为题中应有之义。

四、在《西游记》中，“心猿”往往与所谓“婴儿”“姹女”等道教用语连类并列。也就是说，它是一种修道性的话语。而这点恰好是《王重阳集》和《马钰集》使用“心猿”一词的主要方式，《王重阳集》和《马钰集》出现该词时也主要是和“婴儿”“姹女”等并提。

五、《西游记》中“心猿”一词大多出现在韵文（广义的韵文，包括回目，回目讲究对仗），而全真教著作中的“心猿”也绝大多数出现在诗词当中，语境和使用的方法也很相似。

六、如前所述，王重阳和马丹阳的集子里有把“心猿”形象化、生动化的趋势。前面已经讲了两个例子，一个是猴子驯养马匹，用了很多描述性的词语；另一个是和猴子征战，那就写得更生动一些。其中，猴子调弄马匹、戏耍、跳健、至死征战这些构想以及表现这些构想时所使用的词语，和《西游记》的用语有相当程度的近似。

这些相互关联的材料叠加到一起，无疑足以说明“心猿”作为孙悟空的代称频频出现在《西游记》（百回本）的文本中，其直接的源头并非佛教，更不是明中后期的阳明心学，这种特色鲜明的话语现象是全真教带来的，更具体一些说，是受到王重阳和马丹阳等的著作的影响。

心猿归正

也许有人马上会质疑这是不是在开历史倒车，因为《西游记》和全真教有关这一点恰好是明清人的说法。明清人认为《西游记》的作者是丘处机，清代刊刻的《西游记》很多就署名丘处机。而把《西游记》的著作权从丘处机名下“剥夺”下来给了吴承恩，恰好是新文化运动中胡适和鲁迅做的事情。其实，这正说明了学术研究的复杂性。

众所周知，明清人指定《西游记》为丘处机所作，实出于一个误会。确实有一本《长春真人西游记》，只不过是记述丘处机西行谒见成吉思汗的经历，与玄奘西行取经毫无关系。胡适、鲁迅在这一点上拨乱反正，其学术贡献是毫无疑问的。不过，他们由此多走了一步，不加分辨地讲"《西游记》被和尚道士讲坏了"，于是也阻碍了进一步学术探讨的道路。

说《西游记》是丘处机所作，自然是误解。但是，这个误解由何而来呢？仅仅出于对《长春真人西游记》的望文生义吗？《长春真人西游记》是一本兼有游记性质和宗教性质的著作，其所记述的既是被教徒崇拜的祖师的事迹，又是该教派在元代最可炫耀，甚至可作为护身符的"祖师"与"大汗"的交谊。因而，这部"西游记"自然而然地被全真教徒众奉为了经典，"西游"二字也就深入全真教徒心中并成了带有神圣意味的情结。这是我们在前面指出的六点文字关联的大的语境背景。在这样的背景下，丘处机的徒子徒孙将玄奘西游的故事与全真的丹道之说糅到一起作为形象性传道的底本时，冒一下祖师的大名，也是在情理之中的。但是，如果对《西游记》进行文本细读，有一个矛盾的现象很难做出圆通的解释。这就是全书的宗教立场与宗教话语之间龃龉。就宗教立场而言，《西游记》在佛教和道教之间倾向哪边呢？当然，我们可以含混一点讲，《西游记》是游戏之书，孙悟空对佛教、道教一概不买账，或者就表面文字来说是"三教合一"。但是，只要稍微认真一点来看，这本小说在佛教与道教之间的倾向性还是很明显的。首先看看所写的双方的最高神。佛教的如来在全书中是最具法力神通的，道教的老君就差得多了。老君几次被孙悟空搞得狼狈不堪、束手无策，而如来降伏孙悟空却如弄小儿。再往下说，小说中佛门人物的第一代表是观世音菩萨，她不仅是三藏与悟空的主要护法神，而且和蔼可亲，十分有人情味，无怪乎《大话西游》出现了“观音姐姐”的昵称。相形之下，道教同层次的人物则大多法力低下、面目模糊。如果到了“基层”，佛教的负面形象只有一个贪财的老和尚，道教可就问题严重了，吃小儿心肝、谋权害命，可谓作恶多端。

最能说明《西游记》总体宗教倾向的情节无过于“车迟国”一节。这在小说中属于重头戏，整整占了三回书，与火焰山一节等同。这一段的核心内容是妖道们兴道灭佛引发的僧道斗法。僧道斗法在中国历史上出现过多次，往往是决定两教兴衰的关键性事件。《西游记》的这场斗法可注意的有三点：一是道教是挑事儿的一方，和尚们百分之百是正义的；二是道士们不仅法力远不能与僧人（孙悟空）相比，而且吃尽苦头，露乖丢丑；三是让道士们喝了和尚们的尿，还让猪八戒把道教最高神“三清”的像丢到茅坑屎尿之中。作者（或者说写定者）对于道教的轻蔑乃至敌视在此表露无遗。

那么，这种情况岂不与前述“心猿”一词的来源矛盾起来了吗？事实上，这种矛盾恰好可以引导我们深化对《西游记》成书过程的认识。现在有两个事实摆在我们面前：一个是，现在看到的百回本《西游记》，其宗教态度明显“扬佛抑道”；另一个是，同一个文本中，存在着大量的道教（特别是全真教）的话语[①]，甚至整段文字（“心猿”

---

① 道教话语的例子可见第四十九回沙僧、八戒与通天河的鱼精交手，中间穿插诗赞云：“他两个夹攻水怪施威武，这一个独抵神僧势可夸。有分有缘成大道，相生相克秉恒沙。土克水，水干见底；水生木，木旺开花。禅法参修归一体，还丹炮炼伏三家。土是母，发金芽，金生神水产婴娃；水为本，润木华，木有（转下页）

只是其中较为突出的例证之一)。如果我们用“共时”的眼光看，两个事实是冲突的，甚至是不太能调和的。但是如果用“历时”的眼光来看，矛盾立刻迎刃而解。关键在于《西游记》不是成书于一人一时，而是“世代累积，一人写定”；而在累积的过程中，曾有过一个重要的“全真化”环节。

我还有一个小小的旁证。山东快书是在20世纪五六十年代非常流行的曲艺形式，有一位从事这个专业的朋友给我看过山东快书历代相传的一个手抄本。据抄本的前言讲，山东快书是全真教龙门派泰山老张门传下来的，上面还有世代相传的谱系图，传到现在是“元”字辈当令，这是第十八代。倒溯回去，第一代差不多是在元代的后期。我们知道，山东快书是讲说故事的一种艺术形式，也就是说，全真教曾经用说唱故事的方式来传道，而这个方式演化到现在完全变成了讲说故事。

这样，《西游记》中有大量全真教“丹道”的文字夹杂在孙悟空等的故事文字之中就不难理解了。

也就是说，在白话通俗小说《西游记》漫长的累积成书的过程中，曾经一度被全真教利用来传教。他们把玄奘取经的西游故事和自己的教义糅到一起，如同糖衣裹药丸，吸引民众来听布道。同时，他们还通过故事来证明教义。这样就形成了一种全真话语与西游故事混杂的文本。这个文本流传到了明代的中后期，有了一次在文学上跃升的机会。某一位天才作家对“全真本”西游故事发生了兴趣，决心加

(接上页)辉煌烈火霞。攒簇五行皆别异，故然变脸各争差。……”若无“全真化”的环节，此类文字无从解释；若无最后写定者的“非道教”的加工，此类文字的支离破碎、散落不一亦无从解释。

以改写。这个人或许是吴承恩，或许是张承恩、李承恩。大家知道，嘉靖皇帝是最迷信道士的一个皇帝，道士在朝堂上甚至身居高位，其中有的道士还帮助嘉靖皇帝干了许多坏事。中国历史上仅有的一次宫女集体谋杀皇帝就发生在嘉靖帝身上。三十多个宫女试图趁皇帝睡觉把他勒死，最后失败，她们都被处以极刑。为什么会出现这种事情？因为皇帝听了道士的话，把她们当作炼丹的工具，她们不堪其辱，才以年轻的生命为代价进行反抗。嘉靖皇帝崇道贬佛，把宫廷中的佛像全都毁弃；他死后，整个社会的舆论环境发生了一百八十度的转变，道教在很大程度上遭人唾弃，那些得势的高层道士纷纷倒霉。也就是说，写定《西游记》百回本的这个人是在大家对道教普遍反感的社会舆论中进行写作的，于是在宗教倾向上进行了反方向的处理，淘汰掉不少道教的内容，使得我们今天看到的《西游记》里面全真教的话语支离破碎，有的地方连得起来，有的地方连不起来。同时，他又加进来了较多佛教的内容，甚至还特意写了一些贬低道教的内容，如前面所讲的毁辱三清圣像的车迟国一节、吃小儿心肝的比丘国一节等。有趣的是，散布在整部《西游记》中的数以万计的与全真教有关的文字在这几部分中却几乎绝迹。这只有一种解释：有全真语词的部分与没有的部分不是同时完成的，后者是写定者重写过或是自创增补进去的。

简言之，玄奘取经的事迹的传播与演变，从最早的《大唐西域记》到明代中后期的百回本《西游记》，中间经过了若干错综复杂的环节。在“诗话”“平话”环节之后，全真教插手了这一影响广泛的故事。教中某（一个或几个）无名氏把已有的素材同自己的教义比附、熔渗，又发挥想象力，增加和丰满了不少情节，使得《西游记》

成为辅教、布道的讲唱材料——类似于晚唐五代的变文。其后，又有“华阳洞天主人”（或他的朋友）这一对于道教不那么友好的人士在道教失势的时代背景下从头整理、加工、定型，在一定程度上削减了全真教的色彩，并转变了全书的宗教立场（由道教辅教转为扬佛抑道），加入了玩世、骂世的内容，于是形成了“世德堂本”。

支持这一见解的论据非止一端，“心猿”的语缘考索之外，西游故事在民间宗教中传播的情况、《西游记》中诸多情节的演化痕迹、牛魔王故事的考索等都可以从不同角度提供理由。

至于全真教为什么会选择玄奘取经的故事来推广自己的教义，原因可能有以下几个方面：一则，这个故事历经七八百年的传播，已有相当广泛的影响，又有神异色彩，本身适合做宗教宣传的材料；二则，全真教本身有《长春真人西游记》，近似的名称自然有移花接木的效果；三则，恐怕就是由于“心猿”这个媒介。众所周知，在北宋中期，玄奘取经的队伍中就有了一个猴子成员，而在《取经诗话》中，猴行者的戏份已经与玄奘分庭抗礼了。而全真教的创教祖师以及重要人物的著作中已大量使用“心猿”，并开始把它形象化、故事化。于是，猴子取经的故事与“心猿”这个意象便有了发生联系的可能。这个时候，全真教适有借助讲唱故事来传播教义的需要①，于是取经的猴子与携带了大量全真信息的“心猿”一拍即合，成为挽结佛教取经故事与全真教的一个重要因缘。

这里要稍加说明的是，这一因缘之结成，更深层的原因在于全真

① 参见拙作《关于〈西游记〉成书过程的假说》，《浅俗下的厚重》，南开大学出版社，2001年。

教的基本教义。全真教教义有两个最重要的支撑点，一是三教合一，一是佛禅与全真相通。正是基于这两点，全真教大量剿袭了佛教特别是禅宗的观点、术语，这些在其集子中可谓比比皆是，[①] 所以，它对于佛教的理论、术语，乃至人物、故事，不仅绝无排斥之意，而且还多方面借重，所以才可能把玄奘取经的故事“全真化”，为我所用。这也可以说明为何“白牛”“心猿”既与佛教有关，又有全真教的“血缘”。

至于这个“全真化”环节的具体情况，目前我们还没有掌握更直接的材料，但是可以肯定的是，从百回本的文本看，《西游记》存在着多重阐释的空间，其中全真教教义的空间虽然经过“华阳洞天主人”的削减而支离破碎，但仍然不能完全忽视。进一步分析其形态与功能，对于解读《西游记》这部奇书，以及厘清其成书过程、版本关系，都是不无裨益的。另外，这些宗教内容有助于我们了解历史上的宗教生态。中国古代的宗教生态是什么样的？各宗教间彼此是什么关系？民众怎么看多教并存的现象？这都是宗教生态问题，《西游记》为我们提供了一个观察和了解的特殊角度。

但是，《西游记》的第一属性是小说，是一本有神奇色彩、充满了想象力的小说，是一本塑造了不朽的孙悟空、猪八戒这样的文学形象的小说。这是第一属性，是我要特别强调的。同时，它也是一部有佛道内涵的特殊的小说。我想，这应该是一个比较全面的、不偏颇的

① 全真教融会佛禅的言论：

“从此不生应不灭，定归般若与波罗。”（《老僧问生死》，《重阳全真集》卷一）

“色即是空空是色，色空空色两具忘。”（《赠耀州梁姑》，《洞玄金玉集》卷一）

基本认识。怎么看《西游记》全书的主旨呢？我想应该有这么几个层面。第一个层面，它是一本充满趣味、充满想象力、好读又好玩的书，老少咸宜。第二个层面，它反映了一定的社会现实。比如里面写的那些昏君，那就是明朝昏君的投影；书中写的那些妖道，显然有嘉靖朝几个妖道的影子。孙悟空惩恶扬善，这也是小说的社会价值取向。以上这两个层面是基础性的。第三个层面，它还有一定的哲理含义。五众取经，经历千难万险，百折不挠，最后达到了神圣的目标，而五众自己经此过程亦脱胎换骨。细细体会这一层含义，会从中受到一定的启发。

第三节　体现时代脉搏又超越时代的孙悟空及猪八戒

如果单论《红楼梦》的艺术成就，它是在《西游记》之上的，但是我们不能说贾宝玉家喻户晓，却可以说孙悟空家喻户晓。这当然与题材的差别有关，《西游记》的老少咸宜是任何一部小说都难以相比的。此外，孙悟空这一形象的特殊艺术魅力也是重要原因。而这一魅力的独特性主要通过四方面表现出来，其中两个方面在其形象自身，还有两个方面在其形象之外。

孙悟空在中国古代文学人物画廊里绝对是独一无二的。《封神演义》里也有一个神通广大的妖猴，也义结七兄弟，和杨戬也有通过变化相斗的场景。现在都没有弄清楚到底是《封神演义》抄袭了《西游记》的情节，还是《西游记》抄袭了《封神演义》。这桩公案我们暂不管，我们要指出的是，尽管故事很相像，这个猴精却从来就没有多大的影响，因为作者只写了热闹的故事，并没有把猴精的形象写饱满。

那么，孙悟空的形象有些什么特点呢？换言之，他是怎样饱满起来的呢？首先，我们应该看到，孙悟空的形象富有张力，很多矛盾的性格要素集中在他的身上又很好地融而为一。第一对矛盾是最基本的——孙悟空介乎人和猴之间，于是他就具有可以同时从两个差别很大的角度来表现的特点。从一个角度来看，他的言谈举止，都是人该做的事；但是从另一个角度看，他却不时流露出猴子的行为痕迹。比如，驾云是道士们想象出来的成仙的标志性行为，孙悟空学驾云，这是人的行为；但他跟别人不一样，他驾的是筋斗云。这中间，猴子的动作和人的行为便融到一处。

> 祖师道："悟空，事成了未曾？"悟空道："多蒙师父海恩，弟子功果完备，已能霞举飞升也。"祖师道："你试飞举我看。"悟空弄本事，将身一耸，打了个连扯跟头，跳离地有五六丈，踏云霞去勾有顿饭之时，返复不上三里远近，落在面前，扠手道："师父，这就是飞举腾云了。"祖师笑道："这个算不得腾云，只算得爬云而已。……"……祖师道："凡诸仙腾云，皆跌足而起，你却不是这般。我才见你去，连扯方才跳上。我今只就你这个势，传你个'筋斗云'罢。"悟空又礼拜恳求，祖师却又传个口诀道："这朵云，捻着诀，念动真言，攒紧了拳，将身一抖，跳将起来，一筋斗就有十万八千里路哩！"

又如车迟国一节，写到孙悟空与妖道斗法时，你一招我一招，孙悟空都是大占上风。忽然妖道提出一招，孙悟空接不住了。什么招呢？原

车迟国猴王显法

来虎力大仙要与他赌坐禅，他就无可奈何了，因为猴子的本性是躁动不止。

行者闻言，沉吟不答。八戒道："哥哥，怎么不言语？"行者道："兄弟，实不瞒你说。若是踢天弄井，搅海翻江，担山赶月，换斗移星，诸般巧事，我都干得；就是砍头剁脑，剖腹剜心，异样腾那，却也不怕；但说坐禅，我就输了。我那里有这坐性？你就把我锁在铁柱子上，我也要上下爬蹅，莫想坐得住。"

这个小细节就透露出孙悟空顽皮好动的猴性。这也决定了《西游记》特有的童话色彩——有猴子的外形却说出了人的语言，于是自然就有了童话的意味。

第二对矛盾是孙悟空介乎妖与仙之间。一方面，他是妖，所以仙界的规则他可以不守。跟师傅发生了冲突，说走就走。"妖"衍生出了放纵不羁的性格侧面。另一方面，他又是仙，因此他事实上认同了天上的秩序，接受了体制内的价值取向，并因此保持了和佛、仙之间的良好关系。仙的正气与妖的邪性共生在一个躯壳中，这自然丰富了孙悟空的形象。

第三对矛盾在"真"与"戏"之间。孙悟空为人处事有时候非常认真，而有时候又很儿戏。这点对于塑造一个饱满的文学形象也很重要。因为在取经的路上不认真，取经也就无法完成。除了大闹天宫外，让读者对孙悟空有好感的最主要原因就是他在取经路上百折不挠地克服一切困难和障碍的精神。如果没有这个认真的态度，取经必然徒劳无功，他本人也不会成为英雄。可是他又有游戏的一面。他可以开如来佛祖的玩笑，开观世音的玩笑，开妖怪的玩笑，开凡人的玩笑。

行者猛然失声道："如来！我听见人讲说，那妖精与你有亲哩。”如来道:“这个刁猢狲!怎么个妖精与我有亲?”……行者闻言笑道:“如来,若这般比论,你还是妖精的外甥哩!”(七十七回)

老君道:“……那两个怪:一个是我看金炉的童子,一个是我看银炉的童子。只因他偷了我的宝贝,走下界来,正无觅处,却是你今拿住,得了功绩。”大圣道:“你这老官儿,着实无礼。纵放家属为邪,该问个钤束不严的罪名。”老君道:“不干我事,不可错怪了人。此乃海上菩萨问我借了三次,送他在此托化妖魔,看你师徒可有真心往西去也。”大圣闻言,心中作念道:“这菩萨也老大惫懒!当时解脱老孙,教保唐僧西去取经,我说路途艰涩难行,他曾许我到急难处亲来相救;如今反使精邪掯害,语言不的,该他一世无夫!若不是老官儿亲来,我决不与他;既是你这等说,拿去罢。”(三十五回)

对待自己的师父唐僧,他也是既有恭敬的一面也有调侃的一面。他可以把一个很沉重的事情幽默化。在一个很严肃的取经故事中,他是一个充满幽默感的英雄。因此他这种矛盾的性格特征以及由此产生的形象内部张力,形成了独特的“泼猴 / 行者”。

第四对矛盾是他的行为时而十分正大,时而机变百出,有时甚至不免诡诈。孙悟空心高气傲,时常提起自己大闹天宫的光荣事迹,内心里是以英雄自诩的。如他在盘丝洞除妖救师,如果偷袭便可一举成功,但自忖:“我若打他啊,只消把这棍子往池中一搅,就叫做‘滚汤泼老鼠,一窝都是死’。可怜!可怜!打便打死他,只是低了老孙的名头。常言道：'男不与女斗。'我这般一个汉子，打杀这几个丫头，着实不济。……"但有时他又诡计多端，如火焰山斗铁扇公主，既变作牛魔王骗过痴心的女仙，又变作小虫钻到铁扇公主的肚中。这种把戏到了无底洞他又再次施展，钻到了女妖地涌夫人的肚子里。他的行为似乎全无原则，其实正符合猴王随心所欲、任性敢为的特点。在有些段落里，这种矛盾显得特别突出，如在平顶山斗金角、银角时，他一方面自诩"做了一辈子好汉"，"不能低了名头"，一方面又诡诈百出，骗了小妖骗老妖。但也正因如此，才把一场神魔大战写得妙趣横生。孙悟空形象的丰富、复杂是与作者善于编写故事分不开的。假如西行途中降伏每个妖怪都是同一套路，那故事的主角孙悟空必然苍白乏味。但《西游记》多数厄难都被设计出一些新奇之处，错综变化，既富有吸引力又把人物刻画成多面体。如五众聚齐后，第一场重头戏是五庄观偷人参果，角度独特，趣味盎然；接下来是三打白骨精，把唐僧的肉眼凡胎与妖怪的多次变化作为故事的"核儿"；之后是黄袍怪一段，以猪八戒义激美猴王作为故事的转折，两个形象都因此而增色；下面接平顶山一段猪八戒探山，妙趣横生，让人忍俊不禁。于是，孙悟空的形象就活生生跳到了读者的面前。

> 孙行者道："你这个呆子！我临别之时，曾叮咛又叮咛，说道：'若有妖魔捉住师父，你就说老孙是他大徒弟。'怎么却不说我？"八戒又思量道："请将不如激将，等我激他一激。"道："哥啊，不说你还好哩；只为说你，他一发无状！"行者道："怎么说？"八戒道："我说：'妖精，你不要无礼，莫害我师父！我还有个大师兄，叫做孙行者。他神通广大，善能降妖。他来时教你

死无葬身之地！’那怪闻言，越加忿怒，骂道：‘是个甚么孙行者，我可怕他！他若来，我剥了他皮，抽了他筋，啃了他骨，吃了他心！饶他猴子瘦，我也把他剁鲊着油烹！’”行者闻言，就气得抓耳挠腮，暴躁乱跳道：“是那个敢这等骂我！”（三十一回）

因此，人猴之间、妖仙之间、真戏之间、正邪之间，这样复杂多变的性格要素集中在一个角色上面，使得孙悟空在举手投足之间都有自己鲜明的特征。

第二方面，虽然美猴王性格内部由二元矛盾表现出一种特别的复杂性和丰富性，但是我们不能忽视其性格中还有起主导作用的一面，那就是刚猛正直、心高气傲。孙悟空这个形象非常争强好胜，他之所以大闹天宫，是因为玉皇大帝给他封的“弼马温”这个名号伤了他的自尊心。他倒没有什么名利方面的要求，只是觉得玉皇大帝瞧不起他。这里其实抒发的也是作者胸中愤世不平之气。“齐天大圣”四个字就是猴王这一性格特色的表征。小说中有一个情节最能够表现孙悟空的心高气傲，这也是孙悟空唯一一次掉到了猪八戒的圈套里。这一回名为“猪八戒义激猴王　孙行者智降妖怪”，说的是三打白骨精之后，由于猪八戒进谗言，孙悟空被唐僧赶走了。唐僧是一个不辨贤愚的领导者，他以为八戒、沙僧两个徒弟也具有神通，可以保护自己安全到达西天。结果走不多远就碰见了碗子山波月洞的黄袍怪，猪八戒和沙和尚不知高低，主动挑战，害得唐僧中了魔咒变成猛虎。猪八戒想散伙，被白龙马劝止，并要他把孙悟空请回来，于是猪八戒就跑到花果山去请孙悟空。但是孙悟空真的寒了心，尤其恼怒猪八戒。结果，看似呆憨的猪八戒利用了美猴王心高气傲的性格，“请将不如激

猪八戒义识（激）猴王

将”，于是这个急脾气的美猴王急急忙忙就二次出山了。

孙悟空这个形象，有时可爱，有时可敬，有时又很可笑，诸多因素融合起来造就了独一无二的美猴王，而这正是《西游记》最伟大的创造。这里所说的“最伟大的创造”有两层意思。第一，在整个中国文学之林中，从古至今，甚至延伸到海外，这样的文学形象只此一个。形似者容或有之，形神皆备的却未曾见。第二，这个形象在十几亿中国人中，甚至可以说在全世界华人文化圈里具有最广泛的影响力，可谓老少咸宜、雅俗共赏。

孙悟空如此成功，还依赖于两个外部因素。其中一个是他的好搭档猪八戒。如果没有猪八戒，前文所说的孙悟空的诸多性格就没有表现的机会。只有在和猪八戒的互动、摩擦中，孙悟空的许多性格特征才得以展现出来。猪八戒本身也是一个塑造得十分成功的形象，与孙悟空可以说是一时瑜亮。对于孙悟空来讲，猪八戒起到了一个绝妙的衬托作用。两个人物的形象、性格处处相反：一个是半猴半人，瘦小、机灵、活泼；一个是半猪半人，肥胖、慵懒、蠢笨。这个半猪半人的构想非常巧妙。假如这个天蓬元帅当时下凡投胎，是投到一个牛肚子或羊肚子里面，写出来的人物就没有这么丰富的喜剧色彩了。猴子虽瘦，拿孙悟空自己的话讲，叫作“秤砣虽小压千斤”，充满了活力。身边伴随着一个懒惰的大胖猪，从体态上天然就有一种幽默滑稽的感觉。猴和猪两者本性就很不一样。曾经在网上有个半游戏化的调查，问女孩子们最喜欢《西游记》中的哪个角色，如果要选一位作为伴侣，会选择谁。结果，猪八戒得票最多。这很有时代印记。如果是 20 世纪 60 年代，女孩子们肯定百分之百投给孙悟空。而今天，解构的潮流与物欲的追求结合到一起，就有了完全相反的态度。孙悟空是个英雄，猪八戒是一个凡夫，但凡夫比较适合一起过日子。因此这两个文学形象之间有一个相得益彰的互相衬托的效果。

猪八戒在本领上和孙悟空也有一个很妙的对比。孙悟空经常会有一些意想不到的计策，花样很多，骗得妖精团团转，而猪八戒总是呆头呆脑。可笨人也有笨用处。比如他们师徒经过稀柿衕，上百年的烂柿子掉进山涧里全都发酵腐烂，堵住去路。孙悟空再有本领，却也畏难，因为他似乎有洁癖。最后还是猪八戒变成一头大猪，拱开了一条胡同。关于变化，猪八戒自称："我老猪本来有三十六般变化……若说变山，变树，变石块，变土墩，变赖象、科猪、水牛、骆驼，真个全会。"所以，在通天河时，为降妖，孙悟空变成一个很小巧的男孩，猪八戒只能变成一个大胖丫头。两者对比就很有谐趣。

猪八戒这个形象同样是不朽的，甚至成为一种文化符号。当人们使用这个符号时，谁都知道代表的是懒惰、贪吃、好色。这个形象与孙悟空相得益彰。可以说，它是孙悟空这个文学形象得以成功的重要因素；反过来，猪八戒这个文学形象的成功也有赖于孙悟空的存在。

如果深究一下，孙悟空与猪八戒这两个文学形象产生于明代中后期，实非偶然。自嘉靖朝开始，一股社会变革的潮流逐渐涌起。过去这点被称为"资本主义萌芽的滋生与成长"，无论我们是否使用这样的术语，一个事实是无可争议的，那就是工商业的迅速发展，具体表现为大量工场的出现、城市的繁荣与商品经济的快速发展。社会变革反映到思想领域，就是启蒙思潮的兴起（或称"狂放思潮""浪漫思潮"，皆不及"启蒙思潮"搔到痒处）。从王阳明到李卓吾，提出了不少大胆的命题。

"我"的灵明便是天地鬼神的主宰。天没有"我"的灵明，谁去仰他高？地没有"我"的灵明，谁去俯他深？鬼神没有

“我”的灵明，谁去辨他吉凶灾祥？

我今信得这良知真是真非，信手行去，更不着些覆藏。我今才作得个狂者的胸次，使天下之人都说我行不揜言也罢！

——王守仁[①]

夫私者，人之心也。人必有私而后其心乃见。若无私则无心矣。……然则为无私之说者，皆画饼之谈、观场之见，但令隔壁好听，不管脚跟虚实，无益于事，只乱道耳，不足采也。

——李贽《无为说》[②]

他们之间虽有程度的不同，但在强调人的主体性上则是一脉相承的。这种主体性又表现为两个方面：一个方面是重视“我心”，由此蔑视清规戒律，蔑视外在权威；另一个方面是肯定“情欲”，由此承认个人的利益追求、生活享受。从这个意义上讲，孙悟空与猪八戒正体现了这一社会思潮的两个方面。不过，这两个方面——不妨简单化为英雄主义与享乐主义，又具有普世的意义。时代改变了，人类骨子里的这两种倾向并未改变，只是具体的表现形式不同罢了。所以，孙悟空与猪八戒就相傍着活跃在21世纪，在我们阅读的书籍、观赏的影视中。

孙悟空形象成功的另一个外部因素是与唐三藏的对手戏。唐僧这

① 见《王阳明全集》卷三，上海古籍出版社，1992年，第124、116页。

② 见《李温陵集》卷九，中国基本古籍库影明刻本，第103页。

个形象在《西游记》的大部分情节中是不太招人喜欢的，这主要是由两个因素造成的，而这两个因素都和孙悟空有关。第一是不辨贤愚。唐僧在孙悟空和猪八戒两者之间不辨贤愚，他老是觉得猪八戒受到孙悟空的欺负，就好比家长总是关心瘦弱的孩子一样，于是就袒护猪八戒，听信猪八戒的谗言。他肉眼凡胎，混淆人妖，为了妖精而责罚忠心耿耿的孙悟空。于是火眼金睛的孙悟空与肉眼凡胎的唐三藏之间老是充满火药味。唐僧没有什么法力，但有师傅的身份，以及连带而来的权力——紧箍咒。这个紧箍咒因此具有了象征的意味，可以说超越了故事本身的语境。由于唐僧扮演的是这种角色，因而读者对孙悟空倍加同情。这一妖仙形象被赋予了历代士人共同具有的怨愤之情：忠而见疑，君主贤愚不分，于是孙悟空博得了读者更多的同情与喜爱。到了周星驰的《大话西游》，这种反衬被夸张到极致，唠叨而愚蠢的唐僧被形容为像耳边嗡嗡的苍蝇。其实这正是一般读者对《西游记》中唐僧这个形象的理解。

不过，这种理解还是失于简单、浅薄了。作者这样写，很大程度上是为了增加戏剧冲突。历史上的唐三藏既高尚虔诚又坚忍不拔、勇敢精进，到了小说里，高尚虔诚还有保留，勇敢精进却几乎荡然无存。更可气的是，这些品质都被挪到了孙悟空身上，同时，为了凸显猴子的这些优秀品质，便给唐三藏“栽上了”上述种种毛病。若从反映历史的角度说，这就是“厚诬古人”；若从文学创作的角度说，这就是巧妙的艺术手法。事实上，在很大程度上，“孙行者加上唐三藏”就是历史上玄奘法师的真实形象。

玄奘法师西行求法之所以克服千难万险最终成功，是因为他具备两个超人的、卓绝的品质。一方面，他是极虔诚的佛教徒，这表现在他的坚韧上，不为任何诱惑动摇。另一方面，他勇敢、大无畏，甚至对法规制度蔑视不顾——玄奘西行求法最初是违法的，是曾被通缉的。贞观元年（627），他申请出境。由于当时处于唐王朝建立初期，社会秩序不很稳定，因此他的申请被“拒签”，只能偷渡出去。假如他是一个循规蹈矩、老实巴交的人，他绝对无法成行。像这样把某个原型（或是作者自己）的人格之二元分别投射到两个人物当中，形成一组既对立又互补、彼此映衬的形象，是小说创作中常见的手法。《西游记》的作者对此很可能并无自觉，但文本生成过程中的内驱力就自然产生了这样神奇的效果。当孙悟空与唐僧分担了原本是由玄奘法师独自完成的取经伟业时，玄奘法师的性格特点便也分别体现到他们二人身上了。

第四讲

《红楼梦》：

味在酸咸之外的精神盛宴

贾氏宗祠图（引自《新镌全部绣像红楼梦》，中国国家图书馆藏）

有一个说法，如果你爱一个人，就推荐他去读《金瓶梅》；如果你恨一个人，就让他去读《红楼梦》。为什么呢？据说因为《金瓶梅》里写了太多可恶的人和丑陋的事，读后回到现实世界里就会知足："啊！我所处的世界竟是这么美好呀！"而《红楼梦》写了那么多可爱的人和美好的情感，沉浸其中之后再回到现实世界，就会觉得生活太乏味了，周围的人太低俗了。当然，这只是一个笑话。这个笑话是要强调《红楼梦》和《金瓶梅》在品位上的一种根本差别。《红楼梦》是中国古典小说的巅峰之作，在某种程度上，也可以说是中国传统文化的第一代表作。

87 版电视连续剧《红楼梦》的片头所用的这段引子对全书的情感基调、作者的创作苦心都是一个集中的说明。"满纸荒唐言，一把辛酸泪，都云作者痴，谁解其中味！"这便是所谓先觉者、独醒者的苦闷。当然，这个"独醒者"的说法现在面临挑战，我们后面再做分说。

"谁解其中味"，这话讲得很好。我把这一讲的题目定为"味在酸咸之外的精神盛宴"，就有呼应作者的慨叹的意思。"味在酸咸之外"，这是司空图论诗的名句，意思是好的诗篇兴象玲珑，能写出心灵精妙幽微的感受，而很难以理性的、逻辑化的语言来阐释。《红楼梦》是叙事文学，其文体特征与抒情诗有很大差别，但其内涵颇具诗性特征，是觉悟，是忏悔，是苦闷，是批判，是留恋，是决绝，等等——可以说都是，也可以说都不是。这样丰富的内涵，以从容、自然的形式表现出来，使读者不自觉间进入一个兴象玲珑的文学世界，以此丰富自己的心灵，深化对人生的感受，所以被称为"精神盛宴"。

第一节 两座“红楼”两样“梦”

我们要进入这样一个内涵丰厚的文本，面临的第一个问题就是所说的文本是哪一种、哪个版本？前面几讲我们已经多次碰到这类问题，但对于《红楼梦》，这个问题更为重要。因为《红楼梦》有两个文本系统，而这两个文本系统对于很多专门研究“红学”的人来说，简直是水火不容。二者孰优孰劣本是个文学批评问题、文学鉴赏问题，结果变得和政治上的正统与僭伪之争差不多，于是由此在“红学”中形成了两大对立的阵营。

一个系统是“脂批抄本”系统，简称“脂本”。所谓“脂批抄本”，在一个世纪之前几乎是没人知道的。那个时候，人们读的《红楼梦》大都是刻本——也就是我们后面要讲的另一个系统。到了20世纪20年代，胡适介入了《红楼梦》研究。他率先得到了一个残本，号称是当初的一个手抄原本，这个本上附了署名“脂砚斋”的批语。当然，这个系统的批语署名不仅有“脂砚斋”，还有“畸笏叟”等，不过都是以“脂砚斋”为主，且卷首署为《脂砚斋重评石头记》，所以一般情况下以“脂批”作为统称。

这个本子出来之后，《红楼梦》的研究进入了一个新的阶段。此后的研究，大多数人都是以脂本和脂批作为依据。如说《红楼梦》中这段内容表现的是什么，那首先要看看“脂砚斋”说它是什么；如说这段文字优劣如何，那首先要看看“脂砚斋”是怎么批的。可是脂本与脂批情况很复杂，而且越变越复杂，复杂到几乎使人望而生畏的地步。因为胡适得到的这个本子现世之后，多种标着“脂砚斋”名号的抄本先后问世，文字互有异同，或隐或显，扑朔迷离，彼此的关系就是福尔摩斯也不能全搞清楚。我们这里就笼统地将其称为“脂批抄本”系统好了。

胡适所得残本一般被称为“甲戌本”，因为其第一回正文中有“至脂砚斋甲戌抄阅再评，仍用《石头记》”字样。甲戌年，是乾隆十九年（1754）。这是所有抄本中出现的年份标示中最早的，也就是说其抄录时使用的底本是相对最早的。不过这是个残本，只存十六回。这个本子有很多谜，我们在这里只能简单谈一下。首先，胡适的这个本子是从哪里来的？大家都知道，讲版本最强调其来历。判断一个版本可不可靠，它的流传、收藏过程很重要。但是胡适的这个本子却不知道是从哪里来的。胡适只说是某个人卖给他的，而卖给他后此人就找不到了。此人神龙见首不见尾，是谜一样的人物。这个本子上收藏的印记与题跋也有不好解释的地方，有兴趣的人可以去读欧阳健的《还原脂砚斋》。（欧阳健的书揭出了很多疑点，给人以启发，但其结论则仍需讨论。）此外，胡适披露这个本子的相关内容之后，有人提出要看这个原本，但他几十年间几乎谁都不让看，以致引起种种猜测。具体情况我们就不谈了，不过这里涉及学术研究的一些方法论问题，大家可以找有关的讨论文章看看。除了“甲戌本”，还有“庚辰本”“己卯本”等，都有署名“脂砚斋”等的批语，而且都是残本——有残这几回的，有残那几回的，彼此的文本又互有异同；还有的本子只有一个人见过，其后就莫知所终，如所谓“靖本”。可以说，围绕着脂砚斋，围绕着这个版本系统，确实疑云重重。所以说，“脂批抄本”系统是一个非常大的迷宫，很多研究“红学”的人掉进去就出不来了，因为这里面头绪实在太多，各类问题的逻辑关系还经常彼此冲突。

这些“脂本”还有别的名字，比如叫“脂京本”“脂怡本”“列藏本”等。[①] 这些名字从何而来？前面说的“甲戌本”“庚辰本”“己卯本”都是以年份标示，这个年份是在各本题署、批语中出现的年份，但这些本子全是传抄的，这个年份只能表示当初抄写、评点的时间，并不能看作手头这个本子的抄写时间。这有时会误导人，以为看到的这个“甲戌本”一定早于那个“庚辰本”。所以，有研究者主张，根据它曾被谁收藏，另起一套名字，比如“列藏本”是指曾经藏在列宁格勒（今圣彼得堡）的图书馆里，“靖藏本”是指一个名叫靖应鹍的人收藏过，“脂怡本”则曾经藏在怡亲王府，于是就出来了这么一套名字。不过，多数人还是习惯使用年份那套称号。这些本子，虽然内容有很多的不同，但是有三个根本点是相同的，一是都题名“石头记”；二是都只有前八十回的内容——或多或少，但都是前八十回之内的；三是都是以抄本的形式出现的。这些通称“脂批抄本”。

另一个系列是“程高本”。“程高本”是由程伟元、高鹗整理的。从清代中后期直至20世纪五六十年代，读者中流传的《红

① “今传乾隆时期的《石头记》抄本，尚有十一种之多，计有：己卯本、庚辰本、甲戌本、《红楼梦稿》本、蒙古王府本、戚蓼生序本、南京图书馆藏本、梦觉主人序本、舒元炜序本、郑振铎藏本、苏联列宁格勒亚洲图书馆藏本等。另有南京靖应鹍藏本，今已遗失；又程甲本的前八十回底本，原也是抄本，如果一并计入，则可以说现知的抄本已有十三种之多。

己卯本已确知为怡亲王府抄本，其抄成年代约在公元1760年即乾隆二十五年庚辰以后，现存庚辰本抄定的年代大约是在公元1761年即乾隆二十六年以后……现在所传甲戌本的抄成年代，则是比较晚的。”（人民文学出版社《红楼梦》前言）

楼梦》（或是其他名字，如《金玉缘》）绝大多数都是刻本，这些表面上并不完全相同的刻本有一个共同的根，就是乾隆五十六年（1791）的程高本。刊印的人叫程伟元，他在刊本的序言中说，他竭力搜索才得到了《石头记》后四十回的残本，但是残缺得很厉害，就请了高鹗加以增补修订，补齐之后，就有了《红楼梦》的全本，即一百二十回的《红楼梦》。也就是说，这一百多年间，人们看到的、世上流传并产生影响的主要就是“程高本”。

“程高本”又有所谓甲本、乙本的区别。这是“红学”圈子里的一个专业术语。程伟元在刊本出版流行之后，又和高鹗合作进行了文字修改，重新刊印。后世的红学家为了区分，就把第一次的称为“程甲本”，而第二次的则称为“程乙本”。五六十年代，海峡两岸出的排印本，主要都是根据“程乙本”（中间有“程丙本”的说法，影响不大），因为《红楼梦》流传的百余年间，“程乙本”影响最大。

我现在给大家讲评《红楼梦》是以现在通行的人民文学出版社的版本为依据。这个本子的前八十回是“脂本”的文字，是以脂批的“庚辰本”为主，参照其他本子互校得出的；后四十回则是“程甲本”的文字。这个本子是今人嫁接的本子，这只是一种相对合理的选择。毕竟现在多数学者认为，脂砚斋的抄本可能更接近作者的原文和本意，程高本修改的地方很多是有悖于原意的。可是，抄本毕竟只限于前八十回，人们还是需要读到一个全本的。何况，程高本的后四十回也经过了一百多年的检验，基本被大众所认可。所以，当年人民文学出版社的折衷之选是明智的。

下面简单介绍一下“程高本”作为一个文学读本和“脂本”的差

别。这个话题同样很复杂，这里只能简要地介绍。第一个差别是结尾。大家设想一下，假如《红楼梦》没有后四十回，一直是一个半截的残书，它的传播力和影响力能不能像现在这样？事实上，在一百多年里，人们接受的就是一个包括了后四十回的完整的《红楼梦》，所以我们没必要根据今天某些专家的研究把这些截掉（至于截掉后自行加一“探佚”而来的尾巴，只能是费力不讨好）。虽然有很多人批评这些文字，但是在传播过程当中，尤其是在大众传播当中，《红楼梦》产生的影响，相当一部分来自于后四十回。因为在大众传播过程中，最打动人心的情节就是黛玉之死。

> 却说宝玉成家的那一日，黛玉白日已昏晕过去，却心头口中一丝微气不断……半天，黛玉又说道：“妹妹，我这里并没亲人。我的身子是干净的，你好歹叫他们送我回去。”说到这里，又闭了眼不言语了。那手却渐渐紧了……猛听黛玉直声叫道：“宝玉，宝玉！你好……”说到“好”字，便浑身冷汗，不作声了。紫鹃等急忙扶住，那汗愈出，身子便渐渐的冷了……
>
> 一时大家痛哭了一阵，只听得远远一阵音乐之声，侧耳一听，却又没有了。探春、李纨走出院外再听时，惟有竹梢风动，月影移墙，好不凄凉冷淡！

一部《红楼梦》，超妙文字多多，然论震撼情感、打动人心的力度，无过于黛玉之死的数百字。有研究者立足于“探佚”，说曹雪芹原本构思的黛玉之死不具有这样的戏剧性，而是因肺结核自然死亡。我们可以不客气地说，这种“探佚”的意义与价值大可怀疑。像“黛玉焚稿”“魂归离恨天”这样的内容，若把它割裂、扔掉，恐怕对大多数读者的阅读期待、阅读感受都会产生很大的负面影响。

在美学风格上，程高本和抄本也有相当程度的差异。一般来说，程高本更适合大众传播，因为它加强了故事的戏剧性。最突出的表现便是“黛玉之死”。这种戏剧性的、震撼性的情节正是程高本的重要部分。而由于这一结局，前面的很多情节的意味也连带发生了变化。如果黛玉只是逐渐衰弱终致病夭，请大家设想一下其效果将会如何？[①] 无疑，那已经是另一本完全不同的作品了。

程高本偏于戏剧性，这一风格不只表现于此，其前八十回的文字也与抄本有所不同。我们以“尤三姐”这一人物形象为例。

> **程高本**第六十三回：“贾蓉抱着头，滚到（二姐）怀里告饶。尤三姐便转过脸去，说道……”“贾蓉只管信口开合，胡言乱道，三姐沉了脸，早下炕进里间屋里，叫醒尤老娘。”
>
> **脂本**第六十三回：“贾蓉抱着头，滚到（二姐）怀里告饶。尤三姐便上来撕嘴，又说……”“贾蓉只管信口开河，胡言乱道，只见他老娘醒了……”

> **程高本**第六十五回：“（尤三姐）揪过贾琏来就灌，说：‘我和你哥哥已经吃过了，咱们也亲近亲近。’唬得贾琏酒都醒了。贾珍也不承望三姐这等拉的下脸来……（尤三姐）吃了酒，越发横波

① 另一种“探佚”说让宝钗与黛玉全都夭亡，把位置留给史湘云，这更加匪夷所思。仅是安排两位主角先后慢慢夭亡，就几乎是无法完成的事情了。

入鬓，转盼流光……方才一席话，直将二人禁住……（竟真是她嫖了男人，并非男人淫了她——脂本原有，程高本径删）……做出许多万人不及的风情体态来……她那一种轻狂豪爽、目中无人的光景，早又把人的一团高兴逼住，不敢动手动脚……别有一种令人不敢招惹的光景。”

脂本第六十五回：“（尤三姐）搂过贾琏的脖子来就灌，说：‘我和你哥哥已经吃过了，咱们来亲香亲香。’唬得贾琏酒都醒了。贾珍也不承望尤三姐这等无耻老辣……（尤三姐）吃了酒，又添了饧涩淫浪……她那淫态风情……竟真是她嫖了男人，并非男人淫了她……做出许多万人不及的淫情浪态来……”

在程（乙）本里，尤三姐是一个什么样的形象呢？冰清玉洁。小说给她的定语是“轻狂豪爽、目中无人”，在贾氏兄弟面前她是“令人不敢招惹”“不敢动手动脚”的。所以，当她的品格被心上人误解时，人生最后的寄托便崩塌了，这个污浊的社会便无可留恋，最后只能以死来解脱。围绕她的命运产生的冲突才显得越发尖锐、越发震撼。特别是，读者想到一个身陷污泥而苦心自保、自爱的弱女子，终于不能逃脱悲剧的命运时，如何能不喟然长叹。而在抄本里，尤三姐却是少有的无耻、淫荡。我们看小说给她的定语：“无耻老辣”“饧涩淫浪”“淫情浪态”！作者仿佛唯恐读者猜不到尤三姐和她的姐夫有染，把这样的恶谥在短短的一节里再三再四地重复（这在整部书里是独一无二的）。于是，后面她的自杀动机就成了欲回头而不能——由于无法从自设的泥潭中脱身而选择自杀。这样的尤三姐，形象上倒是与曹禺笔下的陈白露有几分近似处。从文本的味道上说，脂本的处理也许更复杂，情节逻辑上也许更自然一些；但是从接受效果来看，程高本黑白分明，其所写的“美好的被毁灭”更具震撼力，也更适合大众传播。（这里只是举个例子，其他的地方也还有一些。不过，在前八十回中，程高本与脂本有差别的文字毕竟还是少量。）

另外，由于程高本对黛玉的命运进行了戏剧性处理，强化了爱情冲突这条线，因而读者更多地是从爱情悲剧的角度来理解这部书。林黛玉这个形象寄寓了千古文人向往的率真和自由的人生理想，便更容易唤起读者深层的共鸣。脂本与程高本比，一则，没有了后面惊天地泣鬼神的黛玉焚稿、魂归离恨天；二则，突出了黛玉与宝钗的尽释前嫌，于是情感冲突这条线的力度大为削弱，相形之下，贾府败落的主旨、主人公忏悔的主旨便相对彰显了许多。

总而言之，我们可以说两个系统各有短长。现在我们用的这个本子，基本的大框架是程高本的，但是前八十回的文字却更多地回到了抄本。我在分析人物和情节时，一般细微的文字差别就不特别指出了。这种做法还有一个学理上的依据：中国古代的白话小说，尤其是白话长篇小说，有一个普遍的现象，就是我们前面提到过的文本的开放性。比如，《水浒传》在明清两代有十几种本子，文字有明显差别的也有四五种，因为每一位刊刻者、评点者都或多或少地对文字进行了改动。李卓吾、金圣叹、袁无涯做的改动都相当大。金圣叹还把这种批评观贯彻到对《西厢记》的评点中，并就此进一步提出他的理论主张：文本在传播和阅读的过程中是开放的、可写的。如：“圣叹批《西厢记》是圣叹文字，不是《西厢记》文字”；“天下万世锦绣才子读圣叹所批《西厢记》，是天下万世才子文字，不是圣叹文字”；“世间妙文，原是天下万世人人心里公共之宝，决不是此一人自己文集”。(《读第六才子书西厢记法》) 这一思想很大胆。他对于文学批评的见解太超前了，这样评价他丝毫没有牵强之意、拔高之嫌。回到刚才的话题，在这种情况下，一般的作品分析，就没有必要把所有细微的文字差别一一列举了。再看《三国演义》，毛纶、毛宗岗在评点时也是做了大量修改。《金瓶梅》的崇祯本、词话本之间，文字也差得很多。这与中国古代的小说观念有关，大家都不把小说看成正经书。比如说，太白的诗，在流传的时候，某人随意给改几个字，能行吗？这种情况不是没有，但毕竟比较少，因为这样做的人会有所顾忌，心里发虚：“我凭什么改人家李太白的诗呀！”小说则不然。很多小说干脆无署名，作者丝毫没有著作权意识，大家只把它当作一个玩意儿。于是，书商们随便刻，刻也是为了赚钱，觉得这个地方这样改一下顺眼，就改了！所以像《三国》《水浒》《西游》《金瓶梅》等，我们今天读的通行本子都是经过好多人修改的。如果不是进行专门的研究，没必要一定回到最早的本子。时间已经做出了淘洗，我们没有必要“逆天行事”。

其实，为今后《红楼梦》的传播着想，思路也不妨再开阔一些。既然两个系统各有特色，各具优长，也不妨在人民文学出版社的“混搭本”之外再“多元”一下。作为文学读本，还可以有三种可能，一种是程高本的整理本，大体上类似于50年代作家出版社的整理本（当然不排除局部再“微调”），可以署“曹雪芹等著”；一种是八十回《石头记》本，以庚辰本或某一较全的抄本为主，参以他本，径署“曹雪芹著”，并附校记说明；还可以出一种八十回《石头记》加上有探佚本领者的续作，说不定能搞出一种新流行本来。三类并行，文学读本互不相妨；萝卜白菜，各有所爱。倒是可以给已经很繁荣的文

化 / 文学界再添那么一点点繁荣。至于对《红楼梦》的解读与评论，我们都熟知鲁迅在《集外集拾遗·〈绛洞花主〉小引》中讲的那句话："单是命意，就因读者的眼光而有种种：经学家看见《易》，道学家看见淫，才子看见缠绵，革命家看见排满，流言家看见宫闱秘事……"鲁迅当然是语含讥讽，过去我也常以承续这种讥讽为己任。当时，我由庄周的牢骚想到我们对待"红学"的态度，是不是从根本上就可能有两种选择：一种是唯我独尊的、绝对排他的；一种是"齐物"的，多元宽容的。所谓唯我独尊，就是抱定自己的文学 / 文化信念，认定《红楼梦》只有一种解读是对的。实际上，多少年来，研究这部书的人基本都是持此观点的。于是彼此相攻讦，耗神费力，伤害感情。结果呢？谁该说什么还说什么，圈里人争得面红耳赤、不亦乐乎，圈外人看了热闹还嗤之以鼻。《红楼梦》本身仍一成不变地随人打扮，而它永远还是它。倒是王蒙以他特有的圆融与睿智（某些人称之为圆滑）在"红学"论坛上发表高论，主张多元并存。于是，就有了第二种"齐物"的可能。所谓"齐物"，首先是对"独断""一元"的质疑。如庄子当年所讲，判断是非的标准何在？这一标准之为标准是谁定的？根据什么定的？"此亦一是非，彼亦一是非"，站在甲方立场的一切标准与推理从根上就有别于站在乙方立场的一切标准与推理。庄周的质疑适用于各个认识领域，尤其适用于文化批评、文学批评领域。所以，对《红楼梦》的解读与批评既可以横眉怒目、大声疾呼，坚持一家之言，也不妨试试多元并存的思路，多几分宽容，多几分从容，多几分自信，多一些讨论与商榷，多一些方法论的研究，从而使这个领域内涵更丰富，使进入这个领域的人有实现多种趣味的可能，使想象力借助《红楼梦》可以无拘束地驰骋。总之，把曹雪芹留给我们的这个超级大魔方的魔力最大化释放，给现代人的人生带来情趣与乐趣，给有兴趣琢磨的人以砥砺聪明的大平台——其谁曰不可？

第二节 总纲和宿命

一

《红楼梦》要讲什么？这个看似简单的问题，几十年来缠绕了无数读者，迄今没有定论，看趋势，今后也难以达成一致。

《红楼梦》内容丰富，头绪繁多，因而有的研究者提出阅读时应抓住小说的“总纲”。但何为总纲？总纲表现在哪里？对此，大家看法却大不相同。半个多世纪之前，这还是“红学”的热门话题。对所谓总纲的不同认识，其实质就是对“《红楼梦》要讲什么”这个问题的不同意见。

一种意见认为作品的总纲在第四回，所谓“护官符”是其集中表现：

> 雨村忙问：“何为‘护官符’？我竟不知。”门子道：“这还了得！连这个不知，怎能作得长远！如今凡作地方官者，皆有一个私单，上面写的是本省最有权有势，极富极贵的大乡绅名姓，各省皆然，倘若不知，一时触犯了这样的人家，不但官爵，只怕连性命还保不成呢！所以绰号叫作‘护官符’。……”一面说，一面从顺袋中取出一张抄写的“护官符”来，递与雨村，看时，上

面皆是本地大族名宦之家的谚俗口碑。其口碑排写得明白，下面所注的皆是自始祖官爵并房次。石头亦曾抄写了一张，今据石上所抄云：贾不假，白玉为堂金作马。（宁国荣国二公之后，共二十房分，除宁荣亲派八房在都外，现原籍住者十二房。）阿房宫，三百里，住不下金陵一个史。（保龄侯尚书令史公之后，房分共十八，都中现住者十房，原籍现居八房。）东海缺少白玉床，龙王来请金陵王。（都太尉统制县伯王公之后，共十二房，都中二房，余在籍。）丰年好大雪，珍珠如土金如铁。（紫薇舍人薛公之后，现领内府帑银行商，共八房分。）……这门子道："这四家皆连络有亲，一损皆损，一荣皆荣，扶持遮饰，俱有照应的。……"

把这段看作全书的总纲，其理由有二：一则，它把全书的家族和社会大背景、大结构展现出来了，以后的情节都是在这个背景下、这个结构中展开的；二则，它把覆盖全书的家族利益关系、权力关系揭示出来，而且指出"各省皆然"，把一家一姓的哀乐、得失放大到整个社会的层面。

持这种观点者着重的是《红楼梦》的社会性主题。

另一种意见认为小说的总纲在第五回，特别是其中的"金陵十二钗"等图册与配套的词曲，如：

［终身误］都道是金玉良姻，俺只念木石前盟。空对着，山中高士晶莹雪；终不忘，世外仙姝寂寞林。叹人间，美中不足今方信。纵然是齐眉举案，到底意难平。

> [枉凝眉] 一个是阆苑仙葩，一个是美玉无瑕。若说没奇缘，今生偏又遇着他，若说有奇缘，如何心事终虚化？一个枉自嗟呀，一个空劳牵挂。一个是水中月，一个是镜中花。想眼中能有多少泪珠儿，怎经得秋流到冬尽，春流到夏！
>
> …………
>
> [聪明累] 机关算尽太聪明，反算了卿卿性命。生前心已碎，死后性空灵。家富人宁，终有个家亡人散各奔腾。枉费了，意悬悬半世心；好一似，荡悠悠三更梦。忽喇喇似大厦倾，昏惨惨似灯将尽。呀！一场欢喜忽悲辛。叹人世，终难定！
>
> …………
>
> [收尾·飞鸟各投林] 为官的，家业凋零；富贵的，金银散尽；有恩的，死里逃生；无情的，分明报应。欠命的，命已还；欠泪的，泪已尽。冤冤相报实非轻，分离聚合皆前定。欲知命短问前生，老来富贵也真侥幸。看破的，遁入空门；痴迷的，枉送了性命。好一似食尽鸟投林，落了片白茫茫大地真干净！

这种观点所着重的是《红楼梦》中人的命运这一主题。

其实，两种观点各有道理，前者讲的是大背景以及显示出的社会危机，后者讲的是大背景及危机下的个人悲剧，二者合起来就是完整的《红楼梦》。《红楼梦》之深刻，在于以文学的方式、以艺术的语言生动地描绘出了这两个方面的情状。作者并没有开出廉价的药方或是给予虚幻的大团圆，相反地，他以极为沉重、极为有力的笔触揭示出无可奈何的悲剧结局。这无可奈何的结局即是双重的宿命：封建的、专制的、礼法的社会终于耗尽了它自己内在的生机——“君子之泽，五世而斩”；而在此背景之下，一个个有灵性的年轻生命只能随之走向悲剧性的毁灭——“才自精明志自高，生于末世运偏消”。正是在此特定历史条件下无可规避的宿命使小说具有了深刻的历史内涵。

二

如何长保富贵？这是历代统治者时刻魂牵梦绕的根本性问题。在可靠的历史文献中，对这个问题的讨论已有三千年的历史。

据《大戴礼记》：“武王践阼，三日［既王之后］，召士大夫而问焉，曰：‘恶有藏之约，行之行，万世可以为子孙恒者乎？’”换成今天的话说，周武王灭商后，上台才三天，就想到了头等大事：怎样才能把基业世代传承？

当时，提出这个问题的背景是殷商灭亡。《诗经·大雅·荡》记录了“殷鉴不远，在夏后之世”这一告诫。《古文尚书·毕命》则有周康王与臣下对同一问题的讨论：“世禄之家，鲜克由礼。以荡陵德，实悖天道。敝化奢丽，万世同流。兹殷庶士，席宠惟旧，怙侈灭义，服美于人，骄淫矜侉，将由恶终。虽收放心，闲之惟艰。资富能训，惟以永年。惟德惟义，时乃大训，不由古训，于何其训？”宋人林之奇对此解释并发挥道：

> 盖其祖父建立之难，故知所以长守富贵之道。子孙未尝知劳，而坐享之，则其不由礼必矣。惟不由礼，故以其放荡之故，而其德遂陵夷而大坏。德既陵夷而大坏，则实悖乱于天道矣。盖天命之谓性，率性之谓道。民之秉彝而好是懿德，则不失守天生之物则。而顺其所固有，以荡陵德，此岂天之降衷本如是哉！故为悖天之道也。夫以不善之化，而其奢丽如此，苟无以变之，则岁复一岁，世复一世，虽万世亦与之同流矣……夫人之情，俭

生于贫，侈生于富，彼既富于财，则必将用之如泥沙，此其所以骄淫矜侉也。[①]

将林之奇这段话视为对《红楼梦》主题的概括，“虽不中，亦不远矣”。夸张一些讲，这些话几乎可以看作是为《红楼梦》量身定制的。一部《红楼梦》，大的情节脉络与此若合符契，恰恰说明了小说所具有的普世价值。

《红楼梦》之前，有白话小说《林兰香》，可将其视为由《金瓶梅》而来至《红楼梦》的一个中间环节。《林兰香》也是写一个簪缨贵族的衰落以及相关女性的悲剧命运，其中直接谈到了“世禄之家，鲜克由礼”的话题：

却说林、宣、花三夫人送客出门，午饭之后，众亲亦散。只有三夫人对坐，见云屏、爱娘不在旁边，花夫人道：“今日看耿家妯娌四个，绝好一般举止。”宣安人道：“这是侄女有福，得这样好人家。”林夫人道：“也未见得。小夫妻若不知尊长，虽好也是无用。”宣安人道：“似这般人家子弟，还有甚不济之处？”林夫人道：“正是这般人家子弟，最是难信他。自幼受现成富贵，养成骄矜习气；再接交些小人，渐渐的就不济起来。”花夫人道：“这又在乎父母教训。古人说：‘世禄之家，鲜克有礼。’然亦不可一概而言也。”宣安人道：“前日在城外看侄婿光景，纯露着一团诚实。”林夫人道：“这亦信不得。他家侍女成群，人大心大，

① 林之奇《尚书全解》卷三十八。见《四库全书》经部二。

恐他母亲嗣后亦未必管得来。”[①]

可见这个话题在当时语境中的普世性。

还是回到《红楼梦》的主旨讨论。我们不妨大胆设想一下，上述林之奇这段话中有“夫以不善之化，而其奢丽如此”之言，而《红楼梦》为贾府创业的“祖父”辈命名，一个为“代善”，一个为“代化”，而“不善之化”，岂不正是背离“善”“化”，辜负“天恩祖德”了吗？所以，不排除曹雪芹对于《尚书》的“世禄之家，鲜克由礼”相当了解，甚至在创作过程中或自觉或无意地想到过林之奇的这一番高论。不过，这只是一种猜想，还不足以成为立论的依据。

当然，以古训与《红楼梦》彼此互证，或者说认为二者之间具有互文关联，还是要用具体的文例来证明。

《红楼梦》写“君子之泽”的危机，渗透在全书的枝枝节节，而又有几处集中的表现。突出的一处是“冷子兴演说荣国府”：

> 子兴叹道：“老先生休如此说。如今的这宁荣两门，也都萧疏了，不比先时的光景……”冷子兴笑道：“……生齿日繁，事务日盛，主仆上下，安富尊荣者尽多，运筹谋画者无一；其日用排场费用，又不能将就省俭，如今外面的架子虽未甚倒，内囊却也尽上来了。这还是小事。更有一件大事：谁知这样钟鸣鼎食之家，翰墨诗书之族，如今的儿孙，竟一代不如一代了！”……子兴叹道：“……贾代化袭了官，也养了两个儿子：长名贾敷，至

① 《林兰香》，华夏出版社，1995 年，第 14 页。

八九岁上便死了，只剩了次子贾敬袭了官，如今一味好道，只爱烧丹炼汞，余者一概不在心上。幸而早年留下一子，名唤贾珍，因他父亲一心想作神仙，把官倒让他袭了。他父亲又不肯回原籍来，只在都中城外和道士们胡羼。这位珍爷倒生了一个儿子，今年才十六岁，名叫贾蓉。如今敬老爹一概不管。这珍爷那里肯读书，只一味高乐不了，把宁国府竟翻了过来，也没有人敢来管他。……"

冷子兴讲贾府的"萧疏"颓势，讲了三个方面，一是"安富尊荣"，铺张奢侈；二是"一代不如一代"，"一味高乐不了"；三是没有人才来振兴，"内囊却也尽上来了"。看后文，小说写贾珍、贾琏之辈，甚而贾敬、贾政等，正是沿着这三个方向滑落下去的。而无论是王熙凤的"协理"，还是"敏探春"的兴利除弊，都无法扭转这一滑落的大趋势。从这个意义上讲，冷子兴的这番话也不妨看作是总纲细化的"附件"。

还有一处是第七回的焦大醉骂：

尤氏叹道："你难道不知这焦大的？连老爷都不理他的，你珍大哥哥也不理他。只因他从小儿跟着太爷们出过三四回兵，从死人堆里把太爷背了出来，得了命，自己挨着饿，却偷了东西来给主子吃，两日没得水，得了半碗水给主子喝，他自己喝马溺。不过仗着这些功劳情分，有祖宗时都另眼相待，如今谁肯难为他去。……"……（焦大）正骂的兴头上，贾蓉送凤姐的车出去，众人喝他不听，贾蓉忍不得，便骂了他两句，使人捆起来，"等明日酒醒了，问他还寻死不寻死了！”那焦大那里把贾蓉放在眼里，反大叫起来，赶着贾蓉叫：“蓉哥儿，你别在焦大跟前使主子性儿。别说你这样儿的，就是你爹，你爷爷，也不敢和焦大挺腰子！不是焦大一个人，你们就做官儿享荣华受富贵？你祖宗九死一生挣下这家业，到如今了，不报我的恩，反和我充起主子来了。不和我说别的还可，若再说别的，咱们红刀子进去白刀子出来！”……众小厮见他太撒野了，只得上来几个，掀翻捆倒，拖往马圈里去。焦大越发连贾珍都说出来，乱嚷乱叫说：“我要往祠堂里哭太爷去。那里承望到如今生下这些畜牲来！每日家偷狗戏鸡，爬灰的爬灰，养小叔子的养小叔子，我什么不知道？咱们‘胳膊折了往袖子里藏’！”众小厮听他说出这些没天日的话来，唬的魂飞魄散，也不顾别的了，便把他捆起来，用土和马粪满满的填了他一嘴。

从故事发展的角度看，这一笔属于可有可无的闲笔，但从点醒主题的角度看，焦大的出现却有着震撼的效果，具有无可替代的作用。

焦大之骂，把祖辈创业的艰辛与儿孙的忘本败家毫无掩饰地陈列到了一起，使得“君子之泽”这个历史性命题得到了凸显。

焦大所骂，与冷子兴的评说，以及门子的“护官符”都不同，其重点放到了贾府后代的道德败坏上，也就是《尚书》所强调的“世禄之家，鲜克由礼。以荡陵德，实悖天道”。而对“偷狗戏鸡”的种种揭露与痛斥，与前面的宝玉“兼美”之梦、后文的贾蓉见凤姐，特别是秦可卿之死这一系列暧昧笔墨产生了呼应，从而形成了《红楼梦》特有的批判现实的风格。

王熙凤对焦大的态度，以及焦大被捆起来，被土和马粪满满地填了一嘴这一结局，暗示贾府这样的世禄之家与祖上的精神脐带彻底断裂了。富贵难长久，“君子之泽”的斩断已成宿命，贾珍、贾琏、贾蓉之流不可挽回地加速堕落下去了。

清代二知道人《红楼梦说梦》云：“太史公纪三十世家，曹雪芹只纪一世家。……然雪芹纪一世家，能包括百千世家。”所谓“纪一世家能包括百千世家”，就是说它有高度的概括力和典型性，小说正是在“纪一世家”的衰亡中，道出了封建时代皇权政治下“百千世家”因道德沦丧而走向衰亡的普遍规律。

三

《红楼梦》的作者曹雪芹[①]，名霑，字梦阮，号雪芹等，生于康熙末年，卒于乾隆中期。曹家先世为汉人，“从龙入关”，立有军功。一说，曹雪芹的祖父曹寅曾做过康熙的伴读。康熙朝，曹家深受宠信。康熙二年（1663），清廷设江宁织造，曹家祖孙三代四人任此要职。其间康熙六次南巡，四次由曹寅接驾，并以江宁织造府为行宫。曹家渐成江南声势显赫之望族世家。

曹家不仅是富贵已极的“钟鸣鼎食之家”，同时也是富有浓厚的文化气息的“诗礼簪缨之族”。曹寅为康熙朝著名文人，多才多艺，有诗文集多种。与傅山、朱彝尊、陈维崧、纳兰性德等名士学者皆有交往。此外，其家中藏书甚富，并曾于扬州主持刊刻《全唐诗》《佩文韵府》等重要典籍。

---

① 近年来，有些研究者热衷为《红楼梦》寻找新的作者，其方法与结论大都欠推敲。

在这种富有浓厚的文学艺术气息的氛围里，曹雪芹出生并度过了他的童年，亲历了秦淮风月繁华。到他八岁左右，曹家的政治靠山康熙驾崩，新帝雍正登基，厄运降临曹家。雍正五年（1727），曹𫖯被革职抄家，举家迁回北京，时雪芹约十三岁。乾隆初年又经变故，家道彻底败落。曹雪芹的人生境遇越发困顿潦倒，至晚年已落到“蓬牖茅椽，绳床瓦灶”“举家食粥”的地步。乾隆二十七年（1762）或次年，这位天才文学家留下一部未最后定稿的《红楼梦》，“泪尽而逝”。

曹雪芹的一生经历了贵族大家庭由盛而衰的巨变。从古至今，这种巨大落差，既会唤起对往昔美好生活的诗意追怀，又必然引发世态炎凉、人生空幻的感慨与思考。从曹雪芹的好友敦敏等人的零星记载中，可以了解到曹雪芹傲骨嶙峋的性情——他被人比为白眼向俗的阮籍；还可知其才华横溢，工诗善画，诗有李贺风，绘画则如敦敏《题芹圃画石》所云“醉余奋扫如椽笔，写出胸中块垒时”。这些性情、才华在《红楼梦》中都可以看到。

据一些学者推断，《红楼梦》的创作过程是先创作了写男女风月情事的《风月宝鉴》，而后写出寄托理想、脱胎换骨的《红楼梦》。这种转化过程在现今所见的《红楼梦》中仍可见一些蛛丝马迹，如凤姐与贾瑞的故事、秦可卿的故事、贾琏与多姑娘的故事、尤氏姐妹的故事等都与大观园故事的诗意格调相左。也有人认为前者是其叔父辈某人所撰，后经曹雪芹改写，亦可备一说。

曹雪芹撰成《红楼梦》初稿后，“批阅十载，增删五次”，呕心沥血地进行了修改整理，直到其逝世，整理工作仍未完成，因此我们今天所见的《红楼梦》仍有不少情节存在矛盾不接之处。特别是后四十回，到底有没有残稿？说没有，那曹雪芹只写八十回，还改了又改，有些不合情理；说有，那就要相信程伟元、高鹗的解释，这将对“红学”现状产生很大的冲击。

第三节　深情的留恋　无奈的挽歌

《红楼梦》是多线索的网状结构的作品。其情节结构精巧而复杂，大体上可分作六部分：第一至第六回为引子，从几个角度介绍、点染故事发生的环境与背景。七至十六回以王熙凤为中心，写贾府种种情事。十七至六十三回，以贾宝玉、林黛玉和薛宝钗为中心，写大观园中的生活，兼及贾府复杂微妙的人际关系、矛盾冲突。六十四回至九十八回，写群芳飘零、贾府渐衰，重点是宝、黛的爱情悲剧。九十九回至一百一十八回写贾府的彻底败落。最后两回写贾家复兴，而宝玉却看破尘缘。

说《红楼梦》内涵丰厚复杂，并不是指它堆砌的事情多，而是它在呈现内容时采用的是一个极富张力的叙事结构。这是《红楼梦》一个突出的特点。全书一百二十回，写了很多事情——一个大家族，两个府第，又由此放射出去，涉及社会的各个层面。这些事情被安排、穿插在时间流程当中，安排、穿插的最基本路数就是张力性叙事。

所谓张力性叙事，指的是把具有相反价值判断、情感态度的情节单元有机地组织到一起，穿插交替出现。

宏观地看，《红楼梦》用大量的笔墨写了荣华富贵，可以说这是小说的基本属性。现今人们谈到《红楼梦》，有时过于强调其批判性，而忽视了更基础性的内容。客观地看，这部书首先是用大量的笔墨写了荣华富贵，写了一个贵族之家钟鸣鼎食的生活。[①] 那么，它是以一个什么样的态度来写的呢？厌恶？仇视？非也，小说的基本态度还是享受，是乐享其成，旁观其趣，同时还隐含着留恋与惋惜。大观园里，少爷小姐们是在全身心地享受着优越的生活条件；大观园之外，宁国府、荣国府以及其他的王公贵族的成员们也都是在那享受着富贵人生。作者对大多数场景的描绘是正面的、津津有味的、细致入微的。在最根本的态度上，作者的笔触不是质疑的、批判的、憎厌的。他饶有兴味地描写了饮食、衣着、居所以及诗酒流连，既精致又有品位。这真是美妙的人生！

在荣华富贵的基础上，作者又以加倍的笔力刻画了大家族中的情意绵绵。当然，首先是少年男女之间的感情，这也是本书最打动年轻朋友的地方。他非常细致、非常微妙地写了在那锦衣玉食、花团锦簇的“桃花源”里男女间的情感。此外还有天伦之爱。《红楼梦》里有没有真切深挚的天伦之爱呢？别的且不说，贾母对宝玉的爱肯定是。这点作者并不是以负面的态度来写的。家族中其他成员之间的感情有些笔墨也写得很动人，如薛姨妈对薛宝钗。另外，写贵族家庭的文化积淀、文化修养等，着墨同样很多，也很细致。这些都是让读者羡慕和留恋的。小说引导着读者不由地赞叹：“真好呀！”不承认这些笔墨的存在，不承认作者乐享“富贵场中，温柔乡里”的叙事倾向，就不是

---

① 如第二十六回：“那宝玉便和他说些没要紧的散话，又说道谁家的戏子好，谁家的花园好，又告诉他谁家的丫头标致，谁家酒席丰盛，又是谁家有奇货，又是谁家有异物。那贾芸口里只得顺着他说……”脂砚斋批道：“写尽纨绔口角。”

客观的态度。[①]

对于《红楼梦》，鲁迅先生在《中国小说史略》中说过两句很精辟的话：一句是“悲凉之雾，遍被华林”，一句是指出其后四十回“大故迭起”。这对于我们了解小说情节结构的特色，甚或主旨的特色，都很有启发。“华林”乃繁花似锦的景象，“悲凉之雾”笼罩其上，呈现出了相反的氛围。这话讲得太精确、太有艺术感觉了。（鲁迅先生在《中国小说史略》中的某些具体论断已被超越，这很自然，但全书这种充满睿智的文学性表达，至今无人能望其项背。）“大故迭起”，他指的是后四十回，其实前八十回也是如此，只是程度不同而已。作者同样是在浓墨重彩的荣华富贵中间穿插进了很多泼冷水的东西。整个贾府看着热热闹闹、轰轰烈烈，非常风光，可是时不时就穿插进来“煞风景”的描写，让“悲凉之雾”一阵阵弥散开来。

最明显的“悲凉”是贾宝玉所关切的人的相继亡故，还多是死于非命。第五回是全书意味最为复杂的一回，浓墨重彩地写出了“红楼”的第一场“梦”。有几分奇幻的是，这场梦是贾宝玉和秦可卿联手做

---

① 我们不妨简单统计一下回目中的主题词语，以大观园“开张”的第十九回为开端，统计此后的四十回：

情——情切切、发幽情、情赠、痴情、情重、情烈、情中情、情误、情哥哥、不了情、调情、滥情、情误、情掩、情辞、真情。（四十回中竟出现十六例，无怪乎有“情僧录”之别名。）

女性仪态——花解语、玉生香、娇音、娇嗔、软语、芳心、痴女儿、杨妃、飞燕、千金一笑、兰言、雅谑、脂粉香娃、痴颦、嗔莺叱燕。

富贵气象——意绵绵静日玉生香、滴翠亭杨妃戏彩蝶、享福人福深还祷福、黄金莺巧结梅花络、绣鸳鸯梦兆绛云轩、蘅芜苑夜拟菊花题、史太君两宴大观园、栊翠庵茶品梅花雪、闲取乐偶攒金庆寿、琉璃世界白雪红梅、暖香坞雅制春灯谜、荣国府元宵开夜宴。

宝玉

的，也是他们共享的。秦可卿把贾宝玉带到自己的卧室入梦，梦中出现了亦真亦幻的“太虚幻境”，幻境中的警幻仙子提出了难以索解的“意淫”观念，然后，兼有宝钗、黛玉之美的“可卿”在梦中与贾宝玉发生了这个少年维特平生的第一次性关系——“与可卿难解难分”。这一段恍兮惚兮，难以确指，但贾宝玉和秦可卿之间有些特殊的“暧昧”，这点显而易见。可是，仅仅隔了七回书，作者就安排了秦可卿莫名其妙地暴卒（“彼时合家皆知，无不纳罕，都有些疑心”），而且让贾宝玉伤心乃至吐血：

> （宝玉）从梦中听见说秦氏死了，连忙翻身爬起来，只觉心中似戳了一刀的不忍，哇地一声，直喷出一口血来……一直到了宁国府前，只见府门洞开，两边灯笼照如白昼，乱烘烘人来人往，里面哭声摇山震岳。宝玉下了车，忙忙奔至停灵之室，痛哭一番。

又如，隔了三回书，“贾元春才选凤藻宫”，“宁荣两处上下里外，莫不欣然踊跃，个个面上皆有得意之状，言笑鼎沸不绝”。忽然又插入秦钟之死，气氛一下子转为阴冷：“秦钟既死，宝玉痛哭不已……日日思慕感悼，然亦无可如何了。”

接下来，宝玉和姐姐妹妹们住进了大观园，仿佛一下子到了桃花源，终日里乐享荣华富贵，沉浸在诗情画意之中。但不过十几回书之后就有了“含耻辱情烈死金钏”，并牵出宝玉挨打的重头戏，一下子就把“世外桃源”打回了“秦汉世界”。后面，尤三姐、尤二姐相继自杀，之后便是晴雯之死这一重头戏。在一定意义上，晴雯之死是黛玉之死的预演。

到了后四十回，死亡戏的密度与烈度（冲击贾宝玉的生存状态的程度）更是陡然增加。先是贾元春薨逝，贾府失去了政治上的靠山。接下来便是黛玉之死，这是泪尽继之以血的笔墨，即此一笔，后四十回便已不朽。继而是贾母之死，支撑贾宝玉情感、精神的依靠至此全部崩塌。后面又穿插了鸳鸯之死，她是袭人、晴雯之外和宝玉最亲近的丫鬟。最后，则是第一女强人王熙凤之死。

把一场又一场的死亡戏穿插在富贵荣华之中，产生出特殊的情感冲击力与艺术张力，这在中国小说史上是独一无二的。这种穿插是作者自觉的安排。在小说开端有一个总领全书的调子，就是跛足道人的“好了歌”，以及甄士隐为之作的注解曲。

世人都晓神仙好，惟有功名忘不了！古今将相在何方？荒冢一堆草没了。

世人都晓神仙好，只有金银忘不了！终朝只恨聚无多，及到多时眼闭了。

世人都晓神仙好，只有姣妻忘不了！君生日日说恩情，君死又随人去了。

世人都晓神仙好，只有儿孙忘不了！痴心父母古来多，孝顺儿孙谁见了。

陋室空堂，当年笏满床；衰草枯杨，曾为歌舞场。……因嫌纱帽小，致使锁枷扛；昨怜破袄寒，今嫌紫蟒长：乱烘烘你方唱罢我登场，反认他乡是故乡。甚荒唐，到头来都是为他人作嫁衣裳！

这两段“主题曲”的主题拿跛足道人的话来说就是“好便是了，了便是好”。我们知道，有研究者把《红楼梦》的主题归结为“色空”，其实“色空”和“好了”在这里基本同义，只是表达不同。“色空”是佛教基本经典《般若波罗蜜多心经》的主题词，“好了”之说可以说是其通俗表达而已。所谓“色”，佛教中指的是现象界，是“妙有”；所谓“空”，佛教中指的是根源与本质，是“真空”。《心经》中的“色即是空，空即是色”的论断，是在中国古代社会文化中影响非常大的命题。《红楼梦》“好了歌”的“好便是了，了便是好”，明显由“色即是空，空即是色”脱化而出。当然，小说中的表达，既然要追求形象、通俗，就不可能保持原命题的玄奥，但在将“好”与“了”紧密关联、交错表现这一点上，体现出佛教“色空”思想的影响应属无疑。

落实到小说里，这个“好”当然是指贵族之家富丽堂皇、令人生羡的生活，既有物质层面的也有精神层面的；而这个“了”，自然指的是“林花谢了春红，太匆匆”的无奈，是“落了片白茫茫大地真干净”的结局。这从《红楼梦》的命名也可看出：“红楼”是一个指代的意象，是富贵乡与温柔乡的复合体；“梦”是一个比喻用语，“事如春梦了无痕”。整部作品就是在一个宏大的、强烈的张力场中——红楼中发生的一切都如同一场梦，都将会成为一场春梦，于是，就把彻底伤感的情怀同书中对钟鸣鼎食之家轰轰烈烈的描写紧密而诗意地结合到了一起，“演出这怀金悼玉的《红楼梦》”。

在“好即是了”这一点上，《红楼梦》的“大故迭起”除了前述的频现死亡之外，其他负面事件同样穿插全书。如“正照风月鉴”“贾政悲谶语”“姊弟逢五鬼”“不肖承笞挞”“凤姐泼醋”“难免尴尬事”“刁奴蓄险心”“抄检大观园”等。另外，还有不那么明显却更深刻的“悲凉之雾”，即贯穿始终的“大厦将倾”的总趋势：不争气的子孙们、入不敷出的经济状况等。小说总是在看似不经意间对此反复进行点染。

《红楼梦》的内涵极富张力、无比丰厚，既表现在整体的“好”“了”错杂、“色”“空”不二之中，也表现在具体的情事之中。

“《红楼梦》大旨言情”，这与《金瓶梅》“大旨言欲”构成鲜明对照。但是，大旨终归是大旨，所以言情并不排斥言欲。即使是在情种贾宝玉身上，纯情与色欲也呈现出并存的张力。纯情的描写当然俯拾皆是，我们举一个典型的例子：第四十四回“喜出望外平儿理妆”，写平儿被王熙凤与贾琏虐待，贾宝玉把她接到怡红院，百般安慰。小说描写宝玉对平儿的体贴照顾，从建议换衣、梳头到挑选脂粉，无微不至，更亲自为她簪花，那真叫十二分周到。而这些只是出于对这个“极聪明极清俊”的女孩的喜爱，故在全程中绝无半分轻薄，而且也并无轻薄的念头。小说描写贾宝玉的心理活动：

> 宝玉因自来从未在平儿前尽过心——且平儿又是个极聪明极清俊的上等女孩儿，比不得那起俗蠢拙物——深为恨怨。今日……竟得在平儿前稍尽片心，亦今生意中不想之乐也。因歪在床上，心内怡然自得。忽又思及贾琏唯知以淫乐悦己，并不知作养脂粉。又思平儿并无父母兄弟姊妹，独自一人，供应贾琏夫妇二人。贾琏之俗，凤姐之威，他竟能周全妥帖，今儿还遭荼毒，想来此人薄命，比黛玉犹甚。想到此间，便又伤感起来，不觉洒然泪下。

这半回书，在刻画人物形象、发展故事情节上，可谓“一箭数雕”。

贾琏的俗滥、不肖，凤姐的泼辣、雌威，贾母的宽厚、世故，平儿的尴尬处境，贾府的管理黑洞，四大家族的联络支撑，全在一场“杯中风暴”里得到集中而生动的表现。当然，表现最为充分的还是贾宝玉的形象。通过和贾琏的强烈对比，贾宝玉对女性的同情、尊重、欣赏都得到了凸显。同时，由对平儿照顾的种种细节中，也可见出他平日里对袭人、晴雯等体贴的细节，例如对脂粉的内行，竹剪撷花的细心等。还有一层，便是他平日里作为“绛洞花主”“富贵闲人”的生活状态——他在女孩身上花费的精力、心智，以及他性格的“双性特征”，等等。可是，作者又写了他的另一面，如“初试云雨情”，如和秦钟、蒋玉函暧昧的性关系，如与碧痕的含混之笔，如与金钏的过分调笑，等等。当然，这样写才是一个贵公子哥儿的全部，也才有别于《平山冷燕》一类的才子佳人小说。于是，贾宝玉这个形象的情与欲之间就产生了艺术张力。

再如薛宝钗，对这个形象，作者的态度一定程度上是通过贾宝玉的感受与态度来表现的。最集中体现宝玉对林、薛的不同态度的是第三十二回“诉肺腑心迷活宝玉”。这番“肺腑”话是在史湘云劝导宝玉之后倾吐的：

> 湘云笑道：“还是这个情性不改。如今大了，你就不愿读书去考举人进士的，也该常常的会会这些为官做宰的人们，谈谈讲讲些仕途经济的学问，也好将来应酬世务，日后也有个朋友。没见你成年家只在我们队里搅些什么！”宝玉听了道：“姑娘请别的姊妹屋里坐坐，我这里仔细污了你知经济学问的。”袭人道：“云姑娘快别说这话，上回也是宝姑娘也说过一回，他也不管人脸上

> 过的去过不去，他就咳了一声，拿起脚来走了。这里宝姑娘的话也没说完，见他走了，登时羞得脸通红，说又不是，不说又不是。幸而是宝姑娘，那要是林姑娘，又不知闹到怎么样，哭的怎么样呢。提起这个话来，真真的宝姑娘叫人敬重，自己讪了一会子去了。我倒过不去，只当他恼了。谁知过后还是照旧一样，真真有涵养，心地宽大。谁知，这一个反倒和他生分了。那林姑娘见你赌气不理他，你得赔多少不是呢。”宝玉道：“林姑娘从来说过这些混帐话不曾？若他也说过这些混帐话，我早和他生分了。”

这番话历来被评论小说思想内容的人们高度重视。贾宝玉被冠以“封建礼教的叛逆者”“新社会的先觉者”，这段对话是重要的依据。而薛宝钗与林黛玉在爱情上的竞争，也因此而有了更深刻的内涵。据此，薛宝钗在思想观念、价值观念上几乎与“禄蠹”可画等号，而与贾宝玉冰炭不相容了。

的确，小说不仅这一处写了宝玉与宝钗的参商，又如第三十六回：

> 那宝玉本就懒与士大夫诸男人接谈，又最厌峨冠礼服贺吊往还等事……或如宝钗辈有时见机导劝，反生起气来，只说“好好的一个清净洁白女子，也学的钓名沽誉，入了国贼禄鬼之流。这总是前人无故生事，立言竖辞，原为导后世的须眉浊物。不想我生不幸，亦且琼闺绣阁中亦染此风，真真有负天地钟灵毓秀之德！”众人见他如此疯癫，也都不向他说这些正经话了。独有林

黛玉自幼儿不曾劝他去立身扬名等语，所以深敬黛玉。

这“国贼禄鬼”四个字的恶谥成为“拥林倒薛”派最为有力的武器。小说中对薛林轩轾的还有“什么是金玉姻缘，我偏说是木石姻缘”等，可以说这是贾宝玉的基本态度，也是作者的基本态度。毫无疑问，如果没有对孤苦寄寓的弱势的林黛玉的同情，如果没有对率情任性、超尘脱俗的林黛玉的欣赏，就没有《红楼梦》这部书。但是，问题又不是这么简单，小说中又有颇多“见了姐姐就把妹妹忘了”的笔墨，如欣赏宝钗姿容的：“（宝玉）忽然想起‘金玉’一事来，再看看宝钗形容，只见脸若银盆，眼似水杏，唇不点而红，眉不画而翠，比林黛玉另具一种妩媚风流，不觉就呆了。”感念宝钗情谊的：“（宝钗）叹道：‘早听人一句话，也不至今日……’宝玉听得这话如此亲切稠密，大有深意，忽见他又咽住不往下说，红了脸，低下头只管弄衣带，那一种娇羞怯怯，非可形容得出者，不觉心中大畅……”

更有甚者，是从林黛玉的感受来称赞薛宝钗，分别见于第四十二回“蘅芜君兰言解疑癖”、第四十五回“金兰契互剖金兰语”。这是小说的重头戏。此前林薛是对立的，此后二人不仅尽释前嫌，而且成为知己。“兰言”一回，是薛宝钗现身说法劝诫黛玉，“一席话，说的黛玉垂头吃茶，心下暗伏，只有答应‘是’的一字”。既称“兰言”，又使黛玉“暗伏”，作者对薛宝钗的肯定乃至欣赏确然无疑。“金兰”一回，林黛玉进一步当面认错：“……大感激你。往日竟是我错了，实在误到如今。”“兰言”“金兰”，都是用的《周易》的典：“二人同心，其利断金；同心之言，其臭如兰。”连续使用同一个典故，肯定不是偶然，作者把薛宝钗定位为与林黛玉“同心”之人。正因为有这些笔墨，“拥薛”派才觉得自己是真正读懂了《红楼梦》的人。

那么，到底是拥林者读懂了，还是拥薛者读懂了呢？可以说，谁也没全懂。如前所述，《红楼梦》这部书的重要特点就是它的思想张力与艺术张力。对薛宝钗或轩或轾的笔墨都是真实的，合在一起才是真实的、完整的薛宝钗。通过对薛宝钗形象的全面认识，我们还可感受到另一更为复杂的思想张力的存在。薛宝钗这一形象很大程度上代表了对社会主流价值的认同，而林黛玉则反之。林黛玉向薛宝钗的认错、“皈依”，在一定程度上反映了作者的矛盾。因为毕竟开篇处他就写下了“愧”“悔”之语：“背父兄教育之恩，负师友规训之德，以至今日一技无成、半生潦倒之罪，编述一集，以告天下人。”这番话不应完全看作“障眼”的戏论，因为书中写到贾宝玉的安富尊荣以及纨绔习气的时候，虽有乐享之意却又有所保留，并不全是欣赏、得意的态度。可以说，在面对逍遥与功名、自由与忠孝、出世与入世诸多矛盾的时候，作者都不是简单地持一种倾向。

《红楼梦》这种富有张力的笔法，有继承《金瓶梅》而来的成分，但又明显有所超越。《金瓶梅》里同样有类似“好了歌”的内容，也是借一个无关紧要的角色——薛姑子之口来道出。

> 先是薛姑子道：“盖闻电光易灭，石火难留。落花无返树之期，逝水绝归源之路。画堂绣阁，命尽有若风灯；极品高官，禄绝犹如作梦。黄金白玉，空为祸患之资；红粉轻衣，总是尘劳之费。妻孥无百载之欢，黑暗有千重之苦。一朝枕上，命掩黄泉。空榜扬虚假之名，黄土埋不坚之骨。田园百顷，其终被儿女争夺；绫锦千箱，死后无寸丝之分。青春未半，而白发来侵；贺

者才闻，而吊者随至。苦苦苦，气化清风尘归土。点点轮回唤不回，改头换面无遍数。”

——《金瓶梅词话》第五十一回

作者安排这段话，显然也有点题的意图。不过，穿插到故事演进之中，又是由薛姑子这样一个人来讲，听众是西门庆的女眷们，其效果便与《红楼梦》完全不一样了。当然，薛姑子的唱词从文字水平来看也远不及“好了歌”，所以不能给读者留下太深的印象。

总体而言，《金瓶梅》也是表现“好”与“了”两个方面，甚至某些具体格局也可以在《红楼梦》中看到疑似“同构”的地方，例如秦可卿之死的大丧事与李瓶儿之死的大丧事。但是，《金瓶梅》的“好”与“了”，不是随处穿插的，而基本是先“好”后“了”的。“好”写得很多很大，最后西门庆一死，大厦倾刻崩塌，一下子全都“了”了。因此，它不像《红楼梦》随处表现出思想张力、艺术张力，而是有些传统笔墨的“劝百讽一”的效果。

分析《红楼梦》的时候，将它与《金瓶梅》做比较，常常可以突显其特点，是一条事半功倍的捷径。小说史研究中有一句“常谈”：“没有《金瓶梅》就没有《红楼梦》。”这当然不是说两部书一定具有现实性的联系，而是从文学发展的逻辑关系看，它们是一条线上的，《金瓶梅》是前面的一个重要环节，而《红楼梦》是与它逻辑关联非常密切的另一个重要环节。

这种逻辑关联表现在哪里呢？在《金瓶梅》之前或与它同时，更多的白话长篇小说是写历史上的事情——历史演义也罢，英雄传奇或神魔也罢，都不是着眼在当下的人生，不是写芸芸众生的人情人性，而从《金瓶梅》开始有了根本性转变，《红楼梦》则在一个新的层面上接续了它。二者都聚焦于一个家庭，写家庭的日常生活，也写家庭的兴衰。这一点很重要，不是写家庭生活里的一般横断面，而是在一个纵轴上写家庭的盛衰史，从而表达作者对人生、社会的哲理性思考。二者都是通过一个家庭来表现社会，特别是表达对社会黑暗的批判。还有一个重要的相承续的方面，就是均围绕着男主人公写了一群性格各异的女性，而且占据了全书笔墨的大半。

这种写法，这样的内容，在《金瓶梅》之前是没有的，而在《金瓶梅》之后，有了《林兰香》等仿效之作，但真正得其神髓而能与之比肩的，却只有《红楼梦》。同时还要指出，《红楼梦》不仅可以与《金瓶梅》比肩，而且还在一些方面对它有所超越，上升到了新的层面上，如：

一、《红楼梦》写的这个家庭（或家族）是一个正常的家，而《金瓶梅》所写的西门庆的家则不是一个正常的家。怎么讲呢？至少在两点上可以讲，西门家是不正常的。一则，西门庆的家由他和六个太太组成，这六个太太中的一半是在本书故事的演进中被西门庆用各种手段骗来或拐来的，然后又随着故事演进一一散去。显然，这不是一个正常的家庭。二则，西门庆除了六个太太之外，没有一个亲人。这真是个很有意思的话题。在情节演进中，这个西门庆上无父母，更不要说祖父母，下无兄弟姐妹，姨表姑表也一概没有。这简直和孙悟空一样，几乎是从石头缝里蹦出来的。作者就是要写这么一个突兀而至的暴发户变态的生活状态。

二、《红楼梦》写的是常态兴衰，是一个演变的趋势，虽然也有些“突变”。而《金瓶梅》则完全系于西门庆之死——吃春药吃过了剂量，又遇到潘金莲这么一个心理变态的色情狂，还不及时把西门庆送医院，结果死在床第之间。他一死，“哗啦啦”，整个冰山就倾倒了。这太缺乏逻辑的必然性了。而《红楼梦》是通过“外面的架子虽没倒，但内囊却尽上来了”的一系列情节来递进式表现的。从经济基础来讲，由于搞得场面太大，表面虽轰轰烈烈，实质已入不敷出；从家族成员的堕落来看，真是一代不如一代，即使有干将如王熙凤，也因贪婪而自挖墙脚，正应了“君子之泽，五世而斩”的规律。这是常态的兴衰。

三、由色情而感情的升华。《金瓶梅》之前被称作“淫书”，当然，我们现在不这么称呼了，但是，即使在旧时代，它有此称呼也有咎由自取的一面。《金瓶梅》确实有格调很低、不堪入目的色情描写，有的还是直接从其他纯粹的色情小说中抄来的。而《红楼梦》即使有涉及性的情节，也写得比较含蓄，其重点在于“情切切”，在于写人的感情世界。这一点，《红楼梦》应是有意与《金瓶梅》“切割”的，所以发明出了“意淫”这个词。这个词初听起来似乎也不甚雅，但它实际上是强调对《金瓶梅》的超越，指的是精神层面的情感相悦。

四、文化格调由俗入雅。《金瓶梅》无论格调还是文字都是相当世俗的。世俗有世俗的优点，但是毕竟比较粗鲁，在情节和一些细节上也处理得比较粗糙。《红楼梦》由于描写对象不同，更由于作者的修养与情趣不同，所以情节与人物都是在“雅文化”的层面上展开的，虽然是通俗小说，但是格调是高雅的，甚至可以看作华夏雅文化的集中展示。

除了这四点，《红楼梦》还有一个更重要的超越，就是比起《金瓶梅》，《红楼梦》有了“亮色”。

这就是一开始我说的，如果爱一个人，就让他去读《金瓶梅》，当他走出《金瓶梅》的世界之后就会发现现实世界原来这么好。但你在《红楼梦》中看到这么雅致的生活场景，这么丰富的情感生活，还有这么多又可爱又聪明的女孩子，心生艳羡之意，走出这个文学世界就可能感到失落。现实当中，大观园在哪里呀？我们到哪里去结一海棠社呀？而这些都为《红楼梦》带来了亮色。不过，《红楼梦》的亮色绝不止于此，更多是在于作品对正面的人格、精神境界的描写。如贾宝玉身为贵公子，却有极为难能可贵的一种平等的观念——即使是十分有限度的；整部作品对女性才情、德性，特别是独立人格的欣赏与肯定；还有作者对污浊的现实所持的批判态度，以及对反抗者的赞美，如对鸳鸯，对晴雯，对尤三姐（此据程高本而言），等等。

《红楼梦》内容丰富而复杂，很多大的方面都包含着内在的矛盾，但不是说作者就没有主导的价值观与叙事态度。我们提出上述亮色，就是要在指出其具有张力特色的同时，注意其主导倾向。

这一点，我们还可以反过来再做一逆向比较。前面是和《金瓶梅》比较，由于二者的承续关系，所以有可比性。《红楼梦》之后与其最有可比性的则是《儿女英雄传》。这样讲，大家可能觉得有些奇怪。因为《儿女英雄传》在不少人的心目中是本武侠小说，如何与《红楼梦》有可比性呢？原来，该书的序言说作者有憾于《红楼梦》，所以要用一个理想的文本来代替它。这好像有些不自量。既然如此，我们就不妨比较一下。开头十三妹大闹能仁寺这段武侠戏略去不说，《儿女英雄传》似乎也是以写家庭为主，但它着眼点却是封建礼教的一套，开口闭口都是“忠孝节义”。拿来一比，就见出了《红楼梦》的好处。曹雪芹和当时的主流观念确有很大程度的疏离，而由于疏离，就在作品中提供了一个不同俗流的价值坐标，于是有了自己的褒贬抑扬，人物形象也就生动、独特、光彩照人了。相形之下，《儿女英雄传》实在是浅俗平庸多了。

第四节 无美不归少女

《红楼梦》在我国文学史上有一个特别重要的贡献，就是以前所未有的关注和同情刻画了一群女性的形象，描绘出了她们的才情、品德和无可逃避的悲剧命运。这是它非常重要的一个特色，也是其独特价值所在。前面讲过，《金瓶梅》开了我国长篇小说以女性为主角之先河。但是，其中有关注，却没有同情，更殊少赞赏。这也是时代风气使然。而从《金瓶梅》问世以后，社会风气逐渐有了大的转变。从晚明到乾隆时期的一个多世纪里，社会对女性的态度有了一个很重要的变化，就是关注并赞赏女性的才情与爱情。这个变化体现在若干零散的文本里，至《红楼梦》集于大成。我在这里举出五部书，它们性质各有不同，不过有一个共同点，就是从中可以看到这一变化的趋势。

我举的第一部书是《午梦堂集》。这是崇祯年间苏州吴江的叶绍袁所编。叶绍袁的妻子和三个女儿都是才情过人的诗人，但皆红颜薄命。女儿叶小鸾最称有才，十七岁临出嫁前早夭。随后其姊叶纨纨、其母沈宜修皆因哀伤过度而谢世。《列朝诗集小传》并收母女三人的事迹。《午梦堂集》收集了叶绍袁一家的诗文，其中特别引人注目的是其妻女的诗词集六种。该书于崇祯九年（1636）初刊后至清末，不足三百年间，便有不同的刻本八种，抄本一种，传播很广。八种刻本，其一由著名诗话作者叶燮（即叶绍袁第六子）编刻，其一由乾隆年间文坛领袖沈德潜作序刊出，其一由晚清名士叶德辉刊刻，这几位都是能够影响文坛的人物，该书的流行与影响可见一斑。这部书除了张扬女性的才华、惋惜她们不幸的命运之外，还有一部分奇特的内容，很可能对《红楼梦》产生过直接的影响。这就是其中详细记载的金圣叹的“无叶堂”构想。

叶小鸾去世后，叶绍袁无比哀痛，亟思能召回爱女灵魂再见一面。当时金圣叹正与几个朋友热衷扶乩。叶绍袁便请他来家中，为叶小鸾等招魂。金圣叹先后多次到叶宅，“邀请”了几位亡灵到场“对话”，其间发明出了“无叶堂”等话题，对当时及日后都有相当的影响。这些经过与金圣叹的话语均载入《午梦堂集》。

> 此是发愿为女者，向固文人茂才也。虔奉观音大士，乃于大士前，日夕回向，求为香闺丽质，又复能文。及至允从其愿，生来为爱，则固未注佳配也。少年修洁自好，搦管必以袖衬，衣必极淡而整。宴尔之后，不喜伉俪，恐其不洁也。每自矢心，独为处子。嘻！亦痴矣。今归我无叶堂中。
>
> ——叶绍袁编《午梦堂集》

读者虽大多不知此事与金氏有关，但他降神时托名于佛门“泐大师”却更容易耸动耳目。《红楼梦》的女性观以及若干具体笔墨，都可以看出受金圣叹的观点以及叶小鸾事迹影响的印痕。

《午梦堂集》九次提到所谓“无叶堂”，综合其内容，金圣叹发明的这个“无叶堂”理想可以描述如下——这是凡尘之外的一个女性乐园，进入者都是有佛缘的才女的魂灵；主持其事的是半佛半仙的

“泐大师”，她既是乐园诸女性的精神导师，又是沟通女魂与凡间的联系人、桥梁（实际是金圣叹幻想中的化身）；无叶堂排斥男性，即使生前有亲属关系的“男魂”，也只有住在外堂的份儿；这个无叶堂还带有处子崇拜的色彩（以致称夫妻生活为“鄙亵”），对于叶小鸾则强调其婚前去世而来至此地，对于叶纨纨则强调“琴瑟七年，实未尝伉俪也”；无叶堂中，诸才女魂灵都有婢女服侍，过着舒适的生活。

类似这种专为女性设立的世外天堂，此前似乎没有见诸过文字，而在此后清代的长篇小说中却先后出现于《金云翘传》《女仙外史》《红楼梦》《镜花缘》等作品里。特别是《红楼梦》中的太虚幻境，上述无叶堂的特征几乎全都有所表现。考虑到林黛玉的形象与叶小鸾有诸多相似之处（才高体弱、能诗、婚姻未成等），考虑到《红楼梦》与《午梦堂集》其他方面的可比性，认为太虚幻境的构想很可能从无叶堂中得到过启发，恐怕也不能说成是无稽之谈吧。

另外，无叶堂的构建（想象之中的构建）强化了两性差别的观念，不过是站在女性的立场上来强化的（男性只能停留在“外堂”）。从这个意义上说，“无叶堂”观念的提出与传播，对清代文坛的“才女崇拜”潮流具有很强的加温作用，这也是影响《红楼梦》“堂堂须眉诚不若彼裙钗”这一观点的潜在因素。

我举出的第二部书是《平山冷燕》。这是一部所谓“才子佳人小说”，在文学史上至多算是二流半，但在我们这个话题里却有其特别的价值。自从曹雪芹借贾母之口贬抑才子佳人小说以后，人们多把《红楼梦》看作这类作品的对立面，是拨乱反正之作。其实，这只是问题的一个方面。若换个角度看，曹氏的议论恰好说明他读过不少才子佳人小说，对这类作品相当熟悉。其实《红楼梦》的直接源头之一恰在这些不起眼的作品中，只不过是化蛹成蝶，有了质的飞跃而已。我曾经写过一篇小文章，指出另一篇“才子佳人小说”《吴江雪》里的雪婆乃是《红楼梦》里的刘姥姥的前身。对于我们这个话题来说，《平山冷燕》有三点可注意。第一，不是在一般意义上赞美少女的才情，而是一定要让她们“压倒须眉”。才女山黛才学不仅压倒满朝官员，还压倒了才子状元。作品写天子赐她一条玉尺，成为衡量天下人才分的“裁判长”。作者还借才子燕白颔之口叹服：“天地既以山川秀气尽付美人，却又生我辈男子何用！”第二，以两个隽才美女来对写，让二人才、美俱在伯仲之间；而且其一名山黛，其一名冷绛雪（《红楼梦》则为林黛玉与薛宝钗，而薛宝钗的图谶以“雪”指代“薛”，薛宝钗又常服“冷香丸”）。第三，书中有一小丑似的纨绔子弟张寅，作诗出丑，与薛蟠作诗有隐约相似处。

第三部是《金云翘传》。这是一部很有特色的小说，我曾专门写过一篇文章，讨论其中流露的清初汉族读书人“身辱心不辱”的复杂心态。这里将其提出，一则因为这是我国古代第一部以一个女性的命运贯穿全书、以一个女性为唯一主人公的小说，而这位女性又是才情过人、性格刚毅却又历经磨难的悲剧人物；二则因为其中有些笔墨似与《红楼梦》不无瓜葛。书中第二回写王翠翘梦遇刘淡仙，刘淡仙托断肠教主之名，请王翠翘题咏十首，为《惜多才》《怜薄命》《悲歧路》《哀青春》《苦零落》《苦相思》等，一一编入《断肠册》中。每一首均是对一个女性永恒之悲感主题的诠释，从而布下“怨书”的基调，也成为王翠翘一生的预言。《红楼梦》的“太虚幻境”“警幻仙子”，以及“金陵十二钗正副册”的思路，与此何等相似！

第四部是纳兰词。我把这点提出来，是有点风险的。因为把纳兰性德与《红楼梦》联系起来，很容易被正宗的“红学家”讽为“索隐派”，讽为“荒诞不根”。清人传说乾隆皇帝指《红楼梦》所写为“明珠家事”，这当然是站不住脚的。但由此把纳兰性德与《红楼梦》的关系彻底割断，却也属因噎废食。纳兰性德作为清初影响最大的词人，又是著作宏富、交游广泛的学者，曹雪芹若是对他一无所知，那实在是不可思议的事情。何况纳兰与雪芹祖父曹寅有过从，有相赠诗词留存。我们特别要指出的有两点，一是纳兰作品中表现出的个人气质——看淡功名，多情哀怨，肝胆交友，忏悔人生，与曹雪芹笔下的贾宝玉颇有可比之处；二是其作品中与《红楼梦》意境乃至用词相似、相同之处多多，假如理解为曹雪芹熟习纳兰词，深入骨髓，无意中自然流注于笔下，似乎也无甚不妥。

这样的例子太多了，我们在此只举出几个。有兴趣的人不妨找来纳兰词自己看看，再做出判断。王国维举过的我们就不举了①，这首《摊破浣溪沙》十分耐人寻味：“林下荒苔道韫家，生怜玉骨委尘沙。愁向风前无处说，数归鸦。半世浮萍随逝水，一宵冷雨葬名花。魂是

① 故《红楼梦》之主人公，谓之贾宝玉可，谓之子虚乌有先生可，即谓之纳兰容若、谓之曹雪芹亦无不可也。综观评此书者之说，约有二种：一谓述他人之事，一谓作者自写其生平也。第一说中大抵以贾宝玉为即纳兰性德。其说要无所本。案性德《饮水诗集·别意》六首之三曰：“独拥余香冷不胜，残更数尽思腾腾。今宵便有随风梦，知在红楼第几层？”

又《饮水词》中《于中好》一阕云：“别绪如丝睡不成，那堪孤枕梦边城。因听紫塞三更雨，却忆红楼半夜灯。”

又《减字木兰花》一阕咏新月云：“莫教星替，守取团圆终必遂。此夜红楼，天上人间一样愁。”

“红楼”之字凡三见，而云“梦红楼”者一。又其亡妇忌日作《金缕曲》一阕，其首三句云：“此恨何时已！滴空阶、寒更雨歇，葬花天气。” （转下页）

柳绵吹欲碎，绕天涯。”（以“冷雨葬名花”与“林下道韫家”相关联，其意味较之王国维所举“葬花天气”更耐琢磨——特别是“林下”的文化意蕴，我们后面要重点来讲。）其他如同调：“人到情多情转薄，而今真个悔多情”“方悔从前真草草，等闲看”。《念奴娇》：“人生能几？总不如休惹、情条恨叶……愁多成病，此愁知向谁说？”《贺新郎》：“便决计、疏狂休悔。但有玉人常照眼，向名花美酒拼沉醉。天下事，公等在。”境界、意味都与《红楼梦》有相通之处。

第五部是《林兰香》。这部作品在形式上最接近《金瓶梅》，也是以一夫多妻家庭的矛盾为主线，但是其主人公燕梦卿的悲剧是全书的中心。作者以十二分的同情刻画了这一才女形象：她出身名门，才华过人，却幼遭不幸；生就好强而敏感的性格，在耿朗家中处处小心却又经常受到刺激；抑郁多病，终于在哀怨伤感中夭亡。除去其性格基调与林黛玉有些许相似外，这部书还有一点特别值得提出，就是反复写梦，把燕梦卿的命运同梦境紧密关联。作为悲剧主人公，燕梦卿的一生似乎一直生活在梦幻之中，第五回的梦是其一生命运的预示，也是全书的缩影，而第三十五回“燕梦卿重惊旧兆”，又让前梦重现，“梦卿抚枕自思，此梦恰与洪熙年间十二月作的相同。……可见人生世上，寿夭穷通，终归乌有，又何必苦相争执哉”[①]。这就是燕梦卿临死前对命运的突然感悟。燕梦卿的一生就是一场噩梦，而这种梦幻式

（接上页）“葬花”二字始出于此。然则《饮水集》与《红楼梦》之间稍有文字之关系，世人以宝玉为即纳兰侍卫者殆由于此。然诗人与小说家之用语其偶合者固不少，苟执此例以求《红楼梦》之主人公，吾恐其可以傅合者断不止容若一人而已。（王国维《红楼梦评论·余论》）

① 《林兰香》，华夏出版社，1995 年，第 131 页。

的悲剧情绪也似乎传染了别人，耿朗曾感叹："可见人生世上，真如梦幻泡影，反不及这一片纸，千里万里，千年万年的流传不朽。"作者自己也站出来说："事到头来浑是梦，炎凉空自费争执。"作品通过燕梦卿的悲剧来表达更大的悲剧意识。因而书中的人物最终全部死尽，燕梦卿的遗物也在一场大火中焚为灰烬，耿家的一切只由一曲弹词流传，但最终弹词也被禁止演唱。这种结局可以说是真正的"落了片白茫茫大地真干净"。这样浓重的感伤色彩在我国小说中是不多见的，也是这部作品一个突出的特色。

我给大家介绍这五部书，主要目的还不在于一一找出它们与《红楼梦》的相似之处，而是要说明《红楼梦》这样来表现女性，并非突兀而至，乃是时代风习渐次转变的结果。其实，从这个角度我们还可以举出一些作品，例如清初的弹词《天雨花》，曾被某些评论家认为堪与《红楼梦》齐名，其中的女主人公无论学识还是才干都让男人们汗颜。稍晚于《红楼梦》的弹词《再生缘》，更是塑造了才情压倒天下男子的孟丽君这一形象。更晚一点的龚自珍，诗词作品中也颇有能接续纳兰词的意味和境界的。[①] 这些提示我们要读懂《红楼梦》，不能全靠挖掘曹家的史实，那其实在一定程度上是上了脂砚斋、畸笏叟的当。《红楼梦》肯定有作者自家生活的投影，但同时还有作者从文学

① "无分同生偏共死，天长恨较长。风灾不到，月明难晓，昙誓天旁。偶然沦谪处，感俊语，小玉聪狂。人间世，便居然愿作长命鸳鸯。　幽香，兰言半枕，欢期抵过八千场。今生已矣，玉钗鬟卸，翠钏肌凉。赖红巾入梦，梦里说，别有仙乡。渺何方？向琼楼翠宇，万古携将。"龚自珍这首《瑶台第一层》写于嘉庆年间，其时《红楼梦》刊本已流行，但不知这位寄寓京师的风流才子是否得见。不过，这首词的情调与小说颇相近，可见一时之风习。

传统中撷取的素材，还有自己的心营意造。三个方面的圆融，才是曹雪芹的真本领。如果只是自传，那实在谈不上什么伟大了，当然，自传也绝不可能写得这么生动、丰满、空灵。

讲过了渊源，我们该来具体看看曹雪芹笔下的女性形象了。

我们还是先从观念层面入手，看看曹雪芹和贾宝玉的女性观。大家有可能会说这个命题不伦不类，曹雪芹是作者，贾宝玉是他塑造的人物，贾宝玉的女性观，自然就是作者的女性观。这个不尽然！曹雪芹塑造了很多人物，但不能说每个人的思想都是他的。曹雪芹的女性观虽在《红楼梦》中有所表达，但不是在小说的故事进展中，也不是借其中人物之口说出来的，是在小说一开始的“帽”里直接说出来的。曹雪芹讲了他为什么要写《红楼梦》，他的动因何在。他说，一个重要原因就是要为女性张目：

> 今风尘碌碌，一事无成，忽念及当日所有之女子，一一细考较去，觉其行止见识，皆出于我之上。何我堂堂须眉，诚不若彼裙钗哉！实愧则有余，悔又无益之大无可如何之日也！当此，则自欲将已往所赖天恩祖德，锦衣纨绔之时，饫甘餍肥之日，背父兄教育之恩，负师友规训之德，以至今日一技无成，半生潦倒之罪，编述一集，以告天下人：我之罪固不免，然闺阁中本自历历有人，万不可因我之不肖，自护己短，一并使其泯灭也。虽今日之茅椽蓬牖，瓦灶绳床，其晨夕风露，阶柳庭花，亦未有妨我之襟怀笔墨者。虽我未学，下笔无文，又何妨用假语村言，敷演出一段故事来，亦可使闺阁昭传，复可悦世之目，破人愁闷，不亦宜乎？

短短一段文字，对“女子”“裙钗”“闺阁”再三致意，而且强调写作《红楼梦》的一个重要动机，就是要为这些女子作传。为什么要作传呢？因为“其行止见识，皆出于我之上”。“我”的见识、才具确实不如她们啊！由此可见，曹雪芹的女性观是基于男女平等思想的，是对女性高度尊重的。这一思想可以说贯穿全书，他对书中人物的臧否，与性别因素从无关联；他不仅赞美貌美如花的少女，对慈祥、明达的贾母，温和、贤惠的李纨等，都以欣赏的笔触细加描写，甚至对农妇刘姥姥在调侃之余也不乏赏识之意。

作为小说的第一主角，贾宝玉的言行观念与作者关涉最密，认为贾宝玉的女性观念基本同于曹雪芹，这应是没有疑问的。但问题不止于此。贾宝玉作为那种身份、那样年龄的贵公子，还有属于他自己的观念。他的性别观最有名的是“水泥论”。第二回冷子兴演说荣国府时，提到了贾宝玉的“孩子话”：

> 他说：“女儿是水作的骨肉，男人是泥作的骨肉。我见了女儿，我便清爽；见了男子，便觉浊臭逼人。”

这个话的关键不在“水”和“泥”，关键在于后面的两个字，一个（水）清，一个（泥）浊。[①] 说女孩子很“清”，就是说她们保持着性情的纯洁；说男人们都“浊”，是说他们社会化的程度高，进入了社

---

① “水泥论”并非曹雪芹向壁虚造，而是从传统经典中汲取、演化而来的。《周易·说卦》：“艮三索而得男，故谓之少男；兑三索而得女，故谓之少女。”艮为山，土质；兑为泽，水质。咸卦上兑下艮，即喻男女之事。

会这架机器之后，本性埋没，被世俗的价值观污染后一味计较功利。作为贾宝玉的镜像，甄宝玉还说，“女儿”这两个字极尊贵、极清静，比阿弥陀佛、原始天尊这两个宝号还尊贵，这也是在强调女性的清纯，其尊贵在于其“极清纯”，所以是无可比拟的。这些观点与曹雪芹应该说是一致的，只是更刺激、更惊世骇俗一些。

可是接下来的问题就有一点复杂了。贾宝玉并不是对所有的女性都给予这么高的评价。他有一个奇特的“女性三阶论”：“女孩儿未出嫁，是颗无价之宝珠；出了嫁，不知怎么就变出许多的不好的毛病来，虽是颗珠子，却没有光彩宝色，是颗死珠了；再老了，更变的不是珠子，竟是鱼眼睛了。分明一个人，怎么变出三样来？”（第五十九回）这里面有一点少女崇拜的意思了。贾宝玉对女孩子几乎全部是很友善甚至很喜爱的，但是对“婆子们”却几乎全部是厌恶的，甚至于对自己的奶妈也是“大老厌恶”，非常绝情地嚷：“我小时候吃过他几日奶……如今我又吃不着奶了，白白的养着祖宗做什么！撵了出去，大家干净！”（第八回）怎么来看贾宝玉的这种观点以及这些行为呢？我的课上有位同学用贾宝玉对贾雨村的态度来佐证，我来概括一下她的思路。一、女孩的形象从某种程度上有一点象征的意味，就是一种纯净的生命，这个生命是非常美好的，但又是很脆弱的，在小说中，作为一个意象与它相呼应的就是葬花一幕，这个落花象征着女孩子青春易逝、纯洁难保。二、当女孩子出嫁以后，她就加入到了现实的社会生活之中，而在贾宝玉看来，现实的社会是充满功利的、充满权诈的，所以女孩们就被污染了。三、贾雨村的形象可作为旁证。他虽然不是个女儿身，但是他原来比较淳朴，本性还不错，也挺有抱负的，可是一旦进入了名利场这个大酱缸，很快就被染坏了。

我同意这种分析，还可以补充一点，贾宝玉的形象也可佐证。他本来是一块淳朴的石头，一到红尘当中就被污染了，迷失了本性。性灵与污染，是《红楼梦》最深层的一个价值命题，与此相呼应，贾宝玉的“女性三段论”是有一定道理的。但是，就性别观、女性观本身来说，其偏颇之处又是显而易见的。因为这种看法显然是从男性中心出发的，而且有把女性对象化的倾向，严重点说，也有欣赏、玩赏的色彩。前面描述的曹雪芹的女性观中，没有这样的内容，或者说没有这样明显的内容。而贾宝玉这样说、这样做，是和他的贵公子身份相符的。我们自然不会完全认同他的这些观点，但是我们应该认同曹雪芹的形象塑造。有了这些偏颇的“怪论”，贾宝玉才能作为空前绝后的“这一个”从纸面上站立起来。

另外，讲到《红楼梦》中的女性形象，有一个人似乎不应忽略，就是王熙凤。以笔墨生动而论，凤姐绝不在任何一个女孩子之下。她出场的第一幕是第三回，林黛玉初进贾府，贾母因思女伤感落泪，于是，整个大厅里“个个皆敛声屏气，恭肃严整”。此时，王熙凤一步闯进来，“携着黛玉的手，上下细细打谅了一回，仍送至贾母身边坐下，因笑道：‘天下真有这样标致的人物，我今儿才算见了！况且这通身的气派，竟不象老祖宗的外孙女儿，竟是个嫡亲的孙女，怨不得老祖宗天天口头心头一时不忘。只可怜我这妹妹这样命苦，怎么姑妈偏就去世了！’”这几句话，明面上是称赞黛玉，弦外音则加倍奉承了贾母；明面上说的是贾母如何想念黛玉，弦外音却是自己对黛玉的关切。不仅如此，话里话外还照顾到在座的迎春与探春。接下来答复

王熙凤

王夫人时，王熙凤立刻改变了口气：“这倒是我先料着了，知道妹妹不过这两日到的，我已预备下了，等太太回去过了目好送来。”这显示出其作为大管家处理家务的能力：既周到又不专擅，说话滴水不漏，处理人际关系八面玲珑。简单的几笔，就勾勒出与众不同的“凤辣子”形象。可以说，在两三千年的中国文学人物形象长廊中，“凤辣子”绝对是个独一无二的存在。

有一点需要我们进一步思考，作者对凤姐这一艺术形象是什么态度？说凤姐是个什么形象，这比较容易，一归纳就出来了，但讨论作者对她的态度就复杂了，甚至比讨论作者对薛宝钗的态度还要复杂。我曾经有个比喻，说王熙凤是“烈酒酿的骨肉”，不过细想又不太恰切。大家不妨思考一下，若有独到之处、会心之妙，不妨写成小文章，我随时愿意做你们的读者。

第五节　两峰对峙　双水分流

这一节我们将进入百年大难题。要具体分析《红楼梦》中的女性形象，面对的第一个问题，也是无法绕过去的问题就是“林薛优劣辨”。清末，邹弢在《三借庐笔谈》中讲了一个有趣的故事：“许伯谦茂才绍源论《红楼梦》，尊薛而抑林，谓黛玉尖酸，宝钗端重，直被作者瞒过。……己卯春，余与伯谦论此书，一言不合，遂相龃龉，几挥老拳，而毓仙排解之，于是两人誓不共谈《红楼》。秋试同舟，伯谦谓余曰：‘君何为泥而不化邪？’余曰：‘子亦何窒而不通邪？’一笑而罢，嗣后放谈，终不及此。”那个时代谈论《红楼梦》，当然没有什么“先觉”“叛逆”之类的视角或话题，所以“林薛优劣”几乎是人人要表态的问题。后来便有人来归纳：尊薛尊林各有道理，交朋友，林黛玉真率、聪颖，自是最佳选择；娶媳妇则要娶薛宝钗，适合处理日常事务。[1]到了俞平伯的笔下，进一步折中，提出了“两峰对峙，双水分流”的观点，主张春兰秋菊各极一时之秀。而林语堂则把这种“各有各的好处”的观念用到自己的小说创作中，创建了一种“双妹模式”——《京华烟云》中的木兰与莫愁，《红牡丹》中的牡丹与素馨，《赖柏英》中的赖柏英与韩沁，等等，让每个男主人公都享受到“黛玉做情人，宝钗做妻子”的“人生至乐”。

上述的“林党”“薛党”用的都是一种代入法的思路，就是把《红楼梦》当作真实的世界，设想自己到这个世界中将如何生活。这其实并不是文学批评了。还有一派是借题发挥派，这在20世纪三四十年代成为一道文化风景。吴宓是坚定的“拥林派”。当初西南联大的时候，在学生学习区外有一家小饭馆，又肮脏又破旧，可门口挂了一块招牌叫“潇湘馆”。吴宓认为不能忍受，就抡起文明棍要去砸人家的招牌，说“不能如此辱没了我的林妹妹”。这是吴宓。这似乎不能摆脱作秀的嫌疑——真要砸的话就不会这么嚷嚷了。端木蕻良的言论就更极端了，他说：“薛宝钗是何许人呢？她是封建势力派

① “直到今天，不少中国人还有‘娶妻当如薛宝钗’之想。诚然的。宝钗是美貌，是端庄，是和平，是多才，是一般男子最感到‘受用’的贤妻。如果你是一个富贵大家庭的主人，她可以尊重你的地位，陪伴你的享受；她能把这一家长幼尊卑的各色人等都处得和睦而得体，不苟不纵；把繁杂的家务管理得井井有条，不奢不吝。如果你是一个中产以下的人，她会维持你合理的生活，甚至帮助你过穷苦的家计，减少你的许多烦恼。如果你多少有些生活的余裕，她也会和你吟诗论画，满足你风雅的情怀。她使你爱，使你敬，永远有距离地和平相处度过这一生。不合礼法的行动，不近人情的说话，或是随便和人吵嘴怄气的事，在她是绝不会有的。寻找人间幸福的男子们大概没有不想望（向往）着有宝钗这样一个太太的理由罢。”（王昆仑《红楼梦人物论》）

林黛玉

出的一个间谍，让她卧底到宝玉的身边来，来破坏宝玉这样一个新思想青年的生活。”萧军则完全是另一派，他说：“什么林妹妹宝姐姐，都是一群‘寄生虫’，我恨不得跳进大观园，把她们的生活捣个稀烂！

薛宝钗

一个值得我喜欢的都没有。”现在来看，是不是有些匪夷所思？

曹雪芹本人是什么态度呢？这就要去看作品中是怎么描写的了。作为文学批评，一定要避免两个误区：一个是代入法，把文学世界当作现实生活的世界，把自己置身其中来发表意见；一个是情绪化，借题发挥。我们下面采取的当然是不同的方法。我们要两步走：第一步，客观地胪列文本中的相关描写，分析其中的意义；第二步，探讨这些笔墨深层的文化内涵。

以作者口吻比较林薛二人，首推第五回的一段文字。这是薛宝钗刚刚来到贾府寄居之时：

> 如今且说林黛玉自在荣府以来，贾母万般怜爱，寝食起居，一如宝玉，迎春、探春、惜春三个亲孙女倒且靠后；便是宝玉和黛玉二人之间之亲密友爱处，亦自较别个不同，日则同行同坐，夜则同息同止，真是言和意顺，略无参商。不想如今忽然来了一个薛宝钗，年岁虽大不多，然品格端方，容貌丰美，人多谓黛玉所不及。而且宝钗行为豁达，随分从时，不比黛玉孤高自许，目无下尘，故比黛玉大得下人之心。便是那些小丫头子们，亦多喜与宝钗去顽。因此黛玉心中便有些悒郁不忿之意，宝钗却浑然不觉。

这一大段林薛比较，字面上全是薛优于林："年岁虽大不多，然品格端方，容貌丰美，人多谓黛玉所不及。"这句话怎么理解？注意，作者在这里直接出面说了"人多谓黛玉所不及"。那么具体来说，林是哪里不及呢？一是"宝钗行为豁达，随分从时"，特别适合与众人相处。在她所处的环境里，她总能使自己和环境的要求打成一片。而林黛玉则"孤高自许，目无下尘"，自己站在一个很高的精神层面上俯视众生，不肯和大家同在一个世俗的世界里生活。后面紧接着就说薛宝钗比林黛玉"大得下人之心"。底下的人之所以喜欢薛，是因为薛不挑他（她）们的毛病，反“目无下尘”之道而行，以至于“小丫头子们亦多喜与宝钗去顽”。

这里有一个问题，“人多谓黛玉所不及”这句话，话里有话。看起来，薛好像比林强，但这里是“人多谓”，也就是“大家都说”。“大家”都是哪些人呢？是包括小丫头在内的各色人等。这里就有两层意思存在了：一层是薛宝钗确有很多长处，像“容貌丰美、品德端方”等，这是表面的意思，读者一眼就能看出来；还有一层是较为隐蔽的，读者会有感觉，但不细想便不显豁，这就是薛宝钗会赢得舆论。

我国古代对于个人与社会的关系历来有两种倾向，一种是“克己复礼”——约束自己的个性与欲望，使行为合乎礼法的要求，也就是遵从社会通行的规则。这是孔子提出的。但是孔子又强调，这一倾向走向极端就是“乡原”，“德之贼也”。孟子对此有详细论述，说明不讲原则地赢得舆论好评对于社会道德的危害。① 另一种是“自然”——把保持真实的天性作为最高的价值标准。《老子》《庄子》都有很强烈的呼吁，如《庄子》明确主张“受于天”，“不可易”，应“侔于天”，而不能“恤于人”“以观众人之耳目哉”。②

当然，不能说作者这里就是把薛宝钗判定为“乡原”了，毕竟此

① “阉然媚于世也者，是乡原也……同乎流俗，合乎污世，居之似忠信，行之似廉洁，众皆悦之，自以为是，而不可与入尧舜之道，故曰‘德之贼’也。”（《孟子·尽心下》）

② “礼者，世俗之所为也；真者，所以受于天也，自然不可易也。故圣人法天贵真，不拘于俗；愚者反此，不能法天，而恤于人，不知贵真，碌碌而受变于俗。”（《庄子·渔父》）

“畸人者，畸于人而侔于天……彼又恶能愦愦然为世俗之礼，以观众人之耳目哉！”（《庄子·大宗师》）

时的薛宝钗还只有十三岁（要说明一下，《红楼梦》中的人物年龄存在混乱，特别是贾宝玉、贾元春等，颇有矛盾之处，唯独薛宝钗，一开始就明确无误地交待了她的准确年龄），但叙事口吻却略有把读者的感受朝这个方向引导的嫌疑。一般而言，在现实生活中对礼教反感的人，都不会喜欢薛宝钗，根子就在这个地方种下。

薛宝钗这样表现，有没有刻意与林黛玉竞争的动机呢？小说没有正面交待，但也有朦胧的暗示，就是“人多谓黛玉所不及”，“故比黛玉大得下人之心”。大家都有了比较的意思，可见二人在一起的时候，宝钗虽未见得完全自觉，却也是采取了明显有别于黛玉的言行方式。

那么作者对于这样一个既可褒称为“明白事理”又可贬称为“虚伪圆滑”的人物，他的真实态度究竟如何？他笔下的男主角贾宝玉的态度又究竟如何？这个话题，我们在前面讲“张力”的时候已经接触到一些，下面再稍微具体、详细地看一看。我们选取这样一些所谓“两峰对峙”的笔墨，看小说是怎么写的。先看第八回《比通灵金莺微露意　探宝钗黛玉半含酸》。这是两个人第一次同时出现在一个场景里，然后发生了一些隐含的冲突。这里是第一次具体地描写“黛玉含酸”，而且写得十分微妙。我们举两个小例子：一个是薛姨妈和薛宝钗阻拦贾宝玉喝冷酒，“宝玉听这话有情理，便放下冷酒，命了暖来方饮”。下面描写林黛玉的情态：

> 黛玉磕着瓜子儿，只抿着嘴笑。可巧黛玉的小丫头雪雁走来……（黛玉）笑道：“也亏你倒听他的话。我平日和你说的，全当耳旁风；怎么他说了你就依，比圣旨还快些！”

尚未解风情的小儿女的嫉妒情态如在目前。薛宝钗的反应呢？小说写道："宝钗素知黛玉是如此惯了的，也不去睬她。"完全是大度的、正面的姿态。另一个例子是，宝玉将离开薛家，对小丫头的服侍不满意，这时对黛玉有一段相当细致的行为描写：

> 黛玉站在炕沿上道："罗唆什么！过来，我瞧瞧罢。"宝玉忙就近前来。黛玉用手整理，轻轻笼住束发冠，将笠沿掖在抹额之上，将那一颗核桃大的绛绒簪缨扶起，颤巍巍露于笠外。整理已毕，端相了端相，说道："好了，披上斗篷罢。"宝玉听了，方接了斗篷披上。

一个小小的细节竟花费如许笔墨，为什么？这正是《红楼梦》与前面五部书明显不同的地方，看似非常琐屑的写法，细体会，有很强的表现力。这样写，把林黛玉对贾宝玉的关心、体贴表现出来，显示她不是（或不只是）"小性儿、行动爱恼的人""会辖治的人"；同时，又表现出宝黛之间的特殊关系——"罗唆什么"的呼唤、"端相了端相"的神态，都是他人绝不曾有的亲密无间；另外，还有若隐若现的一层——考虑到前文对薛姨妈、薛宝钗的描写，以及林黛玉"拈酸"的反应，这里表现出和贾宝玉的特殊亲密关系，也有黛玉微妙的心理在："我"跟他是这么亲切，这是属于"我"的一个世界。作为又高傲又自卑的"孤儿"，这实在是很正常的自我保护。

这一回对薛宝钗着墨不多，基本是正面的描写。我们再来看一个更热闹的情节：第二十回到第二十一回，林黛玉、薛宝钗与史湘云同时出场。这一段是史湘云的重头戏，既写了她豪爽的性格，又写了她同贾宝玉亲昵的关系。但是，从叙事的效果看，围绕着史湘云，钗黛的表现更加吸引读者的注意。因为对全书的大格局来说，这一段有承上启下的功能。所谓“承上”，就是把林黛玉因危机感而来的“小性”进一步加以渲染：

> 只见史湘云大笑大说的，见他两个来，忙问好厮见。正值林黛玉在旁，因问宝玉：“在那里的？”宝玉便说：“在宝姐姐家的。”黛玉冷笑道：“我说呢，亏在那里绊住，不然早就飞了来了。”宝玉笑道：“只许同你顽，替你解闷儿。不过偶然去他那里一趟，就说这话。”林黛玉道：“好没意思的话！去不去管我什么事，我又没叫你替我解闷儿。可许你从此不理我呢！”说着，便赌气回房去了。宝玉忙跟了来，问道：“好好的又生气了？就是我说错了，你到底也还坐在那里，和别人说笑一会子。又来自己纳闷。”林黛玉道：“你管我呢！”宝玉笑道：“我自然不敢管你，只没有个看着你自己作践了身子呢。”林黛玉道：“我作践坏了身子，我死，与你何干！”宝玉道：“何苦来，大正月里，死了活了的。”林黛玉道：“偏说死！我这会子就死！你怕死，你长命百岁的，如何？”宝玉笑道：“要像只管这样闹，我还怕死呢？倒不如死了干净。”黛玉忙道：“正是了，要是这样闹，不如死了干净。”宝玉道：“我说我自己死了干净，别听错了话赖人。”正说着，宝钗走来道：“史大妹妹等你呢。”说着，便推宝玉走了。这里黛玉越发气闷，只向窗前流泪。

显然，她的“小性”更加严重了：抬腿就走，全不管客人史湘云的感受；话也说得更决绝了。“承上”，还把薛宝钗的“识大体，顾大局”的特点进一步渲染了一笔：宝玉、黛玉的离开对于史湘云来讲近于无礼，所以宝钗过来把宝玉“推走了”。这一笔很简单，但也别有意味。试想薛宝钗刚刚来到贾府时，她会不顾林黛玉的反应，强行把贾宝玉从林黛玉的身边“推”开吗？当然是不会的。现在这一“推”，表现出薛宝钗与林黛玉实际地位以及心理态势的此消彼长，也表现出薛宝钗处理问题的能力。如果不管前因后果，只看这段文字，感觉上应是褒薛贬林的。可是，这一大段文字不仅承上，还有启下。情节的发展却又峰回路转：

> 没两盏茶的工夫，宝玉仍来了。林黛玉见了，越发抽抽噎噎的哭个不住。宝玉见了这样，知难挽回，打叠起千百样的款语温言来劝慰。不料自己未张口，只见黛玉先说道：“你又来作什么？横竖如今有人和你顽，比我又会念，又会作，又会写，又会说笑，又怕你生气拉了你去，你又作什么来？死活凭我去罢了！”宝玉听了，忙上来悄悄的说道：“你这么个明白人，难道连‘亲不间疏，先不僭后’也不知道？我虽糊涂，却明白这两句话。头一件，咱们是姑舅姊妹，宝姐姐是两姨姊妹，论亲戚，他比你疏。第二件，你先来，咱们两个一桌吃，一床睡，长的这么大了，他是才来的，岂有个为他疏你的？”林黛玉啐道：“我难道为叫你疏他？我成了个什么人了呢！我为的是我的心。”宝玉道：“我也为的是我的心。难道你就知你的心，不知我的心不成？”林黛玉听了，低头一语不发，半日说道：“你只怨人行动嗔怪了你，你再不知道你自己怄人难受。就拿今日天气比，分明今儿冷

的这样，你怎么倒反把个青肷披风脱了呢？”

这在全书中是非常重要的一段对话，其重要性体现在三个方面。第一，这是宝玉和黛玉第一次“把话说开了”——宝玉表态“疏不间亲”，明确了黛玉在彼此关系上的优先地位；黛玉听到这一表态后，立刻做出大度的姿态，“我成了个什么人了呢！”第二，两个人首次明确“为的是我的心”。从这次“交心”开始，黛玉又陆续两次听到贾宝玉关于志趣相投的表白，逐渐心安，于是宝、黛、钗的关系逐步进入了新阶段。宝黛之间的感情渐次展示出了更深刻的内涵，比起《西厢记》《牡丹亭》式的郎才女貌、一见钟情，跃升到一个更高的层次。第三，这段对话在艺术表现上，是《红楼梦》式的心理描写的典范，脂砚斋就此提出了著名的“囫囵语”说：“写宝玉之发言，每每令人不解；宝玉之生性，件件令人可笑。不独不曾于世上亲见这样的人，即阅今古所有之小说传奇中，亦未见这样的文字。于颦儿处更为甚。其囫囵不解之中实可解，可解之中又说不出理路。合目思之，却如真见一宝玉，真闻此言者，移之第二人万不可，亦不成文字矣。余阅《石头记》中至奇至妙之文，全在宝玉、颦儿至痴至呆囫囵不解之语中……”（第十九回脂批）即通过逻辑上“囫囵难解”的话语，可以表现特定人物在特定情境的微妙心态——黛玉的“青肷披风”正是虽无道理却很传神的“囫囵”妙语。

作者不肯就此打住，下面又接上一段“俏语谑娇音”，仍然有一举三得的效果：

二人正说着，只见湘云走来，笑道：“二哥哥，林姐姐，你

> 们天天一处顽，我好容易来了，也不理我一理儿。”黛玉笑道：“偏是咬舌子爱说话，连个‘二’哥哥也叫不出来，只是‘爱’哥哥‘爱’哥哥的。回来赶围棋儿，又该你闹‘幺爱三四五’了。”宝玉笑道：“你学惯了他，明儿连你还咬起来呢。”史湘云道：“他再不放人一点儿，专挑人的不好。你自己便比世人好，也不犯着见一个打趣一个。指出一个人来，你敢挑他，我就伏你。”黛玉忙问是谁。湘云道：“你敢挑宝姐姐的短处，就算你是好的。我算不如你，他怎么不及你呢。”黛玉听了，冷笑道：“我当是谁，原来是他！我那里敢挑他呢。”宝玉不等说完，忙用话岔开。……

这一笔把史湘云的一个小缺点活画出来，历来为评论家激赏。同时，也写出黛玉同宝玉交心之后心情愉快，心态平和，所以来和湘云轻松开玩笑。不过，更高明之处在于薛宝钗虽不在场，却借史湘云之口使她出场——“你敢挑宝姐姐的短处，就算你是好的”，“我那里敢挑他呢”。这样，薛宝钗在同龄人中的威信，特别是无懈可击的人格特点，便又一次得到了强化；同时，也表明薛的影子始终笼罩在林的心头，不论在场与否，她的形象总是在她们这几个小朋友的生活圈子里存在，并发挥着影响。

这一大段文字，使得“两峰对峙”的意味进一步增强。薛宝钗身上的笔墨虽不多，但表现力很强。而林黛玉则“物极必反”，看似“小性”得越来越厉害，其实已开始出现转折。而作者对她的回护之意也逐渐明显起来。总体看，这三个女孩子的“群戏”，作者的笔墨生动灵妙至极，而于彼此之间是不分轩轾的。

此后的二十回书中，“两峰对峙”的情节大约还有六七处，情况和上面两个例子差不多。只是除了小儿女之间的情感纠葛之外，对黛玉、宝钗的学识与才情又加意渲染。一段是“宝玉悟禅机”，让钗、黛一起来与贾宝玉“斗机锋”，二人的才学与悟性不相上下。还有一段是结诗社，让钗、黛来显扬各自的诗才。结果，咏海棠二人平分秋色，咏菊花黛玉夺魁，咏螃蟹宝钗称绝。从这些小地方来看，作者对黛玉、宝钗都极为欣赏，是把她二人当作旗鼓相当的形象来刻画的。①

现在我们可以得出一个结论：作为书中的主角，贾宝玉对薛宝钗的基本态度是喜爱加尊敬，对林黛玉的基本态度是怜爱加赞赏——这当然是就大端而言，也就是说，都是正面的、肯定的态度。二者有没有亲疏的差别呢？当然有，书中已经很清楚地交代了，那些左袒黛玉的表白应该看作贾宝玉真诚的肺腑之言。再往下讲，作者的态度如何呢？在这一点上可以说，贾宝玉的态度就代表了作者的态度：一、基本态度都是肯定的，二、各有各的长处，三、对林黛玉的欣赏、怜惜乃至悲悯更多一些。

---

① 钗、黛夺魁诗的秀句举隅：

“珍重芳姿昼掩门……不语婷婷日又昏。”（宝钗咏海棠）

“娇羞默默同谁诉，倦倚西风夜已昏。”（黛玉咏海棠）

“孤标傲世偕谁隐，一样花开为底迟？”（黛玉咏菊）

“眼前道路无经纬，皮里春秋空黑黄。……于今落釜成何益，月浦空余禾黍香。”（宝钗咏螃蟹）

曹雪芹讥笑才子佳人小说“不过作者要写出自己的那两首情诗艳赋来”，“千部共出一套”。读《红楼梦》中的诗词，他确有批评的资格。曹雪芹代书中人物作的这些诗不仅状物准确生动，而且表现出每个吟诗者不同的性格、神态，甚至还有潜在的预叙事功能。

接下来会有一个问题：薛宝钗、林黛玉，乃至史湘云等，是不是作者现实生活中的人物？我们知道，有所谓“红学家”认定《红楼梦》是严格的“自叙传”，所以得出了“曹雪芹最终娶了史湘云”这种类似关公战秦琼式的论断。其实，这真的是一个伪问题，既不可能证实，也不可能证伪，而且也没有什么意义。如果一定要认死理地问下去，那我认为从曹雪芹的生平遭际看，他不可能真实经历过大观园那样的生活，倒是那些文化传统会给他塑造这些艺术形象带来启发与灵感。

实际上，薛宝钗与林黛玉的“两峰对峙，双水分流”，可以追溯到一种源远流长的“文化 / 审美”传统。

《世说新语·贤媛》中有一段影响广远的故实：

> 谢遏绝重其姊，张玄常称其妹，欲以敌之。有济尼者，并游张谢二家。人问其优劣，答曰：“王夫人（谢道韫——今按）神情散朗，故有林下风气；顾家妇清心玉映，自是闺房之秀。”

这一佳话也见于《晋书》的《列女传》[①]，文字小有异同。

这位被形容为具有“林下风气”的谢道韫，还有一段在民间知名度更高的故事，就是以“未若柳絮因风起”来咏雪，从而获得了“咏絮之才”的美名。

---

① “初，同郡张玄妹亦有才质，适于顾氏。玄每称之，以敌道韫。有济尼者，游于二家。或问之，济尼答曰：‘王夫人神情散朗，故有林下风气；顾家妇清心玉映，自是闺房之秀。’”（《晋书·列女传》）

“林下风气”是什么意思呢？若仅从这一段文字看，就是“神情散朗”。那“神情散朗”又是什么意思呢？这很大程度上是可以意会难以言传了。不过我们可以把视野打开一些，从当时的思想文化背景来找答案。谈“林下风气”，离不开“魏晋风度”。我们都知道“竹林七贤”是魏晋风度的代表，而他们的另一称谓就是“林下诸贤”（《世说新语·赏誉》）。所以，“林下风气”就是竹林七贤代表的风气。嵇康是竹林七贤的领袖。《世说新语》形容嵇康是“爽朗清举”，“肃肃如松下风”，“若孤松之独立”，也就是潇洒、脱俗，有独立人格。他提出了“越名教而任自然”的著名观点，把“自然”与“名教”对立起来。在著名的《与山巨源绝交书》中，他表达了自己不愿入朝为官的意愿，他说自己好比一头野鹿，“虽饰以金镳，飨以嘉肴，愈思长林而志在丰草也”。“长林丰草”，可以看作是“任自然”的象征性表达，与“林下”也有某种意味上的相通。①

刘义庆没有嵇康那么偏激，《贤媛》篇赞美了谢道韫的“林下风气”，但也给“闺房之秀”留下了一定的空间。既称“闺房”，自然就不是“林下”的潇洒自在，一定程度上有“名教”约束的意味。刘义庆的基本态度是高度赞赏谢才女的“林下风气”，但也肯定顾家妇的“闺房之秀”。《世说新语》这一“女性批评”的实际影响超出了“贤媛”的范围，在后世逐渐形成了内涵丰富的二元“文化/审美”模式。

① 后世意味相近的二元审美批评举例：“谢诗如芙蓉出水，颜如错彩镂金。”（钟嵘《诗品》）“《拜月》《西厢》，化工也；《琵琶》，画工也。”（李卓吾《杂说》）虽用语不同，但大旨都是以“自然”与“规范”对举，而左袒于“自然”。

明代万历年间的文坛领袖王世贞评论赵孟頫的书法作品道：

> 褚妙在取态，赵贵主藏锋。褚风韵遒逸飞动，真所谓“谢夫人有林下风气”；赵则结构精密肉骨匀和，“顾家妇清心玉映，自是闺房之秀”也。[①]

这显然扩大了《世说新语》的“林下之风”的适用范围，而使其有了二元审美模式的意义。就在曹雪芹的时代（乾隆朝的中前期），朝廷推出了一部大书——《石渠宝笈》，其中收有永乐名臣姚广孝的一篇跋文。跋文是题在赵孟頫的夫人管道升所绘《碧琅庵图》上的，文曰：

> 天地灵敏之气，钟于文士者非奇；而天地灵敏之气，钟于闺秀者为奇。管氏道升，赵魏公之内君也。贞静幽闲，笔墨灵异，披兹图，捧兹记，真闺中之秀，飘飘乎有林下风气者欤！[②]

此处既是以“林下风气”来赞美脱俗的女才子，也是把“林下风气”作为一种普适的审美标准来使用了。这里还有两点要注意，一是他提出的“天地灵敏之气所钟”，至少可与《红楼梦》中贾雨村的“天地清明灵秀之气所秉”发生互文的关系；二是同时使用“闺房之秀”与“林下之风”来评价同一个女性，也就是所谓“灵异”与“贞静”

---

① 王世贞《弇州四部稿》卷一百三十一。

② 《四库全书》子部八，《石渠宝笈》艺术类。

同时体现于一个女人的身上，这典型地表现出男人们对“兼美”的期待。

把“林下风气”继续用于人物品评，特别是用于品评杰出女性的，我们可以举出明末沈自征的《鹂吹集序》。前面我们讲到了叶绍袁的《午梦堂集》，我提出这部书与《红楼梦》有诸多联系。比较明显的是那个“无叶堂”的话题，而更多的联系是较为隐蔽的、若有若无的，如这篇《鹂吹集序》。该文收辑在《午梦堂集》中，《鹂吹集》是叶绍袁的夫人沈宜修的诗集，沈自征则是她的弟弟。《序》云：

> 吾姊之为人，天资高明，真有林下风气。古来女史，桓孟不闻文藻，甄蔡未娴礼法，惟姊兼而有之……独赋性多愁，洞明禅理，不能自解免……触绪兴思，动成悲惋。

此文可注意的地方，首先是从“林下风气”的角度来赞美一位自己崇敬的女性，其次，作者把“林下风气”与“天资高明”“赋性多愁”“触绪兴思，动成悲惋”的形象联系到了一起。更可注意的是，与姚广孝一样，作者虽高度称赞女性的“林下风气”，却又对礼法不能忘情，于是有“兼而有之”的理想。

这些，对于熟悉《红楼梦》的读者来说，难免不引起多方面的互文性联想。我们知道，曹雪芹在宿命性的判词——《金陵十二钗》正册第一篇中，便把林黛玉比作有“林下风气”的谢道韫①，而沈自

---

①（正册头一页上）有四句言词，道是：“可叹停机德，堪怜咏絮才。玉带林中挂，金簪雪里埋。”“咏絮才”，十分明确把林黛玉与“林下风气”的谢道韫联系起来；而“咏絮才”与“停机德”的对举，也与“林下风气”与“闺房之秀”的对举意味相同。

征上述“天资高明”“多愁”“悲惋”之词几乎可以看作是为林黛玉量身定制的。所以，“林下风气”与“林”黛玉之间有所关联，应是毫无疑义的事情。[①] 明乎此，沈自征的“兼而有之”的价值观，便不失为解开曹雪芹“兼美之想”的一把钥匙。

其实，“林下”作为魏晋风度（洒落自在、超尘脱俗的人生）的代名词，对后世读书人有强烈的吸引力。山林对人的美感作用，不仅具有一般的情性修养意义，而且在礼法专制社会中，还具有追求自由、坚持独立人格的意义。如果我们检索《四库全书》的集部，“林下”一词出现5000多次；检索《全唐诗》，有200多次。当然，这些并非全部是“林下风气”的涵义，但大半有关却也无疑。如《全唐诗》中：

入远构石室，选幽开山田。
独此林下意，杳无区中缘。
永辞霜台客，千载方来旋。

——李白《安陆白兆山桃花岩寄刘侍御绾》

不能林下去，只恋府廷恩。

——韦应物《示从子河南尉班》

……高山流水琴三弄，明月清风酒一樽。
醉后曲肱林下卧，此生荣辱不须论。

---

① 三十六回写贾宝玉“最厌峨冠礼服贺吊往还”，而只有林黛玉与他同调：“独有林黛玉自幼儿不曾劝他去立身扬名”，“所以深敬黛玉”。这便十分明确地揭示出林黛玉身上的“林下风气”——疏离礼法，轻忽名利。

……萧萧华发满头生，深远蓬门倦送迎。

林下贫居甘困守，尽教城市不知名。

——牟融《写意二首》

不仅是在诗人中间，在思想家中也有人对“林下”的人生意味很感兴趣。如明代心学前驱陈白沙，张诩为其作的《行状》谓：“尝戴方山巾，逍遥林下，望之若神仙中人也。”其诗作《元夕》称：“一曲升平人尽乐，老夫林下更何求！”《题也可庄上见一空》：“林下一壶谁共醉，渊明只好对高僧。”同样是以“林下”代指自由、潇洒的人生。又如王阳明《与顾惟贤书》：“惟鄙人冗疾相仍，精气日耗，兼之淹滞风尘中，未遂脱屣林下，相与专心讲习。正如俳优场中奏雅，纵复音调尽协，终不免于剧戏耳。”以“林下”与“风尘”相对，意味与上述之“二元”接近。

总之，林黛玉的形象与传统的谢道韫、林下风气、林下等文化符号有密切的关系，因此这个少女的形象绝不是作者对现实人生中某女孩的简单实录，而是承载了相当丰厚的文化内涵；而作为林黛玉“林下风气”的衬托，薛宝钗则显现出“闺房之秀”的某些特点；林黛玉与薛宝钗“两峰对峙”的写法，也与“林下风气”与“闺房之秀”相互对待的传统有关——这一传统形成了普适意义的二元文化/审美模式，影响广远——既包容两个方面，又左袒“林下”。明乎此，对于《红楼梦》中林、薛之间微妙的张力关系就有了新的认识角度。但是，黛玉、宝钗、湘云、探春，乃至晴雯、鸳鸯等，作为一个少女群体，她们又有共同的属性，就是尚未进入社会的利欲大染缸，是作者开篇处所讲的“闺阁中本自历历有人”，也是贾宝玉口中的

“水作的骨肉”。从这个意义讲，作者（通过贾宝玉之眼、之口）又是“无美不归少女”的。

第六节 “玉”“石”哲思

《红楼梦》一个重大的艺术成就就是塑造了独一无二、复杂而又圆融的贾宝玉形象。《红楼梦》第二回中，贾雨村有一篇危言耸听的历史人物论。他称贾宝玉一流人物是秉正邪二气而生，“其聪俊灵秀之气，则在万万人之上；其乖僻邪谬不近人情之态，又在万万人之下”[①]。这一番话虽仍不脱“禄蠹”见识，但他能见出贾宝玉的不同凡俗之处，且以矛盾集合体来看宝玉，皆可谓之知言。

贾宝玉最突出的性格特征就是“乖僻邪谬不近人情”。他对少女

① “……（贾宝玉）如今长了七八岁，虽然淘气异常，但其聪明乖觉处，百个不及他一个。说起孩子话来也奇怪，他说：‘女儿是水作的骨肉，男人是泥作的骨肉。我见了女儿，我便清爽；见了男子，便觉浊臭逼人。’你道好笑不好笑？将来色鬼无疑了！”雨村罕然厉色忙止道：“非也！可惜你们不知道这人来历。大约政老前辈也错以淫魔色鬼看待了。若非多读书识事，加以致知格物之功，悟道参玄之力，不能知也。”子兴见他说得这样重大，忙请教其端。雨村道：“天地生人，除大仁大恶两种，余者皆无大异。若大仁者，则应运而生，大恶者，则应劫而生。……清明灵秀，天地之正气，仁者之所秉也；残忍乖僻，天地之邪气，恶者之所秉也。……使男女偶秉此气而生者，在上则不能成仁人君子，下亦不能为大凶大恶。置之于万万人中，其聪俊灵秀之气，则在万万人之上；其乖僻邪谬不近人情之态，又在万万人之下。若生于公侯富贵之家，则为情痴情种；若生于诗书清贫之族，则为逸士高人；纵再偶生于薄祚寒门，断不能为走卒健仆，甘遭庸人驱制驾驭，必为奇优名倡。如前代之许由、陶潜、阮籍、嵇康、刘伶……此皆易地则同之人也。”

的同情，对悲凉之雾的独特感受，对虚伪道德的鄙弃，对功名利禄的淡漠，都含有近代启蒙思想的味道，但在他生活的环境中则不免时时被人误解了。书中这方面描写甚多。第十六回元春晋封，宁、荣府内“莫不欣然踊跃，个个面上皆有得意之状”，而贾宝玉“独他一个皆视有如无，毫不曾介意，因此众人嘲他越发呆了”。这里作者着意写出他与环境的不合，并刻画出他与众不同的孤独心理。第三十五回傅试家老婆子谈宝玉：“我前一回来，听见他家里许多人抱怨，千真万真的有些呆气。……时常没人在跟前，就自哭自笑的，看见燕子，就和燕子说话，河里看见了鱼，就和鱼说话，见了星星月亮，不是长吁短叹，就是咕咕哝哝的。”这一则可见贾宝玉感情的丰富、细致，二则也显出其精神世界的寂寞。宝玉是比较同情下人的，然而下人们也不理解他。第六十六回兴儿谈起宝玉：“他长了这么大，……成天家疯疯癫癫的，说的话人也不懂，干的事人也不知。”脂评称宝玉“发言每每令人不解”“其囫囵不解之言”等，很多是针对这种“说的话人也不懂，干的事人也不知”的情形而发。贾宝玉一方面红围翠绕，诗酒笙歌，生活在一派闹热之中，一方面却又在精神上陷入孤独寂寞。从这个意义上讲，他的基本价值取向悖离了封建社会的主流，不妨说是封建末世的叛逆。

他周围绝大多数的人仍囿于陈旧的思想观念，用正统的思想方式、道德规范衡量贾宝玉的言语行动，自然不能够理解。贾宝玉既然经常处于这样一种叛逆者的孤独之中，心理上的隔膜就表现为言语上的隔膜。另外，他虽则厌恶“人情练达”“世事洞明”的“混帐话”，可是时代还没有发展到否定封建思想体系、产生系统的新思想的阶段。因而，贾宝玉的一些与众不同的强烈感受，既形不成明晰的思想，也找不到明晰的表达方式。诉诸语言，自然呈现囫囵不解的状态。如他对女性的尊重只好表现为对袭人表妹莫名其妙的赞叹，他处于萌芽状态的平等思想只好以“须眉浊物”这一类不近情理的说法出现，他对下人的同情只能通过“你别怕，我是不告诉人的”这种笨拙的方式表达，等等。可以说，贾宝玉言语的囫囵不解，主要是新的性格与旧的环境之间隔膜的反映。曹雪芹在“倩谁记去作奇传”中透露的“音实难知，知实难逢”的慨叹，和贾宝玉那种叛逆者的孤寂实际上是相通的。换言之，曹雪芹正是通过贾宝玉“囫囵不解”的言语来刻画叛逆者孤寂的心理，从而寄托自己相似的深切感受。

但是，我们又必须指出，贾宝玉的“叛逆”是不自觉的，曹雪芹对贾宝玉的“叛逆”也是既有欣赏又有惶恐的。这在前面讲张力的时候已经涉及了，全书开篇流露的忏悔意识，以及石头“无才可去补苍天，枉入红尘若许年”的象征意味，都表明作者虽然孤芳自赏于“异端”，但绝无摧毁体制或是叛逃于体制之外的明确想法，因此，称其为“独醒者”略有拔高之嫌（这其实是20世纪五六十年代套用苏联文艺批评用语的产物。鲁迅所谓“呼吸而领会之者，独宝玉而已”，与此有别）。

要认识贾宝玉这个艺术形象的文化意义，正不妨从“石头”这个意象入手。

原来女娲氏炼石补天之时……只单单剩了一块未用，便弃在此山青埂峰下。……一日，正当嗟悼之际，俄见一僧一道远远而来……齐憨笑道：“善哉，善哉！那红尘中有却有些乐事，但不能永远依恃。况又有“美中不足，好事多魔”八个字紧相连属，瞬息间则又乐极悲生，人非物换，究竟是到头一梦，万境归空，倒不如不去的好。”这石凡心已炽，那里听得进这话去，乃复苦求再四……那僧便念咒书符，大展幻术，将一块大石登时变成一块鲜明莹洁的美玉，且又缩成扇坠大小的可佩可拿。……袖了这石，同那道人飘然而去，竟不知投奔何方何舍。

后来，又不知过了几世几劫，因有个空空道人访道求仙，忽从这大荒山无稽崖青埂峰下经过，忽见一大块石上字迹分明，编述历历。……诗后便是此石坠落之乡，投胎之处，亲自经历的一段陈迹故事。（第一回）

《红楼梦》中的“石头”，是个无法“合乎逻辑”地讲清楚的文学意象。它有好几重身份，彼此相关联，而关联处却又不无矛盾。首先，它是整个故事的讲述者。一部《红楼梦》，是“刻在”石头上，又被空空道人从“石兄”处抄录，交给曹雪芹整理出来的。其次，它又是整个故事的在场者、见证人。如果坐实了讲，贾宝玉佩戴着它走来走去，就像一台全息摄像机。但是，这又不是绝对的。因为那些贾宝玉不在场的事件，依然被作者全知全能地讲述出来了。

石头还参与故事的演进。它幻化成玉，成了贾宝玉的标志，引申出了“金玉良缘”与“木石前盟”的冲突；当贾宝玉不满于“假”宝玉的身份，不满于“金玉良缘”的安排时，就会摔它、砸它；当贾宝玉中了魇魔法时，它又有祛邪镇宅的功能，等等。

最奇怪的是，贾宝玉耽溺于红尘之时，它的灵性就迷失了；经癞头和尚“摩弄”一番后，它的灵性又恢复了，贾宝玉的灵性也随之恢复。也就是说，它既是贾宝玉的护身符，又与贾宝玉“通灵”。这

“通灵”二字，其实大有名堂，既指此玉已有性灵，又点明了石化为玉之后，石与玉、玉与人（贾宝玉）之间灵性互通。

有人可能会质疑，这么写，又麻烦又费解，何必呢？直接采用严格的写实不是更好吗？严格写实，不是不行，但那就不是《红楼梦》了。《红楼梦》的哲理蕴涵，就是在这些半实半虚的笔墨中呈露的。这半实半虚的笔墨，不同于《水浒传》的张天师、《说岳全传》的因果转世，它更接近于象征的修辞手法。

石头、“石兄”、通灵玉和贾宝玉之间是一种半透明的关系——有的地方清楚，有的地方模糊。贾宝玉为神瑛侍者转世，通灵玉为顽石所化；贾宝玉为“凡心偶炽”而历劫了缘，通灵玉则以贾为载体而旁观人生，这似乎表明二者并无内在联系。然而，小说又时时将二者混同来写，如第二十五回，贾宝玉被魇昏迷，癞头和尚讲：“只因他如今被声色货利所迷，故不灵验了。”这个“他”，明指通灵玉，暗指贾宝玉，因为一般来说，通灵玉并没有“被声色货利所迷”的可能。至少给读者的印象是，通灵玉与贾宝玉是合二为一的关系。接下去和尚捧玉持颂道：

> 可羡你当时的那段好处：“天不拘兮地不羁，心头无喜亦无悲，却因锻炼通灵后，便向人间觅是非。”可叹你今日这番经历：“粉渍脂痕污宝光，绮栊昼夜困鸳鸯。沉酣一梦终须醒，冤孽偿清好散场。”

前一段偈语是通灵玉的事迹，后一段偈语是贾宝玉的事迹，而和尚却把二者视为同一个对象了。如果胶柱鼓瑟地看，作者在二者的关系上似乎交待不清，因而有的研究者认为这是把两部书掺和到一起留下的痕迹。实际上，把通灵玉与贾宝玉这种若即若离的模糊关系视为作者有意为之的迷离之笔，可能更适合全书烟云模糊的笔调，也符合作者以石头为贾宝玉之象征的创作意图。

石头作为物理存在，既有坚硬不易变化的性质，又是冥顽不灵、俯拾即是的普通物体。在文化建构、传承的过程中，这两面分别被赋予了比喻的意义，积淀、凝固到汉语中，便有了“坚如磐石”“海枯石烂”“玉石俱焚”“玉石杂糅”之类的词语。“石”与“玉”对称，着眼点是落在它的普通与无价值上。封建社会进入后期，失意知识分子出于疏离社会与怀疑人生的心理，常常在文学艺术中用象征手法表现出对社会通行价值标准的否定。从苏东坡的“市人行尽野人行”到张岱的《西湖七月半》，意义皆在于此。而石头由于其双重物理属性，更适于自嘲与嘲世，便成为一种意味独特的文化语码。如米芾，“不能与世俯仰”，又爱石成癖，呼石为兄，论石则以“瘦、绉、漏、透”为尚。苏东坡有《双石》诗象征理想境界，他主张画石应“文而丑”。郑板桥是画石专家，则认为画石须“陋劣之中有至好”。“丑”与“陋”，象征不合于社会通行价值标准；“文”“至好”，则象征对自我人格的信心。郑板桥有一首题画诗，集中表现出石头在这一类文艺作品中的象征意味：

> 顽然一块石，卧此苔阶碧。雨露亦不知，霜雪亦不识。园林几盛衰？花树几更易？但问石先生，先生俱记得。[①]

---

① 《郑板桥全集·板桥题画》，中国书店（影印），1985 年，第 18 页。

他还曾有诗："蝇头小楷太匀停，长恐工书损性灵。"他把"匀停"与"性灵"相对待，其意味与我们前面讲到的"闺房之秀"与"林下之风"、"错彩镂金"与"清水芙蓉"相对待的意味差相仿佛。而这"顽然一块石"也是对自然、性灵的象征。

曹雪芹生活的时代稍后于郑板桥，有趣的是，他也是画石好手。敦敏《题芹圃画石》诗云："傲骨如君世已奇，嶙峋更见此支离。醉余奋扫如椽笔，写出胸中块垒时。"诗准确地揭示了雪芹画石自嘲嘲世的象征意味。很显然，《红楼梦》中以石头作为贾宝玉的灵魂象征，是与雪芹画石以表自己的人格一脉相通的。而《红楼梦》的主要评点者之一，作者的长辈——畸笏叟[①]，以爱石成癖的米芾自居，更说明了这一象征手法的渊源。

在《红楼梦》中，贾宝玉有双重身份。作为"宝二爷"，他的身世、地位、相貌等都是世人欣羡的；作为"怡红院浊玉"，他的"似傻如狂""不通世务"则被世人诟病、鄙夷。为了突出这双重身份的矛盾，作者以本体象征的方式来分别加以渲染。于是，以通灵宝玉象征前者，被世人珍视宝藏，其实已迷失了本性；以顽石象征后者，而这才是其本来面目。顽石为女娲所弃，自在卧于青埂峰下，正象征了不合于世俗的价值观念，象征了开始觉醒的个性，象征了追求天真自然的人生理想。一句话，象征了"异端"贾宝玉的灵魂。

如前文所说，这种象征是若即若离的。这就使它不同于一个简单

---

① 这里有一个前提，就是充分承认"脂批"的文献价值。这个问题太复杂，不是这里能厘清的，暂从众说。

的比喻，而具有了广泛联想的余地。例如，当小说写到宝黛爱情时，曾让宝玉决绝地声明“偏说是‘木石姻缘’”。“木石”一语，恰是在雍、乾之际，最高统治者指斥臣下的惯用语。这是否是简单的巧合，也是关乎全书题旨的话题。[①] 另外，作者写到石头时，借助了古老的补天神话，又写了行踪恍惚的僧道；写到石头幻化成的通灵玉时，时而有灵，时而不灵，都是一派水月镜花之笔，产生出浓厚的神秘氛围，对本体象征起到很好的烘托作用。正如作者自述：“女娲炼石已荒唐，又向荒唐演大荒。”这一“荒唐”，与现代存在主义的“荒谬”气息相通，表明了曹雪芹在追问生命、生活的价值时内心的惶惑。

和石头相关联的，我们还应该关注一下那个癞头和尚。[②] 这里需要注意两点：一则，他为什么是癞头？二则，他把石头“摩弄”一番就使其恢复了灵性，此举意味何在？

先说第一个。石头下凡，是和这个癞头和尚联系在一起的，癞头和尚又穿插于整个作品，发挥了一个特殊的功能——使作品既是写实的又具有一些超现实的色彩。这是一个相当重要的形象，为什么把他写成癞头呢？

在《红楼梦》中，癞僧跛道的形象以第二十五回“红楼梦通灵遇双真”描写得最细。此回写宝玉和凤姐中了魇魔妖法，生命垂危之际，来了两个救星：

---

① 参见拙文《〈红楼梦〉“木石”考论》，《文学与文化》2016 年第 3 期。

② 有的研究文章以“书中设置的一僧一道，非癞即瘸”为理由，来证明《红楼梦》“许多时候是毁僧谤道的”。这实在是皮相之论，也源于对文化史、小说史的双重无知。

众人举目看时，原来是一个癞头和尚与一个跛足道人，见那和尚是怎的模样？“鼻如悬胆两眉长，目似明星蓄宝光，破衲芒鞋无住迹，腌臜更有满头疮。”那道人又是怎生模样：“一足高来一足低，浑身带水又拖泥。相逢若问家何处，却在蓬莱弱水西。”

这个癞头和尚将贾宝玉的通灵玉擎在掌上，口诵了两段偈语，“念毕，又摩弄一回，说了些疯话”，便转身没了踪影。贾宝玉与凤姐却因此而得救。

这一僧一道在前文还出现过三次：一次是在大荒山青埂峰的仙境中，一次是在甄士隐梦游的太虚幻境中，还有一次是在苏州街头甄士隐的现实生活里。有趣的是，他们的形象随境而异，大不相同。第一回，青埂峰下：

俄见一僧一道远远而来，生得骨格不凡，丰神迥异，说说笑笑来至峰下，坐于石边高谈快论。

太虚幻境中，因情节与青埂峰下的描写相衔接，故没有对僧道的形象再做描绘。但甄士隐梦中口口声声称“仙师”，实为不写之写，其超凡的风神可想而知。而接下去，小说写甄士隐梦醒，来到街上：

只见从那边来了一僧一道：那僧则癞头跣脚，那道则跛足蓬头，疯疯癫癫，挥霍谈笑而至。及至到了他门前，看着士隐抱着英莲，那僧便大哭起来……士隐不耐烦，便抱女儿撤身要进去，那僧乃指着他大笑，口内念了四句言词道……

这癞头和尚发了一会疯后，便与跛道一去“再不见个踪影了”。

和尚与道士的身份虽没作交待，但属菩萨、仙真之流无疑。菩萨、仙真“骨格不凡，丰神迥异”不足为奇，“癞头跣脚”“跛足蓬头”则奇矣；而身现两种形象，回仙境则俊爽之至，入尘世则腌臜至极，就更出人意表了。这种描写因其反常而产生复杂的意味，也因自身反差极大，加深了癞僧跛道给读者留下的印象。

如果我们把眼光放开，就会在中国小说史上为这两个怪异形象找到不少“孪生”。如《西游记》第八回“观音奉旨上长安”中的观音，“师徒们变作两个疥癞游僧，入长安城里……隐遁真形”。到第十二回：

> 菩萨变化个疥癞形容，身穿破衲，赤脚光头……那愚僧笑道：“这两个癞和尚是疯子！是傻子！”……（菩萨现出原身）“瑞霭散缤纷，祥光护法身。九霄华汉里，现出女真人。……”

以疥癞之形入世，以祥瑞之相归真，写作手法与《红楼梦》相似。

类似的形象在我国古典小说中反复出现，几乎成为一种模式，如《说岳全传》的疯僧[①]、《济公全传》的济颠和尚[②]等。这一模式有两个基本特征：一则，都是两副形象，入尘世则穷、则脏、则病，归仙界、显真身则庄严妙丽；二则，之所以化为“癞头和尚”一类形象入

---

① 那疯僧垢面蓬头，鹑衣百结，口嘴歪斜，手瘸足跛，浑身污秽……道：“我面貌虽丑，心地却是善良，不似你佛口蛇心。”

② 山门外站定一个穷和尚，短头发有二寸多长，一脸的油腻，破僧衣短袖缺领，腰系绒绦，疙里疙瘩，穿着两只破草鞋。

僧道

世，目的皆在于济世度人；初不为肉眼凡夫所识，然后显示神通，赢得崇拜。

这类形象起初多在佛门，为“疥癞游僧”之流，后渐浸渍及于三清弟子，乃有《八仙得道》中的李铁拐形象：“又黑又丑，一只脚儿长一只脚儿短”，“黑如铁铸，浑身不见一点白肉”。这拐仙分明是《红楼梦》跛道的底本。当然，僧也罢，道也罢，只是一个外壳，其内在的精神本属一致，即外丑内秀，外痴内灵。

至于这类形象产生、流传的原因，我们需要把目光转向文化传统的深层。首先，我们在中土佛典中可以发现一些踪迹，如《五灯会元》：

> 明州奉化县布袋和尚，自称契此，形裁腲脮，蹙额皤腹，出语无定，寝卧随处，常以杖荷一布囊并破席，凡供身之具，尽贮囊中。入廛肆聚落，见物则乞，……说偈曰：“弥勒真弥勒，分身千百亿。时时示时人，时人自不识。”偈毕，安然而化。其后复现于他州，亦负布袋而行。四众竞图其像。

据《弥勒下生经》等印度佛经的描绘，弥勒佛为释迦佛的继承者，本法相庄严，而由于上述布袋和尚之说的影响，在中土竟变成了大肚皮的笑和尚，赫然塑于各地寺庙，被善男信女普遍接受了。

《宋高僧传》中也有这类形象，如知名度颇高的懒残禅师。他在衡岳寺中充执役僧，干粗活，吃剩饭，睡牛棚，燃牛粪煨芋而食，总是一副懒惰的样子，因性懒而食残，“故号懒残也”。后被李泌看破真相，他便大显神通，驱逐群虎，踢开巨石，然后弄法隐去。这个形象对小说有很直接的影响。《济公全传》中济颠在灵隐寺的处境与此相似，也是初被凡僧轻贱，后显神通为寺庙解决了难题。《老残游记》

更得名于此。开卷解题道："却说那年有个游客，名叫老残。此人原姓铁，单名一个英字，号补残；因慕懒残和尚煨芋的故事，遂取这'残'字做号。"和小说更为接近的《太平广记》中记有玄奘取经事，谓玄奘路途遇阻，无奈之际，"见一老僧，头面疮痍，身体脓血"，授他《多心经》，诵后，"山川平易，道路开辟，虎豹藏形，魔鬼潜迹"。这个老僧是地道的"癞头和尚"形象，他被吴承恩采用到小说中，一分而为二，其一是授《多心经》的乌巢禅师，其二便是上文提到的观音所化的"疥癞和尚"。

如果我们把目光放得更远，就会很自然地追踪到老庄哲学。《老子》的"信言不美，美言不信"之说，成为后世提倡朴拙之美的理论依据。而《庄子》则更直接描述了体现这种审美状态的人物形象。如《让王》中的曾子：

> 曾子居卫，缊袍无表，颜色肿哙……三日不举火，十年不制衣……曳纵而歌《商颂》，声满天地，若出金石。天子不得臣，诸侯不得友。

又如《人间世》中的支离疏：

> 支离疏者，颐隐于脐，肩高于顶，会撮指天，五管在上，两髀为胁。……犹足以养其身，终其天年。

老庄之说都含有对社会价值标准的批判：世俗所轻贱、蔑视的却合乎自然大道，因而在精神上足以自傲于社会。在《大宗师》中，庄子更进一步提出了“畸人”的观念：

> 子贡曰：“敢问畸人？”曰：“畸人者，畸于人而侔于天。故曰：天之小人，人之君子；人之君子，天之小人也。”

这一观念对后世影响很大，成为不满于社会、蔑视礼法、有异端倾向的知识分子的人格范型。魏晋时期，嵇康、阮籍之辈是这一范型的代表人物。而在潇洒、放达的所谓魏晋风度中，也普遍渗透着“畸于人而侔于天”的精神（前面提到的贾雨村论“正邪二气”时以嵇康、阮籍比拟贾宝玉，其实代表了作者的看法）。这种精神与古希腊的犬儒主义有相通之处，其特点在于以反文化的态度来表现对社会价值标准及社会伦理秩序的批判，以抛弃社会（一定程度上也可说“被社会抛弃”）为代价来追求个体人格的完整，以消极、玩世的态度来反抗现实。由于它体现出夸张而变态的自我肯定，所以特别得到受挫于社会的知识分子的青目。

从这个意义上讲，癞头和尚与“无才补天”的石头，与颇具“林下风气”的黛玉，与“乖僻邪谬”“疯疯癫癫”的贾宝玉，都是声气相通的，共同组成了《红楼梦》疏离于封建礼教的意象系统。

再说第二个。一块“天不拘兮地不羁”的自然之石，到了“声色货利”的环境中，就迷失了本性，而被这位高僧“摩弄”一番，就恢复了灵性。这个带有神秘色彩的情节，其实与佛教关系甚深。《六祖坛经》记：

> （神秀）是夜三更，不使人知，自执灯，书偈于南廊壁间，

呈心所见。偈曰："身是菩提树，心如明镜台，时时勤拂拭，勿使惹尘埃。"

这首偈语，如果翻译成白话文，就是"我的身体如同一棵象征觉悟的菩提树，我的心灵如同光洁朗照的明镜台。我要时时刻刻拂拭它，不要让欲念的灰尘沾染遮蔽了它的灵光"。

这首偈虽然在《六祖坛经》中评价并不算高，但它毕竟代表了我国佛教禅宗的一大派系——北宗禅的基本思想，并随《六祖坛经》的传播而影响深远。实际上，程朱理学的大思路不无北宗禅影响的痕迹。他们标榜的"性"接近于"明镜台"，要克制的"情"接近于"惹尘埃"，而修身养性的功夫则接近于"勤拂拭"。

这扯得有点远，还是回来说癞头和尚对石头的"摩弄"。显然，"摩弄"是祛除遮蔽了石头灵性的"声色货利"的污染，这与神秀通过"拂拭"来祛除遮蔽了明镜光辉的尘埃并无二致。特别是他们对贾政所说："你家现有希世奇珍，如何还问我们有符水！""自家现有"是禅宗常用的话头，旨在强调主体自身的"佛性本清净"。"摩弄"便使石头恢复了本性，而灵性自然通彻。

以谈禅说《庄》来使作品从写实的层面向哲理的层面提升，是《红楼梦》的一大特色。其写法上的成功之处在于不是由作者生硬地出面，而是从人物的口中自然生发，并且与故事情节的展开水乳交融，与人物的性格、修养若合符契。这方面，论者常常举出宝玉与钗、黛谈禅作为例证。那一段确实写得很别致，显示出作者对禅理的领悟，以及将其融入作品的技巧。不过，还有一个辨《庄》的，同样不俗，向来少有论者。那是第二十一回：

> 黛玉走来，见宝玉不在房中，因翻弄案上书看，可巧翻出昨儿的《庄子》来。看至所续之处，不觉又气又笑，不禁也提笔续书一绝云："无端弄笔是何人？作践南华庄子因。不悔自己无见识，却将丑语怪他人。"

这一段涉《庄》文字相当专业，以致今日的"红学"圈子里读懂的也不多。问题出在"作践南华庄子因"一句。原来《庄子因》一书牵扯到当时"庄学"界的热点公案。《庄子因》是林云铭的作品，因为主张把庄子思想解释到儒家思想系统中（也就是主流意识形态的范围内），同时又以评点派的"文法"来衡量《庄子》的文字，因而在得到官方及一般民众认可的同时也遭到有见解、有学识的读书人的轻蔑。他们认为《庄子因》是对《庄子》的歪曲与作践。黛玉此诗就是嘲笑宝玉如同林云铭一样没读明白《庄子》，以误解为据攻击他人。当然，这种嘲笑是善意的，带有戏谑意味。

有趣的是，这些带有几分专业性的"庄学"话语，竟然从林黛玉笔下流出，有些令人意外。所以研究者对这段文字的正讹以及阐释，都有不同的看法。但在当时，这可能是个人所共知的文化热点，曹雪芹只是信手拈来。这样一写，林黛玉的文化修养便又上了一个台阶。（这个问题，张昊苏有专文讨论，写得挺好，有说服力。）

小说反复写宝玉在烦恼之时到《庄子》中寻求解脱，给一般的少年维特之烦恼涂上了一层淡淡的哲思色彩，这又和宝玉无意于科举功名而沉浸于生命本真的精神状态吻合，使他明显有别于锦衣玉食、安享尊荣的一般纨绔子弟。作者这一笔十分节制，并没有让他去思考《齐物论》之类的艰涩命题，而是选择了外篇、杂篇中题旨显豁的几篇，恰合于他的年龄、心理，同时也留出了林黛玉稍高一筹的空间。这一笔又引出了下文第二十二回的三人谈禅，使作品的雅趣又添色彩。

谈禅的情节更富戏剧性。先是贾宝玉想到前面看戏时宝钗激赏的鲁智深唱词——“赤条条来去无牵挂”，悲从中来，“不禁大哭起来”，于是将心头郁积化为一首禅意十足的偈语：“你证我证，心证意证。是无有证，斯可云证。无可云证，是立足境。”写过之后，感觉解脱了，“自觉无挂碍，中心自得，便上床睡了”。这里所写的心理活动，也十分恰切。黛玉随后见到，并不说破，却拉着宝钗一起来，于是出现了三人谈禅的热闹场面，把一些禅宗史上著名的公案或显或隐地引入文本之中，更增加了哲思氛围。

要强调的是，曹雪芹笔下的哲思不是干巴巴的布道或炫学，而是与人物的情思、心理打成一片，从而构成烦恼与解脱之间的张力。可以说，这一谈禅桥段既有增加雅趣的作用，又隐隐指向了大结局的悬崖撒手。由“赤条条来去无牵挂”到“白茫茫大地真干净”，可谓千里伏线，作者之用心真是极精极巧。[①]

前面我们讲文人与石头的时候，提到郑板桥标榜“性灵”。其实，曹雪芹创作《红楼梦》的时候，文坛上正是“性灵”思潮兴起之际。在中国文学批评史上，“性灵说”是一个重要的学说。那么“性灵”和“性情”区别在哪儿呢？为什么不说“性情说”呢？原来，“性灵”源自佛教，所谓“性即法身，灵即般若”。换成咱们俗家话语，大致就是“生命之本然”。这个概念是与佛门有甚深渊源的刘勰最早援引

① 这样说，前提是承认后四十回与曹雪芹有一定的关联。

用于文学理论批评的：

> 仰观吐曜，俯察含章，高卑定位，故两仪既生矣。惟人参之，性灵所钟，是谓三才。
>
> ——刘勰《文心雕龙·原道》

稍后的钟嵘也以之评诗。其后，诗人在作品中标榜性灵的，论诗主张性灵的，一两千年中大有人在。而到了清代乾隆年间，袁枚更是标举“性灵”作为自己诗学的旗帜，一时间天下风靡：

> 人有满腔书卷，无处张皇，当为考据之学，自成一家。其次则骈体文，尽可铺排，何必借诗为卖弄。自《三百篇》至今日，凡诗之传者，都是性灵，不关堆垛。（卷五）
>
> 盖诗境甚宽，诗情甚活，总在乎好学深思，心知其意，以不失孔、孟论诗之旨而已。必欲繁其例、狭其径、苛其条规、桎梏其性灵，使无生人之乐，不已慎乎！（补遗·卷三）
>
> ——袁枚《随园诗话》

明清两代持“性灵说”的人，大都是名利场的“边缘人”。他们张扬“性灵”的潜台词就是“祛蔽”，即祛除遮蔽性灵的尘土：一个是功名利禄——俗世的价值观念；一个是道学礼法——僵硬的道德信条。癞头和尚对通灵宝玉的摩弄，正是祛除遮蔽贾宝玉性灵的“声色货利”，使其恢复自然本性。

石头 / 性灵，《红楼梦》通过这一略带神秘色彩的笔墨，使写实为主的文本有了哲理内涵，为贾宝玉这个贵公子哥儿的形象增加了厚度，使读者有了更多掩卷长思的可能。

第七节 “红学”纷扰，出路何在

这一节，我恐怕要给自己找麻烦了。“红学”是一个很特殊的领域，壁垒森严又盘根错节，其生态与一般的学术研究领域颇有不同，所以一脚踏入就可能踩上了“消息埋伏”。二十多年前，我的一位朋友，他是颇有建树的小说研究者，应某出版社之邀写了一本讨论《红楼梦》的书。其中有些大胆的见解，很有创意，虽然未必完全成立，但确属于学术研究、学术探讨的范围。结果给他自己惹了大麻烦，很有“误入白虎节堂”的味道。十几年前，另一位从未做过学术研究的作家，忽然对《红楼梦》大感兴趣，连续出版相关著作，同时，借助媒体的力量，一时间成为众所瞩目的文化热点。结果，“红学界”对此嗤之以鼻，而网络大众齐声呐喊，要给“草根红学”争取生存空间。类似的情况颇多，是其他人文领域难以想象的。

我们当然不想卷到这种纠葛中，可是，我们又应该对当前《红楼梦》研究的主要问题有所了解。所以，我想咱们这一节设定一个最低目标，就是只介绍三个最基本但最有争议的话题，而且以描述为主。

第一个话题是关于脂砚斋。在第一节，我们讲版本的时候已有所涉及，这次我们变换角度再来谈一谈。《红楼梦》问世之后的百余年间，围绕这本书的话题大体可分三类：一类是道德评判，如前面讲过的“钗黛优劣”等；一类是文字鉴赏，如王希廉的某些评点等；还有一类是追索，追索写的是“谁家的事”“是谁写的”（特别是前者），重点在“贾宝玉是谁”。这三类都不成气候，所以截至清末，并无所谓“红学”。进入20世纪，受西方观念的影响，小说的地位大幅度提高，小说研究也逐渐有了更多的学术色彩。二三十年中，围绕《红楼梦》的重要话题大体也可分三类（继续谈论“钗黛优劣”的不计在内了）：一类是文学批评，以王国维《红楼梦评论》为代表。由于吸取、借鉴了西方的理论方法，此文的学术水准大为跃升，堪为当时文艺评论、文学研究的翘楚。另外两类话题则是同源异流，都是由“写的是谁家的事”“是谁来写的”这一大思路产生，但由于指向与方法的分歧，终于演化成所谓“旧红学”与“新红学”。其中一类沿袭清人的思路，在历史名人中找原型，最有影响的当属蔡元培的《石头记索隐》，直指贾府为清廷，贾宝玉为康熙朝废太子胤礽。另一类则另辟蹊径，以考证曹雪芹家事为门径，以脂砚斋批语为倚靠，力证贾府即曹家，《红楼梦》全书就是一部“平淡无奇的自叙传”。这一类以胡适为开山祖，以周汝昌为今世代表。他们自我标榜为“新红学”，便把蔡元培一派推到了“旧红学”的位置上（如同佛教大众部实力大涨后自称“大乘”，便把原“上座部”推到了“小乘”位置一样）。

在“旧红学”与“新红学”的分野之处，有一块大石头支撑着“新红学”，挤压着“旧红学”，那就是脂砚斋的批语。可以说，没有脂砚斋，就没有声势浩大的新红学。而时至今日，甚至可以说“没有脂砚斋就没有‘红学’这个特殊的学科”。

脂砚斋以及“脂本”的基本情况，我们在第一节已经讲过，这里不重复。我要给大家介绍的是，脂砚斋以及脂批在今日“红学”架构中的重要作用，还有脂砚斋研究中的重大分歧之原委。

脂砚斋以及脂批（广义）在“红学”架构中有六个方面的影响。第一，坐实了“自传说”。胡适开始提出“自传说”后，其影响与蔡元培等索隐派一时难分高下，而脂批“甲戌本”的出现，使得“自传说”有了极为有利的支撑，索隐派顿时溃不成军。第二，促成了“曹学”。由于“自传说”的确立，把《红楼梦》中的人物、情节同曹家一一对号成为很多研究者的路数。因此，对曹雪芹家世的研究在特定的范围内蔚成“显学”——特别是祖上的籍贯与直系亲属圈子更是热中之热。而在这些研究中，脂批的只言片语往往成了指路的标识。第三，形成了专门的“脂学”、专门的“红楼版本学”。“脂学”的第一个任务当然是考证出脂砚斋是何许人，连带还有畸笏叟等人的身份。但这个问题的全部材料都在脂批之中，而脂批中的有关信息时有冲突，所以“脂学”的第一步就始终没能迈出去。“版本学”这里是指各种脂批本之间的关系。由于目前所见的本子都被认定为多次过录本，所以这个问题也是疑难多多。第四，把流行了近二百年的程高本打成“僭伪”。这一点前面讲过。“抄本皆优，刻本皆劣”这一偏执观念使得“红学”界相当一部分人对于刻本持“汉贼不两立”的态度，造成学界不必要的分裂。第五，对小说主旨及风格产生了新理解——所谓“新”是相对于20世纪80年代之前的二百年而言。第六，催生了“探佚学”。以脂批的蛛丝马迹与对文本的主观臆断为据，一些学者以及“红楼控”热衷探究所谓曹雪芹“原初的后半部”，有的甚至直接操刀来续貂——当然效果都是非常令人失望的。

曹学、脂学（含抄本版本学）、探佚学，这是“新红学”的三大板块，很明显都是以脂砚斋、脂批为重要支撑的。这三大板块几乎所有主要环节都有谜团，几乎所有谜团都近于无解，而几乎无解的谜团都可溯源至脂批中的矛盾——这为“红学”提供了持续下去的契机，但也使一些研究者在更深的层面上产生了质疑。于是，在20世纪90年代，欧阳健对脂砚斋与所有脂批本的真实性提出了刨根问底的疑问，造成了有所谓“红学”以来最大的震荡。这个问题非常复杂，引发的学术态度、方法论等深层的讨论都不是此次导读能分说清楚的。目前，以我个人对整个争议过程的了解来看，可以表态的是：第一，欧阳健的质疑事出有因，也就是说确有可疑之处；第二，争论的问题是个非常重要的真命题，值得深入讨论；第三，欧阳健的态度与方法，在基本面上都是可以肯定的；第四，他目前所做的工作一定程度上动摇了脂砚斋的“解《红》权威”地位；第五，目前，他的全部论据尚不足以推翻成说。因此，这桩“公案”的“两造”都应该心平气和地站到对方立场上，以“学术，天下之公器”的气度反思、反省，或许会有助于消弭对立，推进学术。

第二个话题是关于考证与索隐。“脂本”的陆续出现，极大地支撑了“考证派”红学，也就是所谓“新红学”。“旧红学”顿时溃不成军，各种“索隐”所得都成了编写“红学史”的反面材料，甚至成了谈论学界掌故时的笑话。可是，风水轮流转，到了20世纪90年代，“索隐”死灰复燃，京城里连续有《红楼梦》爱好者出版索隐著作，一时洛阳纸贵。进入21世纪，更有风靡全国的“秦学”索隐，借助媒体的力量，在民间造成了空前的影响。而与之同步，一个方法论的话题自然而然就产生了：考证也罢，索隐也罢，无非是要为小说中的人物找出原型而已，为什么一个就被捧上天，一个就被贬入地呢？

这个疑问不能说一点道理都没有，而且它还给我们一个提示：考证与索隐同源。

前面我讲过对《红楼梦》成书的看法：作者的人生经历，前人文学作品的撷取，再加上白日梦的虚构想象，三者的圆融成就了这部旷世奇书，而圆融的过程则显露出作者绝世的艺术才华。所以，对于把《红楼梦》还原到任何一个现实人物的家庭中，我都是不赞同的，无论是曹家还是张家、李家。

谈论一部内涵无比丰富的文学作品，兴奋点不在文本，一定要找出文本背后的真人真事来，这与我们民族的一种阅读心理有关，同时也是一种文学批评传统的表现。这种阅读心理就是求真务实。如果是在现实生活中做事，求真务实自然是好习惯，但如果是阅读文学作品，则不免出偏差。典型的例子是汉儒解读《诗经》，大部分无定指的民间情歌都变成了对具体历史事件的记录。这种比附因汉儒之说的意识形态化而得到加强，影响十分深远。对《红楼梦》，探究字缝里的“隐事”“真事”，其兴趣高过鉴赏高妙的文字，正是这一传统的延续。

不过，考证与索隐还是有区别的。这个区别不在于找出的原型是曹家、明珠家还是顺治，而在于论证的方法。（孙勇进在《红楼梦学刊》发表过一篇文章，专门讨论索隐派推理方法的偏失。）大体来说，索隐派最大的问题是逻辑推理时判断的周延性不合榫，以偏概全，任意延伸。所以，尽管他们也找出不少文献来做依据，可是经过几番推理，却得出了“林黛玉是刺杀雍正的那个侠女”“贾元春是出卖自家政治隐秘的‘叛徒’”“秦可卿进贾府是演绎了一个新版‘赵氏孤儿’”之类明显荒诞的结论。

第三个话题是所谓“红外线”问题，这与前两个问题密切相关，其实质是“《红楼梦》研究的重心应该放在哪里？”

所谓“红外线”指的是对《红楼梦》文本的文学性、艺术性的研究。这是“红学”圈子里一部分人轻蔑的戏言，似乎有进不了圈子、不入流的意味。其实，这是非常奇怪的事情。试想，如果没有《红楼梦》，如果《红楼梦》不是如此深刻而超妙，谁来管什么“丰润曹”还是“铁岭曹”！皮之不存，毛将焉附？

不过，这个话题的出现还是有其合理之处。五六十年代，《红楼梦》的研究主要受政治因素左右，或是以庸俗社会学来进行所谓阶级分析，或是来倡言贾宝玉的叛逆，到后来甚至直接比附现实中的政治事件。70 年代末开始，对《红楼梦》文学性的研究增多，《论凤姐》等风靡一时。但是，由于理论方法的匮乏，以及部分研究者学养的不足，这方面的研究很快就出现了千篇一面的尴尬局面，不少论文给人以“套子活”的感觉。相形之下，倒是曹氏族谱的辨析、曹雪芹卒年的讨论显得更扎实、更有“学术性”。久而久之，便有了“红外线”的戏说。

不过，这毕竟不是一部文学经典研究的正常格局。事实上，脱离了文本的“红内线”也差不多走到了它的终点——旧的话题僵在了那里，新的话题产生不出来，偶有小的争论也全是极小圈子内部的“杯中风暴”。倒是民间“红学家”时不时地整个小动静，给报纸副刊添上点热闹。

其实，《红楼梦》研究最根本的一点是要明确其中心是《红楼梦》的文本，而整个《红楼梦》研究是中国文学史研究的一个组成部分，是中国小说史研究的一个组成部分。作者家世的研究、版本的研究都是围绕这一中心开展的，其终极价值也应反映到对文学研究的促进上，切不可本末倒置，更不可数典忘祖、流荡忘返。

如果我们真的把《红楼梦》放到中国古典文学的长河之中，放到丰富复杂的华夏文明的大背景之下，放到封建文化的烂熟期这一历史条件下，来考察，来比较，来挖掘，这部绝世经典的价值与意义一定会持续散发出新的光辉。

附　录

名著的“教父”:《史记》别裁

《史记》与小说的关系，前人多有评说。我们这里把《史记》当作名著的“教父”，则较之旧说更进了一步。这当然不是为了炫人耳目，而是着眼其以下几个属性。第一，它首先是一个叙事文本，有故事性；这是基础，但不是主要理由。第二，它有对故事情节的设计、对人物形象的刻画，甚至有对人物的情感、心理活动的描写。这就使得它有别于“实录”“编年”之类纯粹的历史书籍。第三，更重要的是《史记》有明显的虚构书写，表现出对传奇性、戏剧性的追求；另外，有些传记中蕴含着作者的好恶，直接影响到材料的取舍与叙事的立场。前两个属性是小说与史传皆有的，但优秀的史传才会二者兼备。第三个属性则不属于史传，其实是司马迁的个人兴趣、偏好所致，但这恰恰是小说所追求的。从这个意义上说，《史记》中的很多篇章，把它作为小说来读也无妨。

金圣叹批点《水浒传》，处处援《史记》为倚傍，如《读第五才子书法》:“大凡读书，先要晓得作书之人是何心胸。如《史记》须是太史公一肚皮宿怨发挥出来，所以他于《游侠》《货殖传》特地着精神。乃至其余诸记传中，凡遇挥金杀人之事，他便啧啧赏叹不置。一部《史记》，只是‘缓急人所时有’六个字，是他一生著书旨意。”“《水浒传》方法，都从《史记》出来，却有许多胜似《史记》处。若《史记》妙处，《水浒》已是件件有。”他所着眼的，一是司马迁著述中的主体精神，即把个人的爱憎注入到作品中；二是作品的文学性书写——笔法、感情等。他所言不无夸张之处，但也确有慧眼卓识。

鲁迅称《史记》为“史家之绝唱，无韵之离骚”，应该说顾及了《史记》的两个方面，比金圣叹讲得更恰切。“无韵之离骚”，非常艺术地揭示出《史记》的史笔之中夹杂文学性书写的特色。

一、《史记》的虚与实

《史记》的本质是史籍，属于史官文化，这是毫无争议的。它的文体要求原则上是按事实本来面目来记录历史事件和历史人物，也就是常说的“秉笔直书”。文天祥在《正气歌》中所咏“在齐太史简，在晋董狐笔”，正是对这一原则的诗性描述。《史记》也在很大程度上体现了这样一种精神、这样一种追求。但是，司马迁是一个尚气、好奇的人，又是命运多舛、身心遭受重创的人。这种人生印记反映到《史记》的撰写中，就表现为对历史故事的某种再加工，掺杂进较多的个人因素，增加了一些想象与虚构，从而使故事情节带有一定的传奇色彩。这样的例子不胜枚举。

如《项羽本纪》中许多脍炙人口的片段，多有作者的想象、夸饰成分。[①] 以众所周知的“霸王别姬”来说，楚军被汉军重重包围，在这生死存亡的紧要关头，在项羽的营帐里发生的事情，何人得见？乱军之中，夜半聚众歌舞，于情理也颇为可疑。显然，项羽与虞姬生离死别这种悲壮动人的场面，很大程度上是出于司马迁本人的虚构。但正是这虚构的一笔，

① 项王军壁垓下，兵少食尽，汉军及诸侯兵围之数重。夜闻汉军四面皆楚歌，项王乃大惊曰：“汉皆已得楚乎？是何楚人之多也！”项王则夜起，饮帐中。有美人名虞，常幸从；骏马名骓，常骑之。于是项王乃悲歌忼慨，自为诗曰：“力拔山兮气盖世，时不利兮骓不逝。骓不逝兮可奈何，虞兮虞兮奈若何！”歌数阕，美人和之。项王泣数行下，左右皆泣，莫能仰视。

成为塑造"失败的英雄"这一形象最为动人的一笔。

更典型的是《赵世家》中有关"赵氏孤儿"的故事。在现有的先秦史籍《左传》《国语》中，都没有关于屠岸贾杀孤、程婴救孤的历史记载。《史记》中的"赵氏孤儿"[①]主要从《左传》脱胎而来，而《左传·成公八年》所记孤儿赵武的事迹，仅有一百来字，主要记叙的是赵氏家族内部由于乱伦而引起的残杀事件，屠岸贾、程婴、公孙杵臼根本不见踪影。今天看到的那些文学色彩很重的内容——个人在价值冲突中的道义选择、戏剧性的情节安排、具有强烈情感矛盾的悲剧故事等，都是到了司马迁的《史记》中才出现的。可以说，《史记》中"赵氏孤儿"的故事在很大程度上属于虚构之笔，至少也是对传说的踵事增华。而且在具体的行文叙述中，颇多作者幻设之笔，如程婴与公孙杵臼密谋"救孤存孤"一事，谁能得知？密谋行为本身就是件秘密的事情，不可为外人道，这件事被传播、记录下来，显然是不可能的。但如果我们把它当作小说来看，那么全知叙事便属于自然而然的了。可以说，几乎无需

---

① 赵朔妻成公姊，有遗腹，走公宫匿。赵朔客曰公孙杵臼，杵臼谓朔友人程婴曰："胡不死？"程婴曰："朔之妇有遗腹，若幸而男，吾奉之；即女也，吾徐死耳。"居无何，而朔妇免身，生男。屠岸贾闻之，索于宫中。夫人置儿绔中，祝曰："赵宗灭乎，若号；即不灭，若无声。"及索，儿竟无声。已脱，程婴谓公孙杵臼曰："今一索不得，后必且复索之，奈何？"公孙杵臼曰："立孤与死孰难？"程婴曰："死易，立孤难耳。"公孙杵臼曰："赵氏先君遇子厚，子强为其难者，吾为其易者，请先死。"乃二人谋取他人婴儿负之，衣以文葆，匿山中。程婴出，谬谓诸将军曰："婴不肖，不能立赵孤。谁能与我千金，吾告赵氏孤处。"诸将皆喜，许之，发师随程婴攻公孙杵臼。杵臼谬曰："小人哉程婴！昔下宫之难不能死，与我谋匿赵氏孤儿，今又卖我。纵不能立，而忍卖之乎！"抱儿呼曰："天乎天乎！赵氏孤儿何罪？请活之，独杀杵臼可也。"诸将不许，遂杀杵臼与孤儿。诸将以为赵氏孤儿良已死，皆喜。然赵氏真孤乃反在，程婴卒与俱匿山中。(《史记·赵世家》)

加工，这就是一篇非常优秀的小说。

“赵氏孤儿”之所以能够成为千古不朽的名篇，最重要的是因其写出了悲剧中人性的光辉。程婴为了报恩，也为了正义，不仅牺牲了一个孩子，而且背负骂名，包羞忍辱，付出了巨大的精神上的牺牲。这样的典型情节带有强烈的文学母题的色彩，所以成为穿越古今中外的名作。18世纪远传欧洲，吸引了伏尔泰等大家进行改编，以多种样貌活跃在多国舞台上。直到今天，人们仍搬演不绝。

实际上，司马迁对程婴、公孙杵臼等人匿孤报德、视死如归、忍辱负重这一精神的描写与刻画，表现出了作者对慷慨任侠之风、重义轻生之士的颂赞与肯定，体现出作者经历了人生悲剧后形成的尚气、好奇的性格特征与审美理想。

二、故事书写追求戏剧性

《史记》不是戏剧，但不得不承认，其中的一些篇章，人们读来却往往有种看戏般的感觉。这就要谈到我们把《史记》当作小说来读的第二个原因，那就是其对历史故事的书写追求戏剧性效果。

司马迁很擅长将历史史实故事化，善于在激烈、尖锐的矛盾冲突中展开故事情节，通过设置扣人心弦的场面来塑造人物形象，使整个故事充满戏剧性。如《项羽本纪》中的“鸿门宴”“霸王别姬”“垓下突围”“乌江自刎”，《刺客列传》中的“专诸刺吴王”“豫让刺赵襄子”“荆轲刺秦王”，《廉颇蔺相如列传》中的“完璧归赵”“渑池会”“负荆请罪”，《魏其武安侯列传》中的“使酒骂座”“东廷辩论”，等等。这些故事至今仍然脍炙人口，重要原因就在于这些故事场面都具有戏剧性。

太史公为了制造戏剧性，甚至不惜改动史实。《仲尼弟子列传》中他用了很大篇幅渲染子贡的外交才能及其外交成绩，概括为：

> 子贡一出，存鲁，乱齐，破吴，强晋而霸越；子贡一使，使势相破，十年之中，五国各有变。

这样的外交能力，苏秦、张仪亦远远不及，瞠乎其后。这段文字计一千三四百字，不要说孔门诸弟子的事迹无法相比，即使《孔子世家》中仲尼的任何一件事也难及其十分之一。这一段写子贡数月之间奉孔子之命奔走于五国之间，完全依靠一套诡词，从根本上改变了形势。其中一段是他促使吴国伐齐，然后说动晋国与夫差举行“黄池之会”，同时安排越国勾践奇袭吴国，导致吴国惨败。且不说这些大事件是否因子贡的三寸不烂之舌而发生，只说事件的时间，《史记索隐》就指出：“《左传》：黄池之会在哀十三年。越入吴，吴与越平也”；“《左传》：越灭吴在哀二十二年。则事并悬隔数年。盖此文欲终说其事，故其辞相连”。也就是说，司马迁为了增强戏剧性、传奇性，把与子贡出使无关的“越灭吴”挪用过来，并把时间提前了九年；同时把“吴与越平”的史实生生改写成“遂围王宫，杀夫差，而戮其相，破吴”①。

再以大家熟知的“鸿门宴”为例。鸿门宴是项羽和刘邦楚汉之争的开端，但似乎也正是这场宴会决定了未来天下的归属。整个故事主要围绕杀不杀刘邦、刘邦能不能脱险展开，情节设置矛盾迭出、波澜横生，

---

① 《三国演义》中诸葛亮“舌战群儒”一节，颇有《史记》中子贡游说群雄的影子。

既紧张激烈又扣人心弦，极具戏剧性。

故事主要聚焦于时间与空间都高度集中的鸿门宴会之上。这场宴会从表面上看主客之间彬彬有礼，实际上却杀机四伏，刘邦的性命仅悬于项羽的举手投足之间。空气中弥漫着令人窒息的紧张气氛，双方矛盾冲突一触即发。此中“樊哙闯帐”一节，尤为逼真传神，读之使人有如临其境、如见其人之感。我们来看司马迁是如何写的：

> 范增数目项王……项王默然不应。范增起，出召项庄，谓曰：“君王为人不忍，若入前为寿，寿毕，请以剑舞，因击沛公于坐，杀之。……”庄则入为寿。……项庄拔剑起舞。项伯亦拔剑起舞，常以身翼蔽沛公。庄不得击。于是张良至军门，见樊哙。樊哙曰：“今日之事何如？”良曰：“甚急。今者项庄拔剑舞，其意常在沛公也。”哙曰：“此迫矣，臣请入，与之同命。”哙即带剑拥盾入军门。交戟之卫士欲止不内，樊哙侧其盾以撞，卫士仆地，哙遂入，披帷西向立，瞋目视项王，头发上指，目眦尽裂。项王按剑而跽曰：“客何为者？”张良曰：“沛公之参乘樊哙者也。”项王曰：“壮士，赐之卮酒。”则与斗卮酒。哙拜谢，起，立而饮之。项王曰：“赐之彘肩。”则与一生彘肩。樊哙覆其盾于地，加彘肩上，拔剑切而啖之。项王曰：“壮士，能复饮乎？”樊哙曰：“臣死且不避，卮酒安足辞！夫秦王有虎狼之心，杀人如不能举，刑人如恐不胜，天下皆叛之。怀王与诸将约曰‘先破秦入咸阳者王之’。今沛公先破秦入咸阳，豪毛不敢有所近，封闭宫室，还军霸上，以待大王来。故遣将守关者，备他盗出入

与非常也。劳苦而功高如此，未有封侯之赏，而听细说，欲诛有功之人。此亡秦之续耳，窃为大王不取也。”项王未有以应，曰：“坐。”樊哙从良坐。坐须臾，沛公起如厕，因招樊哙出。沛公已出，项王使都尉陈平召沛公。沛公曰：“今者出，未辞也，为之奈何？”樊哙曰：“大行不顾细谨，大礼不辞小让。如今人方为刀俎，我为鱼肉，何辞为。”于是遂去。

三四百字的篇幅，写得波澜起伏，扣人心弦。先是范增一计不成又生一计，亲自召项庄进帐舞剑，以期借舞剑助兴之名，伺机杀掉刘邦。于是，故事被推到了一个新的高潮，气氛随之越来越紧张，刘邦也命悬一剑之间。虽有项伯暂解一时之危，而刘邦任人宰割的局面并未得到根本上的改变。接下来，张良急招樊哙。樊哙闯帐带有极大的冒险性，但又是不得不行的险招。樊哙与项羽的对峙使局面达到了爆发的临界。而樊哙超乎常情的表现——“瞋目视”“头发上指”“目眦尽裂”，以及生食彘肩、痛饮等，终于唤起了项羽惺惺相惜的情感，于是局面大转折。然后樊哙痛陈大义，终于摆脱了危机。

在戏剧性的情节发展中，几个人物的形象栩栩如生。特别是樊哙与项羽的互动，在极度紧张的气氛中，司马迁写出了两个地位不同但同样威猛的人物的神态，堪称神来之笔。此外张良、刘邦、范增、项伯等，虽着墨不多，但也各具面目，共同铺演出名垂千古的鸿门宴。

可是，如果我们苛求一下，当时的种种场景——范增与项庄的密谋、张良与樊哙的计议、刘邦逃席后的决定，都是私议密谋，谁人得见？谁人听得？谁人载录？毋庸讳言，均是虚构想象而已。换言之，这是一篇绝好的小说，只是披着史籍的外衣罢了。

再如“荆轲刺秦王”[①]一节，荆轲在秦廷刺杀秦王的场面也极具戏剧性：荆轲两手捧着樊於期的头要献给秦王，秦舞阳则负责献地图，两个人先后依次而进。没见过大阵势的秦舞阳当时就吓得脸色大变，荆轲倒是临危不乱，十分镇静，反而回过头来对着秦舞阳微笑，并且请求秦王宽恕秦舞阳的失礼。在“图穷匕首见”的紧要关头，荆轲左手拽住秦王的袖子，右手拿匕首来刺杀秦王。秦王急忙逃脱，想拔剑出鞘，而剑身较长，急切之间拔不出来。秦王无奈，只好绕着柱子逃跑。御医夏无且用药囊来投击，阻滞了荆轲，秦王得以拔剑击伤荆轲。荆轲知道大事不成，倚柱大笑，张开两腿坐在地上大骂秦王。这里，故事紧紧围绕着“刺秦”来叙述，双方的矛盾冲突非常集中。作者通过荆轲、秦王及众人的一系列言语、行动，尤其是行动来展开故事情节。场面描写跌宕起伏，既紧张刺激又井然有序，人物形象特征也非常鲜明，将它当小说来读是完全可以的。

不可否认的是，历史事件、历史人物本身就具有一定的传奇性与戏

---

① 荆轲奉樊於期头函，而秦舞阳奉地图柙，以次进。至陛，秦舞阳色变振恐，群臣怪之。荆轲顾笑舞阳，前谢曰：“北蕃蛮夷之鄙人，未尝见天子，故振慴。愿大王少假借之，使得毕使于前。”秦王谓轲曰：“取舞阳所持地图。”轲既取图奏之，秦王发图，图穷而匕首见。因左手把秦王之袖，而右手持匕首揕之。未至身，秦王惊，自引而起，袖绝。拔剑，剑长，操其室。时惶急，剑坚，故不可立拔。荆轲逐秦王，秦王环柱而走。群臣皆愕，卒起不意，尽失其度。而秦法，群臣侍殿上者不得持尺寸之兵；诸郎中执兵皆陈殿下，非有诏召不得上。方急时，不及召下兵，以故荆轲乃逐秦王。而卒惶急，无以击轲，而以手共搏之。是时侍医夏无且以其所奉药囊提荆轲也。秦王方环柱走，卒惶急，不知所为，左右乃曰：“王负剑！”负剑，遂拔以击荆轲，断其左股。荆轲废，乃引其匕首以擿秦王，不中，中桐柱。秦王复击轲，轲被八创。轲自知事不就，倚柱而笑，箕踞以骂曰：“事所以不成者，以欲生劫之，必得约契以报太子也。”于是左右既前杀轲，秦王不怡者良久。

剧性，甚至历史事件、历史人物本身比虚构的小说更具有戏剧性。但史籍中的历史书写过于戏剧化，其中肯定会有作者的想象、创作成分在内。如上所言，《史记》中这些富有戏剧性的场面，显然是作者在合理想象的基础上，对历史的创造性再书写。

三、人物刻画注重情感化

把《史记》当作小说来读，除了司马迁为我们编织了很多好听、好看的故事外，还有一个重要的原因就是他还为我们塑造、刻画了许多性格各异而又栩栩如生的人物形象，如程婴、公孙杵臼、伍子胥、豫让、聂政、荆轲、项羽、刘邦、李广等。其中的一些人物，作者并不是单纯地记述人物的生平经历与历史贡献，而是涉及更多的情感因素，而这种感性因素的渗入，更多的是太史公本人的生命体验，是太史公本人的精神投射。

“李陵之祸”使司马迁身陷牢狱之灾，惨遭宫刑，使他阅尽人间冷暖，看透世态炎凉。这场灾祸，在给他带来肉体上的伤害与摧残的同时，更给他带来精神上的凌辱与折磨。虽然他的内心极度郁结与愤懑，但他并没有从此意志消沉或采取某种极端方式来结束自己的生命；相反地，为了继承父亲司马谈的遗愿，为了完成他自己“成一家之言”的大志，他含辱忍垢多年，最终写就《史记》。“李陵之祸”的打击使得司马迁在《史记》的客观历史叙述中倾注了强烈的抒情色彩，多以自己的价值观来衡量历史事件与品评历史人物。

所以，在《伍子胥列传》中，对于伍子胥没有听从父命前往楚王处救父兄以及后来他掘楚王墓、鞭楚王尸的看似不孝不忠的行为，司马迁给予了高度评价。他认为伍子胥放弃舍身救父的小的孝义，受窘江河上，乞食道路间，隐忍仇恨多年，最终鞭尸楚王，以雪杀父杀兄之大耻，这种“弃小义，雪大耻”的行为，实乃是“烈丈夫”所为。“烈丈夫”一语，既是他对伍子胥的盛赞，也是对自己的肯定。金圣叹说司马迁是“隐忍以就功名，为史公一生之心”。可以说，《史记》中司马迁对伍子胥“隐忍就功名”的描写刻画也是倾注了他自己的人生经历与生命体验在内的。而对能忍胯下辱的韩信与能受折胁毁齿之痛、厕间承人溺之耻的范雎的描写，也未尝不是如此。

《史记》中，人物刻画注重情感化色彩较浓的当属项羽、荆轲、屈原、程婴、公孙杵臼、贾谊、李广等人。与屈原、贾谊传记中采取一边叙事一边议论来表达对所写人物的赞美与同情不同，作者主要是在叙事的字里行间表达出对项羽、荆轲、李广等人的欣赏、赞美、慨叹与同情。

比如飞将军李广，作者写他本人不仅骁勇善战，而且体恤士卒，带兵有方，威名远震匈奴，但是，就是这样的一位英雄人物，却是郁郁不得志，终其一生未能封侯，而最后竟然还落得个自杀身亡的下场。“李广才气，天下无双”，他却是如此下场，而“为人在下中、名声出广下甚远”“才能不及中人”的他人却拜相封侯。在对李广才能的平实叙述中，在对“达”与“不达”的结局对比中，作者表达出对李广的欣赏与对他不幸命运的慨叹。李广与作者，同样才高却也同样不幸，都属于怀才不遇的一类人。作者写李广，其实也是在写自己，在为李广叹惜、悲慨的同时，也抒发了他自己的满腔愤懑之情。

最后需要说明的是，史书中的想象、虚构与故事情节的戏剧化，这两点在上古史书中早已存在，并不鲜见，并非《史记》的独创。我们把《史记》与前者分开，把其中的部分篇章当作小说来读，称其为小说的“教父”，主要有三个方面的考虑：第一，故事中的想象及戏剧化场景数量增多，并且成为展开情节、塑造人物形象的重要的有力手段；第二，太史公在叙事、写人中注入了强烈的情感色彩，作者个人的主体意识鲜明突出，而这点是前面史传文学中少见的，甚至是没有的；第三，以上所举文例，其精彩程度“史”无前例。

《儒林外史》：读书人命运的悲歌

作为一部小说，特别是白话长篇小说，《儒林外史》的可读性不是很强。当然，不是说全书都不好看，而是并非都很好看。特别是其中那些微妙的嘲讽，不了解科举考试制度，不了解经学的基本知识，就根本不知道讲的是什么，更不要说读懂其中的臧否之意了，而这恰恰是作者得意的地方。

如果说明代的“四大奇书”是名副其实的通俗文学的话，清代的《儒林外史》与《红楼梦》就不那么通俗了。事实上，明清的白话小说发展本就走的是由俗趋雅之路。无论创作的过程、作者的身份，还是描写的对象、表现的趣味，都有这样一个变化的趋势。从这个意义上讲，评价《儒林外史》本就不应采用和《三国演义》《水浒传》相同的标准。由俗到雅，两端都要讲到，对小说史的了解才算全面。另外，从小说艺术的角度看，《儒林外史》自有其不可替代之处。它所塑造的读书人群像在古代文学中独一无二，它犀利而巧妙的讽刺笔墨也极具个性。

我们把《儒林外史》的主旨概括为“读书人命运的悲歌”，主要有三层意思：第一，这部小说是曲悲歌。全书写了形形色色的人物，其中有正剧，有悲剧，也有喜剧。有些讽刺喜剧给读者的印象可能是最深的，但就全书来讲，作者谱写的是一曲悲歌。说“悲歌”，还有一层意思，就是写的虽是读书人的悲剧，但是带有作者强烈的自我抒情的色彩，可以说是带有“长歌当哭”的底蕴。第二，它讲的全是读书人的事情。以通俗小说的形式，以数十万字的篇幅，集中写读书人，前所未有。第三，它写的是读书人的命运。所谓命运，就带有无可奈何的意味。正如作品开头就借王冕的话讲出："一代文人有厄。"这话的口气和语境都带有强烈的宿命色彩，小说也正是在这个意义上"长歌当哭"的。

以小说的形式写读书人的命运，较早的应该是《鸳鸯针》，稍后便是《聊斋志异》中的一些篇章，如《司文郎》《叶生》等。这些作品都对八股取士的科举考试制度表达了不满，有的不满还相当强烈，言辞激切，嘲讽辛辣。不过，其中的不满与嘲讽基本停留在对"盲试官"的抨击上，而《儒林外史》则从制度的层面表达了质疑，同时也无情地对制度下读书人自身扭曲的灵魂、变态的心理进行了揭露与批判，其深刻性是前几部作品无法望其项背的。

这一节分为三个部分：首先，介绍作为时代难题的科举取士，这是理解《儒林外史》的必要前提；然后来剖析作品展示出的儒林众生相、浮世绘；最后，讨论《儒林外史》讽刺艺术的优劣长短。

一、时代难题与作品主题

小说第一回的回目是"说楔子敷陈大义　借名流隐括全文"。这个回目挺有意思。"说楔子"，明明是第一回，为什么要自居为"楔子"？而"借名流"的"借"也挺特别，为什么是"借"？

这两个问题其实是连在一起的。《儒林外史》，既然称为"史"，就要有一个时间跨度。小说里设定的是明代成化末到万历中的百余年，而影射的则是清中前期的社会、文化现实。这一现实的大背景就是科举考试、八股文，小说表现的则是这一大背景之下读书人的精神被束缚与被扭曲。这一"楔子"从时间上可以看作"史前史"，因为它写的是元末明初的事情；其功能就是展示这一大背景的由来，并表现出自己最基本的立场和价值标准。因为是“史前史”，是对“由来”的溯源，所以称为“楔子”。作者的立场与态度不能抽象地表达，要通过一个人物的言行来表达，所以就标出一个“借”字。所“借”的人物便是王冕。王冕的故事是了解这部小说的一个“解码器”。通过描写王冕标示出了全书的主旨大意。王冕的身世、生平既见于《明史》[①]，又见于多位文人笔下。其基本事迹大体相同，小说所写也与之契合，但有几处彼此相异的地方，吴敬梓的选择便耐人寻味了。

依小说所写，王冕乃农家子弟，自学成才成了一名画家，同时又通过读书成为一名学者。因为他画画很有名，所以知县就来求他的画，又把他的画送给了自己的老师——元廷高官危素。危素十分欣赏王冕的才华。知县为了讨好危素，就想模仿三顾茅庐去访求王冕，但是王冕避而不见，拒绝与官场的人来往。这是元朝末年的事情。后来，朱元璋又来登门求教。明朝建立后，朱元璋给了王冕一个正式的官职，但是王冕不肯接受，最后隐居山林。在这个故事里面，危素是一个重要的人物。历史上的危素在元明两代都身居高位，很有文学修养，后来得罪了朱元璋，很凄惨地死去了。这个人物是吴敬梓添加到王冕故事中的，此举带来了两层含义，即富贵是一个很龌龊的东西，宦海是充满危险的地方。前者，

① 王冕，字元章，诸暨人。幼贫，父使牧牛，窃入学舍，听诸生诵书，暮乃返，亡其牛，父怒挞之，已而复然。母曰：“儿痴如此，曷不听其所为。”冕因去依僧寺，夜坐佛膝上，映长明灯读书。会稽韩性闻而异之，录为弟子，遂称通儒。性卒，门人事冕如事性。屡应举不中，弃去，北游燕都，客秘书卿台哈布哈家，拟以馆职荐，力辞不就。既归，每大言天下将乱，携妻孥隐九里山，树梅千株，桃杏半之，自号梅花屋主，善画梅，求者踵至，以幅长短为得米之差。尝仿《周官》著书一卷，曰：“持此遇明主，伊、吕事业不难致也。”太祖下婺州，物色得之，置幕府，授谘议参军，一夕病卒。

他通过危素弟子（那个知县）的嘴脸来反映，而宦海风波则是通过危素的下场来表现的。吴敬梓做的另一个选择是改写王冕与朱元璋的关系。据《明史》，王冕是入了朱元璋的网罗，做了几天“咨议参军”的；小说却采用了与之相反的传说，即王冕事先便逃到会稽山，并终老山中。这里，作者还特地加了一笔：

> 可笑近来文人学士，说着王冕，都称他做王参军，究竟王冕何曾做过一日官？所以表白一番。

辩诬的焦点竟然是“不曾做官”，这在封建时代当属凤毛麟角。

正史中王冕是做了明朝的官的，其他史料也大多如此记述，但对王冕的结局多语焉不详。有的说王冕以伊、吕自诩，说自己可以辅佐君王打天下，等到朱元璋来请他，他就出山了。后来，他献了一条奇计，要去攻陷一座城池。结果，这个计策失败了，明军受到重创。突然，在一个晚上，他暴病而亡。有的说他没有献奇计，只是到了朱元璋帐下做了参军，“一夕而卒”。这些都暗示他在投靠了朱元璋之后死于非命。但是《儒林外史》彻底改变了王冕的结局，说他根本没有做过朱元璋的参军，终老于会稽山中。

元代大名士赵孟頫有两句诗：“在山为远志，出山为小草。”（有一种中药叫作远志，又被称为小草。）这里用的是借物起兴的手法。赵孟頫的意思是，当一个人没有应征出去做官时，他是一个有着独立人格的人物，一旦到了官僚体系当中，屈膝事人，他就变成了小草，人格就被贬低了。《儒林外史》写王冕终生未仕，就是要借他来为儒林树立一个行为标准和人格标准，即远离功名富贵，保持自己的独立人格，读几卷书，做几首诗，画几幅画，逍遥自在。

借王冕立标准之后，作者还要借他来点题。

洪武四年（1371），王冕看到朝廷的邸报，上面刊载道："礼部议定取士之法：三年一科，用五经、四书、八股文。"王冕当即评论道"这个法却定的不好。将来读书人既有此一条荣身之路，把那文行出处都看得轻了"；"你看贯索犯文昌，一代文人有厄"。所谓"贯索犯文昌"，是对八股取士这一制度的十分严厉的批判。按照中国古代星相学，北斗星附近太微垣中有一组星，共六颗，统命名为"文昌"，代表天下文运；而天市垣中有九颗星像绳索一样，被称为"贯索"，象征牢狱之灾。[①]随着天体的转动，"贯索"星座会在某一个时刻接近"文昌"星座。这本是正常的天文现象，作者借王冕之口，认为此星相是上天的示警，表明文人将受到牢狱一般的束缚。"一代文人有厄"，即这种制度给一个时代的读书人带来了悲剧宿命，这就有了史的味道。

谈到这里，就不能不说说清朝的科举制度和盛行于明清两代的八股文。科举取士在隋文帝时期形成了制度。唐朝延续其制度，并稍加改动。到了明清两代，这个制度有了一个根本性的变化：考试内容变成了以八股来取士。八股文注重形式，内容大多死板空洞，文章的每个段落死守在固定的格式里面，连字数都有一定的限制，人们只能按照题目的字义敷衍成文。

八股文有固定的格式，分为破题、承题、起讲、入手、起股、中

① "贯索九星在其前，贱人之牢也。一曰连索，一曰连营，一曰天牢……九星皆明，天下狱烦；七星见，小赦；六星、五星，大赦。"（《晋书·天文志上》）
"斗魁戴匡六星，曰文昌宫，一曰上将，二曰次将，三曰贵相，四曰司命，五曰司中，六曰司禄。"（《史记·天官书》）

股、后股、束股，后面四股必须以对偶的形式出现。如果想了解八股文的具体情形，《八股文概说》是一个不错的选择。这本书的后半部分选了很多名人的八股文，下面就以汤显祖的一篇为例。汤显祖中试以后此文就成了范本。这篇文章的题目叫作《我未见好仁者恶》[①]。八股文的题目只能从四书五经当中出（主要是“四书”），考生只能就题目本身进行阐述和发挥。发挥的方式即“代圣贤立言”。如果这个题目来自《论语》，那么考生只能设定自己的身份是孔子从而来进行阐述。设定的潜台词如下：第一，思想要纯正，必须要和圣贤的思想一致；第二，论述时只能用孔子之前的时代的材料，之后的观点和看法都不能用；第三，语言要符合圣贤的身份和特点。由于八股文的题目已在“四书”中反复拣择，因而可供选择的内容越来越少。命题者还要和押题者“捉迷藏”，于是就出现了各种别出心裁的题目。有一类花样题目叫作“截搭题”，即从下半句截取一两个字连在上半句。例如，“我未见好仁者恶”这个题目就来自《论语·里仁》——“我未见好仁者，恶不仁者”，就是一种截搭题。

用今人的眼光看，这种考试方式的问题太明显了：第一，考试内容被限定死了，只能在主流意识形态的范围内做一些阐释性工作，很难有所创造；第二，以考试作为指挥棒，把读书的范围限定死了，造就了一大批眼界狭小、胸无点墨的废柴；第三，写作程序严格死板，既束缚了

① 汤显祖此文的破题是：“圣人慨成德者之难，因言弃德者之众焉。”这句话的意思是，圣人说完成自己的德业十分困难，抛离道德的人倒是很多（后面承题、起讲、入手略过不提）。起股是：“好仁者之名，夫人乐得之，而吾以为未见者，以好非感发之好，乃无以尚之之好也；恶不仁之名，夫人乐得之，而吾以为未见者，以恶非愤慨之恶，乃不使加身之恶也。”八股文大体都是这样，考生揣摩“圣人”之意，反复阐释题目涉及的话题。

才学之士的创造力，也影响了读书人的思维模式。

不过，这里也有一个问题值得深思，如果八股文单单只是一个滑稽可笑的东西，缘何会存在五百多年，直到戊戌变法时人们才对它提出质疑和进行改革？实际上，古人对此也有相当多的讨论。在吴敬梓之前，明清两代的文人对此又是如何看待的呢？实际情况可能会令人大跌眼镜。

明代最富有批判精神的思想家、“异端之尤”李卓吾认为：“时文者，今时取士之文也（意思是，八股就是和古文相对的时文，是当今招揽人才的工具）。彼谓时文可以取士，不能行远（意思是，有人批评八股文仅仅是考试的工具，没有永恒的价值，所以不能流传久远），非但不知文，亦不知时矣（意思是，说这句话的人既不懂文学，也不懂这个时代）……夫文不可以行远而可以取士，未之有也（意思是，好的文体，只能用于取士而不能流传久远，哪有这样的事）。”他接着说道：“国家名臣辈出，道德功业，文章气节，于今烂然，非时文之选欤（意思是，明朝名臣辈出，他们的功业和文章彪炳史册，难道不是时文选拔人才的功劳吗）？”从这些话来看，这八股文简直太好了。更有甚者，他把八股文与《西厢记》《水浒传》并称为“古今至文”，即文章的最高境界。清代经学大家焦循也持类似的观点。他提出“一代有一代之所胜”，而明代的最高成就就是八股文。他甚至准备编一历代诗文选，明代就只收录八股文作为代表。①

有明二百七十年，镂心刻骨于八股，如胡思泉、归熙父、金

① 我们今天讲文学史都知道王国维的“一代有一代之文章”这一著名见解，岂不知他是拾焦里堂的唾余。不过时代变了，他不再将八股文列进来了。

正希、章大力数十家，洵可继楚骚、汉赋、唐诗、宋词、元曲，以立一门户。

——焦循《易余龠录》

当然，也有与此相反的看法。如黄宗羲认为："取士之弊，至今日之制科而极矣！"制科是一个专有名词，指当时的考试制度，尤其专指八股取士制度。他的意思是，考试制度历代都有弊端，但是弊端最多的无过于当下的这种八股取士制度。顾炎武也说过："八股之害，等于焚书。"他认为八股对于文化、对于士人的戕害等同于焚书坑儒，而国家的衰落、士气的败坏也都是从八股文开始的。

今以书坊所刻之义，谓之时文，舍圣人之经典、先儒之注疏与前代之史不读，而读其所谓时文。时文之出，每科一变，五尺童子能诵数十篇而小变其文，即可以取功名，而钝者至白首而不得遇。老成之士，既以有用之岁月，销磨于场屋之中，而少年捷得之者，又易视天下国家之事，以为人生之所以为功名者，惟此而已。故败坏天下之人才，而至于士不成士，官不成官，兵不成兵，将不成将，夫然后寇贼奸宄得而乘之，敌国外侮得而胜之。苟以时文之功，用之于经史及当世之务，则必有聪明俊杰通达治体之士，起于其间矣。故曰：废天下之生员，而用世之材出也。

——顾炎武《日知录》

明代文人很少正面批判八股取士，而清人渐渐多起来了。原因之一是清初对明代文化进行了全面地反省和批判，黄宗羲、顾炎武都是一时的意见领袖。

既然八股取士如此可恶，为何大家仍然趋之若鹜呢？道理很简单：制度有问题。当时只要通过了八股考试的初级阶段，过了第一个门槛就成了秀才，做了秀才就有了相当的待遇。首先，身份变了，进入了“干部编制”。其次，免除各种劳役，那些保长、甲长一般也不敢随意欺负他们了。按照当时的国家制度，按月还有“奖助学金”——可以领取一两斗的米。对于下层民众而言，这些基本的待遇已经具有相当的诱惑力了，所以当时的文人群体不可避免地走上了这个道路。何况，这是下层文人改变命运，乃至自我实现的唯一途径。

唐太宗曾就读书人进入科举考试的人生模式赞叹道：“天下英雄尽入吾彀中。”这是对科举制度具有笼络、控制人才这一功能的坦率承认。既是“入彀”，便以失去自由为代价，就不会太舒服。传说金圣叹在被革除秀才身份之后长出一口气道：“今日还我自由身！”可见，文人们一边趋之若鹜地奔竞于八股取士之途，一边免不了发牢骚、出怨气。

在《儒林外史》之前，明清之际已出现了类似的批判科举的文学作品《鸳鸯针》。这是明末的一个短篇小说集，作品本身不是太好，但是在文体上有些创新。其第一篇写的就是科举考试。此篇讲的是一个叫徐鹏子的人，他才学出众，但就是屡试不中。其中有一段很传神的描写：

> 传是明早发榜了，那徐鹏子夫妻两口哪里睡得着……来到榜棚下，单看……上面却是丁全。心下想到：“这人是春秋中？平日极不通的，为何倒中了？且自由他。”看后面，（着）从前直看到榜末，又从榜末直看到前，着行细读，并不见有自家名字在上面。此时，身子已似软瘫了的，眼泪不好淌出来，只往肚子里

> 串，靠着那榜缝柱子，失了魂的一般，痴痴迷迷。[1]

其细腻生动几乎可以和《儒林外史》的“范进中举”媲美。

在这种制度之下，文人失去了自我，绝大部分终生虚耗在科场中。《庄子·齐物论》中的一段话可以表现出士人这种异化了的生命状态：“其行尽如驰，而莫之能止，不亦悲乎！终身役役，而不见其成功；苶然疲役，而不知其所归，可不哀耶！”因为这种考试好比一个冰山，真正浮出水面的成功者只是冰山的一个小角，大部分人不是在这个关口就是在那个关口失败了。《聊斋》也有相当多的篇幅写这种失败者在精神上受到的打击。蒲松龄满怀激愤地控诉考官不长眼，埋没了真正的人才。其中一篇写一个盲人对文章的分辨能力非常强，把文章烧了之后他通过嗅觉就知道这篇文章的好坏，于是人们就把主考官的文章烧了让他来闻，盲人当场上吐下泻。这种讽刺当然很辛辣了。

蒲松龄对于读书人进入考场的情景有一段描写，已经成为经典。《聊斋志异·卷九·王子安》里面说：

> 秀才入闱，有七似焉：初入时，白足提篮似丐；唱名时，官呵隶骂似囚；其归号舍也，孔孔伸头，房房露脚，似秋末之冷蜂；其出场也，神情惝恍，天地异色，似出笼之病鸟。……则似被絷之猱……则似饵毒之蝇……遂似破卵之鸠……如此情况，当局者痛哭欲死，而自旁观者视之，其可笑孰甚焉！

---

① 《鸳鸯针》，春风文艺出版社，1985 年，第 11 页。

蒲松龄这段描写有自己的深切体会在其中，所以博得了同病相怜者的高度赞誉。冯镇峦评价道：“文字之妙，至人人首肯，个个心服，便是天地间至文，以其写状极肖。”

明清两代，考试作弊是一个很大的社会问题。清代自顺治年间起，科场大案就层出不穷。乾隆九年（1744）的顺天乡试，一下子就抓住了二十一人作弊，剩下的两千人则一哄而散，因为所有人都带了小抄。由于怕考生夹带，入场时，考生要把外套、鞋袜都脱去，在一个十分逼仄的号子里应试，个个弄得像囚犯一样。现在南京的夫子庙江南贡院就是当年科举考试的地方，里面关于当时科举制度的一些复原性的雕塑参考的就是《聊斋》里的描写。

不过，对于八股取士制度，蒲松龄并没有进行彻底的批判和反思。他讽刺的只是局部的问题，如考官的昏庸之类，对于因考试成功而飞上枝头变凤凰的人，蒲松龄不无艳羡。

近些年来，对明清的科举制度，以及八股取士的方式，肯定的声音渐渐多起来了，主要是看问题的角度有了变化，认为从历史发展和文明演进的角度来看，科举与八股自有其存在的道理。大家都知道，为选拔官员，历史上曾出现过血统与门第、军功与养士，以及举荐、九品中正制等各种制度，这些制度各有利弊，当它们难以适应社会的发展后就不再有利于社会的稳定了。当然，具体表现是不利于君主的统治。隋文帝全面改革了文官制度与人才选拔制度，于是有了以考试为基本手段的科举制。这一制度是在当时的条件下公开、公平、公正地选拔人才的最佳方式。由唐而到两宋，再到明清，这一制度提供了社会阶层流动的可能性，使底层的读书人可以通过苦读考试升至社会上层。所谓“朝为田舍郎，暮登天子堂”，虽有所夸张，却也形象地反映了这一制度给民众带来的希望，而这种希望的存在，无疑是有利于社会稳定的。

据说，在世界范围内，中国的科举考试是最早的公开考试制度，也是同时代最完备的人才（主要是文官）选拔制度。这种制度不仅对于中国古代社会产生了积极的作用，也对周边国家的制度建设，乃至世界文明的发展产生了一定的影响。

如果说科举考试的形式是封建时代所可能采取的最公平的人才选拔形式，那接下来的首要问题就是“考什么”。既然主要选拔文官，那么自然就要做文章了。我负责过几十年的高考阅卷，语文卷子最难把握的就是作文。这篇文章到底如何，往往不好判定。这就引出了一个话题，如何实现评判考试成绩的标准化？当年设定八股文的种种要求，原因之一就是固定的格式、固定的写法便于标准化操作。至于桎梏思想等动机，反而是较为潜在的因素。

于是乎，一个时代的难题横亘在那里：历史地看，明清两代的科举取士制度有其必然性与合理性；对于一个封闭的农耕文明国家，这样的科举取士制度也许是一种最好的可能。何况，不这样又能怎样呢？可一旦社会的发展突破了农耕文明的藩篱，经济贸易、科学技术都提出了新的人才要求时，以培养文官为目的的科举考试就变成了碍手碍脚的过时的东西。一旦国门打开，民族、国家之间的竞争残酷地摆到面前时，这种只为了统治、只为了稳定的教育和选材制度就暴露了它的致命缺陷。这种突破与暴露终将到来，不过那是要到 19 世纪末。吴敬梓的时代却还在 18 世纪前中期。也就是说，距离科举制度顺理成章地退出历史舞台，这中间还有一百四五十年的时间。历史没有走到那一步，先觉者只能徒唤奈何。“一代文人有厄”，正是这种愤激而又无奈的心境的流露。吴敬梓就是在这样的心境中写作《儒林外史》的。换言之，《儒林外史》的主旨也正是出于愤激与无奈的揭露、批判与叹息。

讲到这里，我们简要地介绍两个问题。第一个是吴敬梓的生平和思想。

吴敬梓（1701—1754）生长在安徽省全椒县一个名门望族。曾祖和祖父两辈官运亨通，在明清之际有五十年家门鼎盛的时期。但他自己的祖父在同辈中功名很小，而且早逝；他从小被出嗣给长房吴霖起。因此，他的生父究竟是谁，难以确定。另外，他还有一篇非小说的文章名为《移家赋》，里面表达了他对故乡的憎恶之情。他原来是一个巨族子弟，也拥有相当的财富，但是在家乡他把财产全部挥霍掉了，当然很多时候是为了结交朋友或“仗义疏财”（作品中杜少卿“平居豪举”正是自况之笔）。家乡的“弟子规”就以他为反面典型。吴敬梓看尽了白眼，所以深深地憎恶他的家乡。

与他的小说创作关联较大的是他的学术传承。这方面，他和程廷祚的关系是一个很重要的话题。程廷祚是吴敬梓的忘年交，他比吴敬梓年长十岁。清代有一个反理学的思想流派叫“实学”，其代表人物为颜元和李塨，所以这一学派又被称为“颜李学派”。颜李学派的一个继承人就是程廷祚。颜李学派反对理学——包括程朱，也包括陆王，他们认为理学家们空谈心性，误己误人，于事无补。颜李学派讲究的是学识的躬行价值，包括在操作层面上的实用，也包括道德修养在行动上的实现，而不是体现在“明心见性”那样一个准宗教层面上。程廷祚深恶八股，他本人在其中浪费了很多精力，因此对八股有尖锐的批评。但是，另一方面，他又坚持不懈地参加了六次科举考试。如同前面所说，他既是叛徒，又是共谋者（这是一个值得我们深长思之的问题，也是可供我们反思的一面好镜子）。

了解程廷祚是了解吴敬梓的一条重要途径，也是理解《儒林外史》的一个极好的参照。

吴敬梓生平的其他情况不在这里细说了，有兴趣的人可以自己进一步阅读。与此相关的另一个情况却不可不提。在中国古代长篇小说中，《儒林外史》是素材来源最确切的作品，里面很多人物和事件都可以在清代笔记和野史中找到原型与本事。例如，《儒林外史》中有一个大人物叫庄绍光，他就是暗指程廷祚。其他如“范进中举”等人物和情节，也有人做了考索。

这种情况引发了研究中国古代小说的一个重大的方法论之争。当年，蔡元培曾对《红楼梦》进行考索，于是有了《石头记索隐》。当胡适讥笑、批评他“笨伯猜笨谜”时，他便以《儒林外史》为例来自我辩护：“《儒林外史》之庄绍光即程绵庄，马纯上即冯粹中，牛布衣即朱草衣，均为胡先生所承认……然而安徽第一大文豪且用之，安见汉军第一大文豪必不出此乎？”（《石头记索隐》第六版“自序”）既然《儒林外史》如此，为何《红楼梦》便不能是如此呢？这个方法论的难题至今并未完全解开，前几年仍有重量级的学者为之反复辩难。对此，我的看法是必须从“外史”的“史”字上考量。吴敬梓标榜“史”，表明这是他一种独特的文体选择。因此，对周围的人物与事件的较为直接的记录（或称之为“以文运事”）必然多于其他小说。

《儒林外史》在出版之前也有一个传抄的过程。最早的刻本是所谓“金兆燕本”，但是这个刻本迄今没有被发现，只是后来一位名叫金和的人在《儒林外史跋》中提及“全椒金棕亭先生官扬州府教授时梓以行世”。金棕亭就是金兆燕。今天我们能见到的最早的版本是卧闲草堂的巾箱本。这个版本还附有许多评点文字，其中颇有不错的见地。后来，又有齐省堂本等。这些版本里面有五十六回本，也有据以增添的六十回本。而仅见记载未见原书的则有五十回本、五十五回本。五十六回本比起我们今天的整理通行本多了最后一回的“幽榜”。所谓“幽榜”，类似于《封神榜》或《第五才子书施耐庵水浒传》的结局，是一个总结性的人物排行榜，借以给书中写到的主要文人身后补一个阴间的功名。很多人认为，这和吴敬梓的思想不一致，也有人认为此举意味深长。这个“幽榜”与吴敬梓的关系，是《儒林外史》版本研究的最大问题，迄无定论。此外，那个六十回的刻本，现在学界多认为是后人补上的四回，与吴敬梓无关。

二、俯瞰儒林的精神贵族

与明代的“四大奇书”不同，清代的《儒林外史》和《红楼梦》都带有“自叙传”的成分。众所周知，《儒林外史》中的杜少卿、《红楼梦》中的贾宝玉，身上隐约可见二书作者的影子。而《儒林外史》中的“影子”似乎更加清晰一些，因为书中一大批人物都能找出其原型，他们都是吴敬梓周遭的儒林人物。金和在《儒林外史跋》中曾指出：

> 书中杜少卿乃先生自况，杜慎卿为青然先生。其生平所至敬服者，惟江宁府学教授吴蒙泉先生一人，故书中表为上上人物（今按，即虞博士）。其次则上元程绵庄、全椒冯萃中、句容樊南仲、上元程文：皆先生至交。书中之庄征君者程绵庄，马纯上者冯萃中，迟衡山者樊南仲，武正字者程文也。他如平少保之为年羹尧，凤四老爹之为甘凤池，牛布衣之为朱草衣，权勿用之为是镜，萧云仙之姓江，赵医生之姓宋……全书载笔，言皆有物，绝无凿空而谈

者。若以雍乾间诸家文集紬绎而参稽之，往往十得八九。

一般来说，金和的跋中指名道姓的原型，基本可信；至于只出其姓的，则大半可疑。但是，我们也必须指出，有自叙传的成分，不等于就是自传。小说就是小说，虚构以及对“原型”“本事”的改造是其文学生命的源泉。所以，即使《儒林外史》这样的作品也不能将书中人物与现实一一对号入座。

《儒林外史》五十六回的“各省采访已故儒修人物表”列书中人物九十一名，又登上所谓“幽榜”者五十五人。这一回的真伪是《儒林外史》研究中颇令人纠结的问题，我们在此不做深入的讨论。我倾向于它是后人伪托，且属续貂之狗尾。“幽榜”可取之处在于将书中主要人物分为三甲，一甲、二甲为正面人物，大体合乎全书之描写态度，可以作为我们分析作品的一个切入角度。但三甲就有些莫名其妙了。不同版本的三甲名单不一样，但存在的问题差不多：一则，明显的反面角色也可以上榜，如严贡生、假牛布衣之流；二则，这些人竟与凤四老爹、荆元、盖宽这些作者心仪的人物并列，显见伪托续貂者并未认真对待作品。

不过，“幽榜”所分一甲、二甲虽未必尽为妥当，但可以成为我们分析作品的一个有效视角。小说所写人物一百有余（不算只出姓名的），绝大多数皆有所讥刺。粗粗看来，几乎没有什么好人，连庄征君都连遭窘境，意味复杂，以至于后世评论者或指其过于“刻薄”。其实不尽然。如书中的杜少卿一样，吴敬梓的眼界也是极高的。以此眼界，俯瞰众生，眼中自无完人（事实上也不存在完人）。但是，将人物写到书中时，他还是区别对待的。大体说来，以他身边的人物或间接与他有交谊的人物为原型的，他是一种态度；对于从未“靠近”他的，特别是出身社会下层而跻身儒林的人物，他则是另一种态度。前者包括以“纯儒”面目出现的虞博士、迟衡山、庄征君等，以及作为一方长官的蘧太守、汤总镇、萧云仙等，还有大家子弟的娄氏兄弟、杜慎卿、汤氏兄弟等。后者则如周进、范进、张静斋、严贡生、匡超人、牛浦郎、权勿用、杨执中、梅玖、荀玫等。其中又大体分三种情况：一种是出身寒微的人，他们用八股做敲门砖，终于攀援到社会上层，如周进、范进、匡超人、荀玫等；一种是地方绅士，科举得到功名后为害一方，如王惠、张静斋、严贡生等；一种是攀缘富贵而不得的人，如牛浦郎、权勿用、杨执中等。

我们先看吴敬梓对后者的态度。作者把最辛辣、最无情的讽刺都给了这些人。我们不妨找两个代表，看看作者是怎样勾画这些形象的。

这一类当然首推范进。范进中举是全书最精彩的段落，可以说几乎没有读书人不知道这个故事。令人印象最深的可能是三个情节：一是范进喜极而疯，二是胡屠户的戏剧性表现，三是中举后范进的一步登天。作为对科举制度的讽刺批判，这三点确实深刻而生动。不过，还有一些讽刺性笔墨也很值得体味。

一是范进大半生蹭蹬，而后突然时来运转，很有“大贤虎变愚不测”的感觉。这里自然就会产生一个问题：作为读书人，范进的学问究竟如何？对此，作者没有正面回答，却不动声色地讲述了一个小插曲。范进被钦点为山东学道，临行前周进嘱托他关照荀玫，他遍查考卷也没找到：

> 内中一个少年幕客蘧景玉说道：“老先生，这件事倒合了一件故事。数年前，有一位老先生点了四川学差，在何景明先生寓处吃酒，景明先生醉后大声道：‘四川如苏轼的文章，是该考六等的了。’这位老先生记在心里，到后典了三年学差回来，再会

> 见何老先生，说：‘学生在四川三年，到处细查，并不见苏轼来考，想是临场规避了。’”说罢，将袖子掩了口笑。又道：“不知这荀玫是贵老师怎么样向老先生说的？”范学道是个老实人，也不晓得他说的是笑话，只愁着眉道：“苏轼既文章不好，查不着也罢了。这荀玫是老师要提拔的人，查不着不好意思的。”

中了举又中了进士，做过御史又来做学道，竟然不知道苏轼，竟然听不出这个笑话中的讥讽味道，范进的学问可想而知，范进的见识可想而知。这件事，在三回之后，作者借牛布衣之口又讲了一遍，可见作者对这一情节的得意。而牛布衣讲述的对象是蘧公孙与娄府两位公子，其中另有意味，我们留待后面再讲。

和这一情节呼应的还有范进与张静斋、汤知县谈论刘伯温一节，几个人信口开河，强不知以为知。其中写范进一本正经地讲：“想是第三名？”若了解话题之虚妄必忍俊不禁。

二是写范进中举后，乡绅们来联络，周边的人来巴结，生活一步登天。作者忽然插进一笔，写范进的老娘乐极生悲：

> 老太太起来吃过点心，走到第三进房子里，见范进的娘子胡氏……督率着家人、媳妇、丫环，洗碗盏杯箸。老太太看了，说道：“你们嫂嫂、姑娘们要仔细些，这都是别人家的东西，不要弄坏了！”家人媳妇道：“老太太，那里是别人的，都是你老人家的。”老太太笑道：“我家怎的有这些东西？”丫环和媳妇一齐都说道：“怎么不是？岂但这个东西是，连我们这些人和这房子都是你老太太家的。”老太太听了，把细瓷碗盏和银镶的杯盘逐

件看了一遍，哈哈大笑道："这都是我的了！"大笑一声，往后便跌倒。忽然痰涌上来，不省人事。

前面写范进喜极而疯，作者意犹未尽，又让他的老娘喜极而死，让这一幕悲喜剧再生波澜。从文法的角度看，这确是高明的一笔，否则，直接写范进中进士做官，故事发展未免一览无余。这一来又可生出许多曲折，并引入了张静斋、严贡生这些丑角。当然，让一个可怜的老太太一天好日子都没过上就撒手归西，作者似乎心肠有点硬。可如果把这一笔同范进发疯的描写细细对照，这一笔的真实底蕴所在——作者的叙事态度便凸显出来。

范进发疯时，小说是这样描写的：他看到中举的报帖，"看了一遍，又念了一遍"，"笑了一声道：'噫！好了！我中了！'说着，往后一交跌倒，牙关紧咬，不省人事"，"他只因欢喜狠了，痰涌上来，迷了心窍"。与上引描写范母的文字两相比较，诸如"看了一遍""大笑一声""是我的了""我中了""往后跌倒""痰涌上来""不省人事"，几乎是完全重复的模写。粗看似乎是作者的低级重复，但细品味，这种重复却可以带来特殊的强化效果——两个人都是因"我"的意外发迹而承受不起，从反复的"痰迷心窍"中流露出了作者对暴发户的鄙薄、轻蔑。

这种鄙薄、轻蔑不止于此。范母去世不久，范进就外出打秋风，在宴席上，做出哀伤尽礼的姿态，对餐具器皿多有挑剔，让主人十分尴尬，担心没法安排饮食：

知县疑惑他居丧如此尽礼，倘或不用荤酒，却是不曾备办。落后看见他在燕窝碗里拣了一个大虾元子送在嘴里，方才放心。

这一笔，过去多解释为讽刺范进虚伪[①]，前面对器皿的挑剔是惺惺作态，其实不尽然。其讽刺重点在于穷措大未见过世面。燕窝自比虾元名贵，而范进不识，平日可望而不可得者，虾元已为极致。用一个"拣"字，嘲讽之意尽出。

匡超人则是另外一种情况。他也是出身寒微，但未能如范进一样直接靠八股文跻身上层社会。作者更多着眼于其道德沦丧的过程，还有其无耻的人格。匡超人原是做小本生意的穷人，勤奋又孝顺。作者先是极力渲染他朴实、敦厚的人品：他家境贫寒，父亲又得了偏瘫，他从外地回来后，一力担起养家、孝亲的责任：

> （清早起来）先把猪肩出一个来杀了，烫洗干净，分肌劈理的卖了一早晨；又把豆子磨了一厢豆腐，也都卖了钱，拿来放在太公床底下，就在太公跟前坐着。见太公烦闷，便搜出些西湖上景致，以及卖的各样的吃食东西，又听得各处的笑话，曲曲折折，细说与太公听。太公听了也笑……到晚，又扶太公坐起来吃了晚饭。坐一会，伏侍太公睡下，盖好了被，他便……坐在太公旁边，拿出文章来念。太公睡不着，夜里要吐痰、吃茶，一直到四更鼓，他就读到四更鼓。太公叫一声，就在跟前。太公夜

---

① 《礼记》曾记载："亲始死……水浆不入口，三日不举火。故邻里为之糜粥以饮食之。夫悲哀在中，故形变于外也；痛疾在心，故口不甘味，身不安美也。"（《礼记・问丧》）"父母之丧，既殡食粥：朝一溢米，莫一溢米。齐衰之丧，疏食水饮，不食菜果。大功之丧，不食醯酱。小功缌麻，不饮醴酒。此哀之发于饮食者也。"（《礼记・间传》）逢父母之丧，只能食粥。

> 里要出恭，从前没人服侍，就要忍到天亮。今番有儿子在旁伺候，夜里要出就出。晚饭也放心多吃几口。匡超人每夜四鼓才睡，只睡一个更头，便要起来杀猪、磨豆腐。

这一段写匡超人的勤奋与孝顺，笔墨十分细腻。古人讲“色养为难”，吴敬梓特意写他不仅勤劳、勤快，而且在照顾生活起居的同时竭力给老父亲创造温馨和快乐。老父亲由于儿子周到耐心的侍奉，不再担心大小便，因而能够放心多吃几口饭。这一番天伦情感，作者写得十分自然，使读者如同目睹一块天然璞玉。

此时的匡超人虽在乡野，虽是贫寒，生活却是有滋有味：

> 这匡超人精神最足：早半日做生意，夜晚伴父亲，念文章，辛苦已极；中上得闲，还溜到门首同邻居们下象棋。那日正是早饭过后，他看着太公吃了饭，出门无事，正和一个本家放牛的，在打稻场上将一个稻箩翻过来做了桌子，放着一个象棋盘对着。只见一个白胡老者背剪着手来看，看了半日，在旁边说道：“喂！老兄这一盘输了。”

乡野小民那种“帝力于我何有哉”的自在生活亦使读者如在目前。

李知县赏识他的勤学与孝顺，敦促他弃商就学，并一力保举他考中了秀才。于是，匡超人离开了经营小本生意的人生道路，接着又因事离开了乡土。到了外面的花花世界，匡超人先是图名，交往了一群假名士，接着又图利，结交了潘三，从此毫无廉耻，为虎作伥，那个淳朴少年自此消失无踪。

小说写匡超人最后做了国子监的教习（差不多等于北大、清华的教授），可他的学问如何呢？作者再次用了讽刺范进的手法：

> 匡超人道："我的文名也够了……此五省读书的人，家家隆重的是小弟，都在书案上，香火蜡烛，供着'先儒匡子之神位'。"牛布衣笑道："先生，你此言误矣！所谓'先儒'者，乃已经去世之儒者。今先生尚在，何得如此称呼？"匡超人红着脸道："不然！所谓'先儒'者，乃先生之谓也。……小弟的选本，外国都有的！"

"先儒"的荒谬，借牛布衣之口揭露出来；"外国"的牛皮，则不动声色，留给读者自己会心一笑。一个"国家级"的八股"教授"，知识水平如此，八股之空疏害人，概可想见矣。

而他的堕落始于无法抵御名利的诱惑。他去省城的路上遇到了附庸风雅的商人景兰江，当听到"我杭城多少名士都是不讲八股的""新学台是湖州鲁老先生同年，鲁老先生就是小弟的诗友""做时文的朋友……我们杭城名坛中，倒也没有他们这一派"这派大言时，匡超人"不胜骇然"。作者这一笔，是典型的"乡下人进城"的写法。"骇然"一词用得非常有力度，写出匡超人一下子大开眼界。为了混进这个圈子，他临阵磨枪买了一本《诗法入门》，连续看了两夜，自觉已经超过了景兰江之流。作者这里刻意写了一句："要已精而益求其精。"把"精益求精"这个成语拆变成这个样子，讽刺的口吻越发强烈。接下来，他又结识了潘三。如果说景兰江用虚名让他"大开眼界"，那么潘三则是通过欲和利来改变他。匡超人初见潘三，本想拿几个点心来招待一下，谁知潘三不屑一顾，转去饭店用酒肉招待他：

> 饭店里见是潘三爷，屁滚尿流，鸭和肉都检（当为捡）上好的极肥的切来；海参杂脍，加味用作料。两人先斟两壶酒。酒罢用饭，剩下的就给了店里人。出来也不算账，只吩咐得一声：“是我的。”那店主人忙拱手道：“三爷请便，小店知道。”

这些吃饭的细节都是匡超人眼中所见，从叙述的口吻自可感到他又被震慑了，又开了眼界——原来可以活得如此恣肆！

于是，那个乡野间的质朴少年不见了，一个在名利场中没有底线的无耻之徒开始了他的表演。比起范进、周进，匡超人的无知、浅薄并无二致，但更加无耻、下作。作者写他堕落的过程，重点是写他的忘恩负义。他由一个贫寒的小商贩走上了文士之路，并得以攀龙附凤，先后多次得到他人的帮助。这些人既有马纯上这样古道热肠的好人，也有潘三那种横行一方的恶棍，还有招赘他的郑老爹、李给谏。无论为人如何，这些人都曾经给匡超人很大的帮助，有些甚至是雪中送炭，但匡超人统统以怨报德。对马纯上，他肆意贬损，大拆其台；对郑老爹，则是停妻再娶；对李给谏，他谎话连篇。更突出的是对潘三。潘三虽是恶人，但对匡超人很好（当然是同恶相济了）。潘三因包揽讼词、科场舞弊等罪名被抓了起来，这些事本也有匡超人一份，但潘三没有出卖匡超人，只是希望他能来探望一下，帮一点忙。匡超人此时已经攀上了李给谏的高枝，便立刻换了一张嘴脸，一本正经地讲：

> 本该竟到监里去看他一看，只是小弟而今比不得做诸生的时

> 候，既替朝廷办事，就要照依着朝廷的赏罚，若到这样地方去看人，便是赏罚不明了。……潘三哥所做的这些事，便是我做地方官，我也是要访拿他的。如今倒反走进监去看他，难道说朝廷处分的他不是？这就不是做臣子的道理了。况且我在这里取结，院里、司里都知道的，如今设若走一走，传的上边知道，就是小弟一生官场之玷。这个如何行得！

潘三最后竟瘐死狱中。虽然他罪有应得，但匡超人之无良、无义却使读者不禁心寒齿冷。

和匡超人行径近似的还有牛浦郎，他亦出身贫寒，爱慕虚荣，弄虚作假，无良无耻。

作者在描写这些人物的时候，一种精神上的优越感总是不期然地流露在笔墨间。对他们的鄙俗、无知，他笔下充满了轻蔑；对他们的堕落，他往往处理得较为率易，一点点诱惑就足以使他们动心。

相形之下，他对笔下的另一类人的态度就有所不同了。这些人物的原型或为他身边的人物，或为一时勋贵戚属。据以写出的形象，大体又可区分几种情况，我们分别来看。

一种是吴敬梓不吝言辞加以嘲讽的，那就是若干大家子弟，如娄氏兄弟、汤氏兄弟、杜慎卿、蘧公孙、胡八侉子等。在全书的人物图谱中，此类官二代所占比例不算小。把这些形象抽绎出来，比较之后我们会发现，作者虽不满这些人的行为，但笔下揶揄多于讽刺，类似于朋友间的嘲讽、调笑，态度与写前一类人时颇有差异。如对娄氏兄弟的描写。书中以娄氏兄弟为中心铺演出的文字，由第八回至第十三回，足足有五回之多。而周进与范进两个人的戏份加起来还不足三回书。可见对娄氏兄弟的描写是作者着力的地方。

娄氏兄弟是相府子弟，失意于科举考试，“激成了一肚子牢骚不平”，平居乡里，总想做出些不平凡的事情，结果连续上当，闹出一连串笑话。他们把书呆子杨执中、无赖权勿用当成高隐大贤，把江湖骗子张铁臂当成武林异侠，归根结底是把自己定位在“巨眼”、在“英主”上。而残酷的现实粉碎了他们的幻梦，证明了他们只不过是涉世不深的纨绔子弟而已。

小说描写娄公子寻访杨执中一节的叙事手法很有特点，一方面写两位公子自以为得遇高贤的错觉，一方面写杨执中的鄙陋、迂呆。交错出现的场景，对比强烈，虽叙述者不加一字说明，而揶揄的意味、戏剧的效果自然产生。

> 娄公子……心里觉得杨执中想是高绝的学问，更加可敬。一日，三公子向四公子道：“杨执中至今并不来谢，此人品行不同。”四公子道：“论理，我弟兄既仰慕他，就该先到他家相见订交，定要望他来报谢，这不是俗情了吗？”……四公子道：“你这里有个杨执中老爹，你认得他吗？”那小孩子道：“怎么不认得？这位老先生是个和气不过的人，前日趁了我的船去前村看戏，袖子里还丢下一张纸卷子，写了些字在上面。”……两公子打开看，是一幅素纸，上面写着一首七言绝句诗道：“不敢妄为些子事，只因曾读数行书。严霜烈日皆经过，次第春风到草庐。”[①] 后面一行写

---

① 这首七绝，实为元代吕思诚的作品，故历来研究者多指为讽刺杨执中抄袭与娄氏兄弟不学无术。其实并不尽然。其一，杨执中只是自家抄写自娱，不是借此求名；其二，吕某不是有大名气的人，诗也不是传世名作，如作者借此讽刺娄氏学养不足，未免选择失当，并没有说服力，这与不知道苏轼其人根本不是（转下页）

"枫林拙叟杨允草"。两公子看罢，不胜叹息，说道："这先生襟怀冲淡，其实可敬！只是我两人怎么这般难会？"

情境的设置、议论的语言，都使人想到《三国演义》中刘玄德三顾茅庐的著名情节，而两位公子的言谈也透露出他们刻意效仿古代圣贤的用心。可是，与这些文字平行的却是另一番景象：

杨执中这老呆直到晚里才回家来。老妪告诉他道："早上城里有两个什么姓柳的来寻老爹。"……杨执中自心里想："哪个什么姓柳的？"忽然想起当初盐商告他，打官司，县里出的原差姓柳，"一定是这差人要来找钱！"因把老妪骂了几句道："你这老不死，老蠢虫！这样人来寻我，你只回我不在家罢了，又叫他改日来怎的？你就这样没用！"老妪又不服，回他的嘴。杨执中恼了，把老妪打了几个嘴巴，踢了几脚。自此之后，恐怕差人又来寻他，从清早就出门闲混，直到晚才归家。

娄公子幻想出来的是颇有古道高风的三顾茅庐式的美谈，现实中却是如此鄙俗不堪的情景。这里的误会与错位，很像刘宝瑞相声《连升三级》《黄半仙》一类段子的手法。

至于权勿用、张铁臂的故事，幻境与现实的落差就更大了。娄公子

（接上页）一回事。其三，小说作者借现成诗文用到作品中，在明清两代并非仅见。所以，这里毋宁说是为了使情节更接近"三顾"，增加揶揄感与趣味性，也为娄氏兄弟上当开脱一二，而借来一用，仅此而已。

们被作者描写得可笑之极。但是，如果我们停止了笑声，深入地追问一句："公子们可恶吗？"答案一定会有些意外，特别是对比前面提到的张静斋、匡超人等。娄公子只是涉世不深而已，至多还有些食古不化、自我膨胀，而在日常言行中，不仅不恶，甚至还真的有几分古道高风。例如听说读书人杨执中吃官司，就愤怒地说："穷乡僻壤，有这样读书君子，却被守钱奴如此凌虐，足令人怒发冲冠！我们可以商量个道理救得此人吗？"然后就拿出七百五十两银子替杨执中还了债。此事虽不无是非不明的嫌疑（杨执中无心为恶，却是过错一方），但终究显示出古道热肠、仗义疏财的气质，只是有点"明珠暗投"了。再如二位公子轻车简从下乡"访贤"，路遇"李鬼"冒名横行，他们的处置也很有气度："你们在河道里行凶打人，却使不得……你们也是知道的，我家从没有人敢做这样事。你们起来。就回去见了你们主人，也不必说河里遇着我的这一番话，只是下次也不必如此。难道我还计较你们不成？"完全是居高临下的气派、风度。至于他们被骗，也不完全是愚蠢所致。杨执中的高谈阔论以及那首言志诗，确实不俗，张铁臂的武术也确实出类拔萃。前面提到，牛布衣曾对娄氏兄弟和蘧公孙讲述范进不知苏轼的笑话，而"两公子与蘧公孙都笑了"，可见作者笔下的娄氏兄弟要比胸无点墨的范进高明许多。

《吕氏春秋》有"疑似"之论，讲的就是疑似之间最容易误判。[①] 作者写娄氏兄弟的笔墨，既有揶揄他们的意思，也有锋芒向"外"，指向社

---

① "使人大迷惑者，必物之相似也。玉人之所患，患石之似玉者；相剑者之所患，患剑之似吴干者；贤主之所患，患人之博闻辩言而似通者……相似之物，此愚者之所大惑，而圣人之所加虑也。"（《吕氏春秋》）

会，感叹假冒伪劣太多，古道不可行的意味。

这种有限度的嘲讽还表现在“名士大宴莺脰湖”。书中写道：

> 此时正值四月中旬，天气清和……在会的是：娄玉亭三公子、娄瑟亭四公子、蘧公孙驼夫、牛高士布衣、杨司训执中、权高士潜斋、张侠客铁臂、陈山人和甫……当下牛布衣吟诗，张铁臂击剑，陈和甫打哄说笑，伴着两公子的雍容尔雅，蘧公孙的俊俏风流，杨执中古貌古心，权勿用怪模怪样：真乃一时胜会。两边船窗四启，小船上奏着细乐……饮到月上时分，两只船上点起五六十盏羊角灯，映着月色湖光，照耀如同白日。一派乐声大作，在空阔处更觉得响亮，声闻十余里。两边岸上的人，望若神仙……

这段文字肯定有讽刺之意，“真乃一时胜会”就是明显的反话。可是细推敲，一次春游怎么成了讽刺的对象呢？原因乃在于参与的人。如果我们把从游的杨执中、权勿用和张铁臂删去，岂不真成了一次“胜会”？其过程无非游湖、奏乐之类，虽略有豪奢，却也说不上恶俗，特别是绝无欺人、害民的举动。

与此极为相似的情节是杜慎卿“逞风流高会莫愁湖”。也是贵公子有雅兴，出资兴办，参会者同样良莠不齐（这一点很值得注意，这一类描写难于做出简单的评判，与参与者良莠不齐这点直接相关），也是在湖面上逞弄风流，同样是昼夜相继、秉烛以尽兴。连文字都有相近处，如：

> 诸名士看这湖亭时，轩窗四起……到晚上，点起几百盏明

> 角灯来（即羊角灯），高高下下，照耀如同白日（今按，此句全同）；歌声缥缈，直入云霄。城里……来看，看到高兴的时候，一个个齐声喝彩，直闹到天明……

很明显，在作者心目中，莫愁湖之会类似于莺脰湖之会，杜慎卿之为人行事类似于娄家两公子。而作者不厌其烦，甚至不避重复地描写“高会”，说明他对此很有兴趣。历来研究《儒林外史》，对范进、匡超人的形象、事迹都很容易评论，而对这类文字则往往难下断语，其原因在于作者描写这些人、这些事的时候，态度不是黑白分明的。杜慎卿也罢，娄公子也罢，都是附庸风雅而境界不够，故风流之中有庸俗，求高明而反露笑柄。

但是，说到底，这些是吴敬梓的“自己人”，所以庸俗归庸俗，笑话归笑话，作者笔下的这些人都没有恶行，庸俗与笑话也多是在“高层面”上出现的。

“自己人”也不免被嘲讽，这正是作者自居于精神生活的制高点，目无下尘的表现，但写穷措大、暴发户的无耻与写贵公子的无聊，笔墨的浓淡还是一目了然的（作品后半部集中写了五河县的风俗与人物，褒贬之间尤其明显。唯其意图过于明显，文学性反而受到影响）。

作者这种目无下尘的态度，甚至表现在极力塑造的“正面楷模”上。“幽榜”的所谓一甲计有三人（相当于金圣叹批《水浒传》的“上上人物”），是虞博士、庄征君与杜少卿。杜少卿的原型是作者自己，当然众善归焉，这里且不论。虞博士没有多少戏，过于概念化，这里也不论。我们还是分析一下作者对庄征君的态度。

《儒林外史》中具有核心性质的事件就是祭泰伯祠，而祭泰伯祠又与庄绍光密切相关。

杜少卿为结交朋友耗尽家财，就移居到了南京，然后结识了诸多“真儒”。其中第一个就是迟衡山。迟衡山向他建议道：“我们这南京，古今第一个贤人是吴泰伯，却并不曾有个专祠。那文昌殿、关帝庙，到处都有。小弟意思要约些朋友，各捐几何，盖一所泰伯祠，春秋两仲，用古礼古乐致祭。借此大家习学礼乐，成就出些人才，也可以助一助政教。”杜少卿立即赞同并捐钱。实际上，他当时已经把家财挥霍完了，实在是有些为难。此事便引出了庄绍光和后面一批所谓“真儒”的故事。

围绕着泰伯祠活动的这群人物，同样良莠不齐，实在不是一两个词语可以概括的。这一点与游湖倒是有几分相似。而在这一组人物里面，特别值得注意的是庄绍光，因为作者在他身上着墨最多。前文我们已经谈到，庄绍光的身上有程廷祚的影子。程廷祚是颜李学派的传人，与吴敬梓谊兼师友。庄绍光的主要事迹与程廷祚的经历颇相似，所以许多研究者认为作者写这个人物就是为了表达对程廷祚的尊敬。但是这么看可能稍显简单了一点。就如同认为写泰伯祠就是寄寓理想一样，把作品的复杂意味忽略掉了。

讨论作者的态度如何，唯一的根据是文本。所以，下面我们来回顾一下情节，看小说是如何描写庄绍光的。

描写庄绍光的情节主要有五段：一是决定接受征辟，二是赴京来回途中的奇怪遭遇，三是在北京的表现与遭遇，四是庇护卢信侯，五是安享玄武湖这一皇家赏赐。而核心就是接受征辟，作者的微妙态度也主要对此而发。

庄绍光出山，接受征辟，到底该是不该？作者设置了两重对比，而没有明确的按断。一重是明比，即同时被征辟的杜少卿与庄绍光的对比。

在面临选择时，两个人各有一段对夫人的解释。杜少卿解释的是为何坚辞：

> 娘子笑道："朝廷叫你去做官，你为甚么妆病不去？"杜少卿道："你好呆！放着南京这样好顽的所在，留着我在家，春天秋天，同你出去看花吃酒，好不快活。为什么要送我到京里去？假使连你也带往京里，京里又冷，你身子又弱，一阵风吹得冻死了，也不好。还是不去的妥当。"

这番话半认真半玩笑地就把夫人说服了，但其隐含的核心思想是价值观问题：功名富贵是次要的东西，不过过眼烟云而已，人生的价值应放在性灵的自然实现上，这很有魏晋风度，也是与"楔子"中的王冕做一呼应。而庄绍光解释为何应征则是另一番逻辑：

> 娘子道："你往常不肯出去，今日怎的闻命就行？"庄绍光道："我们与山林隐逸不同。既然奉旨招我，君臣之礼是傲不得的。你但放心，我就回来，断不为老莱子之妻所笑！"

他的理由是两个：一个是君臣之礼，一个是敷衍一下就回来。比起来，这两个理由都有些勉强，有些违心之论的味道。

另一重是暗比，即与楔子里王冕的事迹对比。前文讲过，写王冕是给全书树一个标杆，而作者对王冕事迹的重要改动就是他绝不应征辟。这两番对比，应不难看出作者的"微词"所在。而庄绍光一行的奇怪遭遇则加强了"微词"的说服力。

庄绍光应征一行遭遇三险。第一险是路遭劫匪。这一回带有些许武侠小说的风格。庄绍光与同路的押运官住进了一家黑店，上路之后就遇到响马打劫。同行的一个镖客萧昊轩挺身而出。这个萧昊轩有一绝技“神弹子”，百步之内，用弹子击物，百发百中。不料这次他拿出弹弓，“啪”的一声，弓弦断了——原来是黑店店主搞的破坏。萧昊轩人急智生，拔了一缕头发续好弓弦，飞马回来，打得贼人抱头鼠窜。这些情节和全书的行文风格很不一样。第二险发生在庄绍光见皇帝时。皇帝问他经国大计，本来庄绍光已经准备好了奏对，却忽然头顶剧痛，只好咬着牙说，容臣回去细思，再来回奏。下来之后，他发现头巾里面有一只蝎子。这一情节未免有些荒诞色彩了。第三险是返程中遇到尸变，这更是无意义的插曲。这些插曲隐含的意义就是不该去——动了心，“怪力乱神”都会趁虚而入。

有趣的是，作者描写庄绍光这一番出山，虽未做成大官，却也颇有收获。一是皇帝把南京的玄武湖赐给他。后来便写到庄绍光和妻子在玄武湖凭栏看水，得意洋洋：“你看，这些湖光山色都是我们的了！我们日日可以游玩，不像杜少卿要把尊壶带了清凉山去看花。”这句话的口气和内容很像范进中举之后，范进的母亲看着众人送来的种种东西时说的话——“这些都是我们的了”。二者遥遥相对，作者是否有此深意，并未呈露，但文本自身却隐隐显出反讽的意味。庄绍光得意之余，拿杜少卿携妻出游来做反衬。他提到的杜少卿携妻游清凉山是指杜少卿刚到南京时，趁着一日春光融融，一手拉着自己的娘子，一手握着金杯，里面斟满了酒，大笑着在清凉山上走了一里多地。两边的人看的是目眩神摇，不敢仰视。这个行动是杜少卿的得意之笔，而在庄绍光的眼里是一个有些可笑的事情。其中的微词也需体味方知。庄绍光此行还有一个收获就是结交了很多权贵，变得很有势力了。这从他救卢信侯时表现出的能力就可以看出。卢信侯因卷入了一场文字狱被官府缉拿，庄绍光立即修书给朝中的大佬们，于是这个天大的官司就被压了下来。作者未加评论，却同样耐人寻味。

总之，围绕庄绍光应征的一大段书是意味最为复杂的部分。

分析、评价庄绍光出山，还有一个角度值得注意，就是庄绍光在体制中的角色设定。嘉靖皇帝宣召庄绍光的圣旨写道：

> 朕承祖宗鸿业，寤寐求贤，以资治道。朕闻师臣者王，古今通义也。今礼部侍郎徐基所荐之庄尚志，着于初六日入朝引见，以光大典。

这里的“师臣者王，古今通义也”不完全是套话，至少吴敬梓这样写是把“征辟”与“帝王师”的观念联系到一起了。“帝王师”的观念，我们在讲《三国演义》时曾提到过。“千古文人帝师梦”，做帝王之师，最早的典型是“师尚父”。孟子非常希望自己得到“帝王师”的待遇，现实中得不到，就在作品中大力鼓吹。[①] 司马迁在《史记》中塑造了张良的形象，并借题发挥大谈“帝王师”的梦想。[②] 后世如辛弃疾，以“一编书是帝王师”抒发情怀；如罗贯中，以诸葛亮的文学形象寄寓理想。虽在两千多年的封建时代，文人从未有一个人真的

---

① “人伦明于上，小民亲于下，有王者起，必来取法，是为王者师也。”（《孟子·滕文公上》）

② “良夜未半往。有顷，父亦来，喜曰：‘当如是。’出一编书，曰：‘读此则为王者师矣。’……旦日视其书，乃《太公兵法》也。”（《史记·留侯世家》）

做成了“王者师”“帝王师”，但这一理想、梦想却世代传承，不绝如缕。

吴敬梓把“师臣者王”写在这里，至少说明他也有此观念。至于有无深意，我们还要细读文本。有趣的是，庄绍光因皇帝的“帝王师”观念（无论其认真与否，总是在这个旗号下的举措）而来到朝廷，结果却因另一桩“认老师”的冲突而离开。冲突起因是权臣太保公示意庄绍光来拜自己做老师，而庄绍光本想来做皇帝的老师，岂能一降两辈向权臣俯首，所以讲了“除了孔子，我谁也不拜”的狂话。结果，因为不能屈尊认权臣为老师，也就不能扬眉做皇帝的老师。由于有了这一笔，庄绍光出山一节就多了一层含义：世道如此，帝王师之理想已不可行了。

庄绍光回到南京，再续前约，祭泰伯祠的大典正式举行。综合全书来看，泰伯祠大典无疑是正面的笔墨，寄寓了对纯正礼乐文化的向往。这一回的文字对于小说来讲，过于呆板枯涩，不能算是成功，但极力渲染的气氛以及主其事者确都具有高雅的气质。

然而，如果我们细从字缝中看，作者却还有一些微妙的思想表达。作者到底是以何种心态来描写泰伯祠和围绕着泰伯祠的这些人物的呢？首先，他写了修建泰伯祠和礼乐大典。这跟作者受到颜李学说的影响有关。颜李学说的精髓就是原儒精神，要超越和抛弃宋明理学，直接回到儒学的源头孔子那里去。孔子的主要思想是讲仁和礼。仁是内心的一种修养，礼是在操作层面上的一种体现。礼乐制度是儒学得以寄托的一种形式化、物质化的东西。颜李学说认为儒生应当把这种传统接续下来，所以作者用这么多的笔墨来表现对程朱理学的反叛，以此来提高社会人群的思想境界。但是，这里有一个毛病。作者知道这些观念在现实中是不可行的，所以又有一种无可奈何的心态，具体体现在文本中就有了一些不协调的细节：第一，事情本是十分庄重的，倡导者也是十分高尚的，可要完成如此繁复的仪式，就一定要一批人共同来做。现实中，并没有这么多理想化的人，只能是“将就材料”了，于是不可避免地出现流品之复杂。如前面刚刚讲过的替儿子找枪手作弊的金东崖，在这里摇身一变成为祭典当中重要的司仪；前文描写过的十分可笑的大骗子张铁臂，在这里成了圈子里的人物。第二，作者采用了如此呆板和枯燥的笔法来写这场祭典，可能也是要表达自己的这种感受，就是这些礼仪在现实生活中已经没有什么生命力了，徒具仪式功能而已。第三，作者刚刚写了这么隆重的祭典，典礼之后借周围老百姓的口说道：“从不曾看见这样的礼体，听见这样的吹打。老年人都说这位主祭的老爷是一位神圣临凡，所以都争着出来看。”后面就写了参加完祭典的四个人回到旅店，没有房钱，只好请杜少卿来解围。然后，张铁臂来与杜少卿聊天，恰巧知道张铁臂老底的蘧公孙走来碰到，立即提醒杜少卿小心骗子。张铁臂只好狼狈而逃。这样一写，立刻把前文中的庄严和神圣解构掉不少。这些不协调的笔墨，表现出的正是作者内心深处的矛盾。庄绍光的形象、泰伯祠的祭典，都反映出作者的理想主义价值观在现实面前的无奈。

三、讽刺与幽默：吴敬梓独特的笔锋

吴敬梓对儒林中普遍存在的无知、无聊、无能、无耻洞若观火，而在小说中却并非直言指斥，态度也并非黑白分明。我国古代小说中讽刺现实的笔墨很多，《西游记》《金瓶梅》《醒世姻缘传》《何典》等都有精彩的讽世笔墨，而论讽刺手法之丰富、幽默意味之隽永，还是要首推《儒林外史》。

《儒林外史》中常见的一种笔法是纯用白描，而让人物自身的言论、

行动出现较大的反差，从而产生讽刺的效果与幽默的意味。如匡超人结识的一批假名士，个个自诩风流，自命风雅，集合到一起要搞诗酒雅集。这群人跟着一个胡公子去租场地开会吟诗，小说这样描写：

众人都倚着胡公子，走上去借花园吃酒。胡三公子走去借，那里竟关着门不肯。胡三公子发了急，那人也不理。景先生拉那人到背地里问，那人道："胡三爷是出名的吝啬！他一年有几席酒照顾我？我奉承他！况且他去年借了这里摆了两席酒，一个钱也没有！去的时候，他也不叫人扫扫，还说煮饭的米剩下两升，叫小厮背了回去。这样大老官乡绅，我不奉承他！"一席话，说的没法，众人只得一齐走到于公祠一个和尚家坐着。

好不容易租到于公祠，接下来就要去买些酒宴的东西。这本是太形而下层面的事情，作者却"不怀好意"地细加描写：

三公子便拉了景兰江出去买东西，匡超人道："我也跟去顽顽。"当下走到街上，先到一个鸭子店。三公子恐怕鸭子不肥，拔下耳挖来戳戳脯子上肉厚，方才叫景兰江讲价钱买了……还要买些肉馒头，中上当点心。于是走进一个馒头店，看了三十个馒头，那馒头三个钱一个，三公子只给他两个钱一个，就同那馒头店里吵起来。景兰江在傍劝闹。劝了一回，不买馒头了，买了些索面去下了吃，就是景兰江拿着。又去买了些笋干、盐蛋、熟栗子、瓜子之类，以为下酒之物。匡超人也帮着拿些。来到庙里，交与和尚收拾。支剑峰道："三老爷，你何不叫个厨役伺候？

为甚么自己忙？”三公子吐舌道：“厨役就费了！”又秤了一块银，叫小厮去买米。

最后，他们吃的骨头满地，方才开始分韵作“诗”。作了几首，又吃了几杯酒后，各自散去。书中描写道：

匡超人与支剑峰、浦墨卿、景兰江同路。四人高兴，一路说笑，勾留顽耍，进城迟了，已经昏黑。景兰江道：“天已黑了，我们快些走！”支剑峰已是大醉，口发狂言道：“何妨！谁不知道我们西湖诗会的名士！况且李太白穿着宫锦袍，夜里还走，何况才晚？放心走！谁敢来！”正在手舞足蹈高兴，忽然前面一对高灯，又是一对提灯，上面写的字是“盐捕分府”。那分府坐在轿里，一眼看见，认得是支锷，叫人采过他来，问道：“支锷！你是本分府盐务里的巡商，怎么黑夜吃得大醉，在街上胡闹？”支剑峰醉了，把脚不稳，前跌后憧，口里还说：“李太白宫锦夜行。”那分府看见他戴了方巾，说道，“衙门巡商，从来没有生、监充当的，你怎么戴这个帽子！左右的！挝去了！一条链子锁起来！”浦墨卿走上去帮了几句，分府怒道：“你既是生员，如何黑夜酗酒？带着送在儒学去！”景兰江见不是事，悄悄在黑影里把匡超人拉了一把，往小巷内，两人溜了。

后来，众人回家后分别把这些“诗”写在一个纸上，共写了七八张。匡超人也把自己的作品贴在壁上反复欣赏，感觉甚好。只是这个支锷因此把巡商的位子给丢掉了。

这里作者一句评论褒贬的话也没有讲，只是专注于描写众人的表现，特别是他们的话语。这些人一边以诗仙李太白自比，一边做出诸多俗不可耐的举动——为了“一个钱”的馒头价与小贩吵得不可开交，如此巨大的反差自然而然地使假名士的三花脸呈露到聚光灯下。

金庸的小说《神雕侠侣》结尾处有一段滑稽的描写。[①] 武林中本有“华山论剑”的美谈，是前辈中的绝顶高手切磋武艺的一次盛会，不意数十年后又有山寨版的“华山论剑”，其意味似与《儒林外史》有相通处。

《儒林外史》另一常见的讽刺手法是冷眼旁观，让撒谎者、吹牛者自曝其丑。作者特别讨厌社会上装腔作势、吹牛撒谎的现象，所以多处描写此类人物的种种表演，而读者“犹如诸天观下界”，看着他们的表演

① 小说写杨过和小龙女等人上华山祭拜洪七公和欧阳锋：“忽然山后一阵风吹来，传到一阵兵刃相交和呼喝叱骂之声，显是有人在动手打斗。周伯通抢先便往喧哗处奔去。余人随后跟去。转过两个山坳，只见一块石坪上聚了三四十个僧俗男女，手中都拿着兵刃。这群人自管吵得热闹，见周伯通、郭靖等人到来，只道是游山的客人，也不理会。一名铁塔般的大汉朗声说道：‘大家且莫吵闹，乱打一气也非了局，这“武功天下第一”的称号，决不是叫叫嚷嚷便能得手的。今日各路好汉都已相聚于此，大伙儿何不便凭兵刃拳脚上见个雌雄？只要谁能长胜不败，大家便心悦诚服，公推他为“武功天下第一”。’一个长须道人挥剑说道：‘不错。武林中相传有“华山论剑”的韵事，咱们今日便来论他一论，且看当世英雄，到底是谁居首？’余人轰然叫好，便有数人抢先站出，大叫：‘谁敢上来？’周伯通、黄药师、一灯等人面面相觑，看这群人时，竟无一个识得。……只见人群中跃出六人，分作三对，各展兵刃，动起手来。数招一过，黄药师、周伯通等无不哑然失笑，连一灯大师如此庄严慈祥的人物，也忍不住莞尔。又过片刻，黄药师、周伯通、杨过、黄蓉等或忍俊不禁，或捧腹大笑。原来动手的这六人武功平庸之极，连与武氏兄弟、郭家姊妹相比，也是远远不及，瞧来不过是江湖上的一批妄人，不知从那里听到‘华山论剑’四字，居然也来附庸风雅。”金庸的这段描述很有可能受到了《儒林外史》的影响。但也可能是“英雄所见略同”，因为现实生活中这类不知天高地厚、无知者无畏的现象太常见了。

心里偷着乐。如第二十二回，写牛玉圃的装腔作势。牛玉圃到了大观楼，上得楼梯，只见楼上先坐着一个戴方巾的人：

> 那人见牛玉圃，吓了一跳，说道："原来是老弟！"牛玉圃道："原来是老哥！"两个平磕了头。那人问："此位是谁？"牛玉圃道："这是舍侄孙。"向牛浦道："你快过来叩见。这是我二十年拜盟的老弟兄，常在大衙门里共事的王义安老先生，快来叩见。"
>
> 牛浦行过了礼，分宾主坐下……三人吃着。牛玉圃道："我和你还是那年在齐大老爷衙门里相别，直到而今。"王义安道："那个齐大老爷？"牛玉圃道："便是做九门提督的了。"王义安道："齐大老爷待我两个人是没的说的了！"
>
> 正说得稠密，忽见楼梯上又走上两个戴方巾的秀才来。……两个秀才一眼看见王义安，那穿茧绸的道："这不是我们这里丰家巷婊子家掌柜的乌龟王义安？"那穿元色的道："怎么不是他？他怎么敢戴了方巾在这里胡闹！"不由分说，走上去，一把扯掉了他的方巾，劈脸就是一个大嘴巴，打的乌龟跪在地下磕头如捣蒜，两个秀才越发威风。牛玉圃走上去扯劝，被两个秀才啐了一口，说道："你一个衣冠中人，同这乌龟坐着一桌子吃饭！你不知道罢了，既知道，还要来替他劝闹，连你也该死了！还不快走，在这里讨没脸！"牛玉圃见这事不好，悄悄拉了牛浦，走下楼来，会了账，急急走回去了。这里两个秀才把乌龟打了个臭死。

前面一本正经地讲与九门提督齐大老爷的交情，一转眼却被两个穷秀才“打了个臭死”。有趣的是，从后文看，这个“九门提督”“齐大老爷”肯定是牛玉圃编造出来装门面的话头，而乌龟王义安却十分自然地“顺杆儿爬”，开始还不知是哪个齐大老爷，转眼就附和“齐大老爷待我两个人是没的说的了”。究竟这些话是不是扯谎，作者始终没有挑明，只是让人物充分表演，留给读者自己评判（不过这也是《儒林外史》不够通俗的原因之一：缺乏幽默感或是涉世不深者，可能看不出这里的问题与讽刺意味）。

《儒林外史》的讽刺还有一个特点，就是几乎无处不在，不但是对几个主要人物，也不但是对“儒林”，而是对整个社会。各色世态人心，只要落到他的笔下，就不免被刺上两笔。在这些地方，他同样是保持“冷面幽默”。

叙事中把作者的主观介入降到最低，就如同戏剧舞台上由演员自行表现一样，而观众只要有一定的理解力，就会看出可笑之处。我们再随便举一个例子：楔子之后的第一回书，周进将出场，他要去薛家集教书。他是由夏总甲介绍去的，所以在周进露面之前，有一段过场。薛家集的村民约齐到观音庵商量闹龙灯的事情，村子里一个头面人物——申祥甫倡议大家凑钱。这时候，申祥甫的亲戚夏总甲就来了。后面写大家商定如何出钱，并强摁着土财主荀老爹出了一半的钱，把闹龙灯的钱给凑齐了。这个看似很小的事情却可以看出作者“浑身是刺”的讽世手法。夏总甲一出场，就说道：

“想新年大节，老爷衙门里，三班六房，那一位不送帖子来？我怎好不去贺节？每日骑着这个驴，上县下乡，跑得昏头晕脑。打紧又被这瞎眼的王八在路上打个前失，把我跌了下来，跌得腰胯生疼。”申祥甫道：“新年初三，我备了个豆腐饭邀请亲家，想是有事不得来了？”夏总甲道：“你还说哩！从新年这七八日，何曾得一个闲？恨不得长出两张嘴来，还吃不退。就像今日请我的黄老爹，他就是老爷面前站得起来的班头；他抬举我，我若不到，不惹他怪？”申祥甫道：“西班黄老爹，我听见说，他从年里头，就是老爷差出去了；他家又无兄弟、儿子，却是谁做主人？”夏总甲道：“你又不知道了。今日的酒，是快班李老爹请；李老爹家房子窄，所以把席摆在黄老爹家大厅上。”

“黄老爹变李老爹”一节，显然是吹牛露了底，但作者只是点到为止，并不戳破。他把说书人的知情度降低到在场的乡民的水平，“自手写自眼”，整个叙事则皮里阳秋，让读者自己咂摸滋味。这种写法，只是把一个又能吹牛又能在别人面前装幌子的类似地方保长的人物摆出来，让读者享受看穿骗子的快感。

吴敬梓通过“冷面幽默”表现的是精神贵族的高傲——这是他个人风格的主导方面，与之截然相反的还有另一面，就是对近乎通俗传奇笔墨的兴趣。张铁臂本来是一个江湖骗子，可是作者却写上了这样一笔：

张铁臂道：“……一生性气不好，惯会路见不平，拔刀相助，最喜打天下有本事的好汉……”两公子大喜，即刻叫人家里取出一柄松文古剑来，递与铁臂。铁臂灯下拔开，光芒闪烁，即便脱了上盖的箭衣……一上一下，一左一右，舞出许多身分来。舞到那酣畅的时候，只见冷森森一片寒光，如万道银蛇乱掣，并不见个人在那里，但觉阴风袭人，令看者毛发皆竖。权勿用又在几上取了一个铜盘，叫管家满贮了水，用手蘸着洒，一点也不得入。须臾，大叫一声，寒光陡散，还是一柄剑执在手里。看铁臂时，面上不红，心头不跳。

铁臂将革囊放在阶下，银子拴束在身，叫一声多谢，腾身而起，上了房檐，行步如飞，只听得一片瓦响，无影无踪去了。当夜，万籁俱寂，月色初上，照着阶下革囊里血淋淋的人头。

如果不是后面整出了恶作剧式的骗局，这些文字分明就是典型的剑侠作品。而这个张铁臂也确确实实有真功夫。更有意思的是，公子请张铁臂演武一段的场面描写与《水浒传》柴进庄上请林冲演武的场面相似，而张铁臂那番“最喜打好汉”的壮语更是与武松“最喜打硬汉”如出一辙。后面的传奇情节还有萧昊轩神弹退强寇、郭孝子夜行遇怪兽、木耐“假李逵”打劫、萧云仙弹打恶僧、沈琼枝武技打解差、凤四爹无端逞义侠，等等。其中颇有偷意于《水浒传》之处，也颇有影响后世武侠小说的地方。如“萧云仙弹打恶僧”一节：

（恶和尚）比定了中心，手持钢刀，向老和尚头顶心里劈将下来。不想刀口未曾落老和尚头上，只听门外飕地一声，一个弹子飞了进来，飞到恶和尚左眼上。恶和尚大惊，丢了刀，放下酒，将只手捺着左眼，飞跑出来，到了外一层。迦蓝菩萨头上坐着一个人。恶和尚抬起头来，又是一个弹子，把眼打瞎。那少年跳了下来……

几十年后，文康著《儿女英雄传》，侠女十三妹弹毙凶僧黑风大王的情节正是从这一段脱胎而来的。①

这一些颇带传奇色彩的段落，穿插在颇具冷面幽默色彩的“儒林”中，形成了一种特异（甚至有几分怪异）的风格。对此，研究者褒贬不一。贬之者，或认为风格不统一，或认为思想内容肤浅；褒之者则认为对调节叙事节奏不无裨益。我们也不必对此有非黑即白的评价，但可以指出的是，这些特异的“点缀”是吴敬梓作品的有机组成部分，谈论全书的风格是应该把它考虑在内。另外，这些特异的“点缀”，对于全面认识吴敬梓，对于讨论《水浒传》对他的影响，都有不可替代的意义。

与明代的“四大奇书”相比，清代的这两部长篇有一个很大的不同，就是体现出很高的自我指涉性。我们当然不能把《红楼梦》简单地看作是曹雪芹的自传，但是书中带有浓厚的自传色彩也是难以否认的。如果我们承认脂砚斋的可靠性，那么《红楼梦》无疑是世界小说史上一部自我指涉性很高的作品。即使撇开脂砚斋，不把那些具体情节落实到作者的现实经历上，作者开篇所讲“把真事隐去”，将“半生潦倒之罪，编述一集，以告天下人”，也足以说明小说的背后有作者本人真实的人生经历与感受。更何况，《红楼梦》超越时空的魅力主要不在于故事，而在于作者通过故事表达的对于社会、对于人生的感悟。而正是由于这些感悟是从作者自己的生命历程中滴髓淌血得来的，所以格外深刻、格外真切。

① “却说那凶僧手执尖刀，望定了安公子的心窝儿才要下手，只见斜刺里一道白光儿，闪烁烁从半空里扑了来，……谁想他的身子蹲得快，那白光儿来得更快，噗的一声，一个铁弹子正着在左眼上……只疼得他‘哎哟’一声，咕咚往后便倒。当啷啷，手里的刀子也扔了……如今却说安公子苏醒过来，一睁眼，见自己依然绑在柱上，两个和尚反倒横躺竖卧血流满面的倒在地下，丧了残生。”（《儿女英雄传》）

《儒林外史》在这方面与《红楼梦》有所不同。前面已经讲过，杜少卿身上有吴敬梓的投影，可是全书的大半情节与杜少卿并无关系。《儒林外史》的自我指涉更多是通过作者本人的所见、所思来体现的，此外，还有借杜少卿之口表现的作者的思想、学养以及学术观点，如第三十四回大讲对《诗经》的新解读，以及家庭、性别观念，婚姻制度等。作为小说的组成部分，这实在不是什么高明的笔墨，但对研究小说史、研究吴敬梓的思想却有着独特的价值。

鲁迅对《儒林外史》的评价可以作为对全书讽刺艺术的总结。"寓讥弹于稗史者，晋唐已有，而明为盛，尤在人情小说中。……迨吴敬梓《儒林外史》出，……说部中乃始有足称讽刺之书。"这段话有几个地方值得注意。第一，他说在中国的小说史上讽刺小说在晋唐时期就已经出现了，而明朝最为突出。实际上，明代小说中讽刺意味最重的可能是三本：一本是人情小说中的《金瓶梅》，还有两本虽不是人情小说，但是讽刺意味更重，一个是《西游记》，还有一个是《西游补》，两书的讽刺情节有很多。为什么会称《儒林外史》一出才"始有足称讽刺之书"呢？这是值得我们思考的一个问题。鲁迅先生的意思是说，前面的那些小说虽有讥弹的笔墨，但是有两个缺陷。第一个缺陷是相当一部分带有个人色彩。个人在现实世界里有所不平，甚至有什么仇隙，就给对方在书中安排一个可笑的角色。第二个是写得太浅，一目了然，或者写得过于滑稽。而到了《儒林外史》，他的讽刺是出于公心，悲天悯人的笔墨是对人心不古的可笑之处进行讽刺。另外，他的讽刺很艺术化，"戚而能谐，婉而多讽"。而晚清的讽刺小说跟《儒林外史》相比，有一个比较大的滑落，就是又回到了那种浅薄刻露的道路上了。

《儒林外史》在古代小说史上是唯一的，但是到了现代小说史上，

《围城》的出现标志着《儒林外史》精神的复活。二者都是讽刺儒林人士的种种丑态，作者都带有一种精神贵族的味道。近些年，在文学研究上有打破古今疆域的趋势：给古代文学和现代文学找到一种衔接，以此说明即使没有西学东渐，我们的文学发展到了现代仍然会有一个巨变，一个内在的机制和原因很早就在酝酿了。（这种观点是否完全妥当，也是见仁见智，但肯定有些道理。）除此之外，还有其他作品也和《儒林外史》有血脉联系，如鲁迅先生的《孔乙己》《魏连殳》等，同样也体现了古代文学和现代文学的紧密联系。

拓展阅读

鲁迅:《中国小说史略》，上海古籍出版社，1998 年。

胡适:《中国章回小说考证》，上海书店，1980 年。

夏志清:《中国古典小说导论》，安徽文艺出版社，1988 年。

马幼垣:《水浒论衡》《水浒二论》，生活・读书・新知三联书店，2007 年。

孙楷第:《中国通俗小说书目》，人民文学出版社，1982 年。

孙楷第:《日本东京所见小说书目》，人民文学出版社，1958 年。

齐裕焜:《中国古代小说演变史》，敦煌文艺出版社，1990 年。

石昌渝:《中国小说源流论》，生活・读书・新知三联书店，1994 年。

李剑国:《唐前志怪小说史》，南开大学出版社，1984 年。

陈大康:《明代小说史》，上海文艺出版社，2000 年。

欧阳健:《还原脂砚斋》，黑龙江教育出版社，2003 年。

刘勇强:《中国古代小说史叙论》，北京大学出版社，2007 年。

陈洪　孙勇进:《亦侠亦盗说水浒》，天津人民出版社，2016 年。

陈洪:《中国小说理论史》，天津教育出版社，2005 年。